우리
고전
캐릭터의
모든것

2

우리가 몰랐던

고전 캐릭터의 참모습

우리 고전 캐릭터의 모든것

우리가 몰랐던
고전 캐릭터의 참모습

2

서대석 엮음

휴머니스트

■ **일러두기**

- 이 시리즈는 담촌 서대석 교수(서울대학교 국어국문학과) 정년퇴임 기념 저작으로, 한국 고전 문학계의 대표적인 연구자 85명이 참여하였다.
- 인용문은 출처의 쪽수까지 밝히는 것을 원칙으로 하였으나, 해당 글의 필자가 직접 원문을 옮긴 경우에는 쪽수를 밝히지 않았다.
- 한 편의 글에 두 번 이상 인용된 작품의 경우, 지은이와 옮긴이, 각편이 실린 본 저작을 생략하고 출처를 밝히는 것을 원칙으로 하였다.

고전과 캐릭터

1

문학의 가장 기본적이고 궁극적인 탐구 대상은 '인간'이다. 인간에 의한 인간에 대한 서술이 문학이라 할 수 있다.

인간에 대하여 서술하는 것은 문학만이 아니다. 철학이나 과학도 인간에 대하여 탐구하고 서술한다. 하지만 문학 속의 인간은 철학이나 과학 속의 인간과 다르다. 문학의 인간은 추상적 지식으로 설명되는 존재가 아니라 구체적으로 살아 움직이는 존재이다. 실제의 인간과 똑같이 느끼고 생각하고 행동한다. 맑은 눈빛, 은은한 체취, 깊은 한숨, 분노의 포효—문학 속의 인간은 그렇게 생생히 다가와 우리 마음을 흔든다. 천 리나 만 리, 백 년이나 천 년 같은 간극도 장애가 되지 않는다.

문학, 특히 서사문학 속에 형상화된 개성적 인물을 캐릭터(character)라고 한다. 지식의 차원에서 해부하여 정리한 인간이 아니라 저만의 성격을 가지고 살아 움직이는, 형상(形象)으로서의 인간이다. 그들은 상상을 매개로 창조된 가상의 존재이지만, 실제의 인간을 넘어서는 힘을 발휘하기도 한다. 사람을 웃기고 울리며 인생에 변화를 가져다준다. 때로 사람들이 문학 속의 캐릭터를 깊이 사랑하여 가슴에 품고 삶의 힘을 얻는 것은 드문 일이 아니다.

캐릭터의 창조는 서사문학의 성패를 좌우한다. 독자의 가슴속에 깊이 각인될 만한 생생한 캐릭터를 만들어 냈다면 그 작품은 그것만으로도 성공한 것이라 할 수 있다. 반면 캐릭터를 제대로 살려 내지 못했다면, 인생에 대한 진지하고 유익한 성찰을 가득 담고 있더라도 그 작품은 성공한 것이라 하기 어렵다.

이렇듯 캐릭터가 중요한 위치를 차지하고 있음에도 근래 문학에 대한 논의에서 그것을 소홀히 다루지 않았나 반성해 본다. 구조와 형식, 작가와 독자, 사회와 현실 등에 관해서는 많은 논의가 있었던 데 비해 캐릭터에 대해서는 상대적으로 한산했다. 서사문학을 다다루다 보면 당연히 '인물'을 살피게 마련인데, 그것을 살아 있는 개성적 인간(캐릭터)으로 다루었는지 의문이다. 돌이켜 생각해 보니 구조나 현실 등과의 연관 속에서 추상적으로 개념화한 측면이 컸던 것 같다.

우리네 가슴속에 생생히 살아 있는 캐릭터에 대한 새로운 발견, 그것이 현 단계 문학에 대한 논의에서 중요한 과업이라는 데 많은 연구자들이 동의하고 공감해 주었다. 이것이 이 책의 출발점이다.

2

최근 들어 고전의 가치를 새롭게 인식하고 있지만, 아직도 고전을 어렵고 고루하며 따분한 것으로 보는 시선이 많다. 고전은 왠지 봉건적이고 경직된 것이어서 현대적 감성과는 잘 맞지 않을 것이라고 예단하고는 한다.

고전에 등장하는 인물들에 대해서도 그와 비슷한 선입견이 있다. 많은 사람들이 고전소설의 주인공에 대하여 상투적인 인물 묘사, 비현실적인 외모와 능력, 평면적으로 유형화된 성격 등을 연상하고는 한다. 고전 속의 인물들은 틀에 박힌 존재라서 인간적 매력을 느끼기 어렵다는 반응이다. 학교에서 오랫동안 그렇게 가르친 결과 이것이 하나의 고정관념이 되었다.

고전 서사문학의 주인공 가운데는 평면적 인물이 많은 것이 사실이다. 흥부나 심청은 시종일관 선량한 인물이고, 놀부나 뺑덕어미는 소유에 대한 집착이 남달리 강한 인물이다. 유충렬은 언제라도 충성스런 마음을 놓지 않으며, 정한담은 일관되게 간신배로서 행동한다. 배비장은 속마음과 달리 체면치레를 중시하는 인물로, 애랑은 남성을 골탕 먹이고 이익을 챙기는 인물로 유형화되어 있다.

인물의 평면성은 고전문학의 가치를 낮춰 보는 주요한 근거가 되어 왔다. 하지만 이는 합당한 것이라 하기 어렵다. 평면적 인물이라도 얼마든지 개성이 강한 매력적인 캐릭터가 될 수 있다. 흥부나 심청, 유충렬, 배비장 등은 특유의 일관된 성격으로 편안하고도 선명하게 다가와 독자의 기대를 충족시킨다. 평면적 인물이 큰 매력을 발산하는 사례는 세계적으로도 매우 많다. 《삼국지》의 장비는 성질 급한 싸움꾼이면서 불의를 못 참는 정의의 사나이이고, 유비는 저보다 다른 사람을 먼저 생각하며 인의와 덕을 중시하는 인물이다. 햄릿은 매사에 의심이 많아 행동으로 실행하는 데 주저하는 인물이며, 돈 키호테는 추호의 의심 없이 자기 판단을 확신하고 과감하게 행동하는 인물이다. 이러한 일관된 성격은 이들을 최고의 개성과 생명력을 지닌 캐릭터로 올려놓았다.

우리 고전 속에 평면적 인물이 많긴 하지만, 대개가 그런 식이라고 보는 것은 잘못이다. 언뜻 평면적 인물로 보이지만 실제로는 주어진 상황 속에서 심각하게 고뇌하고 결단하여 행동하는 인물들이 많다. 예컨대 춘향을 열녀로 규정하여 평면적 인물의 전형으로 삼는 시각이 있으나, 학계의 연구 결과는 그것을 지지하지 않는다. 춘향은 봉건적인 열(烈) 관념에 구속된 인물이 아니라 제 삶을 주체적으로 살아간 인물이며, 옥중에서 시련을 거치면서 이타적 사랑과 인간 해방의 화신으로 거듭나는 존재라는 것이 작품의 실상이다. 이본에 따라서는 흥부 같은 인물도 극한 상황 속에서 폭력적 면모를 보이다가 고비를 벗어난다는 식으로 성격이 입체화된 사례가 있다. 세심하게 작품을 살펴보면, 고전문학의 수많은 주인공들에게서 입체적 인물로서의 인간적 체취와 매력을 느낄 수가 있다.

3

우리 고전문학 작품에는 여러 유형의 수많은 캐릭터들이 있다. 당대는 물론 현대에도 호소력 있게 다가올 만한 가지각색의 인물이 살아서 숨쉬고 있다. 안타까운 일은 일반 대중들에게 상당수 캐릭터가 그릇된 모습으로 알려져 있거나 아예 인식조차 못되고 있다는 사실이다.

이 책에서는 고전 캐릭터 가운데 우리들이 그간 무심코 지나쳐 왔거나, 세상에 왜곡된 형태로 알려져 있던 인물들을 새롭게 조명하였다. 따라서 통념을 넘어서 고전 캐릭터의 참모습을 온전히 깨닫는 계기가 되어 줄 것이다.

한국 사람 가운데 옹녀나 박문수를 모르는 사람은 거의 없을 것이다. 하지만 그 참모습을 제대로 아는 사람은 몇이나 될까? 〈변강쇠가〉의 옹녀는 세간에 음녀(淫女)의 전형처럼 알려져 있으나, 작품이 보여주는 실상은 그와 다르다. 그는 매우 당차고 도발적인 인물이지만, 섹스에 굶주린 탕녀는 아니다. 열악한 환경과 주변의 편견 속에서 어떻게든 살길을 찾아보려고 발버둥친 서민 여성의 면모가 그 참모습에 가깝다. 동정을 넘어서서 때로 경외감까지 불러일으키는 모습이다. 암행어사 박문수는 또 어떠한가? 아마도 '예리하고도 강직한 해결사'라고 하는 것이 세간의 통념일 것이다. 하지만 박문수가 설화의 주인공으로서 친근하고도 기꺼운 민중의 벗이 된 이유는 그의 '능력' 때문이라기보다는 그가 사람들 사이에서 기꺼이 '바보'가 될 수 있는 인간미를 지녔기 때문이라고 하는 것이 여러 설화 자료가 전해 주는 실상이다.

신화에 등장하는 웅녀나 유화는 또 어떠한가? 웅녀는 흔히 환웅에게 선택받아 단군을 낳은 모성적 존재로만 인식되어 왔다. 그가 인간으로 거듭나게 된 과정과 관련하여 사람들이 떠올리는 것은 마늘과 쑥의 시련 정도이다. 그러나 그와 호랑이의 관계에 관심을 돌릴 때 우리는 웅녀의 숨겨진 진면목과 만날 수 있다. 그녀는 한때 삶의 동반자였으나 앞으로 함께 나아갈 수 없었던 호랑이와의 인연을 냉정히 정리하는 결연한 선택을 함으로써 삶의 새 지평을 열었던 터이다. 이와 같은 '절연과 결별을 통한 비약'이 웅녀의 신성성을 구성하는 중요한 요소가 된다는 것이 이 책에서 주목한 지점이다. 유화의 경우, 대부분의 사람들이 알고 있는 사실이란 그가 고구려 시조인 주몽을 낳은 여인이라는 것이다. 유화가 동아시아 여러 민족에게 두루 추앙을 받아 수백 년 또는 천여 년간 신성한 힘을 발휘해 온 동국 보편의 성모(聖母)라고 하는 새로운 사실을 깨우칠 때 유화라는 캐릭터는 우리에게 더욱 의미심장하게 다가올 것이다.

이들만이 아니다. 우리가 무심히 지나치거나 내막을 잘 몰랐던 캐릭터들이 꽤나 많다. 이몽룡이 춘향의 사랑을 얻은 것이 그가 권세 좋은 사또의 자제였기 때문이라고만 생각한다면 그것은 오산이다. 이몽룡의 진정한 매력은 다른 데 있다. 우리가 평범하게 여겨 무심히 지나쳐 온 설화 속 손병사 어머니, 거기에는 우리를 감복시키는 놀라운 모성상이 살아 움직이고 있다. 욕망을 못 이긴 자책에 스스로를 징벌하여 무너뜨린 달래강 오라비가 우리에게 전해 주는 파토스 또한 일반적 통념을 훌쩍 뛰어넘는다. 〈적벽가〉에 인간적 체취와 생기를 불어넣는 역할을 하는 정욱이나 《현씨양웅쌍린기》의 놀라운 재담꾼 장시중 형제 등은 작품의 조연으로 이전까지 크게 주목을 받지 못했었으나 실제로는 크나큰 매력을 지닌 생생한 캐릭터이다.

어찌 이들뿐일까. 바리공주와 강감찬, 한음의 처, 나교란과 여섬요…… 우리 마음을 흔드는 새롭고도 놀라운 캐릭터들의 연속이다. 저마다 남다른 개성과 매력을 지닌 채 살아 움직이고 있는 수많은 캐릭터들. 그 하나하나를 가슴으로 만나 우리 영혼 속에 품을 수 있다면, 우리의 삶은 훨씬 풍요로워지고 행복해질 것이다. 그것은 곧 삶의 좋은 동반자를 얻는 것과 마찬가지이니 말이다.

4

고전 서사문학 속의 캐릭터들은 당대 사회의 산물인 한편, 시대를 뛰어넘는 원형적 보편성을 함축하고 있다. 세월의 검증을 거치며 살아남은 캐릭터가 지니는 문학적 생명력이란 만만한 것이 아니다. 수백 년의 간극을 훌쩍 뛰어넘어 사람들의 마음을 흔들 만한 힘이 그 속에 담겨 있다.

고전 캐릭터들은 우리에게 인간 존재에 대한 새로운 발견의 기쁨을 전해 주는 한편, 폭넓은 '문화적 영감'을 불러일으킨다. 최근 세계의 문화 산업계에서 고전적이고 원형적인 캐릭터를 발굴하는 일에 다투어 나서고 있는 현상을 예사로이 볼 일이 아니다. 그들이 지닌 원형적 힘을 깨달은 데 따른 필연적 현상이다. 고전 캐릭터의 재발견은 이미 시대의 문화적 과제가 되었다. 수많은 매력적인 캐릭터를 보유하고 있는 우리 고전도 예외일 수는 없다. 그것이 지니는 문화 자원으로서의 가능성이 그야말로 무궁무진하다.

요즘 스토리나 캐릭터가 황금알을 낳는 존재로 다루어지는 것을 보고는 한다. 멋진 캐릭터를 잘 살려 내면 엄청난 부가가치가 생겨난다고 한다. 고전 캐릭터가 그러한 자원이 될 수 있다는 것은 무척 반

가운 일이다. 하지만 캐릭터에 대한 우리의 관심은 그것을 황금의 수단으로 삼는 데 있지 않다. 사람들에게 영혼의 울림을 전해 줄 수 있는, 삶의 표상이 될 수 있는 살아 있는 인간들과 제대로 대면해 보자는 것이 우리의 관심사이다. 그를 통해 우리의 정신을 더욱 아름답고 풍요롭게 하자는 것이다. 그렇게 '인간의 길'을 열어 나가는 것이 곧 인문학의 본령이라고 우리는 믿는다.

그렇게 찾아낸 '살아 있는 인간'들이 오늘날의 대중문화 속에 보란 듯이 당당하게 되살아난다면 더욱 좋을 것이다. 대장금이나 뮬란을 뛰어넘는 놀라운 성과들이 속속 이어진다면 금상첨화이겠다. 그 몫은 이 책의 독자들이 담당해 주면 좋겠다는 것이 우리의 희망 사항이다. 특히 21세기 문화의 주역이 될 젊은 독자들이 폭넓은 문화적 영감을 얻어서 놀라운 일들을 해낼 수 있기를 기대한다. 이 책이 그를 위한 좋은 출발점이 되어 준다면 더 바랄 것이 없겠다.

이 책은 수많은 사람들의 정성이 모여 이루어졌다. 고전 캐릭터를 제대로 살려 내 보자는 취지에 많은 연구자들이 성원을 보내고 자발적으로 작업에 참여했으며, 기획 방향에 맞추기 위한 번거로운 원고 수정 작업을 흔쾌히 감수해 주었다. 고전에 대한 진정한 사랑이 있었기에 가능한 일이었다. 그 많은 연구자의 노력으로 85명의 고전 캐릭터들이 21세기의 초입에 새로운 생명을 부여받게 되었으니 참으로 놀랍고도 고마운 일이다. 그 고귀하고 갸륵한 뜻에 깊은 감사의 마음을 전한다. 불민한 스승을 도와 책의 기획과 진행을 돕고 좋은 원고를 써 준 여러 문하생들에 대한 고마움 또한 빼놓을 수 없다. 아울러 책의 출판을 기꺼이 맡아서 까다롭고 번다한 편집 과정을 일일이 챙김으로써 널리 자랑할 만한 좋은 책을 만들어 준 휴머니스트 출판사의 여러 분께도 진심으로 감사드린다.

2008년 3월

서대석

차 례

우리 고전 캐릭터의 모든 것 2 / 우리가 몰랐던 고전 캐릭터의 참모습

머리말 5

1 옹녀
어느 하층 여성의 기구한 인생 역정 | **정출헌** 18

2 바리공주
소외된 민중의 희망 | **황루시** 34

3 강감찬
천 년 여우에게서 난 문곡성 | **조태영** 48

4 웅녀
'사람' 이 된다는 일 | **정운채** 66

5 유화
드넓은 생명력의 동국 성모 | **이종주** 76

6 손병사 어머니
나는 소신파다, 귀신도 물렀거라 | **강진옥** 92

7 최랑
A형 남자를 향한 O형 여자의 당찬 사랑 | **이인경** 112

8 박문수
아이들의 친구, 백성의 벗 | **김경섭** 128

9 한음의 처
오성 대감은 나의 밥 | **강성숙** 142

10 장시중 형제
희대의 재담꾼 | **한길연** 156

11 나교란과 여섬요
기생첩의 육체적 탐닉과 정실 차지 욕망 | **조광국** 172

12 홍계월
남자가 되고 싶었던 알파걸 | 장시광 186

13 강임
이승 차사인가, 저승 차사인가 | 최원오 204

14 호랑이
잔인함 뒤에 숨겨진 또 다른 얼굴 | 김미영 222

15 달랭강 오라비
슬픈 오라비의 초상 | 심우장 236

16 윤여옥
함께 있으면 즐거운, 쾌활하고 솔직한 다정남 | 이지영 252

17 이몽룡
사랑하지 않을 수 없는 남자 | 이유진 270

18 도깨비
병 주고 약 주는 존재 | 김종대 286

19 마고할미
여성 거인의 서글픈 창조의 몸짓 | 권태효 300

20 탈춤의 노장
노장 스님, 인간 세상에 왜 내려오셨던고 | 손태도 318

21 정욱
재치 있거나 건방지거나 | 류수열 330

22 장끼
참 대책 없는 이 친구, 하지만…… | 정충권 346

참고문헌 360

우리 고전 캐릭터의 모든 것 1

고전 캐릭터, 그 수천수만의 얼굴

1 채봉 너는 내 운명! 채봉과 장필성 / 서인석
2 석숭 거부가 들려주는 돈의 철학 / 박명숙
3 강남홍 조선의 로망, 21세기의 로망 / 서대석
4 유리 신화적 영웅의 아버지 찾기 / 임재해
5 최치원 출세하고 싶다는, 그 헛된 욕망의 신기루 / 류준필
6 범천총 범천총이 호랑이 눈동자를 가린 뜻은 / 정진희
7 관음보살 여인이 된 관음보살, 사랑과 성불을 돕다 / 이강옥
8 여우 누이 우리 곁에 있는 달콤한 공포 / 김성룡
9 경문대왕 엽기적인 개혁 군주의 슬픈 초상 / 심민호
10 광대 달문 광막한 천지에 부는 바람 같은 사내 / 사진실
11 방학중 기막힌 꾀로 무장한 진정한 트릭스터 / 나수호
12 중며느리 먹맹이 굴레를 벗어던진 겁 없는 여자 / 서영숙
13 초옥 한 상민 여성의 슬픈 착각 / 김대숙
14 유씨 부인 조선 명문가 여인의 자살, 비밀과 희망의 문 / 김동준
15 양소유 다정다감한 꽃미남 / 정길수
16 하옥주 조선 여성이 꿈꾼 커리어 우먼 / 임치균
17 옥소선 사랑과 성공, 그 모두를 이룬 여인 / 김준형
18 허홍 꿈을 이루기 위한 불굴의 의지 / 안순태
19 비형 도깨비 왕이 된 건축가 화랑 / 신재홍
20 오늘이 친절하고 따뜻한 그녀 / 정숙영
21 장사 홍대권 이쯤 되어야 대장부라 할 만하지 / 김종군

우리 고전 캐릭터의 모든 것 3

고전 캐릭터가 펼쳐 보이는 사랑과 인생

1 민옹 탁월한 이야기 심리 치료사 / 이민희
2 양이목사 외부의 부당한 억압이 만들어 낸 비극적 남성 영웅 / 조현설
3 김방경 오만한 기상을 지닌 거인의 초상 / 박성지
4 수명장자 인간 내면의 다중성 / 박종성
5 사정옥 치밀한 여성 가문 경영자 / 김종철
6 〈내 복에 산다〉의 막내딸 아버지의 집을 벗어나 홀로 세상에 나선 막내딸 / 김영
7 미얄할미 톡톡 튀는 화법에 섹시한 배꼽저고리 / 박경신
8 해산모 출산을 축제의 마당으로 끌어낸 여인 / 허용호
9 궤내깃또 아버지도 무서워한 영웅 / 이종석
10 호랑이 처녀 사람이 아니지만, 가장 사람다운 호랑이 / 류준경
11 욱면비 빛나는 초월 속에 깃든 민중의 소망 / 김현선

12 연희 유배 죄인을 사랑한 기생 / 강혜선
13 두향 기생이기를 거부한 이황의 그녀 / 홍태한
14 백정 박씨 어사 박문수도 막지 못한 인간 해방의 몸짓 / 신동흔
15 이현영 여성의 자아 찾기, 그 험난한 여정의 주인공 / 이지하
16 이생원네 맏딸애기 도도한 여인의 사생 결연 / 최현재
17 역관 김영감 양반 자제를 보쌈한 중인 역관 / 조성진
18 양씨 부인 여성 학습권을 실현한 조선 여성 / 서정민
19 〈이언〉의 여성 이제는 변해야 할 착한 여자 / 김경희
20 오유란 남자를 잘 아는 요부 / 김준범
21 노일제대귀일의 딸 팜므 파탈의 거부할 수 없는 유혹 / 장유정

우리
고전
캐릭터의
모든 것
4

대중문화와 눈부시게
만난 고전 캐릭터

1 황진이 그리움과 자존심 / 조세형
2 장화와 홍련 착한 아이 콤플렉스의 함정 / 이승복
3 목화 따는 노과부 그녀만의 작업의 정석 / 박상란
4 선덕 탁월한 문제 해결 능력을 갖춘 준비된 왕 / 신선희
5 평강공주 순수남을 영웅으로 만든 자주녀 / 이동근
6 당금애기 온실의 꽃에서 사막의 숲으로 / 이경하
7 수로부인 신물이 탐하는 매력적인 여사제 / 이창식
8 옥영 어질고 지혜로운 이 땅의 아내, 그리고 어머니 / 이상구
9 춘풍 처 김씨 억척 아줌마의 남편 길들이기 / 최혜진
10 선녀 지상의 남자보다 천상의 고향을 사랑한 여인 / 이지영
11 두두리 도깨비 변화를 꿈꾸는 한국인의 연금술사 / 강은해
12 삼족구 구미호에게는 내가 천적 / 이홍우
13 홍동지 발가벗고 설치는 천하장사 / 박진태
14 전우치 나는야 조선의 뤼팽! / 김탁환
15 최생 여기가 용궁? 나 최생이야 최생 / 황재문
16 이여송 기분 나쁘면 힘세져라 / 정재민
17 오누이 장사 되살아오는 누이 장사의 혼 / 김승필
18 갖은 병신 노처녀 그녀의 우습고도 희한한 혼인담 / 김현식
19 독수공방의 여인 주고받지 못하는 사랑에 대하여 / 박이정
20 덴동어미 불행하지만 누구보다 삶을 사랑한 억척 여인 / 임주탁
21 방귀쟁이 며느리 내숭 따윈 필요 없어 / 조선영

1

어느 하층 여성의 기구한 인생 역정

정출헌

옹녀

남편이 첫날밤 비명횡사한 후 상부살이 있다는 오명을 뒤집어 쓴 채 온갖 멸시를 받고 살아야만 했던 최하층 여성. 남편을 잃은 후 개가를 하지만, 개가를 거듭할수록 사회 경제적으로 점차 열악한 나락으로 떨어지다 결국 마지막에 천하의 '잡놈' 변강쇠를 만난다. 힘겨운 밑바닥의 삶에서 체득한 당찬 성격을 지녔지만, 당대 사회에서는 받아들여지기 어려운 행동 양식으로 음탕한 여자라는 비난을 받았던 중세 여성의 운명을 보여 준다.

'옹녀'는 조선 후기에 성행했던 판소리 열두 마당 가운데 한 작품인 〈변강쇠가〉의 여주인공이다. 조선 후기에는 판소리로 불렸지만, 19세기 후반 신재효(申在孝)가 개작하여 사설 내용만 오늘날까지 전하게 되었다. 물론 민중의 전폭적인 지지를 받은 판소리 광대들의 손으로 직접 만들었을 원작품과 판소리의 유력한 후원자이자 탁월한 이론가였던 신재효가 자신의 세계관에 맞게 개작한 작품 사이에 거리는 있을 것이다. 그 거리를 따져 가며 '옹녀'라는 기구한 한 하층 여성의 삶을 따라가 보는 것은 〈변강쇠가〉에 대한 흥미로운 독법(讀法) 가운데 하나가 될 것이다.

계집이 허락한 후에 청석관을 처가로 알고, 둘이 손길 마주 잡고 바위 위에 올라가서 대사(大事)를 지내는데, 신랑 신부 두 연놈이 이력이 난 것이라 이런 야단이 없겠구나. 멀끔한 대낮에 연놈이 홀딱 벗고 장난할 때, 천생음골(天生陰骨) 강쇠놈이 여인의 양각(兩脚) 번쩍 들고 옥문관(玉門關)을 굽어 보며,

"이상히도 생겼구나. 맹랑히도 생겼구나. 늙은 중의 입일는지 털은 돋고 이는 없다. 소나기를 맞았는지 언덕 깊게 패였다. 콩밭 팥밭 지났는지 돔부꽃이 비치였다. 도끼날을 맞았는지 금바르게 터져 있다. 생수처(生水處) 옥답(沃畓)인지 물이 항상 고여 있다. (중략) 제 무엇이 즐거워서 반쯤 웃어 두었구나. 곶감 있고, 으름 있고, 조개 있고, 연계 있고, 제사상(祭祀床)은 걱정 없다."

저 여인 살짝 웃으며 갚음을 하느라고 강쇠 기물(奇物) 가리키며,

"이상히도 생겼네. 맹랑히도 생겼네. 전배사령(前陪使令) 서려는지 쌍걸낭을 느직하게 달고, 오군문(五軍門) 군뇌(軍牢)던가 복덕이를 붉게 쓰고 냇물가에 물방안지 떨구덩떨구덩 끄덕인다. 송아지 말뚝인지 털고삐를 둘렀구나. (중략) 고추 찧던 절굿대인지 검붉기는 무슨 일인고. 칠팔월 알밤인지 두 쪽이 한데 붙어 있다. 물방아, 절굿대며, 쇠고삐, 걸낭 등물 세간살이 걱정 없네."

강쇠놈이 대소(大笑)하여,

"둘이 다 비겼으니 이번은 등에 업고 사랑가로 놀아 보세."

— 강한영 교주, 〈변강쇠가〉(신재효본), 《신재효 판소리 사설집》(전), 345쪽

천하잡놈 변강쇠의 짝, 옹녀의 두 얼굴

조선 후기 판소리 문학에는 흥미로운 여성이 여럿 등장하는데, 대부분 하층 신분들이다. 보잘것없는 여성, 그것도 하찮은 신분에 대한 주

목으로 보인다. 그것은 거창한 명분과 관념적 열정에 둘러싸인 영웅 세계에서 일상적 삶으로 서사적 관심을 이동시킨, 그리하여 중세적 이념의 틀이 무시해 버렸던 평범한 인간에 대해 주목했던 판소리 문학의 예술적 성취임에 분명하다. 실제로 여기에 등장하는 여성들은 신분적 질곡과 성적 모순의 희생자인 동시에 이를 딛고 일어선 인물들의 빛나는 전형이다. 판소리 하면 떠오르는 인물이 '춘향'과 '심청'이라는 점은 이런 평가를 뒷받침한다.

또한 겉으로는 변변찮은 인물처럼 보이지만, 자세히 들여다보면 의미심장한 역할을 담당하고 있는 여성들도 곳곳에 배치되어 있다. 변변찮은 인물처럼 보인다는 것은 자신의 이름을 제목으로 내걸지 못했다는 점에서 그렇고, 의미심장한 역할을 담당하고 있다는 것은 이들이 일그러진 남성들과 갈등 관계를 형성하며 새로운 시대의 주역으로 떠오르고 있다는 점에서 그렇다. 〈배비장타령〉에서 '배비장'과 '애랑', 〈강릉매화타령〉에서 '골생원'과 '매화', 〈무숙이타령〉에서 '무숙'과 '의양', 〈장끼타령〉에서 '장끼'와 '까투리', 〈변강쇠가〉에서 '변강쇠'와 '옹녀'가 그런 관계를 생동감 있게 보여 준다.

이들 가운데 기생으로 등장하는 여성은 양반의 허위 의식을 신랄하게 풍자하는 역할을 담당하고 있고, 아내로 등장하는 여성은 폭압적인 가장에 맞서 이들을 풍자하는 역할을 담당하고 있다. 신분제의 권력에 의존하고 있던 양반이든 가부장적 권위에 매몰되어 있던 가장이든, 이들은 모두 일그러진 남성들이다. 그에 반해 그들과 짝을 이루고 있는 여성들은 강인하고 건강한, 그러면서도 사려 깊은 여성들이다. 우리는 이런 개괄적 소묘(素描)를 통해, 판소리는 신분적 차별과 성적 모순이라는 중층적 질곡에 처해 있던 하층 여성을 작품의 주역으로 내세워 신분제적 사회 질서와 가부장적 가족 제도, 곧 남성이 주도하던 중세 사회의 골간(骨幹)에 균열을 일으켰다는 문예사적 의의를 부여할 수 있다.

그럼에도 불구하고 〈변강쇠가〉의 여주인공 옹녀는 이들 작품에 등장하는 긍정적인 여성들과 하나로 묶어 살피기에 주저되는 바가 있다. 그녀 역시 천하의 잡놈 변강쇠 못지않은 '잡년'으로서의 면모를 유감없이 보여 주는 여성처럼 읽히기 때문이다. 옹녀의 다음 행동을 보라.

> 이년이 하릴없이 쫓기어 나올 적에 파랑 봇짐 옆에 끼고, 동백기름 많이 발라 낭자를 곱게 하고 산호 비녀 찔렀으며, 출유(出遊) 장옷 엇메고 행똥행똥 나오면서 혼자 악을 쓰는구나. "어허, 인심 흉악하다. 황해(黃海)·평안(平安) 양서(兩西) 아니면 살 데가 없겠느냐? 삼남(三南) 좆은 더 좋다더라."
>
> —〈변강쇠가〉(신재효본), 535쪽

옹녀는 일 년에 한 명씩 서방 여섯을 죽이고도 모자라 삼십 리 안팎에 상투 올린 사나이는 고사하고 열다섯 넘은 총각마저 모조리 잡아먹은 여인으로 작품 서두에 그려진다. 그런 죄로 마을 사람들에게 쫓겨 나오면서까지 이렇게 악다구니를 퍼붓고 있는 그녀의 태도는 당돌하다 못해 음탕하기 짝이 없다. 역시 옹녀는 '삼남(三南)에서 빌어먹다 양서(兩西)로 올라가던 천하의 잡놈' 변강쇠와 절묘하게 어울리는 한 짝인 것이다. 잡놈과 잡년의 만남! 그럼에도 음탕한 옹녀의 면모를 의심케 하는 장면도 적지 않다. 옹녀 자신이 밤낮을 가리지 않고 날품을 팔아 돈냥이나 모아 놓으면, 변강쇠는 날마다 놀음질, 싸움질,

계집질로 가산을 탕진해 버리곤 했다. 그러자 옹녀는 변강쇠에게 다음과 같이 권유한다.

> 하루는 저 여인이 강쇠를 달래되, "집의 성기(性氣) 가지고서 도방 살림하다가는 돈 모으기 고사하고 남의 손에 죽을 테니, 심산궁곡(深山窮谷) 찾아가서 사람 하나 없는 곳에 산전(山田)이나 파서 먹고, 시초(柴草)나 베어 때면 노름도 못할 테요 강짜도 안 할 테니 산중(山中)으로 들어가십시다."
>
> —〈변강쇠가〉(신재효본), 543쪽

여기에서 그려진 옹녀의 모습은 절대적인 궁핍과 폭압적인 가장에 맞서 분투하던 다른 판소리 작품의 하층 여성과 비교해 조금의 손색도 없다. 허랑방탕한 도시 생활을 접고 인적 드문 산골로 들어가서 오롯이 살림을 꾸려 보자는 그녀의 태도에서 음녀로서의 모습을 발견하기는 어렵다. 오히려 못난 가장을 달래어 어떻게든 살아 보려고 발버둥치던 소박한 아낙네의 눈물겨운 모습을 발견하게 된다. 그렇다면 수많은 사내를 죽음으로 몰고 갔던 음탕한 여인으로서의 면모와 힘겨운 삶을 온몸으로 견뎌 나갔던 최하층 아낙으로서의 면모, 이 둘 가운데 어느 것이 옹녀의 진짜 얼굴일까?

옹녀의 기구한 인생 역정, 그 깊은 내력

우리가 흔히 알고 있듯이, 옹녀는 억누를 수 없이 뿜어 나오는 욕정을 지닌 여인이다. 그리고 그것을 애써 감추거나 억누르려고도 하지 않는다. 그로 인해 옹녀는 거대한 남근을 향해 질주하는 성적 욕망의 화신처럼 보이기도 한다. 변강쇠 또한 그러하다. 그 역시 거대한 욕정의 소유자인 동시에 옹녀와 마찬가지로 전국을 떠돌아다니며 자신의 욕망을 감당할 만한 짝을 찾고 있었다. 그런 점에서 옹녀와 변강쇠의 만남은 기존의 윤리 규범으로는 용납할 수 없는, 그렇다고 쉽게 제어할 수도 없었던 두 욕망의 접속이라 부를 수 있다. 그런 까닭에 변강쇠와 옹녀는 자신이 살던 삶의 터전에서 추방되고, 그것도 모자라서 결국에는 변강쇠의 비명횡사를 통해 이들 둘을 강제로 분리시켰던 것이다.

이처럼 이들 둘은 욕망 충족을 향한 질주, 곧 끝없는 탈주(脫走)의 줄을 타고 있는 것처럼 보이기도 한다. 그것은 〈변강쇠가〉 전편을 이끌어가는 서사적 동력이기도 하다. 하지만 우리는 되돌아갈 수 없는 삶의 터전을 향한 귀소본능(歸巢本能)이 그들의 발목을 놓지 않고 있음에 유념해야 한다. 아무런 생산적 의미를 담고 있지 못한 욕정을 추구할 때조차 끊임없이 환기되는 안정된 삶에 대한 희구는, 〈변강쇠가〉를 이끌어가는 또 다른 서사적 동력이다. 서두에서 인용한, 그 음란한 '기물타령'의 대목에서조차 그런 면모를 발견할 수 있다.

> 멀끔한 대낮에 연놈이 홀딱 벗고 장난할 때, 천생음골(天生陰骨) 강쇠놈이 여인의 양각(兩脚) 번쩍 들고 옥문관(玉門關)을 굽어 보며, (중략) "곶감 있고, 으름 있고, 조개 있고, 연계(軟鷄) 있고, 제사상(祭祀床)은 걱정 없다."
>
> 저 여인 살짝 웃으며 갚음을 하느라고 강쇠 기물(奇物) 가리키며, (중

남근석. 민간 신앙의 대상으로 풍요와 다산을 상징하였다.

략) "물방아, 절굿대며, 쇠고삐, 걸랑 등물 세간살이 걱정 없네."

—〈변강쇠가〉(신재효본), 345쪽

변강쇠와 옹녀는 처음 만났던 청석관 너럭바위에서 질탕한 성행위를 치르고 난 뒤, 서로의 성기를 보고서는 이처럼 기물에 빗대어 노래를 한다. 가장 은밀한 신체 부위를 공공의 장소로 끌어내 희롱하던 그들의 태도에서 금욕을 강요하던 중세적 윤리 규범에 대한 반발을 볼 수 있다. 하지만 여기서 눈여겨보아야 할 점은 성기 묘사에 동원된 기물들 모두가 일상적이고도 평범한 가정 생활에 쓰였던 살림살이라는 사실이다. 우리는 그런 까닭을 전국을 방랑하던 그들이지만 추방당한 고향, 곧 안정된 삶에 대한 열망과 갈구를 잠시도 잊지 못했기 때문이라 추측한다. 그들이 헛된 욕정만 추구하며 떠돌아다니는 것처럼 보이지만, 내면 깊숙한 곳에서는 정주(定住)를 향한 그리움이 꿈틀대고 있었던 것이다.

흥미로운 점은 여기에 그치지 않는다. 변강쇠가 옹녀의 성기에서 '제사상'에 필요한 기물들을 읽고 있는 데 반해, 옹녀는 변강쇠의 성기에서 '세간살이'에 소용되는 기물들을 읽고 있다. 둘 모두 고향에서 쫓겨나 유랑하는 신세지만, 성적 희열로 들뜬 상황에서조차 변강쇠는 가계(家系)를 먼저 떠올리는 '남자'였고, 옹녀는 가계(家計)를 먼저 떠올리는 '여자'였던 것이다. 기실, 옹녀가 겪어야 했던 숱한 아픔 가운데 가장 견디기 힘들었던 것은 신분적 질곡이나 경제적 궁핍이 아니라 아내라는 이름에 가해지는 가부장적 횡포였다. 그것은 눈물겨울 정도로 참혹했다. 공동의 삶에 아무런 책임도 나눠 갖지 않은 채 부가되는 변강쇠의 의처증, 계집질, 그리고 밤낮없이 계속되는 싸움질로 인해 옹녀는 참으로 힘들어했다. 변강쇠의 이런 행태가 가부장제의 폭압을 전형적으로 보여 주는 사례임은 두말할 나위 없다.

하지만 문제의 심각성은, 그토록 지긋지긋한 지아비일지언정 장승을 패는 무지막지한 행동과 그로 인한 비명횡사의 결과가 변강쇠 자기 한 몸의 파멸에만 그치지 않고 있다는 데 있다. 변강쇠의 죽음은 공동의 운명으로 묶여 있던 배우자, 곧 옹녀의 파멸로까지 이어졌다. 옹녀가 천하의 잡놈인 변강쇠와 살림을 꾸리게 된 내력도, 따지고 보면 열다섯에 얻은 남편이 첫날밤 급사(急死)한 일로부터 비롯된 것이었다.

> 열다섯에 얻은 서방 첫날밤 잠자리에 급상한(急傷寒)에 죽고, 열여섯에 얻은 서방 당창병(唐瘡病)에 튀고, 열일곱에 얻은 서방 용천병에 펴고, 열여덟에 얻은 서방 벼락 맞아 식고, 열아홉에 얻은 서방 천하에 대적(大賊)으로 포청(捕廳)에 떨어지고, 스무 살에 얻은 서방 비상(砒

霜) 먹고 돌아가니 서방에 퇴가 나고, 송장 치기 신물 난다.

—〈변강쇠가〉(신재효본), 533쪽

옹녀는 시집간 뒤로부터 해마다 한 명씩 남편의 죽음을 겪었다. 참으로 기구한 팔자이다. 하지만 눈여겨볼 대목은 그들 남편이 죽어간 내력이다. 첫 번째 남편은 급상한(急傷寒)으로 죽었다고 했다. 그것이 급성 폐렴을 가리키든 아니면 복상사(腹上死)를 가리키든 누구도 예기치 못한 갑작스런 죽음임에는 분명하다. 그리고 첫 남편의 죽음은 한 여인의 꿈을 모두 앗아가 버렸다. 그로 인해 남편 잡아먹는 상부살이 낀 여자로 낙인 찍힌 젊고 아리따운 과부의 앞날이란 굳이 말하지 않아도 눈에 선하다.

실제로 작품에서는 그녀가 겪어야 했던 기구한 인생 역정을 세세하게 일러 준다. 남편과의 사별 뒤에 얻은 여러 서방들의 잇따른 죽음이 바로 그것이다. 당창병(성병)에 걸려 죽거나, 용천병(문둥병)으로 죽거나, 벼락을 맞아서 또는 벼락 맞을 짓을 하다가 죽거나, 도적질을 해 포도청에 끌려가 죽거나, 양잿물을 먹고 자살해 죽거나 모두 이들의 몰골은 참으로 험상궂다. 그러나 변변찮은 천한 신분의 여성이 개가를 해서 얻을 수 있는 서방이란 이런 위인들일 수밖에 없었을 것이다. 그녀가 일곱 번째 만난 변강쇠도 앞서 죽어간 그런 지질이 못난 부류들과 다르지 않다. 그리고 변강쇠와의 생활로 미루어 보건대, 옹녀가 예전 서방들에게 당해야 했던 신체적, 정신적 고통 또한 변강쇠 못지않았을 게 분명하다.

이처럼 첫 남편의 급작스런 죽음은 한 여성으로서의 옹녀의 인생을 결정짓는 큰 사건으로 작용했다. 아무리 우연히 일어난 사건이라

해도 가장의 죽음은 한 여인의 운명을 참혹하게 만들었다. 그것은 조선 후기 남편을 잃고 홀로 된 여성이 몸담고 있던 열악한 사회·경제적 처지를 정확하게 반영한다. 실제로 천한 신분의 여성이 지아비를 잃고 개가를 한 경우, 그 누구도 옹녀가 걸어간 길을 비켜가기 어려웠다. 그런 점에서 옹녀의 기구한 운명은 조선 후기 하층 여성 모두의 운명이기도 하다.

옹녀의 개가, 그를 바라보던 남성의 시각

여섯 번이나 남편을 잃고 홀로 된 하층 여성이 겪어야 했던 비극적 삶을 온몸으로 보여 준 옹녀의 운명을 신재효는 "서방에 퇴가 나고, 송장 치기 신물 난다."라고 압축했다. 실제로 옹녀는 기둥서방 간부(間夫), 애부(愛夫) 등을 얻어 살림을 꾸려 보았지만 모두 죽어 나갔고, 작품 후반에 길게 그려져 있는 것처럼 흉측한 주검을 치우는 일에 몸서리치고 있었다. 하지만 옹녀의 삶을 "사주에 청상살(靑孀煞)이 겹겹이 쌓인 고로 상부(喪夫)를 하여도 징글징글하고 지긋지긋하게 단콩 주워 먹듯 하것다."로 요약하는 것이 더 정확하다. 옹녀를 중심에 두고 〈변강쇠가〉를 읽는다면 상부살이 낀 한 여인의 기구한 인생 역정, 곧 '상부와 개가의 반복'을 서사 구조로 삼고 있는 작품이라고 부를 수 있을 정도다.

하지만 '상부와 개가의 반복'이라는 기구한 삶을 살아간 옹녀를 바라보는 〈변강쇠가〉 작가 신재효의 시각은 음험하기 그지없다. 하층 여성으로서 겪어야 했던 비참한 삶에 주목하는 대신 욕정을 참지 못하는 음탕한 여인으로 옹녀를 그려 내고 있기 때문이다. 그리하여 우리는 그의 의도대로 옹녀를 욕정의 화신으로만 기억하고 있다. 정말 그럴까? 그녀의 삶을 꼼꼼하게 되짚어 보면, 인생 역정의 과정에서 겪었던 일련의 선택들은 모두 생존의 한 방편이었음을 깨닫게 된다. 옹녀와 같은 하층 여성이 지아비 없이 살아가기 위해 내세울 것이 자기 몸뚱이 말고 또 무엇이 있었겠는가? 들병장사든, 막장사든, 낮부림이든, 넉장질이든 모두 그러했다.

변강쇠의 주검을 치워 주는 대가로 같이 살 것을 약속했던 초라니의 부지런함, 곧 "부지런하기가 위에 없어 짐대 끝에 앉아서도 정녕 아니 굶"을 것 같던 모습을 보고 옹녀는 너무 기뻐한다. 게으른 자의 표본이던 변강쇠와 대비되는 초라니의 부지런함은 옹녀와 같은 여인에게 있어 참으로 의지하고 싶은 배우자의 덕목일 수밖에 없었다. 건장한 말몰이꾼 뎁득이를 보고는 얼마나 마음 듬직하게 여겼던가? 사정이 이러하다면 옹녀가 당찬 사내를 만나 새롭게 가정을 꾸리려 했던 것은, 그녀에게는 음욕(淫慾)의 충족을 위해서만이 아닌 생존의 절실한 방편이었음을 인정해야 할 것이다.

그럼에도 불구하고 우리가 옹녀의 일거수일투족을 모두 욕정의 이끌림으로만 읽는 것은 작가 신재효의 편파적인 서술 시각이 위력을 발휘한 까닭이다. 옹녀의 상부 내력에 대한 평가에서도 그러하거니와 청석관에서의 대낮 정사를 그리고 있는 대목에서도 신재효의 이런 음험한 시각은 극에 달한다. 벌건 대낮에 너럭바위 위에서 서로의 성기를 보고 히히덕거리는 정사 장면을 작품 전면에 굳이 확대해 놓은 신재효의 의도는 무엇이었을까? 분명 은밀하게 이루어지는 남녀 간의 애정 행위를 작품 서두에 노골적으로 그림으로써 그들을 퇴폐적이고도 음탕한 인물로 만천하에 각인시켜 놓으려 했던 까닭일 것이다. 실제로 춘향과 이도령의 첫날밤은 변강쇠와 옹녀의 그것보다 훨씬 질탕하고도 뜨겁게 묘사되어 있다. 하지만 춘향의 첫날밤은 결코 비속하다는 느낌이 들지 않는다. 그것은 신재효가 그들의 첫날밤이 진정에 기반한 청춘남녀의 진솔한 애정 행위로 읽히게 만들어 놓았기 때문이다. 춘향과 이도령의 진솔한 사랑과 변강쇠와 옹녀의 비속한 사랑! 이들을 대비하여 읽어 보면, 신재효가 변강쇠와 옹녀를 바라보던 시각을 좀 더 확실하게 알 수 있다. 그것은 옹녀라는 한 하층 여성의 삶을 남성적 시각으로, 더 나아가 사회·경제적 편견을 가지고 그려나갔기 때문일 것이다.

새로운 세태가 빚어낸 새로운 여성

옹녀가 아무리 기구한 삶을 겪었고, 신재효가 그것을 남성적 시각으로 왜곡했다 해도 그녀가 본래 '정숙한' 여인이었다는 것은 아니다. 분명 그녀의 성격은 중세 사회에서 최고의 부덕(婦德)으로 손꼽던 정숙과는 거리가 멀다. 하지만 옹녀가 새로운 생활 방식과 사고 방식을 지닌 여성임에는 분명하다. 조선 후기에 접어들면서 이렇듯 새로운 생활 방식과 사고 방식을 지닌 여성들이 간혹 눈에 띄기 시작한다. 그것은 조선 후기에 조성되던 도시적 분위기가 만들어 내기 시작한 조짐이었다. 변강쇠란 인물이 중세 사회의 말기, 시정 주변에서 창출된 룸펜적 인물의 행태를 반영하고 있는 것처럼 말이다.

이런 맥락에서 볼 때, 변강쇠와 옹녀의 인생 역정에는 조선 후기

김준근의 〈시장〉. 조선 후기 상업이 활성화되던 향촌 사회의 모습을 보여 준다.

화폐 경제의 확산이 만들어 낸 생존 방식이 흥미롭게 반영되어 있었음이 분명하다. 그렇다면 작가 신재효가 변강쇠와 옹녀를 그토록 비속하면서도 모멸적인 시각으로 그리려고 애썼던 까닭을 짐작할 수 있다. 좀 더 많은 설명이 필요하겠지만, 그들이 도시 주변을 떠돌다가 향촌 사회 주변을 서성대며 넘보고 있던 부류였다는 데 근본 이유가 있다. 잘 알려진 것처럼, 조선 후기 사회는 새로운 화폐 경제가 발빠르게 자리 잡아감으로써 시정적, 유흥적 분위기가 확산되고 있었다. 급기야는 안정적으로 유지되던 향촌 사회에도 이런 '불온한 기운'이 여기저기에서 스며들고 있었다. 향촌을 이탈하여 도시 주변을 떠돌아다니며 새로운 행동 양식으로 살아가던 변강쇠와 옹녀야말로 그런

불온한 기운의 표본이었던 것이다.

그런 까닭에 조선 후기 향촌 사회의 동요를 걱정스럽게 지켜보던 많은 사람들의 불안과 불만, 그리고 이런 분위기를 대변하고자 했던 신재효는 옹녀의 기구한 인생 역정을 동정 어린 시각으로 바라보기보다는 욕정에 들떠 쏘다니는 음란한 여인으로 몰아가고 싶었을 것이다. 이렇게 볼 때, 우리가 읽고 있는 옹녀라는 여인은 조선 후기 사회가 빚어낸 새로운 인간형인 동시에 그런 부류에 대한 당대인의 부정적 시각이 기묘하게 어우러져 있는 독특한 문학적 전형이었던 셈이다. 지금도 우리는 주변에서 새로운 세태가 창출해 낸 새로운 여성들, 그러나 많은 남성들의 우려와 경멸을 한 몸에 받고 있는 옹녀의 후예들을 종종 만나게 된다.

정출헌 부산대학교 한문학과 교수. 고전소설 전공. 그 가운데 전기 소설, 판소리계 소설, 역사 전기류 등을 주로 연구하고 있다. 그리고 우리 고전이 담고 있는 의미를 청소년 등에게 알리기 위한 고전 교양물 편찬 및 교육에도 많은 관심을 기울이고 있다. 저서로는 《고전문학사의 라이벌》(공저), 《심청전 : 눈을 뜨고 보니 세상이 장관이라》 등이 있다.

2

소외된 민중의 희망

황루시

바리공주

기꺼이 자신을 희생하여 자신을 버린 부모를 살려 낸 후 만인의 진정한 공주가 되는 여성. 딸이라는 이유로 태어나자마자 부모에게 버림받았으나 저승에서 구해 온 약물로 부모를 살리고 무신이 된다. 절대적 효심과 타인의 불행에 민감한 착하고 헌신적인 성품, 여성적인 강인한 인내로 모든 난관을 극복한다.

〈바리공주〉는 죽은 사람을 천도하는 무당굿에서 전승되는 무가이다. 서울, 경기 등 중부 지역과 동해안 지역, 호남 지역, 함경 지역 등지에서 전승되고 있는데 지역에 따라 내용이 조금씩 다르다. 공통적인 내용을 보면 '바리공주'는 딸이라는 이유로 태어나자마자 부모에게서 버려진다. 하지만 훗날 병든 아버지를 살리기 위해 온갖 고난을 이겨내고 마침내 저승에 가서 약을 구해 오는 효녀이다. 그리고 그 공적으로 망자를 저승으로 인도하는 오구신이 된다. 이와 같은 내용의 〈바리공주〉는 무속 신앙의 세계관과 가치관을 기본으로 하는 동시에 여성 문화와 친근한 무속 신화의 특성 때문에 상당 부분 여성의 시각을 반영하고 있다.

비녀 풀어 땅에 꽂고 머리 풀어 발상하며
남문을 열어라 북문을 열어라
사대문 문을 열고서 대왕마마
겉매 일곱 매 속매 일곱 매 열네 매를 풀고서
살에는 살살이꽃 피에는 피살이꽃 숨에는 숨살이꽃 입에는 약려수(藥水)를 흘려넣으니
대왕마마 한숨쉬고
잠도 곤히 잘도 잤구나
초경에 들은 잠이라더냐 삼경에 들은 잠이라더냐
사방을 둘러보더니
왜 복색이 달라졌느냐
나라시녀 상궁들 아뢰는 말씀이
버리다 바리데기 던졌다 던지데기
어느 날 죽으라고 버린 칠공주
오늘 수십 년 만에 서천서역국에 가서
약려수 구해갖구 와서 대왕마마를 살리셨나이다

우여! 슬푸다, 선후망(先後亡)의 아모 망재(亡者)
썩은 귀 썩은 입에 자세히 들엇다가 제보살님께 외오시면
발이공쥬(바리공주) 뒤를 따라 서방정토 극락세계로 가시는 날이로서이다

— 김진영·홍태한 편, 《서사무가 바리공주 전집》 4권, 271~272쪽/ 1권, 140쪽

영혼을 구원해 주는 모성의 신, 바리공주

저녁 어스름, 아침에 시작한 진오기굿이 막바지에 달해 마침내 망자

가 가족과 이별할 시간이 되었다. 굿당 앞마당에는 망자가 저승 가는 길에 반드시 거쳐야 할 열두 대문이 세워져 있다. 하루 종일 굿판에서 죽은 사람을 만나 울고 또 울었던 가족은 이제 지쳤는지 기운 없이 마루에 앉아 있다. 그 가족 앞에 화려한 복색의 무녀가 장고를 들고 의자에 앉는다. 목이 휘청할 만큼 무거운 큰 머리를 얹고 칠보 장식한 은비녀에 찰랑이는 뒤꽂이로 온갖 호사를 하였다. 옷차림도 예사롭지 않다. 속치마만 열두 개를 껴입었고 그 위에는 붉은색 비단치마를 떨쳐입고 당의를 걸친 옛날 공주 복색이다. 품위 있게 댕기를 늘어뜨리고 부채와 방울을 옆에 놓은 무녀가 이제 굿을 시작한다. 가족은 피곤한 몸을 추스르고 무당 앞에 무릎을 꿇고 앉아 귀 기울여 듣는다.

"나라로 나라로 공심은 절이옵고 남산은 본이로소이다. 강남은 대한국이옵고, 우리 나라는 해동 소한국이로서이다." 이렇게 굿을 시작한 무녀는 장고를 세워 한 면만 당당당 치면서 바리공주의 내력을 노래한다. 업비대왕은 내년에 결혼하면 아들 셋을 볼 것이요, 올해 결혼하면 딸 일곱을 낳을 것이란 점쟁이의 예언을 무시하고 결혼을 강행한다. 예언은 헛되지 않아 공주만 내리 여섯이 태어나자 업비대왕은 실망을 거듭한다. 결국 또다시 일곱 번째 딸이 태어나자 '버렸다 버리데기 바렸다 바리데기' 바리공주라 이름 짓고 옥함에 넣어 물에 띄워 버린다. 일국의 공주가 부모 얼굴도 모른 채 버려지는 기막힌 이야기이다. 그렇지만 업비대왕은 하늘이 내린 자손을 버린 죄로 죽을병에 걸린다. 다시 점을 치니 저승의 약물을 먹어야 낫는다면서 바리공주를 찾으라는 명령이 떨어지고, 비로소 바리공주는 부모를 만난다. 부모 만난 기쁨도 잠시, 사정을 들은 바리공주는 "길러 준 공은 없지만 낳아 준 공이 있으니 소녀가 약수공양 가오리다."라며 목숨을 걸

당의를 걸치고 바리공주의 역할을 대행해 망인의 저승가는 길을 안내하는 무녀의 모습. 서울 진오기 새남굿의 이상순 무녀

고 저승길을 떠난다.

가녀린 처녀의 몸으로 어찌 저승길을 가겠는가? 남복(男服)하고 물어물어 온갖 고생을 다한 끝에 저승을 가니 구척장신의 무장승이 약물을 지키고 있다. 바리공주 스스로 대국의 왕자라면서 부모 위해 약물을 길러 왔다고 하니 무장승 하는 말씀, "참으로 이상하다. 그 나라에 공주아기씨 있다는 말은 들었어도 왕자 있다는 말은 금시초문일세. 어찌 되었거나 물 삼 년 길어 주고 나무 삼 년 해 주고 불 삼 년 때 주면 약물을 주리다." 석삼 년 아홉 해를 일하고 나니 무장승은 함께 목욕을 하자고 한다. 바리공주가 거절하자 "당신은 저 위에서 하고 나는 아래서 목욕하면 되지 않겠소."라고 말한다. 하지만 응큼한 무장승은 몰래 바리공주의 옷을 감추고, 이번에는 혼인하여 아들 일곱

을 낳아 주면 약물을 주겠다고 한다. 바리공주는 도리 없이 무장승과 결혼하여 아들 일곱을 낳는다. 그리고 부모님 돌아가신 꿈을 꾼 날 황황히 약물과 생명꽃을 얻어 아들 일곱과 남편을 데리고 이승 땅으로 돌아온다. 이미 아버지는 돌아가시고 상여가 나오는데 그 상여를 붙잡고 시신에 약물을 부어 마침내 아버지를 살려 낸 뒤 바리공주는 저승의 신으로 좌정(坐定)한다는 긴 이야기가 가족의 간헐적인 흐느낌 사이를 넘나들면서 이어진다.

가끔 무녀는 노래를 멈추고 "우여! 슬프도다. 선후망의 김씨 망제 오늘 바리공주 뒤를 따라 서방정토 극락세계 가는 길이오다." 하면서 마치 따라오라는 듯 방울을 높이 흔든다. 그러면 가족은 망자가 방금 죽은 양 "아이고, 아이고." 곡을 한다. 그리하여 무녀의 부름을 들은 바리공주가 연민을 이기지 못하고 이 자리에 나타나 가여운 영혼을 구원해 주기 바라는 마음에서 가족은 쉰 목을 짜내어 곡을 하는 것이다. "아이고, 아이고, 아이고……." 아마도 등 뒤에는 아까부터 망자를 저승으로 데려갈 사자가 무시무시한 모습으로 기다리고 있을 것이다. 저승사자에게 개처럼, 죄인처럼 질질 끌려가게 할 것이냐, 아니면 바리공주의 따뜻한 인도를 받으면서 저승에 곱게 모셔질 것인가, 그것이 판가름 나는 중차대한 시간이다.

이 세상에 태어난 이상 사람은 누구나 죽는다. 우리 모두는 죽음을 향한 존재이다. 개똥밭에 굴러도 이승이 좋다는데 낯설고 두려운 죽음을 어떻게 맞이할 것인가? 바리공주는 삶이 끝나는 그 자리에 서서 길 잃은 영혼을 구원해 주는 모성의 신이다. 그리고 자신을 버린 부모를 살린 그 효심으로, 저승 가는 길에 온갖 병든 영혼을 달랬던 그 따뜻한 인정으로, 미지의 세상을 개척하고 돌아온 경험자의 여유를 가지고 오늘 한 많은 망인의 몸을 받아 사뿐히 저승으로 옮겨 주는 고마운 존재이다. 바리공주, 오늘 그녀는 굿을 받는 망자와 망자를 사랑하는 가족에게 유일한 구원이요 희망인 것이다.

바리공주의 다양한 얼굴

바리공주는 다양한 해석이 가능한 매력 있는 인물이다. 첫째, 효녀로서의 바리공주이다. 자신을 버린 부모를 위해 목숨을 걸고 저승에 갔고, 온갖 고생을 거친 후 약물을 구해 와 결국 부모를 살려 냈다는 점에서 바리공주는 희생적 효녀의 일인자이다. 견줄 만한 인물로 심청이가 있지만 심봉사는 딸을 버린 적이 없기에 단연 바리공주가 우위를 점한다.

둘째, 남성 중심의 가부장적 사회에서 진정한 여성의 힘을 보여 준 인물이다. 바리공주는 딸로 태어났다는 이유로 버려진다. 하지만 결국 아버지를 살려 냄으로써 남녀 차별의 문제점을 제기하고 또 극복한 존재가 되었다. 〈방귀 잘 뀌는 며느리〉 이야기는 이와 유사한 주제를 가벼운 웃음으로 푼 민담이다. 이야기에서 며느리는 모든 것을 이해한다는 시아버지의 말을 믿고 참았던 방귀를 뀌지만 막상 현장을 본 시아버지는 돌변하여 며느리를 쫓아낸다. 그런데 친정으로 가는 길에 며느리가 방귀 한 방으로 비단 한 필을 얻게 되자 다시 받아들인다. 한쪽은 비장하고 또 한쪽은 웃음으로 풀었다는 차이가 있으나 두 작품의 주제는 사실상 유사하다고 하겠다.

셋째, 무당의 조상신, 또는 저승의 오구신으로서의 바리공주이다.

이 둘은 무당의 기능과 관련이 깊어 상통하는 면이 있다. 무당의 기능 가운데 하나가 병을 고치는 것이다. 죽은 사람을 살려 냈으니 바리공주는 마땅히 최고가 될 법하다. 그래서 서울 지역의 무녀들은 바리공주를 무조신으로 모시고, 그 외 지역에서도 오구신으로 믿고 있다. 굿에 등장하는 바리공주는 인로왕보살처럼 넋을 저승으로 인도하는 신이다. 즉 죽음의 문턱에 있는 인간들을 구원하는 존재이다. 모든 죄를 깨끗이 씻어 주고 자유로운 몸이 되어 저승으로 들어갈 수 있도록 인도하는 신이 곧 바리공주이다.

바리데기에서 만인의 공주로

이 작품에 대한 논의는 이름으로부터 시작된다. 주인공 바리공주는 '바리데기'라고 불린다. 같은 인물을 지칭하는 이름이지만 의미는 상반된다. 공주는 모든 사람의 사랑과 존경을 받아야 마땅하다. 그러나 바리데기는 부엌데기, 구박데기처럼 천한 존재이다. 귀한 바리공주가 천한 바리데기가 된 것은 아들이 아니라는 이유로 부모에게서 버림받았기 때문이다. 그런 점에서 바리데기는 남성 위주의 봉건 사회가 만들어 낸 모순적 인물이다. 하지만 이 이야기의 핵심은 불평등한 사회의 문제점을 밝히는 데 있는 것이 아니라 버려진 바리데기야말로 진짜 공주임을 증명하는 데 있다.

이야기는 바리공주의 신분이 바리데기로 전락하는 것으로 시작하여 결국 바리데기가 진정한 공주가 되는 것으로 끝난다. 그리고 그 과정에서 바리데기가 부조리한 사회 제도와 갈등을 뛰어넘어 만인의 공주로 인정받는다는 것이 바로 이 이야기의 중심 내용이다.

바리공주가 태어난 가정은 남성 중심의 가부장 제도를 고집하는 아버지와 그에 기생하는 인물들로 구성되어 있다. 아버지는 가족을 대표하는 중심 인물이지만 동시에 모든 문제를 일으키는 장본인이기도 하다. 예언을 무시하고 혼인하여 딸 일곱을 낳았고, 아들이 아니라는 이유로 바리공주를 버렸으며, 결국 그 죄로 병들어 바리공주가 목숨을 걸고 저승으로 가야 하는 원인을 제공한다. 어머니는 수동적으로 아버지의 명령을 따르는 인물일 뿐이다. 남편의 부당한 처사를 알면서도 바로잡지 못한 채 순종하였고, 그 결과 제 손으로 딸을 버리는 책임감 없는 모정을 보여 준다.

바리공주의 언니들 역시 아버지에게 종속된 존재들이다. 바리공주와 달리 모든 부귀영화를 누리고 성장하였지만 독립적인 인간도, 효성적인 딸도 되지 못하였다. 아버지를 위해 약물을 길러 가겠느냐는 말을 듣자 언니들은 '후원에서도 길을 잃는데 어찌 서천서역국을 갈 수가 있나?' 하면서 거절하거나, '살아 계실 적에 옥쇄는 누구에게 물려줄 것이며 어느 사위를 부마 삼을지'를 물으며 자신의 살 길만 도모하는 영악한 인물들이다. 아무도 부모를 위해 자신을 희생할 의지는 보이지 않는다. 가정의 확대판이라고 할 수 있는 조정도 마찬가지여서 왕을 위해 저승에 가겠다는 신하는 한 사람도 없다. 이들은 단순히 상하 관계, 명령과 복종의 관계였던 것이다. 명령은 권력이 있는 자만이 할 수 있고, 힘에 의지한 관계는 힘을 잃어버리면 순식간에 물거품이 되고 만다. 이것이 바로 권위적인 가부장 제도, 나아가 봉건 사회의 한계인 것이다. 그러나 바리데기는 여기에 속한 인물이 아니다. 바리데기는 떠돌아다니는 거지 부부에게서 양육받거나 산속에서 홀로 자란다. 남성 중심의 권위적인 사회 제도 때문에 버려졌지만 그 덕분에 오히려 자연스러운 인성으로 성장할 수 있었던 것이다. 부모를 만난 뒤 저승길을 결심한 것도 오직 자식으로서의 도리 때문이다. "국가에 은혜와 신세는 입지 않았지만 어마마마 배 안에 열 달 들어 있었던 공으로 소녀 가오리다."는 바리데기의 말처럼 바리데기의 행위는 무조건적인 효성에서 비롯된다. 바리데기는 가난 속에서 돌봐 주는 사람 없이 자랐지만 오히려 인간의 도리를 알고 실천하고 있다.

바리데기의 인격은 아버지를 구하기 위해 떠난 저승길에서 완성된다. 막상 효심 하나로 길을 떠났지만 특별한 능력도 없는 바리데기가 누군가의 도움 없이 저승에 갈 수 없다는 것은 당연한 일이다. 바리데기는 저승길에서 많은 사람들을 만나고 자신의 가정을 이루는데 이 과정에서 새로운 인간 관계를 형성한다.

기본적으로 인간에 대한 신뢰를 갖고 있는 바리데기는 물어물어 저승길을 찾아간다. 그런데 바리데기가 길을 묻는 사람들은 하나같이 일을 하고 있다. 그들은 소로 밭을 갈거나 방아를 찧거나 냇가에서 빨래를 하고 있다. 그래서 바리데기도 반드시 일을 거들어 준 뒤 그 대가로 길을 묻는다. 소 한 마리로 넓고 넓은 밭을 갈기도 하고, 방아 찧는 농부들을 거들어 주기도 하며, 한겨울에 '강물은 꽁꽁 얼어붙었는데 방망이 들고서 여기를 두드려서 얼음장을 깨쳐 놓고는' 빨래도 한다.

그런가 하면 깨끗한 물이 나올 때까지 숯 씻기, 무쇠다리 아흔아홉 간 놔 주기, 탑 쌓기, 머리에 이가 끓어 가려워하는 노인을 무릎에 눕혀 놓고 이 잡아 주기 등의 일은 스스로를 수련하고 공덕을 쌓는 과정이 되었다. 이처럼 바리데기는 튼튼한 일꾼이 되고 불특정 다수를 위해 헌신하는 마음을 배우면서 저승으로 간다.

고생고생하며 저승에 도착하지만 약물지기 또한 원하는 약물을 얻으려면 일을 하라고 한다. 바리데기는 나무하기 삼 년, 불 때기 삼 년, 물 긷기 삼 년의 아홉 해 동안 묵묵히 일한다. 일상적인 노동이지만 그렇기 때문에 가장 힘들고 고단하다. 물을 잘 긷는다고 자랑할 것도 아니요, 나무를 잘 한다고 보람을 느끼는 것도 아니며, 불을 잘 땐다고 칭송받는 것도 아니다. 그저 살기 위해서 하루하루 해야 할 노동일 뿐이다. 후에 바리데기가 여자인 것을 발견한 저승의 약물지기는 아들 일곱을 낳아 주어야 약물을 주겠다고 한다. 바리데기는 약물지기와 혼인하고 아들 일곱을 낳는다. 일상적으로 노동하고 줄줄이 아기 낳아 키우는 보통 아낙네의 삶을 온전히 살아 낸 것이다. 이 과정에서 바리데기는 노동으로 단련된 일꾼이 되고 모성을 지닌 여인이 되어 비로소 민중의 대표성을 갖게 되는 것이다.

비록 약물지기의 뜻에 따라 일방적으로 이루어진 혼인이었지만 바리데기는 가정의 중심 인물이 된다. 때문에 바리데기가 약물을 얻어 아버지를 구하려고 고향으로 돌아올 때 아들 일곱만이 아니라 남편도 아내를 따라온다. 영동 지역본에서는 남편인 동수자가 혼자 하늘로 올라가 버리지만 그녀는 좌절하지 않는다. 바리데기는 책임감 있는 어머니로서 일곱 아들을 등에 업고 가슴에 안고 한편 걸리면서 아버지를 구하기 위해 다시 먼 길을 떠난다. 서울본에서는 무장 신선이 저승을 버리고 바리데기를 따라 이승으로 온다. 그동안 바리데기는 남편의 뜻을 따라 순종하면서 살았다. 하지만 마지막 순간 남편은 그녀 없이 살 수 없다고 고백하며 가정의 실질적인 중심이었음을 인정한 뒤 바리데기를 따라오는 것이다.

이렇게 새로운 가정을 이룬 뒤 돌아와 부모를 살린 바리데기는 저승을 관장하는 신으로 좌정한다. 바리데기뿐 아니라 남편과 일곱 아들도 각자 일을 맡게 된다. 하지만 바리데기가 중심이 되는 세상은 남성 위주의 편견이 지배하는 가부장 제도의 사회가 아니다. 그녀는 스스로 힘겹게 노동하면서 일하는 사람, 책임 있는 어머니, 남편의 존중을 받는 아내가 되었다. 그리고 가족 모두 직분을 갖고 일하는 세상을 만들었다. 새로운 여성상을 성취한 바리데기는 비로소 민중의 희망이 되고 진정한 만인의 공주가 된 것이다.

힘없는 존재의 힘, 소외된 민중의 희망

바리공주는 아버지를 살렸지만 세상의 부귀영화를 구하지 않았다. 나라를 받는 대신 가장 낮은 자리에 처한 무당의 조상신, 저승의 신이 되었다. 어쩌면 이 이야기는 바리공주가 아버지를 살리고도 현실에서는 아무 공을 얻지 못한 채 실패한 뒷담화일 수도 있다. 고지식한 바리공주가 아니라 처음부터 속셈이 달랐던 언니의 남편이 왕이 되었을 가능성은 얼마든지 있기 때문이다. 하지만 민중은 그런 바리공주를 자신들의 진정한 공주로 세웠다. 그렇다면 바리공주는 실패한 사람의 편에서 말하는 또 하나의 역사라고 할 수 있다. 즉 바리공주는 실제 삶에서는 졌지만 진정한 역사의 주인공이 된 것이다.

황석영의 소설《바리데기》는 현대 사회의 이념과 인종 갈등을 포함하여 온갖 아픔을 체험한 여인을 주인공 '바리'로 내세웠다. 전쟁과 살육이 난무하는 이 세상을 무엇으로 치유할지 정답을 제시하고 있지 않지만, 그 속에서 고통과 아픔을 경험한 사람만이 용서할 수 있고 적을 이웃으로 끌어안아 평화를 전해 줄 수 있다는 소박한 진실이 담겨 있다.

오늘 바리공주는 소외된 현대인의 희망이다. 자신을 버린 부모의 사랑을 갈구하며 죽음의 길을 갔다 왔지만 또다시 버림받은 바리공주, 그 스스로 아무 힘 없는 존재이기에 오히려 의지가 된다. 가장 처절하게 소외된 그녀의 삶은 많은 사람들을 위로한다.

권력은 인간을 지배할 수 있지만 마음을 움직이지는 못한다. 인간의 마음을 움직인다는 점에서 종교와 예술은 영역을 공유한다. 무당과 예술가, 둘은 모두 인간의 가장 깊은 마음, 그 영혼을 움직이려는 사람들이다. 최근 많은 예술가들이 바리공주와 연대하여 인간의 영혼을 움직이고 싶어한다. 하지만 바리공주의 능력은 주술의 세계에 있는 것이 아니다. 소외된 민중의 희망, 그것을 끌어안았을 때 힘없는 존재의 힘이 발휘되는 것이다.

황루시 관동대학교 미디어문학과 교수, 민속학, 무속의 현장을 중심으로 굿의 연극성, 신화 등을 연구했다. 강릉단오제가 유네스코 인류 구전 및 무형 유산으로 등재될 때 신청서 및 영상 시나리오 작업을 하였다. 저서에는 《한국인의 굿과 무당》, 《우리 무당 이야기》, 《장승제》, 《팔도굿》 등이 있다.

3

천 년 여우에게서 난 문곡성

조태영

강감찬

개국공신과 여우 사이에서 태어난다. 북두칠성의 네 번째 별인 문곡성이 사람으로 태어난 것으로 신성을 지녔다. 하지만 병치레로 외모가 흉물스럽게 된다. 추한 겉모습 때문에 무시당하지만, 재난을 당하는 민중과 위기에 처한 나라를 구하는 데 신이한 능력과 귀신같은 예지를 발휘한다.

'강감찬(姜邯贊)' 에 대한 이야기들은 상층 문헌 전승과 하층 민간 구비 전승의 두 계통으로 전해지고 있는데, 두 계통의 이야기에서 강감찬은 서로 다르게 그려지고 있다. 같은 시대에 살았던 지배층 식자들은 도교적 상상력을 가지고 강감찬을 천상 선계에서 내려온 신인의 모습으로 그려 놓았다. 그러나 민중들은 그들이 가지고 있던 설화적 상상력을 발휘하여 강감찬이 여자로 둔갑한 여우에게서 탄생했다는 설화를 만들어 냈다.

강감찬이 말하기를 "너희 무리는 어찌 사는 곳을 버리고 감히 와서 사람을 해치기를 이같이 하느냐? 속히 너희 족속을 거느리고 멀리 떠나라. 조금이라도 지체하면 벌이 있을 것이다."라고 하자 두 중이 머리를 조아려 말하기를 "명하신 대로 하겠습니다." 하였다. 유수가 웃으며 말하기를 "판관이 망령되다. 중을 호랑이라고 하다니." 하였다. 강감찬이 두 중을 가리켜 말하기를 "너희는 잠시 본신을 드러내어라." 하자 두 중이 이에 가사를 벗고 두 마리 커다란 호랑이로 변하여 섬돌에 뛰어오르더니 난간을 타고 올라 크게 포효하니 소리가 마치 우레가 울리는 것 같았다. 이속들이 일시에 흩어져 달아나고 유수는 놀라 자빠져 기절하였다. 강감찬이 말하기를 "속히 떠나라." 하니 두 마리 호랑이가 마침내 뛰쳐나가는데 간 곳을 알지 못하였다. 이로부터 호환이 뚝 그쳤다.

— 홍만종, 《해동이적(海東異蹟)》

문곡성의 하생, 여우의 소생

강감찬은 외침을 물리쳐 나라를 구한 우리 역사의 많은 영웅들 가운데서도 대표적인 큰 영웅이다. 11세기 초 동아시아의 패자로 군림하던 요(거란)의 10만 대군을 섬멸한 귀주대첩은 을지문덕의 살수대첩과 이순신의 한산대첩과 함께 우리 민족의 전쟁사에서 삼대첩(三大捷)으로 꼽힌다.

귀주대첩에서 고려의 승전으로 동아시아는 금(여진)이 새로운 강자로 일어나기까지 약 1세기 동안 소강 상태를 유지할 수 있었고, 고려도 이 안정 속에서 문화의 융성을 이루어 낼 수 있었다. 때문에 강감찬은 동아시아 세력 균형의 균형추 역할을 하였고, 고려가 국가의 기틀을 확고히 잡는 데 결정적인 역할을 하였다고 할 수 있다.

강감찬은 고려사뿐만 아니라 동아시아 역사의 큰 별이었다. 《고려사》 열전에서 사가는 송나라 사신이 와서 강감찬을 보고 "문곡성(文曲星)이 여기 계시다."라고 말하였다는 이야기를 전하고 있다. 송나라 사신이 강감찬을 보고 문곡성이라 하고 섬돌에서 내려와 절하였다는 이 이야기가 터무니없는 것은 아닌 듯하다. 귀주대첩의 패배로 요의 위세가 꺾인 덕에 송나라도 한숨 돌릴 수 있게 되었으니 송나라 사람들이 강감찬에 대하여 커다란 외경심을 품었을 것은 당연하다.

그런데 강감찬은 상하층의 전승에서 서로 다르게 그려져 있다. 상층의 전승에서는 강감찬을 문곡성의 하생(下生)이라 하고, 하층 전승에서는 그가 여자로 둔갑한 (백 년, 수백 년 또는 천 년 묵은) 여우의 소생이라고 한다. 상하층에서 다 같이 그를 신인(神人)으로 숭앙하였지만, 상층에서는 지배층의 세계관인 도교의 관점을, 하층에서는 민중의 민속적 관점을 보이고 있다. 상하층의 이러한 발상의 차이가 강감찬의 인물상(캐릭터)에 어떻게 투영되었는지를 살피는 일은 매우 흥미로울 것이다. 지배층은 강감찬의 신이성(神異性)을 자신들의 지식체계 속에서 설명함으로써 지배층의 신이를 각인하였다. 그렇게 함으로써 민중이 강감찬을 자신들의 영웅으로 전유하지 못하도록 하였다. 강감찬의 친권을 놓고 경쟁하던 지배층과 민중은 결국 강감찬을 천 년 여우에게서 난 문곡성으로 만든 셈이다.

고려 무신 집권기에 이규보를 이어 문단을 주도하였던 최자(崔滋)는 그의 시화집 《보한집(補閑集)》에서 이렇게 전하고 있다. 송나라에서 온 어느 사신이 강감찬을 보고는 "문곡성이 나타나지 않은 지 오

낙성대에 있는 강감찬 동상의 모습이다.

래되어 어디 있는지 몰랐는데 지금 공이 바로 그이십니다." 하고는 섬돌 아래 내려와 예를 하였다는 것이다. 최자는 이 이야기를 고려의 상층 관인들이 서로 전해 왔다고 주를 달아 이야기가 전승된 경로를 해명하였다. 상층 지배층에서 강감찬을 신화화한 것임을 밝히고 있는 것이다. 이 이야기가《고려사》열전〈강감찬전〉에 다시 실려 있는데《보한집》보다 강감찬에 대한 외경의 느낌이 좀 더 강하게 들도록 윤색하였다. 강감찬이 문곡성의 하생이라는 생각은 이렇게 후세의 정사(正史)에 실릴 정도로 고려 사람들의 마음속에 강력하게 자리 잡고 있었다.

한편, 민간 전승에서는 강감찬의 탄생 설화가 전혀 다르게 전해지고 있다. 상층 관료 사회에서 유포된 도교의 세계관을 몰랐던 민중들은 그들이 가지고 있던 민속적 상상력을 발휘하여 강감찬 탄생 설화를 만들어 냈다. 전국적으로 널리 분포되어 있는 민간 설화에 따르면 강감찬은 인간과 여자로 둔갑한 여우 사이에서 태어났다고 한다. 백 년 또는 수백 년, 심지어는 천 년 묵은 여우라고도 하는데, 민간에서 그토록 오래 묵은 여우는 변화를 자유자재로 하는 신물이라고 믿었기 때문에 강감찬의 신변막측(神變莫測)한 지략을 설명할 대상으로 적격이었을 것이다.

민간 설화에서 대개는 여우가 둔갑한 여자는 사람을 해치는 요물로 인식된다. 그렇기 때문에 강감찬의 모친이 여우 여자라는 것은 오히려 그의 신성성을 약화시키고 한편으로는 꺼림칙한 느낌마저 들게 한다. 그러나 지배층이 도교의 고등 신화를 끌어 와 그를 미화한 반면, 민중은 그에게 신통한 기략이나 기변이 많았다는 사실과 아울러 그가 서자이면서 왜소하고 여우상을 한 추물(醜物)이었다는 사실 등을 거짓 없이 반영하였기 때문에 비루하지만 진정성 있는 전설을 만들어 냈다고 할 수 있다.

강감찬이 평소에 떨어져 기운 옷을 입고 다닐 정도로 가난한 생활을 하였다는 사실 등 보통 사람과 다름없이 작고 낮은 그의 인간적인 면모가 친근하게 여겨졌기 때문에 민중들은 그를 지극히 민중적인 영웅의 형상으로 그렸을 것이다. 강감찬에 대한 민간 전설이 전국적으로 널리 분포되어 있는 것도 그의 민중 영웅적 성격이 지지를 받은 결과일 것이다. 민중들은 강감찬이 민중성을 잃지 않고 민중의 영웅, 구원자의 역할을 담당한 점을 사랑하고 소중하게 여긴 것이다.

지역 전설들은 강감찬이 양주(한양), 강릉, 경주, 상주, 언양, 영해, 노성(논산), 홍덕 등 전국 곳곳의 고을 수령으로 부임하여 신이한 행적을 남겨 놓은 것으로 전하고 있다. 한양에서 삼각산 호랑이 떼를 퇴치한 이야기, 강릉 옥계 밤재에서 중으로 둔갑하여 바둑 내기로 지나가는 사람을 잡아먹는 호랑이를 퇴치한 이야기, 밤재를 지나가다 강감찬 제자라고 해서 호환을 면한 이야기, 혼만 찾아온 친구의 몸을 찾아 주어 살려 낸 이야기, 부적을 써서 강릉 부중 뽕나무골의 개구리를 울지 못하게 하고 모기를 없앤 이야기, 묵호 사문재 솔밭(또는 등추나무골)의 개미를 없앤 이야기, 삼척에서 여우혈에 집을 지어 화를 당한 우씨 집안을 구해 준 이야기, 상주에서 어린 원님이라고 깔보고 농락하려는 아전들의 버릇을 고친 이야기, 남보산 칡넝쿨을 없앤 이야기, 진주 망경대 골짜기 샘에서 불칼(벼락)을 꺾은 이야기, 홍덕에서 유기 장수 살인 사건을 밝혀 살인범을 처단한 이야기 등은 지역과의 연관성을 강하게 드러내는 전설들이다. 강감찬이 전설대로 전국 각지의 고을 수령을 지냈는지는 확인할 수 없지만, 지역 연고를 가진 뭇 전설을 보면 강감찬이 이런 지역들과 깊은 연관을 가진 것은 사실인 것 같다.

지역 전설의 성격이 분명한 위의 이야기들과는 달리 구체적 시공간이 없이 이야기되는 민담적 성격의 이인담(異人談)으로 전해지는 것들도 있다. 얼굴이 너무 잘생겨 일부러 세 번이나 손님(천연두)을 불러 얼굴을 박박 얽게 만들었다는 이야기, 아버지를 따라간 혼인집에서 요물을 퇴치하고 신부와 신랑을 살린 이야기, 천대하는 장인에게 똥을 먹여 골려 준 이야기, 발가락으로 그림을 그려 장인의 인정을 받은 이야기, 사발에다 물을 떠 놓고 고기 잡은 이야기 등등에서 강감찬은 전설의 인물에서 민담의 인물로 바뀌고 있다. 이렇듯 강감찬이 민담적 인물로 재창조해 내기에 적합한 소재를 풍부하게 남겼던 인물임은 틀림없어 보인다.

미천함과 추한 외모에 숨겨진 신성

강감찬의 출생에 대해서 상하층의 전승 모두 그가 미천한 서자였다고 이야기하고 있다. 민간의 구비 전승은 그를 여우가 둔갑한 여자의 자식이라고 했으니 그의 모친은 정실이 아닐뿐더러 사람 축에도 못 낄 정도로 미천하다. 또한, 상층의 문헌 전승도 그를 모계가 미천한 서자라고 이야기한다.

강감찬이 태어난 것은 정종 3년(948)으로 그의 아버지 강궁진이 노경에 들어섰을 때다. 설화에서 강감찬의 아버지가 늦도록 아들을 얻지 못하여 명산대찰에서 백일기도를 드렸다거나(용인군 구성면), 부인에게서 아들을 낳기 위하여 전국을 다니며 백 명의 여자 또는 천 명의 여자와 동침하되 정력을 쓰지 않음으로써 정력을 쌓았다(여주군 북내면, 양양군 서면, 군위군 효령면)는 이야기들은 강감찬의 만득(晩得)과 관련하여 생겼을 것이다. 그런데 강감찬의 아버지가 아들을 낳으려고 비상한 공력을 들여 정력을 쌓아 가지고 집으로 돌아가던 도중에 여우가 둔갑한 여자와 동침을 하게 되었고(양양군 서면), 마침내 그녀에게서 강감찬이 태어나게 되었다고 한다. 비록 백 년, 천 년을 묵었다 하더라도 여우에게서 태어났다고 하는 것은 강감찬이 사람의 축에 끼지 못할 정도로 천한, 근본 없는 여자를 모계로 하여 난 천출 서자라는 것을 의미한다.

민간 전설은 강감찬이 서자로 태어나지 않았더라면 더 큰 인물이 되었을 텐데 그렇지 못해서 아쉽다고도 한다(양양군 서면). 강감찬이 성종 2년(983) 왕이 친시(親試)한 복시(覆試)에서 장원급제를 한 것은 상당히 늦은 나이인 서른여섯 살 때다. 그때까지 그가 과거 공부만 한 것은 아닐 것이다. 공신의 아들이니 일찍이 벼슬에 나갔을 것이다. 민간에 전하는 강감찬의 고을살이 이야기들은 대개 강감찬이 열다섯 살, 심지어 열세 살 때의 일이다(상주군 청리면). 강감찬이 고을 원님으로 부임하여 기이한 치적을 남겼다는 이야기는 전국 각처에 전한다. 전설에 불과한 것도 있겠지만, 강감찬이 오랜 기간 지방관을 거쳤음을 확인해 주는 사실일 수 있다. 그는 지방관으로 나가 오랫동안 경력을 쌓고 성과를 높인 후 과거를 보아 중앙 관직을 얻게 되었음을 짐작할 수 있다.

강감찬이 비록 지방 군현에서 명관으로 치적을 쌓았고 과거에도 장원으로 급제하였지만, 모계가 비천한 서자 출신에 외모가 추해서 중앙의 벼슬길에서 인정받는 데에는 어려움이 있었을 것이다. 그의 나이 64세인 현종 2년(1011)까지도 정4품에 머물렀음을 볼 때 의외로 그의 관직 승진은 늦었던 것이다. 나라를 위기에서 구한 공을 세운 후에야 비로소 그는 중용되기 시작하였고, 이후 그의 진가를 유감없이 발휘할 수 있었다. 비록 신성을 지닌 신인(神人)이지만, 그 신성이 세속적 출신 성분에 가로막혀 세상이 오래도록 그를 알아보지 못한 것이다.

강감찬의 또 하나의 특이성은 그의 신이성이 외모의 추함 속에 숨겨져 있었다는 것이다. 전설에 따르면 강감찬은 인물이 너무 못생겨서 그의 부모마저 그를 부끄럽게 여겨 숨겨 두고 길렀다고 한다(횡성군 갑천면). 심지어 지독하게 못생겨서 그의 부모가 갓난 그를 내다 버렸다고 하는 이야기도 있다(용인군 구성면). 그의 얼굴은 여우상에 심하게 얽었고, 체구는 왜소하여 엎드리면 마치 여우가 기어가는 것같이 보일 지경이었다고 한다(아산군 송악면). 키는 다섯 자가 못 되었다고도 하고(옹진군 영종면), 석 자밖에 안 되었다고도 하며(삼척읍), 조복을 자 세 치짜리 또는 두 치짜리를 입었다고도 할 정도니(양양군 서면, 횡성군 청일면) 난쟁이나 다름없어 보였을 것이다. 이는 민간 전설이지만《고려사》열전에서 강감찬의 외모가 왜소하고 누추했다고 한 것과 상통한다.

강감찬의 얼굴이 얽은 것에 대한 이야기도 널리 전해져 온다. 강감찬이 본디는 미남이었는데 남자 얼굴이 고우면 못 쓴다고 스스로 손님(천연두)을 불러 얽게 만들었다고 하는 이야기도 여러 곳에 공통적으로 전한다(양양군 서면, 청주시 내덕동, 거창군 마리면, 밀양군 산내면, 상주군 청리면). 한 번 손님을 하고 났더니 하기 전보다 오히려 더 보기가 좋아 다시 손님을 하였다고 하며, 그래도 용모가 덜 가셔서 세 번째 손님을 불렀다고 한다. 세 번 천연두를 앓고 콩이 들어갈 만큼 얽고 나서야 강감찬이 "장부의 얼굴이 이만은 해야지." 하였다고 한다.

강감찬이 일부러 자신의 얼굴을 얽어 추하게 만들었다는 이야기는 그의 외모가 심하게 얽은 추물인 것에 대한 민중들의 해석이다. 여기에는 외모나 혈통, 신분 등 겉으로 드러난 것들을 가지고 사람을 평가하고, 그 뒤에 감추어진 진정한 가치와 내면의 형상을 알아보지 못하고 대우하지도 않는 지배자들의 허위에 대한 비판이 들어 있다. 민중들은 강감찬에게 비천하고 추한 자신들의 모습을 투사하면서 그 추물

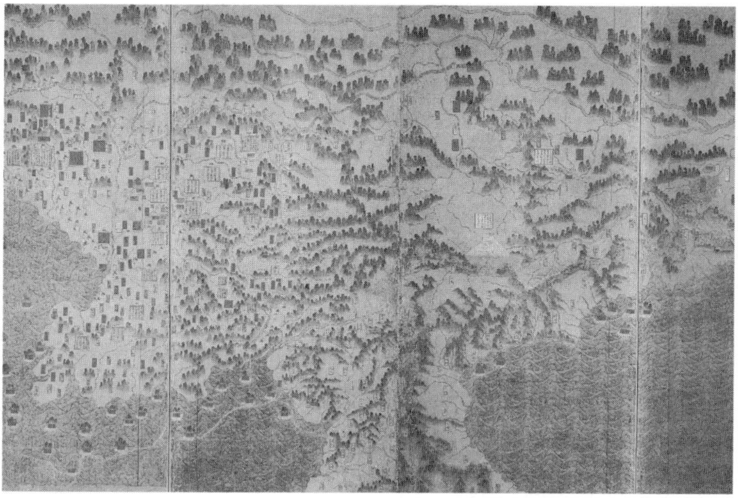
요계관방지도(遼薊關防地圖). 숙종 32년(1706)에 제작된 지도로, 요와 거란 지역을 보여 준다.

인 겉모습 속에 감추어진 신성과 예지를 자신들의 진정한 모습으로 표상하고 있는 것이다.

나라와 민중을 구한 동아시아의 별

강감찬의 진가는 나라의 위기에서 발휘되었다. 현종 9년(1018) 소배압이 10만 대군을 이끌고 고려를 침공하였을 때 강감찬은 상원수가 되어 출정하였고, 먼저 흥화진에서 적군을 대파하여 기선을 제압하였다. 이때 강감찬은 성 동쪽의 큰 내를 소가죽을 꿰어 만든 긴 줄로 막았다가 적이 건널 때 터트려 적군을 둘로 나누고 복병으로 치는 기발한 전술을 썼다. 이후 곳곳에서 거란군을 요격하여 전력을 약화시켰고, 퇴각하는 거란군을 귀주에서 결정적으로 대파하였다.

당시 요는 그 세력이 왕성하였다. 송은 전연에서 요와 굴욕적인 맹약을 맺고 남방에서 절반의 중국을 겨우 지탱하고 있었다. 그런데 대군이 귀주에서 궤멸당하면서 요의 기세는 크게 꺾이고 말았다. 이 전쟁에서 강감찬은 고려, 요, 송 삼국이 절묘한 삼각 균형 관계를 이루도록 동아시아 국제 질서의 균형추를 잡는 결정적인 역할을 담당한 큰 별로 떠올랐다. 이러한 인물을 누가 신인이라고 하지 않을 수 있겠는가? 요의 강세에 눌려 양자강 남쪽에 위축된 채 전전긍긍하고 있던 남송 사람들이 거란 대군을 궤멸시킨 고려의 장수 강감찬을 하늘에서 내려온 신처럼 여겼을 것은 당연한 일이었다.

강감찬의 신이(神異)에 대하여 문헌 전승과 구비 전승에 공통적으로 전하는 대표적인 이야기는 호환을 퇴치한 이야기이다. 강감찬이 수령으로 부임한 고을에 호환이 심하였는데 그가 호랑이 우두머리를 불러 그 족속을 데리고 멀리 떠나라고 명한 후로 고을에 호랑이가 자취를 감추었다는 것이다. 홍만종의 《해동이적》에는 강감찬이 한양판관으로 부임하였을 때 호랑이 떼를 쫓아내었다고 하고, 민간 전설에서는 그가 강릉부사로 부임하였을 때 호랑이 떼를 쫓아낸 것으로 전하고 있다(명주군 옥계면). 이 이야기에서 기이한 대목은 강감찬이 부른 호랑이 떼의 우두머리가 실은 한양 삼각산의 노승이거나 강릉 밤재의 중이라는 것이다(삼척군 삼척읍).

삼각산 호랑이 떼의 우두머리가 노승이었다는 것은 당시에 백성에게 큰 환난을 끼치던 무리가 큰 세력을 가진 사원의 승려들이었음을 암시한다. 당시에 이름 있는 사찰들은 왕실과 귀족들의 권력을 등에 업고 민중의 고초를 외면하며 탐학을 자행하는 일이 많았다. 백성들에게 이들은 산중의 맹수나 다름없었을 것이다. 강감찬이 한양판관이 되었을 때 호랑이 떼가 들끓어 백성들에게 호환이 막심하였다는 것이 이러한 사실을 우의적으로 표현하고 있다. 강감찬이 호랑이 떼를 쫓아냈다고 하는 것은 그가 막강한 위세를 떨치던 사원 세력의 폐해를 처리한 사실을 설화에 담아 놓은 것이다.

한편으로 강감찬이 진주 망경동 골짜기에 있는 샘가에서 불칼(벼락)을 꺾었다는 이야기도 전해진다(진주 망경동). 그 시절에는 사람이 밥알만 흘려도 하늘이 벼락을 치는 등 그 정도가 너무 심하여 인종이 멸종될 지경이었다. 그래서 강감찬이 안 되겠다 싶어 샘에 가서 똥을 누었다고 한다. 그러자 하늘에서 바로 불칼이 떨어졌고, 강감찬이 그것을 붙잡아서 샘에 집어넣었다 꺼내 가지고 부러뜨려 버렸다는 것이다. 옥황상제가 불칼을 돌려 달라고 부탁해서 자루를 주었고 칼끝(날)을 달라 또 부탁하여 칼끝을 돌려주어서 지금은 벼락이 옛날처럼 심하지 않다는 것이다.

전설 속의 강감찬은 민중의 영웅으로서 옥황상제보다 위대한 신격으로 높여졌다. 민중들에게 강감찬은 하늘의 불칼도 꺾어 버리는 신인으로 숭앙된 것이다. 전제 왕권 체제하에서 피지배자인 민중들에게 왕과 관의 권력은 하늘에서 내려치는 불벼락처럼 절대적인 것이어서 지배자들의 횡포에 대항할 도리가 없어 죽어날 뿐이었다. 강감찬이 불칼을 꺾어 주었다는 이야기는 어쩌면 지배 권력이 지역민들에게 가한 지나친 횡포를 강감찬이 보란 듯이 꺾어 그들의 고통을 경감시켜 준 경이적인 업적에 대한 지극한 존경심을 신화적으로 과장한 것이 아닐까? 이른바 교화라는 미명으로 민중의 삶을 시시콜콜 규제하는 지배 이데올로기에 대하여 강감찬이 그것들의 칼자루라 할 수 있는 내용을 과감하게 없애 버리는 해방적 조처를 단행하였던 것이 아닌가 한다.

못난이 영웅, 민중의 진정한 자화상

강감찬의 출생은 민중 구세주, 민중 영웅의 출생 형태를 보여 준다. 그는 출생도 천하지만 엄청나게 못생긴 못난이였다고 한다. "얼굴이 얽구 얽구 천하 아주 박색이야 강감찬이.", "인물이 못나기를 그르키 못난 인물이라요. 고만 남한테 썩길 정도도 안 되고.", "그런디 얼굴두 같잖구, 사람두 아니요 귀신두 아니요, 그렇다구. 본래 강감찬이가 여수 몸이서 났거던. 여수 몸이서 났어." 등 설화에 보이는 강감찬의 인물 묘사는 한마디로 못생겼다.

"그는 메마른 땅에 뿌리를 박고 가까스로 돋아난 햇순이라고나 할까? 늠름한 풍채도 멋진 모습도 그에게는 없었다. 눈길을 끌 만한 볼품도 없었다. 사람들에게 멸시를 당하고 퇴박을 맞았다.", "사람들이 얼굴을 가리고 피해 갈 만큼 멸시만 당하였다." 이것은 《구약 성서》 〈이사야서〉에 묘사된 메시야의 모습이다.

못난이 캐릭터라고 할까? 설화 속의 강감찬이나 〈이사야서〉의 메시야의 못난 모습은 모두 민중의 자화상이다. 동시에 그 추루함 속에 감추어진 신성(神性)은 민중들이 찾는 진정한 인간상이요 진정한 자아상이다. 민중들은 강감찬에게 비천하고 추한 자신의 모습을 투사하면서 그 추물인 겉모습 속에 감추어진 신성과 예지를 자신들의 진정한 모습으로 표상하고 있다.

설화에서 강감찬이 "장부의 얼굴이 이만은 해야지."라고 하였다는 것은 민중들 자신의 말이다. 민중들은 강감찬의 입을 빌려 자신들의 못난 겉모습을 도리어 잘난 모습으로 뒤바꾸어 놓고 있다. 그럼으로써 겉모습만 보는 세상에 반격을 가하고 있다. 자신들의 추한 겉모습을 건강하게 긍정하고, 자신들 속에 있는 가치의 진정성을 당당하게 자부하는 것이다. 이러한 설화 속에 담긴 민중들의 건강한 의식이야말로 세상을 소유와 지배의 대상으로 전락시키는 잘난 자들의 허위의식으로부터 세상을 구제하는 힘이다.

소유하고 지배하는 능력을 숭상하는 잘난 자들은 그들의 사회가 그러한 능력과 그것의 과시인 외양을 중시하는 의식을 갖도록 만들고자 했다. 문벌·학벌·지연·재산·신체·외모 등 잘난 자들이 가진 외양을 선망하게 만들고, 그것을 지닌 자들을 존중하도록 인심을 유인하는 것은 잘난 자들의 지배 기술이다. 이 조작에 빠진 사회는 잘난 자들이 보여 주는 소유와 지배, 외양 과시의 생활 방식을 부러워하면서 끝없는 콤플렉스에 빠진다. 그리고 잘난 자들의 외양을 따라가려고 어리석게도 자아를 상실한 가여운 노력을 기울이게 된다.

근래 광풍처럼 몰아치고 있는 성형 열풍도 우리 사회의 외양 콤플렉스의 증후일 것이다. 급증하는 상류층의 외양 과시와 이에 따른 대중들의 열등감이 맞물려 불어 닥친 열풍이라 할 수 있다. 이것은 우리 사회가 건강한 민중성, 즉 진정한 자아상을 잃어 가고 있다는 것을 처연하게 증시하는 것이 아닐까?

지금 우리 사회는 넓게는 외양 콤플렉스, 좁게는 외모 콤플렉스에 심하게 시달리고 있다. 남자 고등학생이 심한 여드름 때문에 따돌림을 당하다 자살한 사건은 우리 사회에 이 증후가 얼마나 심각한 상태인지를 등골이 오싹하도록 보여 준다.

미남 미녀라야만 주인공이 되고, 또 그래야만 대중의 인기를 끌 수 있는 대중 드라마야말로 오늘날 우리 사회 대중의 외양 콤플렉스 증후를 축약해 보여 주는 강렬한 자화상이다. 멜로극이건 역사극이건 가릴 것 없이 온갖 드라마가 오로지 잘생긴 얼굴만 주인공 대접을 한다. 외모가 잘생겨야 주인공 노릇을 할 수 있다는 메시지를 끝없이 반복하여 주입하고, 시청자는 이 메시지를 즐거이 받아들인다. 그리고 잘생긴 주인공과 자신을 동일시함으로써 외모 콤플렉스를 더 깊숙이 내면화한다.

우리 나라에서 《서유기》 같은 소설은 한동안 드라마로 만들 수 없을 것이다. 소설로는 재미있게 읽히겠지만, 원숭이 형상을 한 인물이 주인공으로 화면에서 나대는 것은 외모 콤플렉스에 깊이 젖어 있는 시청자를 만족시킬 수 없기 때문이다. 그러나 이 외양·외모 콤플렉스는 본래 민중의 것이 아니다. 오히려 이것은 외양을 소유와 지배를 위한 특별한 요건으로 여기고 외모를 뽐내려고 하는 자들에게서 나온 것이다. 건강한 민중은 외양으로 소유와 지배의 권리를 차지하는 것을 인정하지도 않고, 그에 콤플렉스를 가지지도 않는다.

요즘 역사극 바람이 불고 있지만, 외양 콤플렉스에서 벗어나지 못하기는 마찬가지이다. 사실적 리얼리즘이든 환상적 리얼리즘이든 간에 리얼리즘이 대중과 만날 수 있도록 민중의 건강성을 담지한 캐릭터와 서사가 창조되어야 할 것이다. 강감찬과 같은 건강한 '못난이 캐릭터'야말로 우리 사회가 되찾아야 할 진정한 자아상을 보여 주는 캐릭터가 아닐까 싶다. 못난 외양 속에 진정한 자아를 지니고 있는 건강한 민중이야말로 불건강한 이 사회를 구하고, 동강난 나라를 구하고, 인간 상실의 세상을 구하는 영웅이자 메시야임을 보여 주는 캐릭터로 강감찬을 재창조했으면 좋겠다.

조태영 한신대학교 국어국문학과 교수. 한문학과 고전문학, 고전소설을 주로 연구하였고, 한국 고전문학 속에 내재한 종교, 사상의 양상에 관심을 갖고 연구하고 있다. 논문으로 〈조선전기 문학관의 역동과 소설 비평의 진전〉, 〈한국 건국신화의 난생과 알노래 아리랑〉, 〈다산문학 속의 고뇌와 두 하늘〉 등이 있다.

4

'사람'이 된다는 일

정운채

웅녀

범의 아내였다가 이혼하고, 재혼하여 환웅의 아내가 되고, 환웅과 혼인한 뒤에 단군의 어머니가 된다. 규범에 얽매이기보다는 끊임없이 진실성을 추구하는 여인으로 진지함과 진실함, 그리고 끈기와 진취성을 지녔다.

'웅녀'는 고조선 건국 신화인 〈단군신화(壇君神話)〉에 등장하는 여인이다. 〈단군신화〉는 《삼국유사》와 《제왕운기》, 《세종실록지리지》, 《응제시주》, 《신증동국여지승람》 등의 문헌에 실려 있다. 그런데 곰과 범이 함께 등장하는 것은 《삼국유사》와 《응제시주》에 실려 있는 것들뿐이다. 《제왕운기》와 《세종실록지리지》, 《신증동국여지승람》 등에 실려 있는 것들에는 곰만 등장할 뿐 범은 등장하지 않는다.

옛날에 환인(桓因)의 서자(庶子) 환웅(桓雄)이 있었는데, 자주 하늘 아래에 뜻을 두고 인간 세상을 탐내었다. 아버지가 아들의 뜻을 알고 삼위태백(三危太伯)을 내려다보니 인간 세상을 널리 이롭게 할 만하였다. 이에 천부인(天符印) 세 개를 주고 가서 다스리게 하였다. 환웅은 무리 삼천 명을 거느리고 태백산(太伯山) 꼭대기 신단수(神壇樹) 아래에 내려와 신시(神市)라 하였다. 이분이 환웅천왕(桓雄天王)이다. 풍백(風伯)과 우사(雨師)와 운사(雲師)를 거느리고 곡식을 주관하며 생명을 주관하며 병을 주관하며 형벌을 주관하며 선악을 주관하며 인간의 삼백육십여 가지 일들을 두루 주관하며 세상에 살면서 다스리고 교화하였다.

이때 곰 한 마리와 범 한 마리가 같은 굴에 살고 있었는데, 언제나 신웅(神雄)에게 빌기를, "바라건대 사람이 되게 하소서." 하였다. 이때 신웅이 신령스런 쑥 한 심지와 마늘 스무 개를 주면서 말하기를, "너희들이 먹고서 햇빛을 백 일 동안 보지 않으면 곧 사람 모습을 얻으리라." 하였다. 곰과 범이 얻어서 먹었는데, 삼칠일(三七日)을 기(忌)하여 곰은 여인의 몸을 얻었으나, 범은 능히 기하지 못하여 사람의 몸을 얻지 못하였다. 웅녀(熊女)는 더불어 혼인할 이가 없었으므로 매양 단수(壇樹) 아래에서 축원하기를, "바라건대 잉태하게 하소서." 하였다. 신웅이 이에 임시로 변하여 혼인하였다. 잉태하여 아들을 낳으니, 이름하여 단군왕검(壇君王儉)이라 하였다.

— 〈고조선(古朝鮮)〉, 《삼국유사(三國遺事)》

웅녀의 고뇌, 이혼

곰은 범과 함께 같은 굴에서 살고 있었다. 그러니까 곰과 범은 부부의 인연을 맺고 살았던 것이다. 곰과 범이 무슨 부부의 인연을 맺었을까 의아히 여길 수도 있지만, 그냥 보아서는 멀쩡한 남자와 여자로 맺어진 부부도 백인재의 호랑이 눈썹을 뽑아서 눈에 대고 살펴보면 사람과 닭이 짝을 지어 있기도 하고 닭과 개가 짝을 지어 있기도 하다는 얘기를 듣고 나면 그만한 의문쯤이야 '아하!' 하고 풀릴 일이다.황경호 구연, 〈백인(百人)재의 범눈썹〉, 184~197쪽

곰과 범이 처음 만나 함께 살기 시작했을 적에는 모든 것이 새롭고 놀라워서 언제나 가슴 두근거리는 일들로 가득했다. 그러나 차츰 새롭던 것들이 이해할 수 없는 것들로 바뀌고 놀랍던 것들이 어처구니 없는 것들로 바뀌면서 둘 사이에는 어긋남과 단조로움만 끊임없이 교차되고 있었다. 이럴 줄 왜 진작 몰랐던고!

그래도 곰과 범은 둘 다 생각이 깊었다. 심사숙고 끝에 이 세상 모든 문제는 다 그 원인이 있게 마련인데, 그들의 문제는 아직 사람이 되지 못해서 그렇다는 결론에 이르게 되었다. 비록 곰이요 범이었지만 보는 눈은 있어서 진정 사람은 가슴속의 열정을 다스리고 경영하여 늘 새롭고 놀라운 일들을 창조하면서 끊임없이 새로운 미래를 열어 간다는 것을 알아차렸던 것이다.

그리하여 곰과 범은 마침 환인(桓因)의 아들 환웅(桓雄)이 내려와 신시(神市)를 열고 인간 세상을 다스리자 자신들도 사람이 되게 해 달라고 빌었다. 여느 부부 같으면 갈등이 생기고 일이 잘 풀리지 않을 적에 그것을 상대방의 탓으로만 돌리며 각자 고집을 세우게 마련인데, 이들 부부는 갸륵하게도 자신들의 한계를 극복하고 사람이 되는 쪽으로 가닥을 잡았던 것이다.

그러나 누가 알았으랴! 그것이 서로 영영 갈라서는 길이었음을! 곰은 환웅의 방도를 따라 사람인 여자가 되었는데 범은 그렇게 하지 못하고 그냥 범으로 남게 되자 그들은 더 이상 함께 살 수가 없었다. 곰

과 범일 적에는 아옹다옹하면서도 그럭저럭 붙어 있을 수 있었지만, 사람인 웅녀(熊女)가 범과 함께 살 수는 없는 노릇이었다.

웅녀는 범과 헤어지는 소동과 파란으로 몹시 가슴이 아팠다. 둘이서 아무런 문제도 없이 마냥 즐겁게 지내던 시절이 그립기도 했다. 그러나 그 시절로 되돌아갈 수는 없었다. 사람이 되는 길을 선택한 이상 범과 헤어지는 아픔이야 입 꾹 다물고 감수해야 했다. 왜 사람되는 길을 포기했느냐고 범을 탓할 수도 없었다. 어쩌면 서로 길이 다르다는 것을 진작 인정했어야 했는지도 모를 일이었다. 아무튼 아주 많이 외롭고 또 두려웠다.

그렇지만 웅녀는 결코 좌절하지 않았다. 범과의 인연은 거기까지다! 의연하게 나 자신을 믿고 나 자신의 선택을 따르는 거야! 웅녀는 이미 환웅의 세상에 들어와 있었다. 환웅은 생각만 해도 새로움의 연속이고 놀라움의 연속이었다. 그런데 웅녀와 환웅의 인연은 단 하룻밤일 뿐이었다. 그래도 상관없었다. 찰나가 영원이라더니!

환웅과의 하룻밤 인연으로 웅녀는 단군을 낳았다. 혼자 낳고 혼자 길렀지만 어린 단군의 기상은 범상치가 않았다. 그게 어디 받은 핏줄, 타고난 천성 때문이기만 하겠는가! 웅녀가 어린 단군을 어르고 가르칠 때의 온화한 말씨, 단아한 몸가짐, 그리고 맑은 눈빛 곳곳에 환웅의 고결한 기품이 약동하고 있었다. 그러니까 웅녀는 언제나 환웅과 함께였고, 그리하여 환웅은 또 한 번 고스란히 단군에게서 실현되었던 것이다.

돌이켜 보건대 웅녀는 이혼을 한 여인이었고, 또 재혼을 한 여인이었다. 그런데 이유 있는 이혼이었고, 의미심장한 재혼이었다. 이보다 더 진지한 이혼, 더 진실한 재혼은 없었다. 그것은 위대한 고뇌였다.

웅녀와 지네각시의 동병상련

웅녀의 위대한 고뇌는 지네각시에게서도 발견된다. 강학철 구연, 〈천심에 의한 보은〉, 746~752쪽 지네각시도 헤어지고 만나는 과정에서 크게 깨닫고 온전히 성숙할 수 있었다. 잘못된 만남은 바로잡아야 했고, 그것은 올바른 만남을 통해서만 가능한 일이었다.

지네각시가 처음에 구렁이를 만난 것은 걷잡을 수 없었던 열정 때문이다. 천상의 봄도 유혹적이긴 지상의 봄과 마찬가지였던가 보다! 그것이 잘못인 줄 깨달았을 때는 이미 지상으로 떨어져서 지네가 되고 구렁이가 되어 있었다.

웅녀가 애초에 곰이었던 것과는 달리 지네각시는 처음부터 지네는 아니었다. 본디 천상 선녀였으나 걷잡을 수 없는 열정에 휘말리면서 지상에 떨어져 지네가 되고 말았다. 그러나 다시 생각해 보면 웅녀도 범과 함께 열정을 불태우는 동안 곰이었던 것이지, 그러기 전에는 혹시 천상의 선녀였는지도 모를 일이다.

아무튼 지상에 떨어진 지네각시는 대오각성을 하고서 지네 허물을 벗고 다시 승천하기 위한 노력을 게을리하지 않았다. 천 년의 세월이 흘렀다. 그리고 절망에 빠져 죽기로 작정한 남자를 만나게 되었다. 그래! 저 남자를 구하자! 나로 말미암아 저 남자가 진정 살아갈 힘을 얻을 수 있다면 나도 지네 허물을 벗고 승천할 수 있으리라!

곰이 환웅을 만나기까지 얼마나 세월이 흘렀을까? 환웅을 만났을 때 곰의 심정은 어땠을까? 곰이 범과 함께 살아가는 일이 순조로웠다면 환웅을 만날 일도 없었으려니와 설령 환웅을 만났다 해도 그냥 지나쳐 버렸을 것이다. 그러나 곰은 하루가 십 년인 양 침울하고 지루했다. 환웅을 만나 사람이 된다는 희망을 가지면서 다시금 가슴이 뛰는 것을 느꼈다. 마늘과 쑥을 받아들고 동굴로 돌아온 곰은 어떠한 어려움도 견딜 수 있을 것만 같았다.

그런데 지네각시와 함께 지상에 떨어진 구렁이는 지네각시와 생각이 달랐다. 어쩐지 저 남자가 마음에 들지 않고 지네각시가 괜한 수고를 하고 있는 것 같았다. 지네각시에게 쓸데없는 짓 하지 말라고 핀잔을 주었다. 그렇지만 지네각시는 흔들림이 없었다. 남자에게 쏟는 정성이 이만저만이 아니었다. 그렇다고 남자에게 무슨 보답을 바라는 것 같지도 않았다. 남자가 건강이 회복되자 옷 입히고 용돈 두둑이 주어 마음대로 놀러 다니게 해 줄 뿐만 아니라, 집에 돌아가고 싶다고 하니까 얼른 손을 써서 그 집을 부자로 만들어 놓고는 잘 다녀오라고까지 하였다. 구렁이의 마음속에는 알 수 없는 미움과 분노가 치밀어 올랐다. 나한테도 한번 그렇게 살갑게 굴어 보라지! 네가 틀렸음을 반드시 증명해 보이고야 말 거야!

범의 심정도 그랬을까? 곰과 함께 환웅을 만나서 마늘과 쑥을 받아 가지고 왔지만 환웅을 만날 때부터 내심 불편했다. 엉뚱한 방도를 일러 준 환웅도 미덥지가 않았을 뿐만 아니라 너무나 철석같이 믿고 희망에 부푼 곰의 표정도 마음에 들지 않았다. 정말로 사람이 될 수 있을까? 이러다 우리 죽고 마는 것 아냐? 그러나 곰은 조금도 흔들림이 없었다. 일주일이 지나고 이 주일이 지나 피골이 상접해 가는데도 곰의 눈빛은 더욱 초롱초롱하기만 했다. 범은 참을 수가 없었다. 곰이 너무도 낯설게 느껴졌다. 이건 아니야! 나는 내 방식대로 살 거야!

지네각시는 너무도 침착했다. 그리고 믿음이 도타웠다. 구렁이가 어떻게 방해할지 잘 알면서도 남자를 단속하는 일에 중점을 두지는 않았다. 이 남자가 참과 거짓을 분변하고 결정적인 순간에 올바른 결단을 내릴 만큼 건강한 정신을 되찾게 해 주었을 때 자신은 지네 허물을 벗고 승천할 자격이 있다고 생각했다. 만일 이 남자가 그렇게 하지 못한다면 그건 아직도 내가 부족한 탓이리라! 승천하지 못한들 누굴 원망하랴!

지네각시가 남자의 건강한 정신과 도타운 믿음의 회복을 기다렸던 것과는 달리 곰은 자신을 들여다보면서 자신의 변화를 기다리고 있었다. 범이 떠난 자리가 몹시 휑할 뿐만 아니라 범의 불만과 원망이 또 하나의 무거운 짐이 되었지만, 범의 말대로 이러다가 그냥 죽고 말지도 모른다는 의혹이 때때로 밀려들기도 했지만, 눈을 감고 조용히 기다렸다. 사람이 되지 못할 바에야 죽게 된들 또 어떠랴?

지네각시가 집으로 돌려보낸 남자는 다시 돌아왔다. 그리고 죽음을 무릅쓰고 지네각시를 믿어 주었다. 그 순간 지네각시는 지네 허물을 온전히 벗고 다시 승천할 수 있었다. 곰의 마음도 죽음을 무릅쓴 채 환웅을 믿고 따랐다. 그렇게 삼칠일을 넘긴 순간 곰은 곰의 탈을 벗고 어여쁜 여인 웅녀가 되었다.

지네각시가 지네 허물을 벗고 승천함으로써 소원을 성취한 것과는 달리, 웅녀는 여전히 할 일이 남아 있었다. 그건 바로 가장 사람답게 살아가는 일이었다. 그래서 다시 환웅을 만나야 했고, 단군을 낳아 길러야 했다. 그러나 지네각시가 자신을 의심하고 방해한 구렁이뿐만 아니라 자신을 송두리째 믿어 준 남자에게도 얽매이지 않은 것처럼, 웅녀 역시 범은 물론 환웅에게조차 집착하지 않았다. 이렇게 웅녀가 모든 집착에서 벗어나 가장 사람답게 살아가는 동안 어쩌면 차츰차츰 천상 선녀의 면목을 되찾아가고 있었는지도 모를 일이다.

이혼, 그리고 '사람'이 된다는 일

우리의 인생살이에서 결혼은 대단히 큰 비중을 차지하고 있다. 그래서 결혼을 한다고 하면 모두들 몰려가 축하하고, 가능한 한 성대한 결혼식을 올리려 하고, 백년해로를 몇 번이고 약속한다. 그러는 동안 이혼이란 아예 존재하지도 않는 듯이 철저하게 외면해 버린다. 그러나 실제의 사정은 그렇지 못해서, 오늘날 결혼하는 사람들의 절반은 얼마 지나지 않아 이혼을 한다고 한다. 그리고 이혼을 할 적에는 무슨 큰 죄라도 지은 것처럼 쉬쉬하기 일쑤이다. 그러므로 결혼 축하는 불안한 축하일 뿐이며, 백년해로의 약속은 거짓 맹세에 불과한 셈이다. 더구나 이혼을 통하여 깨달음을 얻고 성숙해지기를 바라는 건 무리가 아닐 수 없다.

그런데 〈단군신화〉의 웅녀는 범과 이혼을 함으로써 곰의 탈을 벗고 사람이 될 수 있었다. 웅녀의 뒤를 이은 지네각시도 구렁이와 이혼을 하고서야 지네의 탈을 벗고 천상으로 승천할 수 있었다. 우리가 사람이 되기 위해서 반드시 이혼을 해야 할까마는, 불행히 이혼을 겪게 되었을 때 웅녀를 떠올릴 수만 있다면 불행 중 다행으로 사람이 되는 소득이 있을 것이다. 우리에게 웅녀가 소중한 이유가 바로 여기에 있다.

정운채 건국대학교 국어국문학과 교수. 고전문학과 문학치료에 열정을 쏟고 있다. 저서에 《윤선도-연군지정과 이념의 시세계》, 《문학치료의 이론적 기초》 등이 있다.

5

드넓은 생명력의 동국 성모

이종주

유화

생산과 풍요의 여신으로 동북아시아의 성스러운 어머니상. 신성한 힘을 필요로 하는 시대, 혼자 힘으로 세상의 주인공을 세워야 하는 의무를 지닌 상황에서 세상을 낳고 신성한 지도자를 낳아 세우는 모성성의 원형이 된다. 역사 속에 거듭 새롭게 태어나는 그치지 않는 생명력의 여성이다.

'유화'는 〈주몽 신화〉의 주인공이다. 김부식의 《삼국사기》와 일연의 《삼국유사》에 주몽이 해모수와 유화 사이에서 태어나 고구려를 건국한 사연이 실려 있다. 이규보의 〈동명왕편〉 또한 이 못지않게 중요한 자료가 된다. 이규보는 《삼국사기》보다 앞선 《구삼국사(舊三國史)》의 기록을 인용하면서 주몽과 유화에 얽힌 사연을 전하고 있는데, 유화와 해모수의 결연 과정이나 유화가 주몽에게 씨앗을 전해 주는 내용들이 구체적으로 기록되어 있다. 한편 유화는 〈주몽 신화〉 외에 만주족 신화 등에도 또 다른 다양한 모습으로 등장하며, 고려나 조선 관련 전승 속에도 자신의 분신과 같은 존재들을 남기고 있다.

"너는 어미 때문에 걱정하지 말라."
하고 오곡 종자를 싸 주어 보내었다. 주몽이 살아서 이별하는 마음이 애절하여 보리 종자를 잊어버리고 왔다. 주몽이 큰 나무 밑에서 쉬는데 비둘기 한 쌍이 날아왔다. 주몽이,
"아마도 신모(神母)께서 보리 종자를 보내신 것이리라."
하고, 활을 쏘아 한 화살에 모두 떨어뜨려 목구멍을 벌려 보리 종자를 얻고 나서 물을 뿜으니 비둘기가 다시 소생하여 날아갔다.

— 〈동명왕편〉, 《동국이상국전집》 제3집

고구려의 어머니, 유화

고구려의 건국자는 주몽이다. 그러나 신화를 읽다 보면 실제 건국 신화의 주인공은 유화(柳花)라는 생각을 하게 된다. 실제로 주몽보다 오히려 서열이 높은 신격으로 대접을 받았음을 알려 주는 기록도 찾을 수 있다.

> 신을 모시는 사당이 두 곳인데, 하나는 부여신이라 하여 나무를 조각해서 부인의 형상을 만들고, 하나는 등고신이라 하여 그들 시조이며 부여신의 아들이라 하였다. 모두 관리를 두고 사람을 파견하여 지키는데 아마 하백(河伯)의 딸과 주몽인 듯하다.
>
> — 〈고구려전〉, 《주서(周書)》 권49

고려 시대 사신으로 왔던 서긍(徐兢)은, 《선화봉사고려도경(宣和奉使高麗圖經)》 17권의 〈동신사(東神祠)〉에서 "동신 성모지당(東神聖母之堂)이란 방이 정전에 붙어 있다.", "나무를 깎아 여인의 형상을 만들었다."고 기록하였다. 유화와 주몽이 그때까지 신으로 섬겨졌던 것이다. 고구려에서부터 고려에 이르기까지 주몽과 함께, 또는 주몽보다 서열을 높이 하여 유화를 섬겼다는 사실은 마치 천주교에서 성모 마리아를 예수와는 다른 차원에서 신앙의 대상으로 삼는 것을 연상시킨다. 유화를 이렇게 섬긴 이유는 무엇일까?

《삼국사기》, 《삼국유사》, 이규보의 〈동명왕편〉, 이승휴의 《제왕운기》 등이 전하는 유화의 사연은 이렇다. 유화는 천제의 아들 해모수와 결연하지만, 아버지 하백은 부모의 허락을 받지 않았다며 유화를 태백산 남쪽 우발수로 귀양을 보낸다. 그런 그를 동부여의 금와왕이 거두어 준다. 유화가 방 안에 갇혀 있을 때 그 몸에 햇빛이 비쳐 들어와 알을 낳았고, 그 알에서 주몽이 태어난다. 주몽이 금와왕의 아들과 신하들에게 시달림을 당하자 유화는 그가 천신의 자손이라는 것을 알려 주며 길을 떠나게 한다. 그리고 이미 길을 떠난 아들 주몽에게 비둘기를 통해 곡식의 씨앗을 보내 준다.

신화는 하늘에서 내려온 해모수보다 유화가 어떻게 주몽을 주몽답게 만들면서 고구려의 정신적 틀을 짜고 있는가를 잘 보여 준다. 유화가 신앙의 대상이 된 것은 단순히 건국의 주인인 주몽을 낳은 어머니이기 때문이 아니다. 유화가 시조모신으로 숭앙받게 되는 이유는 두 가지다. 하나는 그 자신이 가지고 있는 신성 징표이다. 그녀는 하백의 딸이고, 햇빛을 받아 주몽을 잉태하며, 곡식의 신모로서 또 다른 생산을 책임지는 풍요와 생성의 신격을 담지하고 있다. 또 하나는 그녀가 서사적 차원에서 '버려짐'의 미학을 실현시키고 있다는 점이다. 해모수에게 버려진 그녀는 다시 그 분신인 주몽을 떠나보낸다. 이런 이별과 분리를 통해 건국은 완성된다.

풍요와 생성의 어머니이지만 이별로 그것을 실현하는 존재, 이로써 유화는 주몽의 어머니를 넘어 건국의 어머니가 된다.

생성과 풍요의 신모

유화의 신성 징표로 우선 주목할 것은 그가 하백의 딸이라는 사실이다. 해모수가 주몽에게 천신(天神)의 혈통이라는 신성을 준다면, 유화는 주몽에게 수신(水神)의 후예라는 상징을 부여한다. 하백의 딸인 유화는 압록강 물가에서 놀다가, 하늘에서 내려와 왕 노릇을 하던 해모수를 만난다. 그의 두 동생 훤화(萱花)와 위화(葦花)가 같이 해모수를 만났지만, 그와 인연이 닿은 것은 유화였다. '버들'이라는 그녀의 이름은, 원추리·갈대라는 이름을 가진 동생들보다 수신의 딸로서 풍요와 다산의 속성을 더 많이 가졌음을 말해 주고 있다.

유화의 또 다른 신성 징표는 하백에게 쫓겨 나와서 금와의 구원과 보살핌을 받는 데에 있다. 금와는 북부여의 왕 해부루가 하늘에 제사를 지내고 얻은 신성한 인물이었다. 만주나 한반도 지역뿐 아니라 많은 문화권에서 개구리와 두꺼비는 풍요와 다산을 상징하는 상서로운 존재다. 그러한 금와가 해모수를 대신하여 유화를 '섬김'으로써 유화는 수신의 상징으로서의 의미를 유지할 수 있었다.

금와의 궁에 있던 유화는 방 안으로 비친 햇빛을 통해 임신한다.

햇빛은 부계를 알려 주는 징표이기도 하지만, 오히려 유화의 신모로서의 성격을 부각시키는 데 더 기여하고 있다. 버려지고 갇힌 상황에서도 하늘의 섭리에 의해 아이를 잉태하는 '신성한 몸'으로 느껴지기 때문이다.

그 후 유화는 자신의 아들 주몽에게 좋은 말을 가려 주어 떠나게 하기도 하고, 멀리 나가 있는 주몽에게 곡식의 씨앗을 보내기도 한다. 그때 주몽은 씨앗을 받고 그것을 '신모(神母)께서 보낸 것'이라 한다. 좋은 말을 고를 줄 아는 능력은 다른 일에 비하면 신성의 요소가 약할지 모르나, 북방 여인들이라면 꼭 갖춰야 할 필수적 '생존의 예지'였다. 〈온달전〉의 평강공주도, 《박씨전》의 여성 영웅 박씨도 이런 북방계 여성의 '예지'를 가지고 있었다. 또한 남으로 이동하는 주몽에게 씨앗을 전해 주는 유화의 모습은 다름 아닌 농업신의 모습이다. 김철준(1971), 〈동명왕편에 보이는 신모의 성격에 대하여〉 물론 단순한 농업신은 아니다. 그녀는 수신의 딸로서 농업 생산에서부터 말을 알아보는 능력에 이르기까지 다양한 생산과 풍요의 원리를 체득하고 있었다. 이렇게 유화는 단순히 주몽을 낳은 어머니일 뿐만 아니라, 그 자신이 풍요의 원리를 가진 신성적 존재였다. 그리고 그녀는 신모로서 신성 원리를 실현하는 존재였다.

그렇다면 유화를 신성하게 만드는 또 다른 요소가 되는 '버려짐과 이별의 원리'는 무엇일까? 유화는 두 번 버려지는 상황을 맞이한다. 하백과 변신술 내기를 해서 이김으로써 천손임을 증명한 해모수는, 자기를 붙잡아 두려는 하백의 손길을 피해 유화를 홀로 남겨 두고 하늘로 올라간다. 그러자 하백은 부모에게 허락도 받지 않고 예법에 어긋나는 결혼을 했다고 화를 내며 유화를 우발수로 추방한다. 그렇게 유화는 두 번 버려진다. 요즘 말로 그녀는 남자에게 버림받고 부모에게 쫓겨난 존재였다. 그렇게 버려진 그녀는 금와의 보살핌을 받아 아이를 낳는다. 유화의 버려짐은 그대로 아들 주몽에게도 그 의미가 이어진다.

하백의 딸, 천손의 아들이 이런 버려짐을 겪는 것은 이들의 불완전성, 즉 결핍을 의미한다. 주목할 사실은 그 결핍이 모자람을 강조하기 위한 서사가 아니라, 모자람을 완성하기 위한 서사라는 사실이다. 해모수에게 버림받은 유화는 금와라는 또 다른 생명력의 상징에 의해 보호된다. 그리고 그 보살핌 속에서 '햇빛'에 응감하여 주몽을 잉태한다. 햇빛은 해모수라는 남편의 결핍을 대체하면서, 유화의 임신을 더 신비롭게 만들어 준다.

유화의 '남편 부재'와 마찬가지로 주몽의 '아비 부재' 또한 채움을 위한 장치다. 《제왕운기》 등의 기록에 따르면, 주몽은 남의집살이라는 결핍 속에서 '나의 아버지는 누구냐?'고 자기 정체성의 확인을 요구한다. 그리고 천손의 아들이라는 유화의 말을 듣고 그에 걸맞은 자기 왕국을 만들기 위하여 길을 떠난다. 유화에게나 주몽에게나 결핍은 채움을 완성하기 위한 서사적 징표였던 것이다. 앞서 살폈던 하백의 딸로서의 수신적 면모는 이러한 결핍을 충족함에 있어 결정적인 역할을 하는 신성 징표였다.

〈주몽 신화〉에 있어 유화가 지닌 신성 징표와 '결핍'은 핵심적인 서사적 동인이었다. 주몽의 고구려 건국은 유화의 결핍이 있음으로 해서 가능했다. 그리하여 유화는 고려 시대에 이르기까지 생명과 풍요의 신모로서 신앙의 대상이 되었던 것이다.

만주의 어머니, 창조 성모(聖母)

유화가 지니는 수신(水神)이라는 성격은 구체적으로 어떤 의미를 갖는 것일까? 주몽을 건국주로 삼은 고구려 사람들의 삶과 인식에 있어 그것은 어떤 역할을 하는 것일까?

이와 관련하여 주목되는 것은, 고구려와 마찬가지로 만주를 생활 터전으로 삼아 온 만주족에게 있어서도 유화 여신은 절대적 숭배의 대상이 되어 왔다는 사실이다. 만주족들은 유화 여신을 세계 창조의 여신으로, 시조모신으로 섬겨 왔다. 심지어 그녀를 누루하치의 생명을 구원해서 왕으로 인도한 보호 신령으로 인식하기도 하였다. 유화는 고구려를 넘어서 만주족을 포함한 동국의 성모였던 것이다.

만주족의 창조 신화 〈천궁대전(天宮大戰)〉은 태초 생명의 모습과 기원을 다음과 같이 말하고 있자.

> 세상에 제일 먼저 있은 것은 무엇인가? 가장 먼저 옛날은 어떠했나? 가장 먼저 옛날 세상은 하늘과 땅이 나뉘지 않은 물거품이었다. (중략) 물거품 속에서는 아부카허허(阿布佧赫赫)가 나타났다. 그녀는 물거품처럼 작았는데 점점 커져서 물이 있는 곳, 물거품이 있는 곳에는 어디에나 아부카허허가 있게 되었다. (중략) 그녀는 공기로 만물을 만들고, 빛으로 만물을 만들고, 몸으로 만물을 만들어, 허공에 만물이 많아지면서 청탁(淸濁)이 갈라져, 맑은 것은 상승하고 흐린 것은 하강하였다.
>
> — 김재용 · 이종주, 〈천궁대전〉, 《왜 우리 신화인가》, 228~229쪽

아부카허허는 물에서 나온 최초의 신으로서, 다시 우주와 땅을 주

재하는 두 여신을 만든다. 아부카는 천모(天母)를, 허허는 여인이나 그 성기(性器)를 뜻한다. 그런데 이 '허허'는 만주어로 버드나무[柳]라는 의미를 지닌다. 아부카허허는 여성 성기가 인격화된 이름으로서 천모 또는 대모(大母)라고 불리는 생명의 원형적 존재이면서, 또 다른 뜻으로 버드나무 또는 버들잎이라는 의미를 가지고 있어서 유수천모(柳樹天母)라고 불리기도 한다. 그녀는 최초의 생명일 뿐 아니라 인류의 모태로서 모든 강과 물줄기를 생성시키고 관장하는 '물의 용'의 주재자라고 만주족 사람들은 생각하였다.

창조의 여신 유수천모는 시조모신이 되기도 한다. 만주족 신화는 시조모신에 대해 다음과 같이 전하고 있다.

> 인류의 시조모 불혁마마(佛赫媽媽)는 장백산의 유수(柳樹)가 변해서 된 것이고, 시조부 오신활마발은 북해(北海)에서 천하의 천정을 받치는 기둥 역할을 하는 돌기둥이 변해서 되었다. 악마와의 전쟁에서 이길 때에 여시조 불혁(佛赫)은 주도적 지위를 가지고 네 쌍의 자녀들을 부부로 짝 지어 주고, 그들에게 부부의 방법을 알려 주어 인류가 끊임없이 지속되도록 하였다. 그리고 천상의 생생한 진흙과 버들을 모두 그들에게 주어 그들이 자기의 모양대로 계속 많은 생명을 생산토록 하였다.
>
> — 王宏剛, 불혁마마여오신괄마발, 〈시론살만교유숭배〉, 《민간문학논단》, 22쪽에서 재인용

남녀의 성적 결합을 암시하는 이 신화에서 시조모는 다름 아닌 유수마마(柳樹媽媽)라는 이름을 가지고 있다. 창조 신화의 천모 아부카허허가 시조모로 변신하여 나타난 것이다. 유수(柳樹)는 여성기, 즉 여음(女陰)이 생명을 낳는다는 원리를 가지고 조상신 격의 신으로 모

습을 바꾸어 나타난 것이다.

만주족은 9, 10월이 되면 새 곡식을 먹기 전에 불다마마를 새로 모시는 환쇄(換鎖)라는 의식을 거행한다. 푸른 버들가지를 가려 꺾어다가 서쪽 방 안에 모셔져 있던 묵은 가지를 대체하고 새 버들여신을 맞이한다. 불다마마가 지난해에 주었던 보호와 풍년에 감사하면서 새로운 여신의 힘을 모셔서 새해의 풍요를 기원하는 것이다. 새로운 버들가지로 자손의 번성과 가내의 풍요를 맞이하며, 그 버들가지에 자손줄을 연결하여 어린아이의 배꼽 부분에 이어 주면 유화 여신의 풍요로운 생명을 옮겨 받는다고 믿었다.

버들 시조모 불다마마는 만주족 전체의 조상신이자 민족신이었다. 그래서 청나라 궁정에서도 조상신 격으로 제사되었음을 궁정 제사에 관한 기록(《만주제신제천곡례(滿洲祭神祭天典禮)》)에서 볼 수 있다. 고구려의 시조모신 유화가 청나라 궁정에 부활하여 기림을 받았던 것이다.

만주족의 영웅 전설은 명나라 시절 동해 홀단하부족의 버들제〔柳祭〕에 대한 흥미로운 기록을 전하고 있다. 완전히 벌거벗은 채 버들잎을 허리에 두른 어린 여자들이 물에서 나와 마을을 돌면서 유화 여신 강림 의식을 행하였다고 한다. 버들신과 해신을 대표하는 '버들잎을 허리에 두른 벌거벗은 여인'은 아부카허허, 즉 버들잎 천모가 지상에 내려온 모습을 재현하는 것으로 그가 바로 고구려 신화에서 인격화되었던 하백의 딸 유화라는 사실을 확인해 준다.

해부루가 순찰할 때 압록강가에서 목욕하던 세 자매의 모습은 곧 이러한 버들제 의식을 연상시킨다. 그 신화의 원형을 모방하고 재현하면서 버들제가 거행되었다고 할 수도 있고, 유화 자매가 압록강변에서 노닐던 모습이 곧 이 제의의 한 모습이라고 할 수도 있을 것이다. 아부카허허, 즉 유수천모라는 이름을 가졌던 창조모신 유화는 이렇게 시조모로 변신하여 시조 신화의 주인공이 되고, 다시 일상 생활 속 풍요 제의의 주인공이 된다. 그녀는 풍요 다산의 생명 원리가 필요한 곳에서는 어디든 모습을 나타내는 원형적 어머니였던 것이다.

천하를 얻을 힘과 지혜의 원천

유화는 고주몽의 어머니를 넘어 창조모신으로, 시조모신으로 그 모습을 달리하면서 우리의 의식을 지배해 오고 있었다. 풍요와 생명의 원리라고 생각되는 이 위대한 힘은 특히 왕권의 생성자라는 절대적 힘을 가진 존재로 한반도와 만주 지역에서 생존해 왔다.

만주족 설화 가운데는 유화 여신이 만주 지역에서 패권을 잡은 청 태조 누루하치에게 황제의 지위에 오르는 길을 열어 주었다고 하는 이야기가 있다. 어린 누루하치가 이성량(李成梁)의 집에서 발 씻는 일을 하고 있을 때였다. 요동에 나타난 용을 찾으라는 지시가 북경에서 내려왔을 때, 이성량은 누루하치가 용임을 알아보고 그를 붙잡으려 하였다. 그때 이성량의 작은부인이 누루하치에게 그 사실을 귀뜸해 주고 함께 도망길에 나섰다. 도망길에서 그녀가 지쳐서 죽자 어린 누루하치는 "당신이 내 생명을 구하고 죽었으니 내가 만일 천하를 얻게 되면, 후세 사람들에게 당신을 불탁마마(佛拓媽媽)로 섬기게 하겠소." 라고 하였다. 그 뒤 누루하치는 그 일을 잊지 않고 그녀를 위해 불탁마마 사당을 지어 주었다고 한다. 길림 지역에 전하는 설화에서 그녀는 불탁마마 외에도 여러 가지 이름으로 불리는데 모두 '버들 시조모'라는 의미를 지닌다. 요컨대 누루하치는 버들 시조모의 보호에 힘입어 왕의 자리에 올랐던 것이다. 이외에 누루하치가 산해관을 함락할 때 사용한 대포 같은 온갖 무기와 지혜가 불탁마마로부터 전수받은 것이라는 설화도 있다. 버들 시조모(불탁마마)는 이렇게 '천하를 얻을 모든 힘과 지혜의 원천'으로 인식되었던 것이다.

유화의 후대적 생명력은 만주족에게서만 확인되는 것이 아니다. 한반도의 여러 시조 왕들 또한 유화 신격과 결혼하거나 또는 그 후예로 태어난 존재로 인식되고 있다. 이는 고려 왕건과 조선 이성계에게 나타나는 버들부인의 역할에서 분명해진다.

김관의(金寬懿)의 《편년통록(編年通錄)》에 따르면 왕건의 할아버지 작제건은 늙은 여우를 잡아 서해용왕의 딸 용녀와 결혼하고 왕건의 아버지인 왕륭을 낳는다. 이때 '용녀'라는 존재에 주목할 필요가 있다. 신성한 왕의 모계를 물의 신으로 설정하고 있다는 점에서 용녀는 유화와 동질성을 지니는 인물이다. 해모수가 유화와 결합하여 주몽을 낳았듯, 작제건은 용녀와 결합함으로써 왕이 탄생할 조건을 갖춘 것이다.

태조 왕건은 할아버지 작제건이 용녀와 결합했던 일을 다시 그대로 반복하여 물과 생명의 상징인 유화 신격과 결합한다.

> 태조 신혜왕후 유씨(柳氏)는 정주(貞州) 사람이다. (중략) 태조가 궁예를 섬기는 장군으로 군대를 이끌고 정주를 지나다가 늙은 버드나무 아래에서 쉬는데 왕후가 길옆 시냇가에 서 있었다. (중략) 태조가 그 집에 가 머물게 되었는데 그 집에서 군대를 풍성히 먹였고 왕후로 하여금 받들어 모시게 하였다. (중략)

> 궁예 말에 홍유, 배현경, 신숭겸, 복지겸이 태조의 집에 와서 (중략) 추대하는 뜻을 말하자 태조는 낯을 붉히며 완강히 거절하였다. 이때 왕후가 휘장에서 나와 (중략) 손수 갑옷을 가져다 남편에게 입혀 주니, 장군들이 옹위하고 나가서 마침내 왕위에 올랐다.
>
> —〈후비(后妃)〉1, 《고려사》 열전

이는 '버드나무' 아래 '시냇가'에 서 있던 '유씨' 부인이 왕통의 생산자가 되고 있음을 보여 준다. 왕건이 그녀를 왕비에 오르게 해 준 것이 아니라, 그녀가 왕건을 왕의 자리에 밀어 올리고 있다. 왕건에게 있어 이 유화 부인과의 결합은 왕위에 즉위하기 위한 필연의 통과의례였던 것이다.

버들잎 부인, 즉 유화는 이렇게 고려의 태조 및 그 후손이 풍요 여신의 혈통을 지녔다는 상징을 재현하면서, 왕통(王統)의 생성자 역할을 하고 있다. 역사 기록과 설화에서 모두 유화의 여성 원리, 즉 물의 원리가 '신성한 왕'을 탄생시키고 있는 것이다.

이성계도 왕건처럼 유엽(柳葉) 부인, 즉 유화 인격과 결합한다. 구비 설화 가운데 〈강원도에 사냥 나간 이성계〉(전남 장성), 〈팔야리〉(경기 남양주), 〈이성계 이야기〉(경남 거창) 등이 이성계와 유화 인격과의 결합을 나타내 주는 사례로 그 서사 구조가 거의 일치한다.

이렇게 버들부인과의 결합이 왕건에 이어 이성계에게서도 나타난다는 것은 유화가 신성성을 가진 존재로 '왕권의 생성'과 필연의 관계가 있다고 믿어진 결과일 것이다. 유화는 고구려 신화를 거쳐 고려의 왕건으로, 다시 조선의 이성계로 그 신화적 힘을 재생산하면서 생존하고 있었던 것이다.

오늘날 유화는 어디에 있는가

하백의 딸, 해모수의 부인, 주몽의 어머니 유화는 고구려 건국의 모태였지만, 그 원형적 어머니상은 고구려에 머물러 있지 않았다. 만주 지역에서 그녀는 창조의 여신이었고, 시조모신이었고, 건국의 어머니였다. 또 물의 신으로서 풍요와 다산의 신이었다. 그의 이런 모습은 몽골족에게서는 오도간(烏都干) 또는 이도간(伊都干)으로 불리는 시조모신으로 나타나며, 석백족(錫伯族)에도 이런 버들신 숭배의 모습이 신화에서부터 제의에까지 다양하게 남아 있었다. 그리고 고려와 조선 시대에까지 살아 내려와 우리의 왕권에 생명을 불어넣고 있었다. 그녀는 한반도라는 공간을 넘고, 고구려라는 시간을 넘어 우리의 의식 속에 살아 숨쉬는 '동신(東神)국 성모(聖母)'였던 것이다.

그렇다면 오늘날 우리에게 유화는 어디에 살아 있을까? 오늘의 유화를 이야기할 때 그 매개로서 주목할 만한 인물이 평강공주이다. 그녀는 공주의 몸으로 바보 온달을 선택하여 장군으로 만들었다. 온달은 후주의 무제가 요동으로 쳐들어오자 선봉에 나서 전쟁을 승리로 이끌었다. 비록 신라와의 전쟁에서 숨을 거두지만 그는 영토 수호의 상징이었다. 결국 평강공주야말로 단순한 울보가 아니라 섬세한 감각으로 '될 성 싶은 나무' 온달을 알아보고 키워 낸 지혜의 여인이고 구국의 여인이 된 것이다. 이런 지인지감뿐 아니라 버려진 말을 구해 오게 하여 튼튼한 말로 길러 낸 공주는 기마 민족으로서의 삶의 지혜와 자질을 갖추고 외적을 물리치는 남성을 길러 낸 모태라 할 수 있다.

이런 여성 영웅의 전통은 《숙향전》, 《홍계월전》, 《박씨전》 등을 통하여 전승되었다. 그 중 《박씨전》의 박씨는 능력이 모자라는 남편을 국가의 인재로 길러 내고 스스로 나서서 국가를 구하는 구국영웅이 되고 있는데, '말 고르기' 모티프가 그대로 원용될 정도로 유화와 평강공주를 이은 여성 영웅상을 보여 준다.

여성이 외세에 대항하면서, 가족과 국가의 정체성을 세워가는 모습은 현대 소설에 있어 우리에게 친숙한 박경리의 《토지》나 박완서의 《미망》 같은 작품에 반복되어 나타난다. 《토지》의 서희는 남성 혈통이 제자리를 확보하지 못한 집안에서 태어나 미천한 길상을 남편으로 선택하면서 오히려 '집안 세우기'와 '나라 세우기'에 나서는 인물이다. 《미망》의 전태임 또한 할아버지 전태만으로 상징되는 개성 상인과 조선 사람의 생명력을 '미천하지만 똑똑한 남자'를 선택하면서 이어가며, 군자금을 대면서 나라를 찾는 여성 영웅이 된다.

구체적인 모습에는 차이가 있지만, 이들은 모두 여성의 생명력으로 남성들이 야기한 집안과 국가의 위기적 상황을 역전시키고 있다. 상실의 시대, 불모의 땅에 생명을 뿌리고 있는 이들은 유화의 또 다른 모습인 것이다. 그렇다면 오늘, 21세기의 유화는 어떤 모습을 하고 우리를 바라보고 있을까?

이종주 전북대학교 국어국문학과 교수. 박지원 · 홍대용 등 북학파의 산문체와 미의식, 상대주의적인 인식논리가 명말청조의 사상가들의 영향을 어떻게 변용하면서 생성되었는가를 설명하려 하였다. 1993년 중국사회과학원 방문학자를 거치면서 만주족 신화에 관심을 가지게 되었다. 현재는 삼국유사의 각편을 한편 한편 읽어가면서 그 의미를 해석하는 일을 시작하고 있다. 저서로는 《북학파의 인식과 문학》, 《왜 우리신화인가》 등이 있다.

6

나는 소신파다,
귀신도 물렀거라

강진옥

손병사 어머니

사대부가의 여성이지만 인습을 넘어서서 근원적인 생명력을 발현하는 인물이다. 시집온 여성에게 요구되는 불합리한 인습을 거부하고 주체적 판단으로 사대부가를 꾸려 간다. 대담한 성품과 뚜렷한 소신, 합리적 인식의 소유자로 일체의 고정관념에 구애되지 않고 소신에 따라 행동하는 과단성 있는 여성이다.

'손병사 어머니' 설화는 조선 후기(숙종~영조대) 밀양 지역에 실존했다고 믿어지는 인물에 관한 전설로서, 밀양 지역을 중심으로 경남 내륙 일대에 분포되어 있다. 《한국구비문학대계》를 비롯한 설화 자료집에 15편 이상의 각편이 수록되어 있다. 인물이 행했다는 일화 중심으로 이야기되지만 설화 내용에는 민중적 상상력이 상당 부분 개입되어 있어 작가층은 전승 주체인 일반 민중이라 할 수 있다. 역사 인물이자 여성 인물 전설이라는 특성상 이 설화의 전승에는 남성 전승자와 여성 전승자가 함께 참여하고 있다.

그래 이제 태기가 있어. 태기가 있어서 아이를 낳았는데 엄청 좋은 아들을 낳았어. 이제 아들을 낳았으니 다행이다 싶어 키우는데, 그래 한창 이쁘고 좋을 때, 하루 저녁 새파란 각시가 하나 나타나서

"니 자식을 낳아서 너는 좋지? 니 자식을 낳았으니 너는 마냥 좋지?"

"좋다."

이러니까

"그래 너가 나를, 춘추로 물을 얻어먹는 것을, 니가 니네 하인들하고 와서 내 집을 없애버렸으니 내가 지금 물도 못 얻어먹고 낮으로는 쥐가 되고 밤으로는 새가 되고, 그래가지고 돌아다니니까 네 자식을 데리고 가야 되겠다."

"데리고 가라. 데리고 가라."

이제 그렇게 깨고 보니까 그만 아이가 벼락같이 아프더니 금방 죽어버린 거라. 그래 갖다 내버리고. 또 둘째도 마찬가지로 또 그래. 똑 그것과 같이 그래. 그래 아이를 그만 사내애 둘을 갖다 내버리고, 셋째를 이제 뱄는데 (중략) 아들을 낳았는데, 또 그만큼 크니까 또 꿈에 또 그렇거든.

"또 잡아가라. 니가 잡아가고 싶으면 니가 잡아가야 되지, 잡아가라."

그러니까, 그때에는 그 각시가

"참, 니가, 반드시 니가 대인이다. 그렇지, 니가 여자라도 대인이다. 내가 네 자식을 내 마음대로 잡아갈 수가 있나? 니 사주가 자식을 앞에, 형제를 낳아서 산에 갖다가 바치라하는 그거다. 이 아이는 손씨 가문에 빛을 낼 사람이 태어났는데 내가 무슨 놈의 재주로 자식을 잡아가겠나? 내가 니 정신을 시험해 본 거고 니 사주가 두 개 갖다 바치라 하는 사주라서 그렇지 그게 아니니까 안심하고 키워라."

— 김영숙 구연, 〈밀양 손씨 집안 며느리〉, 《한국구비문학대계》 8-4, 119쪽

조선 시대의 여성들은 조신하기만 했을까

흔히들 조선 시대 여성들은 엄격한 규율 속에서 틀에 박힌 삶을 살았을 것이라고 생각한다. 나아가 사대부 집안의 부인들이라면 요조숙녀로만 살았을 것이라고 생각하기도 한다. 실제로 조선 왕조는 유교적 윤리관이 엄격하게 시행되는 사회였고, 사대부 집안의 여성들에게는 신유학적 이념에 기반한 여성적 윤리 규범이 부과되었기 때문에 여성들의 처신이 자유로울 수는 없었던 듯하다.

그러나 여성의 역할에 대한 사회적 요구와 기대가 별도로 마련되어 있었다고 하지만, 사람의 삶이라는 것이 틀 속에만 가두어 둘 수 있는 것이던가? 사람에게는 저마다의 성품이 있고, 자기 나름의 방식으로 삶을 수용하거나 개척해 나간다. 신유학이 정비한 이상적인 여성의 처세 방법은 그런 점에서 한 사회의 이념적 지향을 보여 주는 것일 수는 있지만, 그것이 사람들이 생각하는 유일한 가치가 아닐 수 있음을 보여 주는 단서들이 곳곳에 산재한다.

이야기는 사람들의 다양한 욕구가 상상력을 매개로 실현되는 장르이다. 특히 이야기의 주된 향유층은 민중들이었다. 지배층이 만들어 놓은 여성상이 사대부가의 여성 인물의 전형으로 자리매김되고 있는 시대에도, 특정한 인물의 행적에 대한 민중적 상상력은 그들의 가치관에 기반하여 평가되고는 한다. 이미 형성된 여성적 규범은 시간이 지남에 따라 하나의 인습으로 자리하게 되었을 뿐이다.

여기 조선 시대 여성들에게 부과되었던 인습적 삶의 방식을 박차고 나와 자신의 소신에 따라 당당하게 행동하는 한 여성이 있다. 조선 시대 여성상에 대한 우리의 고정관념을 통쾌하게 깨뜨려 주는 이 여성을 우리는 '손병사 어머니'라고 부른다.

활발하고 대범한 손병사 어머니

이야기 속의 손병사 어머니는, 숙종 23년(1697)에 무과에 급제하고 전라도 방어사와 경상좌도 수군절도사를 지낸 후 제주목사로 취임하러 가다가 타계했다는 손명대 공의 부인 광주 안씨로 추정된다. 정상박(2000), 《전설의 사회사》, 199쪽 그런데 손병사 어머니의 일화에는 통념적 여성 역할과는 다른 부분이 적지 않게 나타나고 있어 이야기를 통해 그 모습에 가까이 다가가 볼 필요가 있다.

여러 각편에서 전해지고 있는 손병사 어머니에 관한 일화들은 대체로 혼인 관련 일화, 첫날밤 일화, 신행길 일화, 시집 입성시 일화, 출산 관련 일화, 양육 관련 일화 등으로 정리된다. 이들은 한 여성의 생애를 구성하는 중요한 사건들로서 각각의 일화에서 드러나는 인물의 행동 방식은 서로 긴밀한 일관성을 보여 주고 있어 손병사 어머니라는 인물 성격을 총체적으로 구현하는 데 기여하고 있다.

혼인 관련 일화는 지인이 추천해 준 신붓감의 됨됨이를 살펴보러 갔던 시아버지의 눈에 비친 모습으로서 소를 타고 귀가하는 활달한 태도를 부각하고 있다. 이는 양반가 규수의 행실로서는 상상할 수 없는 파격적인 면모로서 인습에 구애받지 않는 인물의 탈일상성을 표현하고 있다. 이러한 예사롭지 않은 모습을 오히려 진취성으로 평가한 시아버지의 지인지감(知人之鑑)이 더해지면서 손병사 어머니의 드라마는 시작된다. 활달하고 대범한 성품은 혼인 첫날밤의 일화에서도 여지없이 드러나고 있다.

> 행례를 하고 첫날밤이 됐는데, 첫날밤에 처녀가 들어왔는데 보니까, 신랑은 가만 앉아 있는데, 자기가 그만 술상을 주안상을 차려놓은 그놈을 갖다가 떡 끌어다 놓고 그만 확 붓고는
> "주인 없는 공사가 있나?"
> 하면서 자기가 한 잔 탁 먹더니 '신랑 한 잔 자시라.' 하거든. 신랑이 쳐다보니까 대번에 겁이 나는 거라. 신랑이 몹시 겁이 나서 얼떨떨해 가지고 앉아 있으니까, 그래 신랑이 술 받으라 하여 받는데 술잔이 마, 신랑 손이 딸딸딸딸 떨고 있으니까 각시가 그래,
> "겁내지 말고 백년부부 오늘 저녁 만났는데, 평생 해로하고 살 사람이 뭣이 그리 겁이 나서 떠네?"
> 이러니까, 신랑이 먹다가 놓아버리고 그만 안 먹거든. 그래 치우고 누워 잔다. 신랑이 겁이 나서, 각시의 족두리도 벗기고 옷도 벗겨 주고 해야 될 건데, 당체 겁이 나서 각시에게 손을 못 대는 거라. 우두커니 앉아 있으니까, 자기가 척척 벗어서 그만 병풍 위에 척척 걸어 놓고, 훠딱 베개를 베고 번듯이 누워서 자는 거라. 아이고, 술이고 뭐고 취해서 씩씩하면서 누워 잔다.
>
> — 김영숙 구연, 〈밀양 손씨 집안 며느리〉, 113쪽

신부의 기세를 꺾기 위해 신랑은 잠든 신부의 속곳 가랑이를 들추고 똥을 싸놓는다. 밤새 자다 깨어난 신부는 뭔가 이상한 것이 느껴지자 사태의 진상을 파악하기 위해 종을 부른다. 자신의 바지 가랑이를 들춰 보게 하고, 똥을 쌌다는 말을 듣고는 똥 꼬랑지가 어디로 향해

김준근의 〈신부연석(新婦宴席)〉. 갓 시집온 신부에게 큰 상을 차려 준 모습의 그림이다.

있는지 살펴보게 한다. 똥을 싼 사람이 누구인가를 알아보기 위한 탐문인 셈이다. 밖으로 나와 있다는 말을 듣자, "그러면 그렇지. 내가 아무리 술이 취했지만 똥을 쌀 리가 있나?" 하고 안심하면서 "각시는 다홍치마 때 다스린다 하더니만 남자는 남자다." 하면서 신랑의 됨됨이를 평가하기까지 한다.김영숙 구연본 결국 신랑의 반격은 각시의 합리적 대응으로 인해 무산된다. 그 모든 정황을 지켜본 신랑은 질려서 상객으로 온 아버지를 졸라 그날로 집으로 돌아가고 만다. 신방에 든 신부가 주안상을 끌어다 술을 부어 먹는 것이나, 겁이 나서 떠는 신랑에게 핀잔을 주는 것, 스스로 옷을 벗어서 걸어 놓고 누워 자는 모습 등은 우리가 익히 알고 있는 첫날밤 신부의 태도는 아니다. 아울러, 기가 막혀 가만히 있기만 하던 신랑의 반격이나 그에 대한 신부의 대응 방식도 상식을 뛰어넘는 것이다.

이 같은 상황에도 불구하고 손병사 어머니의 거침없는 성품은 시집으로 들어가기 위해 나선 신행길에서도 여지없이 드러난다. 다음은 신행길에서 쉬던 중 오줌을 누는 장면인데, 남의 시선에 개의치 않는 성품을 잘 보여 준다.

> 그래 온 여러 날 만에 한번 산꼭대기에 올라가니 참 경치가 좋아. 정자 나무, 놀 데가 좋아. 거기 그래 놓고 쉬라 한 거라. 그래 놓고
> "너희들 좀 쉬어라, 실컷 놀다 가자."
> 그래 놓고 쉬니까 이 여자가 그만 치마를 휘떡 걷더니만 내려다보고 바위틈에 올라앉아서 오줌을 내리 싸버리는 거라. 그러니까 그 하인이 있다가 이렇게 가려 주면서
> "아씨, 저 하인들이 많이 있습니다."
> "아, 그년, 참 별소리 다 하네. 이 멀리 나와서 사타구니에 바람을 안 쏘여?"
> 철철철철 그만 싸거든.
>
> — 김영숙 구연, 〈밀양 손씨 집안 며느리〉, 115~116쪽

사대부가 여성의 행실로는 지나쳐 보이는 이 대목은 민중적 상상력의 소산이겠지만, 손병사 어머니가 지닌 건강하면서도 활달하며 자연스러운 성품을 잘 보여 주는 대목이다. 새색시에게 신행은 조심스럽고 긴장되는 일일 것인데, 정작 그녀는 경치 좋은 곳마다 들려 재미나게 구경한다. 약속한 날까지 도착하지 못할까 봐 노심초사하는

하인들에게 "좋은 날이 따로 있는 것이 아니라 볕 나고 비 안 오고 바람 안 부는 날이 좋은 날"김영숙 구연본이라면서 개의치 않는다. 심지어 기생을 불러 풍악을 잡히면서 신명나게 놀기까지 하고 놀이가 끝난 후 기생에게 주는 놀음채도 시아버지가 지불하게 한다.

> 밀양 손병사 어마이가 시집을 갈 때 저 남원읍에 가서 기생 데리고 하루 종일 놀다가 놀음채(놀아 준 기생에게 주는 보수) 백 냥을 쓰고 갔어. 시집간 색시가 어디 그렇게 하는가 말이지. 그래, 그래 가는데 그 표를 갖다가 시아버지를 줬어. '시집으로 오다가 남원읍에서 놀았으니까 기생 놀음채 달라.'고 시아버지에게 갖다 줬어. 그래 갖다 주니까, 시아버지가 할 수 없이 주지, 어떻게 하나.
>
> — 홍분임 구연, 〈무당 귀신 물리친 손병사 모친〉, 《한국구비문학대계》 7-15, 159~160쪽

신행길을 흥겨운 여행으로 전환시킨 이러한 배포는 예사 사람으로서는 생각할 수도 없는 발상이다. 어음까지 지불하면서 기생을 불러 놀았다는 이 대목은 사실 여부를 떠나 이 여성에 대한 민중적 인식 태도를 잘 보여 준다. 신행길은 친정을 떠나 시집살이를 하러 가는 길이다. 그 경계적 시공간을 신명나는 놀이판으로 즐길 수 있었던 것은 그녀가 자유로운 영혼의 소유자이기 때문에 가능하다. 주어진 상황을 주체적으로 활용하여 마음껏 누릴 수 있는 그 배포는 인물이 지닌 건강한 생명력을 대변하고 있다고 보인다. 오줌 누기 삽화는 그러한 생명력이 여성성으로 발현된 양상을 보여 주고 있다.

이렇게 담대한 여성은 시집에 들어가자마자 시집에서 누대로 섬겨온 당집을 파괴하고 불질러 버린다. 그리고 그녀는 그로 인해 자식의

목숨을 담보로 귀신과의 대결을 벌이기에 이른다.

귀신과의 대결도 무섭지 않은 어머니

앞에서 살펴본 손병사 어머니의 활달한 행동거지는 통념적 시선에 구애받지 않는 담대한 성품을 일관성 있게 보여 주고 있다. 이 여성의 여러 일화 가운데 가장 대표적인 사건은 귀신과의 대결이다. 그것은 시집에 들어온 직후의 당집 파괴에서 비롯되고 아이를 낳아 기르는 과정에서 정점을 이룬다.

시집에 갓 들어온 새색시는 일방적으로 시집의 문화를 받아들이고 학습하는 적응의 과정을 거치게 마련이다. 시집 문화에 적응하는 일은 선택의 문제가 아니라 일방적인 수용이며 필수적인 과정이다. 친영제가 실시된 이후 결혼한 여자는 출가외인으로서, 친정에서나 시집에서 모두 외인(外人)으로 간주되는 경계인이었다. 완전한 시집 식구로서 인정받는 일, 이름하여 시집 귀신이 되기 위해서는 극복해야 할 많은 과정들이 있었다.

그런데 시집에 갓 들어온 손병사 어머니는 예상치 못한 태도를 보여 사람들을 놀라게 하는데, 그것은 바로 시집의 신앙 체계에 이의를 제기하는 것이다. 집에서 모시는 조상에 대한 참배는 시집의 일원이 되었음을 알리는 신참자의 자격 확인 과정이다. 그런데 이 새색시는 참배하러 간 당집의 정체를 파악하자마자 허물기를 명령하고 불을 지르게 하여 문제를 일으킨다.

이래 떡 절을 하라고, 절을 하고 인사를 드리라고 하는데. 그래 가 보니, 인사하라고 해서 가보니까 그 조그만 당을 지어놓고 말이지, 그래 뭐 물을 떠놓고, 이런 것 일체가 놓여 있는 거라요. 그래서 그 수행으로 따라온 종들한테,

"저기가 뭐하는 데냐?"

이래 물으니까, 처음에는 쉽사리 대답을 안 해.

"내가 알고 말이지 절을 해도 하지 모르고 절할 수 있느냐?"

이러니까, 그래 이제 강력하게 나오니까, 그 따라간 종들이 사실대로 얘기 안 할 수가 없더라 이거예요. 그래 사실은 과거에 이리이리 되어서, 이 참 말이지 집에 환란이 있어서, 그래 점쟁이한테 묻고 난 연후에 이제 당을 짓고, 그 이후에는 늘 누가 오거나 하면 인사를 드리고 이렇게 합니다."

이거여. 그래 가만 생각하더니,

"내가 절을 할 필요 없다. 내가 이런 데 절을 할 존재는 아니니까 불 처질러 버려라. 당장 이 자리에서 불 처질러 버려라."

— 류영수 구연, 〈손병사 어머니 일화〉, 《한국구비문학대계》 8-8, 79~80쪽

당집을 파괴하고 불을 지르는 것은 시집에서 누대로 받들어 온 신앙에 대한 비판이자 귀신의 권위에 대한 도전이다. 이러한 행동은 시집에서 지켜 온 관습일지라도 온당하게 여겨지지 않는다면 과감하게 부정하고 도전하는 손병사 어머니의 성격을 잘 보여 주고 있다. 그 완강한 태도에 어쩔 줄 몰라 하던 하인들은 물론 시집 식구들까지도 그녀의 기세를 꺾을 수 없어서 결국 묵과하고 만다. 재앙을 막으려고 조상 대대로 모셔 왔던 무당 귀신의 사당을 태워 버렸으니 후환이 있을

지역 주민의 민간 신앙의 대상이 된 신을 모신 당집. 서울시 용산구 서빙고동 소재

까 전전긍긍하는 시집 식구들과는 대조적으로 새색시의 태도는 의연할 뿐이다.

그래 시집에 와서 신랑 각시가 모두 나이가 차니까 아이가 쉽게 있어. 아들을 낳아서 한창 느타리버섯같이 좋을 적에 이 무당 귀신이 왔어. 와 가지고는
"너 나를 안 위할래?"
"안 위할란다."
"안 위하면 니 자식 잡아간다."
"잡아가라. 나까지도 잡아가라."
그렇게 하니 그만 그 이튿날 아이가 턱 죽어버렸어. 턱 죽어버리고 그만 시아버지 하고 뭐 이런 사람들은 집안 망한다고 야단났지. 그래 그만 죽어버리고 그래, 인제 또 아이가 있어서 또 아이를 낳아. 낳는데,

또 한창 느타리버섯같이 좋으니까 또 와서 이년이 그러거든.

"니 자식을 잡아간다. 나를 안 위하면 잡아간다."

"잡아가라. 나라도 잡아가라. 자꾸 잡아가라."

잡아가라 하니까, 그래 또 그 아이가 턱 죽어버렸단 말이라. 뭐 죽었다. 죽고 나니까 나중에 아이를 또 뱄어. 그래 그러거든, 앞서 아이 둘 죽인 거, 그년이 또 와가지고,

"먼저 아이 둘 죽은 거는 제 명에 죽었지, 내가 어찌 죽이고 살리고 하나. 내가 안 그래도 자기가 죽을 명이라서 죽었고, 이번 아이는 낳아가지고 부유하게 잘살아라. 잘사는데, 나한테 밥이나 한 상 차려다오."

"그건 내가 해주께."

그래 밥을 한 상 잘 해서 마당에 차려 주니, 차려서 내놓으니까,

"잘 먹고 간다."

다시 안 오더래. 그래 그게 인제 손병사, 병사질 해, 아들이.

— 홍분임 구연, 〈무당 귀신 물리친 손병사 모친〉, 161쪽

손병사 어머니는 자신의 행위로 인해 초래되는 일체의 재난을 스스로 책임지고 나선다. 귀신과의 대결로 나타나는 이 대목은 손병사 어머니의 성격을 압축하고 있다. 귀신과의 대결에서 두 아들을 잃어버린 그녀는 세 번째 아들을 밴 후에도 굴하지 않고 귀신과 맞서서 끝내 귀신을 굴복시키고 만다. 이러한 대결은 소신대로 살아가는 이 인물이 어머니로서의 정체성을 찾아가는 과정에서 맞닥뜨린 시련이다. 자식의 목숨을 담보로 하는 상황에서도 당당하게 맞서는 이 여성의 태도는 자못 경이롭다.

자식의 목숨을 위협하는 귀신을 굴복시키고 자신의 의지를 끝까지

관철하는 이 대목에서 우리는 위대한 어머니의 모습을 확인한다. 손병사 어머니라는 캐릭터가 전승자들에게 강렬하게 부각되었던 이유도 여기에서 파악할 수 있다. 그녀는 엄청난 시련을 극복하고 아들을 낳아 훌륭한 존재로 기른 어머니였기에 의미 있는 존재일 수 있었다. 손병사 어머니에 관한 다양한 이야기들은 결국 출산과 양육의 주체인 어머니로서의 면모를 부각하기 위한 과정들이라 할 수 있다. 손병사 어머니의 특이한 행실들은 그가 낳은 아들의 범상치 않은 미래와 연관되고, 그러한 결과를 통해 그녀의 상식을 넘어서는 행위들도 당대 사회에서 납득되고 의미화될 수 있었던 것이다. 이러한 사실은 또 다른 일화에서도 확인할 수 있다.

> 한번은 그 손병사 어머니가 그 아이를 갖다가 대청에 눕혀 놓고, 베를 짜고 있는데, 아주 큰 지네가 아이 눕혀 놓은 배를 이렇게 지나가는 거라. 그 종년들이 보고 도련님에게 지네가 지내간다고 야단들을 하니까 그 손병사 어머니가 말하기를, 흘끗 보면서,
> "그만두라고. 그 관대(冠帶)일 거다. 관대."
> 예전에 벼슬하고 관리가 두르는 관대 그거 안 있나. 이렇게 태연한 자세로써 말이지, 그 지네가 순순히 지내가도록……. 그래서 그 아이가 커서 말이지 무과를 해서 병사까지 지냈다는 그런 전설이 있어요.
>
> — 류영수 구연, 〈손병사 어머니 일화〉, 82쪽

손병사 어머니가 어린아이를 눕혀 놓고 베를 짜고 있을 때 지네가 아이의 배 위로 기어간다. 지네는 위험한 곤충이다. 독성이 강하여 물리면 죽을 수도 있다. 여종들은 그것을 알기에 아이의 위험을 예상하

고 새파랗게 질려 허둥지둥한다. 종들이 혼비백산하자 손병사 어머니는 침착한 태도로 제지하고, 아이의 배에 걸쳐져 있는 지네를 흘낏 보며 짐짓 그것이 아이가 큰 인물이 되어 입게 될 관대(冠帶)일 것이라고 응수한다.

아이를 죽음으로 몰아갈 수도 있는 독충의 형상을 벼슬아치가 착용할 관대로 전환시킬 수 있는 상상력은 어디에서 나오는가? 어떻게 그 침착하고 담대한 자세를 견지할 수 있는가? 일촉즉발의 위기 상황에서 흔들림 없이 사태를 직시하는 그 힘은 예사롭지가 않다. 삶과 죽음의 기로에 선 아들, 그 극한의 상황에서 손병사 어머니는 죽음의 현실이 아닌 빛나는 미래를 낙관하고 있다. 배 위에 펼쳐진 지네를 눈부신 미래의 징표로 읽을 수 있는 그녀의 마음은 그 자체가 기도이다.

귀신과도 맞설 수 있는 힘은 바른 것을 믿고 실천할 수 있는 용기에서 비롯된다. 그것은 불이익까지도 감당할 수 있다는 자신감의 소산이다. 아들의 위기 앞에서도 침착하게 대처할 수 있는 용기 또한 자신에 대한 믿음과 긍지가 있었기에 가능했을 것이다. 이러한 그녀에게는 귀신이라도 당해 낼 수가 없었다. 자식의 목숨을 담보로 그녀를 위협하던 귀신까지도 그녀 앞에서는 "참, 니가, 반드시 니가 대인이다. 그렇지, 니가 여자라도 대인이다." 김영숙 구연본, 119쪽라고 인정하면서 굴복하고 만다. 또한 '손병사 어머니가 담대하고 참 훌륭한 분이라고 생각' 류영수 구연본, 82쪽한다는 논평은 예사롭지 않은 성품과 행적을 보여 준 손병사 어머니에 대한 향유층의 시선을 대변하는 것으로 볼 수 있다.

주체적이고 건강한 여성, 인간

손병사 어머니는 다양한 면모를 통해 통념이나 인습을 넘어서는 주체적 의식과 흔들림 없는 여유를 지닌 담대한 여성상을 보여 주고 있다. 그녀의 행적은 한마디로 인간을 중심에 두고 삶의 질서를 만들어가는 주체적인 여성의 모습이다. 그것은 오늘날 자기 주장을 자유롭게 펼치면서 당당하게 살아가는 유능한 여성 인물상의 선구적 형태를 보여 주고 있다. 손병사 어머니의 행적에서 드러나는 일관된 방향은 인습에 대한 과감한 비판과 도전이다. 그것은 인간을 세계의 중심에 놓고 주체적인 삶을 실현하고자 한 다각적인 노력의 과정이었다.

신행길을 놀음판이자 즐거운 여행으로 전환시켰던 그녀는 신명을 알고 삶의 순간순간을 즐길 줄 아는 풍류객이다. 그러기에 규범의 틀을 과감히 벗어나 인간에게 내재한 근원적인 생명력을 신명나게 발현할 수 있었다. 또한 오줌 누기 삽화에서 보여 주는 그녀의 일갈은 여성의 성이나 성기에 대한 언급을 금기시하는 사회적 통념을 정면에서 깨뜨려 버린다. 물론 손병사 어머니의 당당함은 타고난 성품에서 비롯된 것이겠지만, 그것이 사회적 존경심과 함께 전승되어 온 배경에는 그녀가 아들을 둔 어머니라는 사실이 자리하고 있다. 감추고 드러내지 않아야 했던 여성의 성을 드러내어 자랑할 수 있는 것으로 전환할 수 있었던 이면에는 여성의 사회적 위상이 아들의 어머니로서만 확인될 수 있었던 조선 시대 여성들의 자기 확인의 단면을 보여 주고 있다. 이는 그녀의 인물형에 출산과 육아를 담당하는 어머니로서의 면모가 강하게 부각되고 있다는 사실을 통해 확인된다.

그럼에도 불구하고 손병사 어머니 일화는 여성적 규범에 눌려 자

〈조반부인상〉. 사대부가의 부인의 모습을 그린 초상화

신을 억눌려야 했던 대다수 여성들과는 차별화되는 주체적 면모를 보여 주고 있다. 이는 여성으로 살았으면서도 여성의 역할로 여겨져 오던 통념을 넘어서는 일련의 행동 방식들을 통해서 뒷받침되고 있다. 귀신과 맞서는 새색시의 모습은 건강한 생명력과 담대한 자신감, 냉철한 인식 능력에 바탕한 뚜렷한 소신을 반영한다. 그 모습은 자식의 안위에 벌벌 떠는 소심한 어머니가 아니다. 냉혹하기 짝이 없는 그녀의 모습은 마치 낭떠러지에서 새끼 사자를 떨어뜨리는 어미 사자의 그것을 연상시킨다.

그녀의 현실 대응에는 강인하고 주체적인 여성으로서의 면모가 완연하게 나타난다. 일견 냉혹하게 보일 수도 있는 그 자세에는 사소한 것에 이끌리지 않고 사물이나 현상의 본질을 중시하는 냉철한 지성과 날카로운 직관이 자리하고 있다. 아울러 자신의 감정과 소신을 중시하고 본연의 모습에 당당하고 충실한 면모를 보여 주기도 한다. 이는 유가적 여성 윤리관으로 무장되지 않은, 민중적 발랄성을 지닌 여성 인물의 모습을 형상화한 것이다. 이러한 인물형의 연원을 거슬러 올라가면 우리는 신화 속의 여성들, 특히 제주도 무속 신화 속의 여신들을 마주하게 된다. 당당하게 자기를 주장하고 소신을 관철하기 위해 극단적 대결마저도 불사하는 손병사 어머니의 모습에서는 강인하고 적극적인 백주또(금백주 할망)의 모습을 찾아볼 수 있다. 백주또는 제주도 신당의 원조 격인 송당 본향당에서 모셔지는 여신이자, 그가 낳은 수많은 아들들이 여러 지역의 본향당에서 당신으로 좌정하고 있다는 점에서 모신으로서의 위상을 뚜렷하게 보여 주는 인물이다.

그러나 백주또의 강인함이 가족 이산(離散)이라는 형태로 귀결된 것과 달리, 손병사 어머니의 카리스마는 가족 공동체의 질서를 새롭게 하면서 자신의 위상을 확보하는 동력으로 작용했다. 나아가 숱한 고난과 마주하면서도 자기 실현을 향해 나아가는 진취적인 여신 자청비(농경 신화 〈세경본풀이〉의 주인공)나 감은장아기(〈삼공본풀이〉의 주인공)의 모습이 겹쳐 보인다. 손병사 어머니의 카리스마는 이들 여성 신들이 발현했던 근원적 생명력의 창조적 계승으로서, 이는 유가적 규범에 의한 표준화된 여성상과는 무관한 인물 성격을 표현하기 위한 민중적 표현 미학의 한 사례라고 할 수 있다. 그러나 손병사 어머니는 당당한 주체로서 자신을 자각하고 자아를 실현하고 있다는 점에서 이들 여성들과는 차별화되는 개성도 구현하고 있다.

한편 우리는 박경리가 쓴《토지》의 최서희에게서 냉철한 지성과 대결도 불사하는 적극적인 자기 실현 의지를 지닌 여성이자 어머니의 모습을 찾아볼 수 있다. 그러나 최서희의 상처와 복수를 위한 집념, 날카로운 자기 방어 본능 등은 손병사 어머니가 보여 주는 건강하고 자유로운 민중적 생명력과는 일정한 거리가 있다. 오늘날 새롭게 재창조되는 여성상들은 자기 주장이 강하면서 여성으로서의 자의식도 뚜렷하게 지니고 있는 인물들이다. 여성이기 이전에 인간으로서의 자의식과 자기 실현의 양상을 구현했던 손병사 어머니는 이러한 여성 인물형의 선구적 형태로서 새롭게 주목되어야 한다.

강진옥 이화여자대학교 국어국문학과 교수. 구비문학, 특히 이야기 문화의 존재 양상과 의미 기능, 그 문화적 의의를 탐색해 왔다. 최근에는 무속이나 불교 등의 종교 문화적 맥락에서 전승되는 이야기들을 대상으로 한국인의 사유 체계와 문화 문법을 규명하는 작업에도 관심을 쏟고 있다. 〈무속 여성신화와 농경적 생명원리〉, 〈삼국유사 남백월 이성의 서술방식을 통해 본 깨달음의 형상〉을 비롯한 다수의 논문이 있다.

7

A형 남자를 향한 O형 여자의 당찬 사랑

이인경

최랑

자수와 시문에 능통하며 미모를 겸비한 명문가의 15세 처녀. 처녀의 몸으로 담장 밖의 총각 이생을 끌어들여 정분을 맺은 후, 남자 집안의 반대를 물리치고 결혼한다. 홍건적의 난을 맞아 겁탈 위협에 항거하다가 살해되지만, 환생하여 이생과 수년간 행복하게 산다. 적극적으로 사랑을 성취하고 지켜가는 진취적인 여성으로 솔직하고 대담하며 당당하고 주체적이다.

'최랑'은 김시습(金時習)이 지은 한문 소설《금오신화(金鰲新話)》의 〈이생규장전(李生窺牆傳)〉에 등장하는 여자 주인공이다. 〈이생규장전〉은 젊은 남녀의 자유연애를 낭만적으로 그리고 있다. 특히 홍건적의 난을 당해 겁탈 위협에 항거하다 살해된 최씨 낭자를 환생이란 전기적(傳奇的) 장치로 불러내어 이생과 다시 맺어지게 함으로써, 남녀의 강렬한 사랑은 죽음도 능히 뛰어넘을 수 있다는, 그래서 사랑은 죽음도 갈라놓을 수 없다는 작가의 메시지를 강하게 전달하고 있다.

김시습은 생육신의 한 사람으로, 수양대군이 단종을 내몰고 왕위를 찬탈했다는 소식을 듣자 통분하여 책을 태워 버리고 중이 되어 방랑의 길을 떠났다. 〈이생규장전〉에서 최씨 낭자가 홍건적에게 죽임을 당하면서까지 끝내 정조를 지키고 이생을 사랑한 것은, 세조 정권에 지조를 팔지 않고 단종에게 충성을 다하고자 한 김시습의 의지가 표현된 것으로도 볼 수 있다.

최 처녀는 얼굴빛이 달라지면서 말하였다.

"저는 애당초 그대의 아내가 되어 평생토록 키와 빗자루를 손에 드는 집안 허드렛일을 맡아하면서 끝까지 함께 환락을 맺으려 하였어요. 그렇거늘 그대는 어찌 이렇게 갑작스런 말씀을 하십니까? 저는 비록 여자의 몸이지만 마음이 태연하여 아무 걱정도 하지 않습니다. 그대는 대장부의 의기를 지니고서도 이런 약한 말씀을 하시다니요. 이 다음에 규방의 이 일이 누설되어 아버님께서 저를 책망하신다면, 제가 혼자 책임을 지겠습니다."

— 김시습 지음, 심경호 옮김, 《금오신화》, 101~102쪽

14세기 청춘 남녀의 발칙한 연애 사건

송도에 사는 풍모 좋고 재주 많은 이생은 글 공부를 하러 다니다 우연히 최씨 집안의 담장 안을 엿보게 된다. 이생이 자신을 엿보는 것을 눈치 챈 최랑은 이생을 유혹하는 시를 지어 읊는다. 이때부터 시를 주고받으며 서로에 대한 관심을 키우던 두 사람은, 최랑이 마련한 대나무 교자를 타고 이생이 담을 넘어감으로써 본격적으로 애정을 나누게 된다. 이생 부친의 반대로 두 사람의 사랑은 장벽에 부딪히지만, 이생을 향한 최랑의 간절한 마음을 헤아린 최랑 부모의 노력으로 두 사람은 혼인하여 행복하게 산다. 그러나 홍건적의 난이 일어나 이생을 제외한 가족 모두가 도적의 칼에 죽고 최랑마저 겁탈 위협에 항거하다가 처참하게 살해된다. 깊은 슬픔에 잠겨 있는 이생 앞에 문득 최랑의 환신(幻身)이 나타난다. 이생은 사랑하는 최랑을 다시 만난 기쁨에 그

녀가 이미 죽은 사람이란 사실도 개의치 않고 그녀와 더불어 행복하게 지낸다. 어느 날 최랑은 이제 인연이 끝났다며 저승으로 떠나고, 이생은 최랑의 뼈를 찾아 정성스레 장사 지내 준 뒤에 곧 병을 얻어 죽는다.

최랑의 이생을 향한 지독한 사랑은 죽어서도 멈출 수 없었을까? 최랑은 환생하여 이생 앞에 나타나고 이생도 최랑이 이미 죽었음을 알면서도 그녀에 대한 그리움을 이기지 못하고 죽은 그녀와 수년간을 함께 지낸 것이다. 이 낭만적이고 환상적인 이야기는 두 남녀의 사랑을 더욱 애절하게 전달한다. 죽음조차도 막을 수 없는 사랑이라니! 이보다 더 비극적이고 낭만적이며 지독한 사랑이 또 있을까?

여기에서는 최랑이 이생과의 사랑을 맺어가는 과정에서 보여 준 적극적 애정 공세에 먼저 주목해 보기로 하자. 엄격한 유교적 질서가 수립되어 가던 고려 말에, 18세의 백면서생 이생과 15세 꽃다운 처녀 최랑이 담장을 뛰어넘어 자유연애를 시작한다. '남녀칠세부동석(男女七歲不同席)'을 외치던 그 시대에 명문가의 미혼 남녀가 이런 발칙한 연애를 대담하게 시작한다는 화두부터 강하게 흥미를 끈다. 게다가 흔히 사회적 징계를 받아 비극으로 종결되기 십상인 이런 위험한 연애가, 두 사람이 양가 부모의 허락을 받아 당당하게 혼인하는 것으로 발전된다는 사실도 의외이다. 그러나 무엇보다 주목할 만한 사실은, 이런 연애 사건을 대담하게 주도하고 두 사람의 혼인을 위해 적극적인 노력을 펼친 쪽이 남성이 아닌 바로 여성이라는 사실이다.

소심남 이생을 이끄는 최랑의 능란한 작업 기술

이생이 자기 집 담장 안을 엿보는 것을 눈치 챈 최랑은 다음과 같이 시를 지어서 그를 유혹한다.

> 홀로 깁 창가에 수놓는 손길 더디나니
> 만발한 꽃떨기 속에 꾀꼬리 울음 곱기에.
> 괜스레 봄바람을 가만히 원망하여
> 바늘 멈추고 묵묵히 님 생각을 한다오.
>
> 길 가는 저 이는 어느 댁 서생이신지
> 푸른 깃에 너른 띠 버들 사이에 어른거리네.
> 어떡하면 대청 안 제비가 되어
> 나즈막히 주렴을 스치곤 담장 위로 비껴 넘으랴.
>
> —《금오신화》, 99쪽

이 시는 비단휘장이 드리워진 규방에서 천천히 수를 놓는 아름다운 처녀 최랑의 내밀한 정서를 낭만적으로 그리고 있다. 만발한 꽃과 꾀꼬리의 울음, 그리고 살랑대는 봄바람이 풋풋한 처녀의 연정을 물씬 자극하는데, 아직 사랑하는 임을 얻지 못한 처녀는 수놓기를 멈추고 가슴이 설레는 상념에 빠진다. 그러던 중 우연히 담장 밖 버들 사이로 한 남정네가 아른거리는 것을 발견하고 호기심이 동하고 만다. 푸른 깃에 너른 띠는 공부하는 유생을 의미하는 것이니, 최랑은 그가 글 읽는 서생임을 알아보고 시를 지어 넌지시 유혹한다. 최랑의 작업 기술이 드디어 시작된 것이다. 최랑은 이생을 발견하자 조금도 망설이거나 머뭇거리지 않고 작업을 시작하는 당돌함과 대담함을 보여 준다. 한편 이생은 최랑의 이런 은밀한 유혹을 받고 자신의 글재주를 뽐내어 화답하고 싶은 마음은 굴뚝같았지만, 그는 사실 소심한 남자였다.

> 이생은 이 시를 듣고 자기의 글재주를 한번 펴보고 싶어 참을 수가 없었다. 그러나 그 집의 문호는 아스라이 높았고, 뜨락과 안채도 깊숙하였다. 그래서 불만에 차고 서운한 마음으로 하릴없이 그 자리를 떠났다.
>
> —《금오신화》, 99쪽

마음 같아선 얼른 담장을 뛰어넘어 들어가고 싶었지만, 이생은 자신 앞에 놓인 현실적 장벽이 너무도 높아 보였다. 최랑의 집 문호가 아스라이 높고 안채가 깊숙하다는 서술은 단순히 이생 앞에 가로놓인 물리적 장애물만 의미하는 게 아니다. 이생은 그 집의 규모와 품격을 통해 최씨 가문이 이씨 가문보다 월등한 명문가라는 사실을 온몸으로 느끼며 그만 기가 죽고 만다. 최랑은 자신이 쉽게 유혹할 수 있는 만만한 대상이 아님을 깨달은 것이다. 이생은 일단 아쉽지만 어쩔 수 없이 물러난다. 그러고는 돌아오는 길에 시 세 수를 지어서 최랑의 집 담장 안으로 던진다.

> 무산 열두 봉에 안개가 겹겹인데
>
> 반쯤 드러난 뾰족 봉은 자색빛 비취빛 쌓였구나.
>
> 초양왕의 외로운 베갯꿈이 안쓰러워

선뜻 구름과 비 되어 양대로 내려오려니.

사마상여가 탁문군을 꾀려 할 때
마음에 품은 정이 이미 흠씬 깊었도다.
단청 고운 담머리의 요염한 도리꽃
바람 따라 어디로 어지러이 떨어지나.

좋은 인연이냐 궂은 인연이냐
부질없이 시름 앓아 하루가 일 년이네.
스물여덟 자 시로 중매가 이루어졌으니
남교에서 어느 날 신선을 만나랴.

—《금오신화》, 99~100쪽

무산, 양대, 그리고 초양왕은 운우지정(雲雨之情)을 뜻하는 것이니 곧 남녀의 정사를 의미한다. 이생은 자신을 초양왕이나 사마상여에 비유하면서 최랑과 정을 통하고 싶다는 뜻을 노골적으로 전한다. 특히 시를 잘 짓던 선비 사마상여가 부잣집 딸인 과부 탁문군을 유혹하여 부부가 되었던 고사를 인용한 것은, 시 잘 짓는 선비 이생과 부잣집 딸 최랑의 사랑을 빗댄 것이었다.

한편 이생의 시를 여러 번 읽고 마음속으로 혼자 기뻐하던 최랑은, 지체하지 않고 '그대는 의심하지 말고 황혼을 기약하세요.'라고 답장을 쓴다. 그리고 이생이 담을 넘어올 수 있도록 복숭아나무에 대나무 교자를 매어 두는 것도 잊지 않았다. 이생과 최랑을 만나게 해 줄 매개물로 등장하는 복숭아나무가 남녀의 연정을 상징하고 있음은 물론이다. 그녀는 수줍어하지 않고 자신의 욕망을 진솔하게 표현하며 그 욕망을 충족시키기 위해서도 망설이지 않고 나서는 당돌한 처녀이다. 처녀의 몸이면서 사랑하는 남자를 집 안으로 끌어들이기 위해 교자까지 밖으로 드리울 줄 아는 작업녀, 그가 바로 최랑이다.

효보다 사랑이 먼저인 최랑

최랑이 마련해 둔 교자를 발견하자 이를 붙잡고 담을 넘어 들어간 이생은 집 안의 낭만적인 풍경 속에서 황홀한 기분을 맛본다.

> 때마침 달이 동산에 떠올라서 꽃 그림자가 땅에 가득하였으며 맑은 향기가 사랑스러웠다. 이생은 자기가 신선 세계에 들어오지 않았나 하는 생각이 들었다. 그래서 마음속으로 은근히 기뻤다. 하지만 한편으로 일이 너무도 비밀스러워서 머리카락이 모두 다 곤두설 정도로 조마조마하였다.
>
> —《금오신화》, 101쪽

최랑 집안의 밤풍경이 실제로도 매우 아름다웠겠지만, 순진한 총각 이생의 마음은 아름다운 여인과의 멋진 사랑에 대한 기대로 한없이 부풀어 올랐을 게다. 그런데 소심한 이생은 이렇게 들뜬 마음으로 마냥 즐거워하고 있을 수가 없었다. 그는 이런 금지된 사랑을 넘보는 긴장감을 도저히 감당하지 못해 머리카락이 다 곤두서고 만다. 방망이질했을 순진한 총각의 심장 소리가 귀에 들리는 듯하다.

그러면 순진한 처녀 최랑의 심정은 어떠했을까? 꽃을 꺾어 머리에 꽂고 후미진 곳에 담요를 펴고 앉아 있던 최랑은 이생을 발견하자 방긋 웃더니만, 이렇게 시를 지어 노래를 한다.

> 복숭아와 자두 가지에 꽃송이 탐스럽고
> 원앙 베개 위 달빛이 고와라.
>
> —《금오신화》, 101쪽

이생도 그 시구의 뒤를 이어서 읊는다.

> 이 다음에 어쩌다가 봄소식이 누설된다면
> 무정한 비바람 탓에 가련하리라.
>
> —《금오신화》, 101쪽

복숭아와 자두는 이생과 최랑을, 원앙 베개는 두 사람의 동침을 의미한다. 최랑은 한 치의 망설임도 없이 이생을 화끈하게 유혹한다. 그러나 이생은 유감스럽게 최랑처럼 대담하지가 못하다. 이생은 불장난 같은 사랑놀음이 들통이라도 나는 날이면 부모님의 징계를 면하지 못할 거라며 떨고 있다. 지금 눈앞의 사랑 말고는 아무것도 개의치 않는 최랑과 달리, 이생은 부모님의 눈치를 보느라 낭만적인 사랑에 몰입하기가 어렵다. 소심한 이생을 보면서 최랑은 이런 당찬 말로 이생을 안심시킨다.

> "저는 애당초 그대의 아내가 되어 평생토록 키와 빗자루를 손에 드는

집안 허드렛일을 맡아하면서 끝까지 함께 환락을 맺으려 하였어요. 그렇거늘 그대는 어찌 이렇게 갑작스런 말씀을 하십니까? 저는 비록 여자의 몸이지만 마음이 태연하여 아무 걱정도 하지 않습니다. 그대는 대장부의 의기를 지니고서도 이런 약한 말씀을 하시다니요, 이 다음에 규방의 이 일이 누설되어 아버님께서 저를 책망하신다면, 제가 혼자 책임을 지겠습니다. 향아야, 방에 가서 술과 다과를 내어오너라."

—《금오신화》, 101~102쪽

열여덟 살 이생보다 두어 살이나 어린 열대여섯 살 처녀 최랑은 연애에 아주 대담하며 주체적이다. 최랑은 지금 이생과의 인연을 한순간의 불장난에 그칠 사랑 놀음이 아닌, 부부로서 평생을 함께 살아갈 진지한 사랑임을 분명히 하면서, 혹시라도 이생이 자신을 가볍게 여기지 못하도록 단단히 못을 박는다. 더불어 부모님의 책망까지도 모두 자신이 책임지겠다는 최랑의 단호한 언술은, 소심한 남자 이생을 매우 무안하게 만들어 놓았다. 곧 이어서 향아를 향해 술과 다과를 내어오라고 명하는 최랑의 호쾌한 태도는 늘 조심스럽고 어정쩡하게 행동하는 이생의 태도와 선명한 대조를 이룬다. 이생은 최랑의 이런 능숙한 작업 기술에 완전히 압도당한 채, 점점 더 달콤한 연애 속으로 빠져들게 된다. 최랑은 이생과 함께 술을 마시면서 시를 지어 읊는데, 이생도 이에 화답하는 시를 짓는다. 두 사람이 지은 시의 마지막 부분만 각각 살펴보자.

가충의 딸이 봄볕 아래 춤을 추매
비단 적삼이 해당화 가지를 스쳐

꽃 사이에 잠자던 앵무새를 깨우도다.(최랑의 시)

선녀의 소매 나부껴 그림자 너울대고
계수나무 그늘 속엔 항아가 춤을 춘다.
좋은 일 다하기 전에 수심이 따르는 법
새로 지은 가사를 앵무에게 가르치지 마오.(이생의 시)

—《금오신화》, 102~103쪽

옛날 중국에서 가충의 딸이 한수라는 사내와 사통하였는데, 자신의 집에 전해 오는 귀한 향수를 훔쳐서 한수에게 주었다고 한다. 가충이 향수의 냄새를 맡고 딸이 사통한 사실을 알게 되어 마침내 한수에게 딸을 시집보냈다는 고사를 최랑이 인용하고 있다. 최랑은 이생과의 인연이 아버지에게 알려지게 되면 두 사람이 혼인하게 될 것으로 기대하는 것이다. 그래서 최랑은 춤을 추어서 잠자던 앵무새를 깨우려고 한다. 이것만 보아도 최랑은 참으로 낙천적이고 긍정적인 여성이라고 할 만하다.

그런데 이생은 이런 최랑의 부푼 기대를 한순간에 뭉개 놓는 화답시를 짓는다. 그들의 애정 행각의 꼬리가 길면 발각되기 쉬우니 단단히 조심하란다. 춤추는 선녀의 소매는 그림자를 만들게 마련이고, 계수나무 그늘 속에도 춤추는 항아가 있단다. 이생은 최랑의 행적이나 시비 향아(우연찮게 최랑의 시비 이름도 항아를 연상케 하는 향아이다)의 입방아 때문에 자신들의 비밀스런 애정 행각이 누설될 것을 심히 두려워하는 것이다. 이생의 이런 태도는 그야말로 최랑의 낭만적 정서를 단번에 김빠지게 만들고 만다. 부모님의 시선을 의식하며 연애에 깊이 몰입하지 못하는 이생에게, 최랑은 이렇게 말한다.

> "오늘의 일은 필시 작은 인연이 아니어요. 낭군께서는 부디 제 뒤를 따라오셔서 두터운 정의를 끝까지 다하소서."
>
> —《금오신화》, 103쪽

초자아(super-ego)의 도덕적 검열로부터 도저히 해방되지 못하여 연애를 화끈하게 진전시키지 못하는 이생을 대신하여 최랑은 남녀의 애정의 마지막 단계로 어서 나아가자고 재촉한다. 이생은 최랑에게 이끌려 방 안으로 들어간다. 그리고 드디어 최랑과 지극한 애정의 즐거움을 누리며 여러 날을 그곳에서 유숙한다. 이생은 최랑과의 연애를 화끈하게 주도하지도 못할뿐더러 그렇다고 하여 최랑을 향한 자신의 욕망을 냉철하게 절제하는 능력을 발휘하지도 못하는 결단력 부재의 유약한 인물이다. 그렇기에 이들의 연애 사건은 전적으로 최랑 덕분에 가능했던 것이리라.

이생은 부모의 시선에서 한시도 자유로울 수 없었던 효성스런, 그리고 지극히 소심한 남자였다. 최랑과 사랑을 나누던 어느 날 이생은 이렇게 말한다.

> "옛 성인의 말씀에 '어버이 계시면 놀러 나가더라도 반드시 가는 곳을 고해야 한다.'고 하였소. 그렇거늘 내가 아침저녁으로 문안을 못 드린 지 벌써 사흘이오. 부모님께서는 반드시 마음을 놓지 못하시고 문에 기대어 기다리실 것이니 이것은 자식 된 도리가 아니오."
>
> —《금오신화》, 109쪽

결국 이생은 부친에게 최랑과의 밀회가 발각되어 영남으로 쫓겨 가게 된다. 그는 부친의 뜻에 맞서 최랑과의 사랑을 성취할 용기가 없었다. 이생이 아무런 소식도 없이 사라져 버리자 최랑은 상사병으로 자리에 눕게 된다. 이로 인해 부모가 사실을 알게 되자 최랑은 자신의 감정을 당당히 드러내면서 이생과의 혼인을 고집한다. 처녀의 몸으로 남자와 밀회를 즐긴 것을 부모 앞에서 부끄러워하기보다는 자신의 목숨을 담보로 부모를 협박하며 이생과의 혼인을 당당히 요구하는 것이다.

> "아버님, 어머님! 저를 길러 주신 은혜가 깊어 감히 숨기질 못하겠나이다. 가만히 혼자 생각해 보니, 남녀가 서로 사랑을 느낌은 인간의 정리로서 지극히 중대한 일이옵니다. (중략) 저의 여리디 여린 연약한 몸으로 섧디 서러운 고독을 견디려 하다 보니, 정념은 나날이 깊어가고 고질로 된 병은 나날이 더해 가서, 거의 죽을 지경에 이르러 장차 궁귀로 화해 버릴 것 같습니다. 부모님께서 만일 저의 바람을 들어 주신다면 남은 목숨을 보존할 것이고, 만약 간곡한 청을 거절하신다면 죽음만 있을 뿐입니다. 이생과 함께 저 아래 황천에서 다시 노닐지언정, 맹세코 다른 가문에는 시집가지 않겠습니다." 이에 최 처녀의 부모는 그녀의 뜻을 잘 알았으므로 다시는 병의 증세를 묻지 않았다. 그녀의 부모는 한편으로는 경계하기도 하고 한편으로는 달래기도 하면서 그녀의 마음을 누그러뜨렸다.
>
> —《금오신화》, 111~112쪽

최랑은 실로 자신의 사랑을 성취하기 위해서는 아무것도 두려워하지 않았던, 그리고 오로지 그 지독한 사랑을 위하여 죽음과도 싸워서 이긴 멋진 여인이다.

A형 소심남을 지독히도 사랑한 O형 여인의 순정

조선 시대 문학에 등장하는 여성 인물 가운데 최랑만큼 주체적이고 진취적인 당찬 여인이 또 있을까? 춘향이가 보여 준 매력은 14세기에 활약한 최랑의 캐릭터에서 이미 준비되었던 것이 아닐까? 최랑은 조선 시대 요조숙녀들과는 사뭇 다르게 자신의 욕망에 충실하며 주체적으로 사랑을 성취해 낸 진취적인 여성이다. '용자(勇者)가 미녀를 얻는다.'는 낡은 도식을 멋지게 뒤집은 최랑은, 남자의 주도 하에 이루어지는 수동적이고 종속적인 사랑을 거부한다. 능숙한 연애 기술로 마음에 드는 남자를 손에 넣는 매력적인 그녀는 일시적 욕망을 위해 아무 남자나 유혹하는 경박한 여성이 아니었다. 오로지 한 남자를 평생토록, 그리고 죽음 이후에도 진지하게 사랑한 지독한 순정파 여인이다. 최랑은 미색만 빼어난 여인이 아니라, 시를 잘 짓고 풍류를 이해하는 지적인 여성이기도 하다. 그리고 자신을 겁탈하려는 오랑캐 앞에서 두려움에 떨기는커녕 '차라리 나를 죽여서 씹어 먹으라.'고 준열하게 꾸짖고 당당하게 죽어간다. 변학도의 수청을 거부하던 춘향이보다 더 강인한 지조를 보여 준 것이다.

부모 앞에서 떳떳하게 자신의 비밀스런 사랑을 고백하고 이생과의 혼인을 요구하는 당찬 여인 최랑은, 효와 정절 이데올로기가 지배하던 유교 사회에서 어디로 보나 참으로 발칙한 인물일 수밖에 없다. 그런데 효성 지극한 이생이 부친의 뜻에 넙죽 순종하고 말았을 때에, 두 남녀는 실연의 상처로 인해 사경을 헤맬 만큼 불행하였다. 반면 부모에게 불효를 저지르면서까지 이생과의 혼인을 성사시킨 최랑의 뚝심이, 결과적으로 이씨 가문과 최씨 가문 모두에게 좋은 결과를 가져왔다는 사실을 보자. 효자 노릇을 택한 이생보다 당당한 불효를 선택한 최랑이 오히려 양쪽 부모를 행복하게 해 주었다는 이 이야기는 유교적 조선 시대보다 현대에 더 잘 어울린다.

〈이생규장전〉이란 작품을 읽는 재미는 주로 작품에 삽입된 한시를 감상하는 즐거움에 있다. 이 삽입시는 각 장면마다 두 남녀의 내밀한 감정을 노래의 형식으로 묘사해 주고 있어서, 이를 통해 사랑에 빠진 청춘 남녀의 속내를 엿보는 재미가 쏠쏠하기 때문이다. 이는 작품 전면에 낭만적인 분위기를 조성하는 데에도 효과적으로 기여하고 있다. 이 작품을 현대적인 뮤지컬로 각색해 보는 작업도 매우 흥미로울 것이다.

이인경 인제대학교 한국학부 교수. 구비문학, 특히 설화에 주로 관심을 갖고 연구해 왔으며, 고전소설 연구에도 관심을 두고 있다. 요즘에는 구비설화를 문학치료 도구로 개발하는 작업에 흥미를 느끼고 그 일에 몰두하고 있다. 논문에는 〈효불효 설화 연구〉, 〈구복여행 설화의 문학치료적 해석과 교육적 활용〉 그리고 저서로는 《열녀설화의 재해석》 등이 있다.

8

아이들의 친구, 백성의 벗

김경섭

박문수

암행어사. 지방 고을의 민심을 파악하고 부정한 관리를 응징하는 관리. 따뜻한 인간성의 소유자로 해학과 기지를 지녔으며, 아이들의 지혜를 인정할 줄 아는 진정한 민중의 벗이다. 때로는 직접적으로 때로는 간접적으로 문제를 해결하는 능력의 소유자다.

'박문수'는 전국적 분포 양상을 보이는 대표적인 광포 설화 '어사 박문수 관련 이야기'의 주인공이다. 이 이야기는 문헌 설화집에도 있지만 주로 《한국구비문학대계》에 수록되어 있으며, 그 대강의 수는 약 270여 편에 이른다. 어사 박문수는 실존 인물이므로, 그의 이야기는 명백하게 조선 영조 이후에 생성되고 전파되었다고 할 수 있다. 그 가운데 '바보 박문수'라는 인물상은 주로 박문수와 아이들이 관련된 이야기에서 추출되는 캐릭터이다. 아이의 지혜를 부각시킨다는 점과 중국과의 관계를 개선하는 인재를 등용시킨다는 점에서 조선 후기의 민중들이 어떤 방식으로 아이와 중국을 인식했는지 짐작하게 한다.

박문수가 길을 가다가 소녀를 만나 질문한다.

박문수 : 성은 무엇이냐?

소녀 : 사람 죽은 사흘만입니다.

박문수 : 이름은 무엇이냐?

소녀 : 정월 초하룻날입니다

박문수 : 어디 사느냐?

소녀 : 술 먹은 빈 잔에 삽니다. (중략)

소녀의 답이 무슨 뜻인지 전혀 알아듣지 못한 박문수가 길을 가다가 아이들이 모여 원님 놀이 하는 것을 보게 된다. 박문수는 놀이에 끼어들어 무릎을 꿇고 아이 원님에게 앞의 대화가 무엇을 뜻하는지 질문한다. 그러자 아이 원님이 다음과 같이 풀이해 준다.

"사람이 죽은 지 사흘 만에 죽은 사람을 관에 넣는데 그것을 '곽'이라 하므로 성은 곽씨요, 정월 초하룻날의 명칭이 정일이므로 이름은 정일, 술이 빈 것은 공주(空酒)이므로 사는 곳은 공주, 종합하면 공주에 사는 곽정일이라는 사람을 말하는 것이오."

— 이수일 구연, 〈박문수 어사와 아이들의 지혜〉, 《한국구비문학대계》 7-18, 488쪽

＊ 현대역은 인용자

친절한 문수 씨

우리 역사에서 진정으로 백성을 이해하고 그들과 함께 호흡하고자 했던 관리로 기억되는 인물이 몇이나 될까? 여기 '바보 박문수'로 불리

는 박문수야말로 설화 속에서 백성의 편에 서서 그들 삶의 질곡과 고충을 십분 이해했던 관리일 것이다. 박문수는 실제로 영조 초기에 영남과 호서 지방에 어사로 파견된 기록이 있다. 흔히 우리는 어사란 《춘향전》의 이몽룡과 같이 목민관의 잘못을 감찰하여 백성들의 억울함을 신원(伸冤)하는 것으로 알고 있다. 하지만 박문수는 보통의 어사와는 다르다.

어사로서 박문수는 숨어 있는 효부나 효자, 열녀들을 세상에 알리거나 혼인을 성사시키고, 가문을 수호하는 데 도움을 주거나 나라를 위기에서 구할 인재를 등용하는 등 팔방미인 격의 활약을 펼치는 해결사로 이야기에 나타난다. 하지만 그런 그가 아이들 앞에서는 기를 못 편다. 그야말로 상황의 파천황적 역전이 자주 벌어지게 되는 것이다.

그런 역전적 상황은 어사 박문수의 일부러 '바보되기' 과정에서 나타난 현상이다. 박문수는 길을 가다가 아이들의 원님 놀이를 유심히 살필 줄 아는 가슴 따뜻하고 친절한 어사이다. 아이들의 세계를 인정하고 그 속에 편입되기 위해 그는 기꺼이 어사라는 신분을 버린다. 관리로 끼어들어 가는 것이 아니라 아이들 세계를 이해하고 그들 속에서 함께 호흡하기 위해 스스로 백성이 되어 아이 원님에게 자신의 고충을 털어 놓는 것이다. 겉으로는 바보 어른이 된 것이지만, 이런 박문수의 인간미야말로 바보 박문수가 친절하고 따뜻한 어사 박문수로 태어나게 되는 필수 과정인 셈이다. 물론 여기서 아이들의 놀이 같은 사소한 일상도 무시하지 않고 눈여겨볼 줄 아는 박문수의 예사롭지 않은 통찰력을 빼놓을 수는 없다.

길 가는 어른을 대놓고 무시하고 질책하는 아이, 그 아이에게서 아지(兒智)의 힘을 눈치 챈 어사 박문수는 스스로 아이 원님의 백성이 되어 바보 박문수가 된다. 이제 바보가 된 어사 박문수를 만나 보자.

놀이의 세계 속으로—아이들과 하나 되기

바보 박문수가 등장하는 이야기는 명백히 수수께끼담으로 불릴 수 있다. 이야기에서 소녀들의 대답은 일종의 수수께끼로 박문수에게 풀리지 않은 채 일종의 자격지심을 느끼게 할 수도 있다. 그러나 그것은 어떤 심각한 상황을 야기하는 것이라기보다는 웃음과 재치가 엿보이는 어른에 대한 일종의 놀림으로 판단된다. 어사 박문수가 풀지 못한 수수께끼를 원님 놀이 하던 아이들은 쉽게 푸는데, 그 과정도 역시 놀이다. 수수께끼라는 놀이의 맥락에 또 놀이가 등장하여 이중의 놀이가 벌어지고 있는 것이다.

문제는 아이들이 만들어 낸 수수께끼 놀이에 박문수가 자발적으로 참여하고 있다는 데 있다. 그는 아이들이 만들어 놓은 세계에 백성으로 참가한다. 그러므로 박문수는 스스로 바보가 되기로 작정한다.

그런데 이런 이야기에서 수수께끼라는 언어 놀이의 쓰임이 흥미롭다. 그것은 민중이 일반적으로 항상 질문에 대한 적절한 해답을 제출해야만 하는 수동적인 위치에만 머무르는 것이 아님을 보여 주기 때문이다. 수수께끼에는 학문적 열세와 경제적 불평등, 신분적 멸시를 적극적으로 극복하는 과정이 담겨 있고, 결정적으로 우리의 박문수가 그 상황에 기꺼이 동참하고 있지 않은가?

이런 상황이 가능하게 된 필연적인 이유는 유식자와 무식자의 대결 양상이 수수께끼라는 맥락을 전제로 하고 있다는 점이다. 수수께끼 상황은 일체의 상식적 논리를 배제하기 때문이며, 일상적이고 현실적인 맥락을 언어를 통해 조작하여 놀이 공간을 형성했기에 이런 상황이 가능한 것이다. 이런 수수께끼적 연행 맥락 내에서 지적인 힘은 현실 학문 세계의 우열과는 상관없으며, 수수께끼의 놀이성은 권위와 힘의 역전을 가능케 하여 어른과 아이, 관리와 백성의 거리를 없애는 구실을 하고 있다.

어사 박문수는 이런 수수께끼의 오락성과 놀이성을 십분 이해하고 있기에 기꺼이 놀이 속에 동참하여 아이들과 하나가 될 수 있는 것이다. 여기서 아이들이 만들어 낸 시공간은 현실의 맥락과는 전혀 상관없는 새로운 세계임이 분명하다. 하지만 박문수는 그런 세계의 가능성과 창조성을 알고 있는 사람이다. 자신의 눈높이를 낮추어 아이들의 세계까지 인정하는 이런 모습이야말로 위에서 밑을 보는 것이 아닌 밑으로 내려가 그 바닥까지 들어갈 준비가 충분히 된 위정자의 모습이 아닐까? 그 과정에서 자신이 바보로 보일지라도 그것이 백성을 이해하고 나라를 위한 과정이기에 박문수는 꺼려하지 않는다. 그러므로 바보 박문수는 진정한 아이들의 친구이자 민중의 벗이다. 그가 어떤 방식으로 아이들과 소통하고 호흡하는지 좀 더 따라가 보자.

바보 아닌 바보 캐릭터

아지형(兒智型) 이야기는 지위나 연령, 학식의 역전을 내용으로 하는 것들이 대부분이다. 그리고 어린아이의 지혜를 드러내는 데 수수께끼가 활용되는 것은 수수께끼의 놀이적 성격을 통해 계급과 지위의 역전이 가능하기 때문이다. 실제로 현실의 시공간에서뿐만 아니라 이야기의 시공간에서도 이런 역전의 개연성이 확보되는 것은 쉽지 않다. 그러나 수수께끼 시공간의 놀이성은 수수께끼담 내에서도 놀이적 성격을 확보할 수 있기 때문에 역전의 이야기가 가능하다. 하지만 무엇보다도 박문수가 등장하는 아지형 이야기는 박문수의 역할이 매우 중요하다.

그럴 수밖에 없는 것이 아이의 영특함이나 재능이 스스로 발현되는 게 아니라 박문수가 발견해 내는 것들이기 때문이다. 그런데 박문수가 재능 있는 어린아이를 발견하는 동기가 매우 심각한 맥락을 전제로 하고 있는 점도 흥미롭다.

> 중국이 조선을 치려는 목적으로 어려운 문제를 내 시험한다. 그 문제는 '바위로 배를 만들고, 동삼 세 뿌리를 캐오고, 천하를 덮을 베를 짜오라.'는 풀기 어려운 문제이다.
>
> 박문수가 문제를 풀 인재를 구하러 전라도에 온다. 일곱 살 먹은 아이가 자신의 집에서 박 어사에게 밥을 지어 올렸는데 밥에 '뉘'가 세 개 올라 있었다. 이는 '뉘시오'의 뜻인데 박 어사는 그 뜻을 파악한다. 박 어사가 식사를 마치고 밥상 네 귀퉁이에 고기 뼈를 올려 놓는다 '魚四'이므로 자신이 어사라는 뜻을 전달한다.
>
> 박 어사는 이 아이의 영특함을 알아보고 그를 중국에 보내기로 한다. 일곱 살 동자가 봉사 한 명과 모래 한 되를 가지고 중국에 들어간다. 중국 황제에게 '바위로 배를 만들어 황해에 띄워 놓았는데 닻줄이 없어 배를 못 올리니 이 모래로 닻줄을 만들어 달라.'는 요구와 '동삼을 해마다 캐는 사람이 있는데 지금 봉사가 되었으니 이 봉사의 눈만 뜨

여 준다면 동삼을 캐 올 수 있다.'고 하고 마지막으로 '천하를 덮을 베를 짜고 있는데 천하가 몇 자 몇 치인지를 알려 주면 딱 맞게 해 오겠다.'라고 요구한다.

조선은 아이의 기지로 어려운 상황을 해결하게 된다.

— 이순동 구연, 〈일곱 살 먹은 사신의 지혜〉, 《한국구비문학대계》 6-7, 385쪽

이 이야기에서는 원님 놀이에서처럼 놀이의 공간에 박문수가 직접 참여하지는 않았다. 다만 아이가 처음에 제시한 의사 소통 방식이 어린아이의 발랄하고 장난스러운 수수께끼와 같은 성질의 것이었다. 그것은 무언가 색다른 의사 소통의 방식이었는데, 박문수는 아이의 이런 장난을 어른 입장에서 무시하지 않고 그대로 모방하여 맞장구를 친다.

자신의 임무와 국가적 중대사를 잊은 듯한 이런 행동이 바보로 보일 수도 있지만 그는 아이의 소통 방식을 그대로 인정한 것이다. 이 과정에서 박문수는 아이의 영특함을 인정하고 중국에까지 보내 국가의 위기 상황을 해결할 수 있었던 것이다.

사실 이 이야기에서 정작 중요한 것은 아이의 지혜이다. 그것도 상식적이지 않은 질문에 대한 해답을 구해야 하는 상황이니 국가와 같은 공식적인 거대 구조나 어른과 같은 규범의 세대들은 도저히 답을 내릴 수 없을 것이 뻔하다. 반면 불가능한 요구를 똑같은 방법으로 되돌려 주는 아이의 수법이 놀랍다. 부당함을 부당함으로 되갚는 아이의 방식은 어른으로서는 도저히 모방하기 힘들 것도 뻔하다. 그야말로 모방을 잘하는 아이다운 발상이 실현된 셈이다.

하지만 이 이야기는 아이라는 미성숙의 인자를 발굴해 낸 어사 박

김준근의 〈술래잡기〉. 옛 아이들의 놀이 모습이다.

문수 쪽에 방점을 두어 독해할 수도 있다. 앞서 박문수는 어느 소녀의 질문에 답을 구하기 위해 아이들의 원님 놀이에 참여한 적도 있지 않은가? 그런 박문수를 상기한다면 처음 보는 아이의 장난기 어린 소통 방식을 이해하고자 하는 박문수의 태도야말로 그다운 행동인 것이다.

박문수에게는 바보라고 불리는 것도 마다하지 않고 추구하는 가치가 있다. 그것이 때로는 민심의 동향일 수도 있고, 때로는 나라의 안위가 될 수도 있다. 겉으로 드러나는 바보스러움을 상쇄하는 중요한 목적 의식이 있기에 그런 행동이 가능한 것이다. 그러므로 그는 바보 아닌 바보인 것이다. 반면 바보 박문수의 진가가 위와는 다른 방식으로 나타나는 이야기도 있다.

> 박문수가 외딴 집에 들어가니 아이 둘이 있어 한 아이에게 질문한다. "네 아버지 어디 갔느냐?" 그 아이는 다음과 같이 답한다. "도둑놈 잔치하는 데 갔지요." (시장에 갔다는 말, 상인들은 덜 주고 더 받으려 하기에) 아이의 대답에 놀란 그는 또 묻는다. "네 어머니 어디 갔느냐?" 아이는 다음과 같이 답한다. "여러 놈 껍데기 벗기러 갔지요." (방앗간에 소 한 말 타작하러 갔다는 말)
>
> 박문수는 무슨 말인지 전혀 알아채지 못한 채 또 묻는다. "너 몇 살 먹었냐?" 그 답은 다음과 같았다. "내 나이는 얘 한 살 쳐 주면 나랑 동갑이 되고 재 나이 한 살 주면 나하고 동갑입니다." 박문수가 알아듣지 못하자 "재는 일곱 살 나는 다섯 살 먹었지요."라고 답한다. 박문수는 그 아이를 교육시키려고 서울로 데려가게 된다.
>
> 이때 대국에서 조선에 인재가 있는지 없는지를 보려고 문제를 보내온다. 그 문제는 '하얀 백수풍신 노인에 황계 장닭을 하나 그리고는 이 노인이 몇 살인가?' 하는 문제였다. 대신들이 대답을 하지 못하자 박문수가 그 아이에게 답을 문의하게 된다. 아이가 "닭을 부르려면 '구구구구' 하니까 구구 팔십일 여든한 살입니다."라고 답해 문제를 해결하게 된다.
>
> 중국에서 조선에도 인재가 있음을 인정하고 무시하지 않게 된다. 아이가 첫 벼슬로 경삼감사를 하다가 정승집으로 장가를 가고 후에는 영의정까지 지내게 된다.
>
> — 윤선식 구연, 〈박문수 일화〉(3), 《한국구비문학대계》 1-4, 350쪽

이 이야기에서 박문수는 아이에게 또 한 번 골탕을 먹는다. 하지만 그는 골탕 먹으면서도 반갑다. 나라를 지탱할 또 한 명의 인재를 발견했기 때문이리라. 그러므로 아무리 당하고 아무리 놀림을 받더라도 바보 박문수는 즐거웠을 것이다. 결과적으로 미래를 위해 박문수가 간택한 이 아이는 중국의 어려운 문제를 해결해 내는 쾌거를 이룬다.

우리는 여기서 위정자로서의 체면과 양반이라는 신분, 그리고 어른이라는 세 겹의 위계를 무시한 채 아이들과 만나는 박문수의 여러 모습은 과연 무엇을 위한 것일까에 대한 답을 어렵지 않게 내릴 수 있다. 어사 박문수의 바보스러움과 어리숙함은 백성과 나라라는 더 큰 덕목을 위한 그만의 방식이었던 것이다.

일반적으로 아이의 지혜가 발현되는 이야기에서는 아이의 영특함을 알아차리는 인물들이 등장하지 않는 경우가 많다. 아이의 지혜를 알아차리기 위해서는 아이의 눈에서 아이의 논리를 이해할 인물이 필요하다. 아지(兒智) 설화에서 박문수가 흔히 등장하는 이유를 여기서 찾을 수 있다. 그는 바보로 보일 정도로 일반 백성들의 눈높이까지 자신을 낮출 준비가 되어 있는 위정자이다. 물론 어사 박문수를 아지 이야기에 등장시킨 것은 설화 향유층이 박문수를 그런 위정자로 기억했기 때문일 것이다. 아이에게도 놀림을 당하는 바보 어사로 그려진 박문수, 그는 진정한 민중의 벗으로 기억되고 있다고 할 수 있다.

소외되고 무시된 것의 가치

지혜란 사물의 이치를 빨리 깨달아 밝히고 시비와 선악을 정확하게 가려내는 능력을 의미하거나, 사물을 정확하게 처리하는 재능을 가리킨다. 이런 의미에서 지혜는 지식의 축적이나 총체를 의미하기도 하겠지만 그것을 적절히 부려 쓰는 운용력을 포함한다.

지혜에 대한 이런 관점은 이미 주어진 세계에서의 낯익은 문제를, 이미 있던 방식의 사례 속에서 발견하고 적용할 수 있다는 전제를 충족시킬 때 그 의미가 드러난다. 하지만 주어진 문제가 사회적인 질서 내에서 한 번도 일어난 적이 없거나, 현재의 사회 구조 자체를 회의하는 지점에서 발생한다면 상황은 달라진다. 따라서 지혜란 단순히 배운 자나 강자, 또는 연륜이 인정된 사람에 의존하지 않는 측면도 있으며, 그래서 오히려 전혀 낯선 새로운 관점으로 눈을 돌릴 때에만 그 의미가 새롭게 배가되는 측면도 있음을 알 수 있다.

이런 의미에서 낯선 문제에 대한 해결이 지식이나 지혜를 소유하고 있는 것으로 판단되는 어른에 의해서 풀리지 않을 것임을 박문수 이야기에서 적극적으로 보여 주고 있다. 물론 이런 사회·문화적인 전도 현상을 적극 실현할 수 있는 기제로 수수께끼라는 양식이 채택되었음도 쉽게 짐작할 수 있다. 수수께끼가 자체 내의 특징(놀이성이나 조작성) 때문에 전도의 방식을 취하는 이야기에서 쓰일 수 있는 가능성이 매우 농후하기 때문이다.

바보 박문수와 그의 벗 '지혜로운 아이'는 '새로운 시선'을 통해 '세계를 발견'하고 '확장'시키는 문학적 본령의 캐릭터이기도 하다. 계몽의 대상이던 어린아이가 어른이 해결하지 못한 문제를 해결함으로써 어른들의 사회적 위치를 전복시키고 사회적 약자의 위치를 재검토할 필요성을 제기하고 있다. 그리고 그런 아동의 순수성과 가능성을 박문수는 발견하고 있다. 어린아이에게 문제 해결의 실마리를 구하는 것은 어른 세계가 지닌 불완전성에 대한 고백이며 무능함에 대한 폭로이다. 박문수는 그 필요성과 중요성을 알고 있는 현명한 바보였다.

그렇다면 바보 박문수야말로 이 시대의 위정자들에게 요구되는 덕성과 조건을 갖춘 캐릭터임에 분명하다. 약자와 소외된 자의 소리에 귀 기울일 준비가 되어 있는 권력자, 살아 숨쉬는 현장을 발로 뛰며 그들의 호흡을 느낄 줄 아는 행정가야말로 우리 시대에 꼭 필요한 위정자의 모습이 아닐까? 문제는 당시에도 사회적 약자들의 유일한 탈출구로서 이런 이야기가 향유되었다는 점이고, 지금도 역시 이런 상황이 지속되고 있다는 점일 것이다. 이것이 바로 바보 박문수와 같은 관리가 그리울 수밖에 없는 이유이다.

김경섭 서강대학교 국어국문학과 대우교수. 이야기 전승의 텍스트화 양상에 관련된 제반 사항을 연구하는 데 주된 관심이 있다. 논문으로 〈수수께끼와 수수께끼담의 관련양상〉, 〈설화 읽기에 대한 반성적 고찰〉 등이 있다.

9

오성 대감은 나의 밥

강성숙

한음의 처

지체 높은 양반 사대부의 아내이자 일하는 규방 여성이다. 가부장적 세계에서도 남의 시선에 위축되지 않고 지혜롭게 살림을 꾸려가며 어려움을 헤쳐 나가는 건강한 인물이다. 철없는 남편으로 인해 곤란을 겪지만 그들을 꾸짖을 수 있는, 솔직하고 당당한 생활인으로서의 아내이다.

'한음의 처'는 구전 설화로 전해 오는 〈오성과 한음〉 이야기에 등장하는 인물이다. 한음의 처가 이야기를 주도하는 중심 인물임에도 불구하고 구연자나 조사자들은 이 이야기를 〈오성과 한음〉, 〈거짓말하고 똥 먹은 오성〉, 〈오성 대감의 수모〉 등으로 부른다. '한음의 처'라는 명칭 자체도 남편인 한음과의 관계를 통해 드러나는 것이기도 하다. 이 이야기는 《한국구비문학대계》와 《한국구전설화》 등의 설화 자료집에 10여 편의 각편이 수록되어 있다. 조선 중기의 실존 인물인 오성 이항복과 한음 이덕형에 얽힌 이야기들이 유형을 이루며 형성되는 과정에서 발생, 향유되어 온 것으로 보인다.

뒤곁에 그 장독대 옆댕이에 살구나무가, 좋은 살구나무가 하나 있는디, 살구가 누렇게 열었거든.
이눔을 따 가지구서는 인저 이런 그릇에다 갖다 뵈기 좋게 담어 가지구서는 하나는 큰 눔 하나는 꼭대기를 씨를 쏙 빼구서는 똥을 거기다 소복허게, 그냥 나무때기다 해 가지구서는 똥을 넣구 오무려서는 놨단 말여.
이렇기 인자 점상(겸상)을 해 오문은(오면), 언제든지 밥이구 뭐구 해 오문은(오면) 그 한음 해를(것을) 먼저 갖다 먹어, 그 오성이라는 사람이.
그래 인저 자기 냄편 앞으루다가 그걸 놨는디, 일번 들여 가니께루,
"아이구, 살구가 왔구나. 야 이눔아, 이리 줘. 니 해가(것이) 날 테니 내 니 해(꺼) 먹으야겄다."
빼어 가지구서는 인저 갖다 놓구, 이렇기 바꿔 놓구 먹는디, 오성이 하나를, 우이 있는 눔을 저붐으로 집어 가지구서는 냅대 깨무니께 똥이 삐칠 삐칠 하며 꾸른내가 푸썩 난단 말여.
"아이구, 이거 속았구나."
그럴 일 아녀?
"아이구, 속았다."
하니께
"그짓말 하는 입은 똥이 들어가야 됩니다."
붜크(부엌)이서 그러더랴. 그 속은 게지, 복수를 한 겨.

— 박재갑 구연, 〈거짓말 하고 똥 먹은 오성〉, 《한국구비문학대계》 4-2, 124~125쪽

첩첩 중문 안에도 사람이 살았을까

'부인은 형제를 볼 적에도 문지방을 넘지 않는 것이 예(禮)'(《성종실

록》 권212)라고 하던 시대에 부인들은 예(禮)에 따라 '낮에 뜰에서 놀지 아니하고, 연고 없이 중문에서 나오지 아니하는 것'으로 부도(婦道)를 인정받았다. 그리하여 방 안에 다소곳이 앉아 바느질을 하거나 부엌에서 얌전히 음식을 장만하는 모습이, 도리를 제대로 지키는 부인의 이미지가 되었다. 이러한 전통이 있었기에 발랄했던 열여섯 춘향이도 어느새 정절을 지킨 열녀로 형상화되었던 것이리라.

양반가의 부녀자들이 생활하는 첩첩 중문 안의 공간은 남자들의 세상, 즉 외부 세계와 분리된 폐쇄적인 공간이었다. 그리하여 우리는 그곳에 살아 생동하던 부인네들의 얼굴을 본 적도, 집 안 곳곳에서 울리던 말소리를 들어 본 일도 없다. 시집오자마자 사당을 부수고 귀신과 담판하면서 끝까지 타협하지 않아 훌륭한 자식을 낳았던 손병사 어머니 같은 여걸이나 이인(異人)이 아니고서는 조근조근 이야기하는 말소리가 좀처럼 담장을 넘어 나오는 일도 없었다.

그렇지만 여기 조신하게 중문 안에서 부녀자의 소임을 다하면서도 분명 담장 안에 '갇힌' 것이 아니라 당당히 담장 안 세상의 주인이 되어 나름의 질서를 만들어 갔던 부인이 있다. 그녀는 이름도 없이 '한음의 처'로만 불린다. 하지만 이 사대부 여성은 누구누구의 아내로 숨어 지낸 것이 아니라 한 여성으로서 당당하고 솔직했으며, 어떠한 상황에서도 자존감을 잃지 않는 주체적인 여성이었다. 그리하여 그녀는 오성과 한음이라는 대단한 이름 앞에서도 자신의 빛을 발한다.

철없는 그들, 꾸짖어 주다

'한음의 처'는 구전되는 〈오성과 한음〉 이야기에 등장한다. 못 말리는 장난꾸러기로 등장하는 이야기 속의 오성과 한음은 우리 기억 속에 늘 어린 친구로 남아 있다. 권모술수가 판을 치고 개인의 이익을 위해서 나라와 백성을 내팽개치는 냉정하고 잔인한 세계는 어른들이 만든 것이다. 이야기 속에서 악동 오성과 한음은 남을 속이고 거드름을 피우며 잘못을 미루는 어른들에 대항하는 존재이다. 악동들은 아직 어리고 불완전해서 남에게 조금씩 불편함을 끼치지만, 거짓과 불합리로 가득한 어른들의 세상을 향한 이들의 장난은 오래 사랑받을 수 있었다. 정치가로서 최고의 지위에 오른 이들이 이렇게 귀엽고 친근한 이미지로 남은 데에는 역사 속에서 그들이 보여 준 올곧은 행적의 영향이 컸을 것이다. 임진왜란의 소용돌이 속에서도 자신을 돌보지 않고 의로운 길을 걸었던 오성과 한음은, 그리하여 부정한 어른의 세계에 발을 들이지 않은 영원한 '악동'으로 우리에게 기억된다.

하지만 오성이 꽃구경 가는 아내의 뒤를 따라가 산신령으로 변장하고 정절을 잃은 적이 있는지 시험한 이야기나, 한음에게 그의 아내와 같이 잤다고 거짓말을 하여 한음이 아내의 정절을 의심한 이야기가 오갈 때에는, 이들의 호기심과 소유욕은 남을 배려할 줄 모르는 어린아이의 이기심이 아니라 가부장적 권위를 내세우려는 어른 남자의 일방적인 폭력으로밖에 볼 수 없다. 이 유치한 권력의 주인공이 된 오성과 한음은 더 이상 사랑스러운 악동이 아니다. 한음의 처는 이때 등장한다. 어른이 된 악동이 거는 장난이 더 이상 신선하지도 문제적이지도 않은 그때, 한음의 처는 조용하고 조신하게 유치한 악동들에게

이한철의 백사 이항복 초상. 오성의 관복입은 모습.

그에 꼭 맞는 벌을 내린다.

한음의 처가 등장하는 이야기는 전국적으로 13편가량 조사되었다. 이야기 자료는 대부분 〈오성과 한음〉이라는 유형화된 제목 또는 〈똥 먹은 오성〉처럼 내용을 드러내는 제목으로 되어 있다. 제목만 보면 이야기의 주인공이 여전히 오성이나 한음인 것 같지만 사실 그들은 주인공을 엿보는 자이며 주인공의 의도대로 행하는 자일 뿐이다. 이야기의 중심에는 바로 한음의 처가 서 있으며 그녀가 이야기를 이끌어 나간다.

이야기들은 간단하다. 오성은 한음을 만나러 그의 집에 갔다가 우연히 중문 사이로 안채를 슬쩍 들여다보게 된다. 이야기에 따라 한음의 처는 방 안에서 치마를 걷고 이를 잡거나, 누에를 치다가 마루에서 낮잠을 자거나, 목욕을 하거나, 오줌을 눈다. 때마침 오성은 몸을 드러낸 친구의 아내를 훔쳐보게 된 것이다. 오성은 한음에게 달려가 "내가 늬 마누라 이눔아, 내가 데리구 잤어. 니 마누라 정조가 기맥힌 줄 알지? 야 임마 소용없어, 정조가 어딨어." 박재갑 구연본, 123쪽라고 약을 올린다. 이 말을 들은 한음은 집으로 와서 오성이 한 이야기를 아내에게 들려 준다. 이 말을 들은 한음의 처는 '피식 웃으며' 김영두 구연본, 325쪽 오성을 대접할 테니 집으로 초대하라고 한다.

아무리 장난으로 한 말이지만 외간 남자와의 간통은 소문만으로도 그 여성이나 가족에게 치명적일 수 있다. 《미암일기(眉巖日記)》에는 1576년 1월 하세헌(河世憲)이라는 사람이 자신의 어머니가 종과 간통했다는 추문이 퍼지자 어머니를 살해한 사건이 등장한다. 사대부 양반 여성의 경우 종과 간통한 경우는 법제상으로도 가차 없이 교수형에 처하도록 규정되어 있다. 또한 《묵재일기(默齋日記)》에는 1571년 7월 양반의 첩이 종과 간통하여 관아로 끌려가 장 130대를 맞고 풀려난 기록이 있다. 《대명률(大明律)》의 규정보다 엄한 처벌이긴 하지만 만약 첩이 아니라 처였다면 곧바로 참형에 처해졌을 것이다.

비록 소문이 난 것도 아니고 한음이 오성의 말을 전적으로 믿은 것도 아니지만 정절을 의심받게 한 악의적인 오성의 발언이 억울하기 짝이 없었을 텐데 한음의 처는 그 자리에서 해명하려 들지도 않는다. 다만 가소롭다는 듯 웃으며 조용하고 치밀하게 복수를 계획한다. 한음의 처는 아주 탐스럽고 큼직한 살구를 따다가 꼭지를 떼어 내고는 조심스레 씨를 빼고 그 속에 소복소복 '똥'을 담는다. 이야기에 따라서는 예쁘고 먹음직스러운 '똥만두'나 '똥송편'을 정성스럽게 빚기도 한다. 한음의 처는 이 보기 좋고 먹음직한 음식을 남편의 상에만 올리고 오성의 상에는 작고 볼품없는 것만 차려 낸다. 이 역시 식탐이 많은 오성의 성품을 파악하고 미리 치밀하게 계산한 행동이다. 한음의 처의 예상대로 오성은 한음의 상으로 덥석 손을 뻗어 음식을 한입에 넣는다. 베어 물자마자 입 속에는 똥이 흘러넘치고 구린내가 진동한 것은 두말할 나위가 없다. 이 모든 광경을 밖에서 찬찬히 지켜 본 한음의 처는 점잖은 목소리로 이렇게 말한다. "거짓말하는 자는 똥을 먹는 법이니라." 나○○ 구연본, 287쪽

한음 처가 오성에게 똥을 먹인 행위는 정절 모해에 대한 복수로 볼 수 있다. 그렇지만 한음의 처가 오성이나 한음을 대하는 태도는 간통의 혐의를 받는 가련한 여성의 모습이 전혀 아니다. 오히려 다른 사람을 배려하지 않고 식탐을 부리거나 남을 위험에 빠뜨리는 장난을 치는 철없고 이기적인 어린 '아이'를 제대로 야단치는 어머니나 할머니의 태도와 닮았다. 한음의 처는 입으로는 제대로 된 말을 해야지 배설물처럼 지저분한 말을 담아서는 안 될 것이라는 교훈과 함께 정절의 잣대로 여성을 규제하려는 생각도 함께 꾸짖으려 한 것이 아닐까?

중문 안으로 엿본 한음의 처

오성은 한음의 처를 이야기의 중심으로 이끌어 내는 결정적 인물이다. 지금부터 그의 시선을 따라가며 한음의 처를 만나 보자. 오성이 한음을 찾아갔을 때 그는 집에 없었다. 한음이 집에 없다는 사실을 알고도 오성은 안채를 기웃거린다. 안채는 보통 대문에서 가장 멀고 깊숙한 곳에 자리 잡을 뿐 아니라 사랑채와는 정반대에 위치하는데, 오

성은 호기심을 참지 못하고 이곳까지 와서 문틈으로 안을 엿보는 것이다. 공교롭게도 때마침 오성이 본 것은 '몸을 드러낸' 친구 아내의 허벅지나 배꼽과 겨드랑이 밑에 있는 사마귀이다. 그리고 은밀한 신체 부위의 이 비밀스런 특징은 친구 아내를 성적으로 대상화하고 정절을 모해할 수 있는 빌미를 제공한다.

그런데 한음의 처가 드러낸 '몸'은 다만 일하는 몸, 생활하는 몸, 그래서 실제로 살아 있는 몸이다. 한음의 처는 많은 양반 부녀자들이 그랬듯, 육체 노동을 하지 않는 남편을 대신하여 침선방직(針線紡織)과 같은 여공을 부지런히 해서 살림을 꾸려나가야 했다. 그날도 한음의 처는 안에서 누에를 치고 있었다.

> 하루는 인저 오성이 저 한음네 집이 찾어갔더니 한음이 없구 안식구만 눼(누에)를 치구 있는데 고 새에 가서 한음 안식구에다가, 옷에다가 눼 똥을 묻히구 그렇게두 하구
>
> — 곽성용 구연, 〈오성과 한음〉, 《한국구비문학대계》 4-3, 657쪽

> 뉘에를 한참 칠 땡개 뉘에가 한 밥을 먹을 땡개 한 오월쯤이나 됐덩개벼, 아마. 그래 날은 뜨걱구 누에를 치는디, 그 한음네가 누에를 많이 치는디, 그 안이서 그 한음 안이서 누에를 치니라구 참 분주허구, 밥 주구 똥개리구 헐랑개 거시가다서는, 참 날두 뜨걱구 헝개 서눌헌 대청이서 두러눠서 낮잠을 잤던 모냉여. 〔웃음〕 아 그런디 그 계제에 오성이 찾아왔네? 그래 한음을 찾응개 한음은 욱구 대청이서 참 〔웃으며〕 니 활개를 뻗치구 그 마누라가 잠을 자는디 배꼽이 배꼽이 나왔어. 나왔는디 봉깨 배꼽 밑이가 요마안한 사마구, 그 저어 꺼먹 사마귀 있

《누숙경직도(樓璹耕織圖)》 중 〈누에 먹이기〉(작자 미상)

어. 꺼먹 사마구가 보야.

— 송영백 구연, 〈지략이 비상한 오성〉, 《한국구비문학대계》 4-3, 877~878쪽

한음의 처가 누에를 치며 '일하는' 인물이라는 것과 함께 주목해야 할 점은 그녀가 낮에라도 '졸리면 자는' 인물이라는 사실이다. 한음의 처는 누에를 치다가 피곤하면 대청마루에서 활개를 펴고 잠을 청한다. 대낮에는 하릴없이 뜰을 거니는 것도 양반가의 부녀자라면 경계해야 할 일이건만 그녀는 중문 안에서 자신을 규제하는 어떤 틀에도 얽매이지 않는 것처럼 보인다. 문틈으로 누가 엿본다 해도, 문 안의 주인은 자신이고 그에 따라 자연스럽게 일하고 휴식하므로 거리낌이 없다. 다음은 자유분방한 한음 처의 모습을 보여 주는 또 다른 이야기이다.

집안을 실쩍 딜이다봉게 친구 마누라가 웃통을 벗고 목얼 씻고 있넌디 보니께 왼쪽 저드랑 밑이 꺼먼 사마구가 달랑달랑 달려 있넌 것이 뵈였다.

— 나○○ 구연, 〈오성이 똥 먹다〉, 《한국구전설화》, 286~287쪽

하루는 한음이 오성네 집이를 갔넌디 오성은 없고 오성으 마누래가 안이서 넙적지(허벅지)를 까고 요강에다 오줌을 누는 것이 중문 새로 슬쩍 뵈이는디 오성 마누라으 넙떡지에 쬐깐 사마구가 붙어 있었는디

— 이병렬 구연, 〈거짓말 하면 똥 먹는다〉, 《한국구전설화》, 285쪽

그전에는 옛날에는 이를 잡지 않았어? 등잔불이 …… 등잔불을 켜놓고서 있다가서 인저 갈겨워서(가려워서) 여기를 속곳을 이렇게 치마를 건구서 이를 잡는디 이 문구멍을 뚫구 디다(들여다) 봤단 말여 창문 구멍으로다. 그라구 보니께 참 고 배꼽 밑이에 아래 배꼽 밑에 거묵(검은) 사마구가 요맨한 게 하나가 있어. 그걸 보구서나 그 소리를 했단 말여.

— 박재갑 구연, 〈거짓말 하고 똥 먹은 오성〉, 124쪽

한음의 처는 몸을 씻거나 오줌을 누거나 이를 잡는 일을 미루거나 참지 않는다. 이는 살아 있는 생명체가 건강하게 생명을 유지하기 위한 행위이기도 하다. 건강하게 일상을 영위해 나가는 중문 안 여성의 자유분방함이 때로 남성들에게는 두려움을 주고, 이 두려움이 여성을 통제하는 기저가 되기도 했다. 오성이 집 밖으로 놀러 나가는 아내의 뒤를 따라 가서 호랑이로 변장하거나 허연 칠을 하고 산신령으로 변신하면서까지 알고 싶었던 것도 아내가 경험한 남자의 수였다. 훔쳐보는 남성에게 '본능에 충실한', 그래서 건강한 한음 처의 모습은 일견 통제

의 틈새를 벗어나지 않을까 하는 우려를 자아내기에 충분했을 것이다.

그렇지만 한음의 처는 이 모든 우려를 악의적 장난으로 치부하고 성숙하지 못한 생각으로 여기며 따끔하게 혼내 준다. 철딱서니 없이 함부로 말하는 남성들에게 그녀는 행동으로 한방 먹인 것이다. 신성한 음식에 똥을 넣은 것은 음식의 신성함, 그것을 만드는 노고를 알지 못하는 이에 대한 복수이며, 집안일을 주관하는 존재의 소중함을 성적 대상화로 폄하한 이에 대한 처벌이다. 여성으로서의 자존감을 훼손당하지 않으려는 한음 처의 목소리는 조용하지만 직접적이고 강력하다.

다양한 여성 캐릭터를 위하여

한음의 처는 전통적인 '현모양처'와는 맥을 달리하는 새로운 아내의 모습이다. 누구의 아내로서가 아니라 아내인 여성 자신의 존재감이 드러나 빛을 발하는 흔하지 않은 캐릭터라 하겠다. 그녀는 거침없고 본능에 충실한 건강미 넘치는 여성이면서 생활인으로서 자신의 역할을 잘 이행해 내는 여성이다. 그리고 남성이 제시하는 열(烈)의 잣대를 통과하면서도 그 폭력적인 시선에 매몰되지 않고 오히려 스스로의 건강한 힘으로 상대의 어른스럽지 못한 사고를 꾸짖는 성숙한 여성이다.

이야기에서 오성과 한음, 그 중에서도 특히 오성은 여성과의 관계에서만큼은 가부장적 태도를 견지하는 인물이다. 각 이야기에 따라 오성과 한음은 역할이 서로 뒤바뀌기도 하는데, 이는 거짓을 꾸며내는 오성이나 그로 인해 아내를 의심하는 한음이 가부장적 시각을 지닌 남성이라는 점에서 다르지 않기 때문이다. 중문 밖의 세상은 이러한 시각을 지닌 남성들의 공간이다. 문 틈새로 보이는 건강하고 일상적인 풍경마저도 왜곡하고 자신들이 만든 규범으로 재단하여 평가하는 남성의 시각은 여성을 온순하고 순종적인 아내로만 남아 있게 하지 않는다. 오성과 한음이 가부장적 관념을 드러내며 '악동'으로서의 긍정적 자질을 상실했을 때, 한음의 처는 그들에게 새로운 악동의 존재로 나선 것이다.

한음의 처는 자신의 욕망에 따라 행동하고 스스로 중요하다고 생각하는 가치에 따라 삶을 꾸려 나가며, 자신의 정체성이 위협받을 때는 적극적으로 행동하는 캐릭터이다. 실제로 조선 시대 사대부 양반 가문 내에서도 이렇듯 발랄하고 매력적인 여성이 분명 더 있었을 테지만 겉으로 드러나기 어려웠을 것이다. 남편의 뜻에만 순종하는 것이 아니라 자신이 주도적으로 문제를 해결해 나가는 적극적인 아내의 캐릭터를 한음의 처를 통해 발견할 수 있다.

한음의 처가 재창조된다면 고정관념에 매몰되거나 유행을 따르지 않고 엉뚱하고 발랄한 생각을 행동으로 옮기는 인물로 살아날 수 있을 것이다. 오늘날 드라마나 영화의 여성들은 남성 못지않은 강한 매력으로 대중의 호응을 얻고 있으며, 완벽한 외모나 성적 매력보다는 활달함과 솔직함이 더 부각되고 있다. 그런 점에서 조선 시대의 한음의 처는 대중이 선호하는 여성 캐릭터의 특징을 이미 지니고 있다고 하겠다.

강성숙 인제대학교 기초대학 교수. 조선시대 사대부들의 이야기, 특히 우습고 신나는 이야기들을 연구해 왔으며, 최근에는 이야기 문학을 문화 콘텐츠로 만드는 작업에 관심을 가지고 창작 공연을 기획하고 있다. 저서로 《우리문학의 여성성·남성성》이 있다.

10

희대의 재담꾼

한길연

장시중 형제

사촌이나 숙부 등 남주인공과 매우 가까운 인물로 등장한다. 해학과 재치가 넘치는 농담으로 자신의 주변 사람들을 놀리는데, 놀림을 통해 양반층의 권위 의식이나 위선을 꼬집는다. 호기심 많고 익살스러우며 주변 사람들 일에 사사건건 간섭하기를 좋아한다.

'장시중 형제' 가 등장하는《현씨양웅쌍린기(玄氏兩熊雙麟記)》연작은 〈현씨양웅쌍린기〉·〈명주기봉〉·〈명주옥연기합록〉의 3부작으로 구성된 대하소설이다. 이들 작품은 한국학중앙연구원, 영남대학교 등 여러 곳에 소장되어 있다. 이 중《현씨양웅쌍린기》는 20만여 자에 이르는 적지 않은 분량의 소설임에도 불구하고 다수의 이본이 존재할 뿐만 아니라 20세기에 들어와 구활자본으로 출판되기도 하였다. 이것으로 보아 조선 후기에 매우 인기 있었던 작품임을 알 수 있다. 현재까지 이들 작품 각각에 대한 구체적인 작가는 밝혀지지 않고 있으나, 누대 벌열(閥閱) 가문을 중심으로 사건이 전개되고 있기에 그 작가 또한 상층일 것으로 추정된다.

"전일에 네 피부가 퍽 유약해 보이더니 요사이는 매우 윤택하니 어디 다시 보리라."
하고 총재에게 팔을 내보이라 하니 총재는 군자이기에 전혀 의심 없이 비단 도포를 걷었다. 장시중이 옥 같은 총재의 팔을 천천히 보고 있던 도중, 장주사가 갑자기 소매에서 앵혈 그릇을 꺼내 앵혈을 흠뻑 묻혀 총재의 팔에 찍으니 붉은 광채가 찬란하게 총재의 흰 살에 굳게 박히었다. 총재가 매우 놀라 급히 씻으나 붉은 점이 더욱 빛났다. 좌우가 이 거동을 보고 박장대소하며 일시에 남자가 여자가 되었다고 하였다.
(중략)
총재가 썩 기뻐하지 않으면서 팔을 다시 보고 장시중 형제를 향해 말하였다.
"형님들이 하는 일마다 점점 어린아이 같구려. 주점(朱點 : 꾀꼬리 피인 앵혈을 처녀의 팔에 찍었을 때 생기는 붉은 점으로, 남자도 숫총각인 경우 이 주점이 찍히며, 이성과 동침하면 없어짐)이란 것이 규방 여자에게나 있는 것인데 제가 당당한 팔 척 대장부로 이런 요망한 것을 몸에 둔다면 무슨 면목으로 세상에 서겠습니까? 형님들이 이제 이것을 없애주지 않는다면 매우 좋지 않은 일이 있을 것입니다."
장시중이 크게 웃으며 말하였다.
"네 얼굴이 너무 연약하고 곱기에 우리가 늘 장부가 아닌가 의심하였더니 과연 내시의 무리로구나. 그렇지 않다면 도 닦는 중의 행실로 순양(純陽) 동자가 되었던 것이거나. 이를 없애는 것이 네 손 안에 있거늘 어찌 우리를 보채느냐?"

—《현씨양웅쌍린기(玄氏兩熊雙麟記)》 7권

대하소설 속의 방자 '익살스런 양반군'

《춘향전》의 '방자'는 우리에게 너무나 잘 알려진 캐릭터이다. 방자가 없다면 《춘향전》은 그 매력이 반감되었을지도 모른다. 주인공들 곁에서 능수능란한 말솜씨로 이들을 조롱하는 방자는《춘향전》을 맛깔스럽게 하는 감초 같은 존재이다.《춘향전》외에《배비장전》등 고전소설에 많이 등장하는 '방자형 인물'은 하층의 시선으로 상층의 허위 의식을 조롱하고 폭로함으로써, 작품 속에서 보조 인물이면서도 주인공 못지않은 중요한 입지를 갖는다.

그런데 주인공 곁에서 그들을 조롱하고 새로운 긴장과 재미를 창출해 내는 보조 인물로 방자형 인물 외에 '익살스런 양반군'이 존재한다. 이런 익살스런 양반군의 대표 격이라 할 수 있는 인물이 바로《현씨양웅쌍린기》연작의 '장시중 형제'이다. 이들은 주요한 사건이 일어날 때마다 빠지지 않고 등장하여 주인공들을 희화화하면서 골탕 먹인다. 슬픈 일이건 기쁜 일이건 주인공들에게 새로운 일이 발생하기만 하면 나타나 재담(才談)과 능청스런 행동으로 그들을 조롱하며 곤란하게 만드는 것이다. 이러한 인물은《현씨양웅쌍린기》연작 이외에도 대다수의 대하소설에서 간간이 나오는데, 이 연작에서는 작품 전체에서 그 역할이 집중적으로 부각되어 있다.

이처럼 하층에서 주로 향유한 단편소설에서 남주인공을 놀리는 인물이 시동(侍童)인 방자로 설정된 것과는 달리, 상층에서 주로 향유한 대하소설에서 남주인공을 조롱하는 인물은 남주인공의 사촌이나 숙부 등 가까운 친인척으로 설정되어 있다. 이러한 인물 설정의 상이함은 주인공을 놀리는 방식에도 차이를 가져온다.《춘향전》등에서와 같이 신랄한 풍자를 통해 공격적인 웃음을 자아내는 방자형 인물과는 달리,《현씨양웅쌍린기》등에서 등장하는 익살스런 양반군 장시중 형제는 우호적인 농담을 통해 상층 특유의 온건한 웃음의 미학을 선보인다. 이들 익살스런 양반군은 '대하소설 속의 방자'라 할 만큼 농담을 통해 뼈 있는 웃음을 선사한다는 점에서 방자형 인물과 동궤에 위치하면서도, 방자형 인물과는 또 다른 모습으로 상층의 웃음 문화를 실현하고 있다. 이들에 대해 좀 더 가까이 다가가 보기로 한다.

농담을 통해 세상 다르게 보기

장시중 형제는《현씨양웅쌍린기》연작의 주인공들인 현씨 가문의 구성원들을 끊임없이 놀려댄다. 이들은 부부 간의 사생활을 엿보면서 이를 폭로하고 비꼬거나 아들을 훈계하는 아버지의 엄숙함을 비웃기도 하고, 상층의 경직된 윤리 의식을 조롱하는 등 주인공들과 관련된 사건이 일어날 때마다 빠지지 않고 등장하여 그들을 우스꽝스럽게 만든다. 주인공들이 부끄러운 일이 있어 그 일이 알려지지 않기를 바라고 있을 때, '나는 다 알고 있지.'라는 투로 얄밉게 말하면서 불쑥불쑥 끼어들어 그 사실을 공공연하게 까발린다. 그런데 그러한 얄미운 농담 속에 삶에 대한 깊이 있는 통찰을 담고 있다는 점에서 결코 가볍게 넘어갈 수만은 없는 인물이다.

먼저 이들이 부부 간의 사생활에 개입하는 장면을 살펴보자.《현씨양웅쌍린기》의 두 남주인공인 현수문은 너무나 호방한 성격으로, 현경문은 너무나 침중(沈重)한 성격으로 각기 부부 갈등을 겪고 있다. 호탕한 성품의 현수문은 혼인 전 윤소저를 겁탈한 일이 있었다. 윤소저는 이를 설욕하려는 심사로, 현수문과의 혼인날 밤 추녀 중의 추녀인 귀형녀(鬼形女)를 자신처럼 꾸며 현수문과 신혼 초야를 보내게 한다. 현수문이 얼굴이 온통 얽고 눈썹 위에 사마귀가 엉기었으

정황의 〈이안와수석시회도(易安窩壽席詩會圖)〉. 남종백의 회갑 기념 시회 잔치를 포착한 것이다. 여기서 정 가운데 앉아 있는 인물이 장시중 형제의 이미지와 닮아 있다.

며 한 다리를 절고 온몸에 피부병이 도진 흉측한 귀형녀와 동침한 사실을 알게 된 장시중 형제는 부리나케 달려와 다음과 같이 현수문을 놀린다.

> "윤소저가 괴이한 약을 먹어 구름 같은 검은 머리가 하얗게 세고 눈 같은 피부가 늙고 살쪄 쑥대머리 귀신 얼굴이 되었다 하니 그런 놀라운 말이 어디 있으리오?"
>
> —《현씨양웅쌍린기》 3권

현수문과는 정반대로 너무나 침중하고 냉철한 성격의 현경문은 주소저와 혼인했으면서도 부부 관계를 맺지 않고 냉락한 상태로 지냄으로써 부부 갈등을 겪는다. 이에 장시중 형제는 현경문에게 규방 여자의 팔에나 있을 주점(朱點)을 찍어 희롱한다. 그리고는 다음과 같은 우스갯소리를 던진다.

"나는 너를 당당한 남자로 알았는데, 오늘 보건대 부인이 되었으니 얼른 남자옷을 벗고 한 벌 붉은 치마와 짧은 옷을 입고 거울을 대하여 용모나 꾸며라."

—《현씨양웅쌍린기》 7권

비록 비범한 능력을 가졌다 할지라도 규범에서 벗어나 방종한 면을 보이거나 또는 규범에 지나치게 얽매여 있는 주인공들의 모습은 장시중 형제에 의해 여지없이 우스갯감이 되어 버리고 만다.

다음으로 장시중 형제가 아들을 훈계하는 아버지의 위엄을 조롱하는 경우를 보자. 전편에서 젊은 시절 부부 갈등을 겪었던 주인공들이 후편에서는 아버지가 되어 부부 갈등을 겪는 자식을 훈계하는 대목이 나온다. 현경문의 장자인 현천린은 설소저와 혼인하였으나 우여곡절 끝에 월성공주의 부마로 간택되고 설씨와 헤어지게 되자 공주를 구박하면서 마찰을 빚는다. 이에 그는 관을 벗고 땅바닥에 머리를 댄 채, 부친인 현경문으로부터 엄한 꾸지람을 받는 상황에 처하게 된다. 이러한 긴장된 순간에 전후 사정을 훤히 알고 있는 장시중 형제가 불쑥 끼어들어 야단맞고 있는 조카 현천린에게 다음과 같이 충고한다.

"너는 병신처럼 굴지 말고 관을 고쳐 쓰고 바로 앉아서 네 부친에게 이렇게 말하여라. '부친은 어찌 전에 모친이 죄 하나 없는데도 당(堂) 아래 세워 두고 또 내가 모친의 배 안에 있을 때 무슨 일로 모친을 박차 낙태할 뻔하게 하셨습니까? 저는 설씨를 위해 공주를 박대했지만 부친은 누구를 위해 모친을 박대하셨습니까? 제가 원래 기이한 휼책(譎策)이 없고 모질게 노할 줄 모르나 부친을 닮아 그렇습니다.'라고 말이다. 이리 말하면 네 아비가 부끄러워 아무 말도 못하리라."

—《명주기봉(明珠奇逢)》2권

이런 장시중 형제의 말에 모두들 긴장을 풀고 한바탕 웃게 된다. 이러한 희담 속에서 아들을 경계하는 아버지의 위엄은 순식간에 사라진다. 젊은 시절 부부 간에 갈등을 겪는 것은 다반사인데 자신의 소싯적 일은 기억하지 못하고 자식만 엄히 꾸짖는 아버지의 모습은 우스꽝스러운 행위로 전락해 버린다.

마지막으로 상층의 지나친 윤리 의식을 비웃는 경우에 대해 살펴보자. 현희천이 소소저와 혼인하는 날, 너무나 빼어난 손자며느리의 미색을 보고 그 조부인 현경문과 현수문은 염려스런 기색으로 서로 이야기를 주고받는다. 여자의 외모는 중요하지 않은데 자기 집안에 들어오는 여자들마다 너무 아름다우니 오히려 불행한 일이 있지 않을까 걱정하였던 것이다. 이때 이 말을 듣고 있던 장시중 형제는 갑자기 끼어들어 여자의 외모를 중요시하지 않는다는 말은 오래 살다 보니 들을 수 있는 귀한 말이라면서 그들을 조롱한다.

"오래 살다 보니 귀한 일도 보는구나. 너희들은 진실로 여자의 외모가 중요하지 않단 말이냐? (중략) 우리 죽거든 코를 치켜들고 그런 말을 하라. 내 생전은 생심도 내지 못하리라. 허리가 아파 말하기도 싫다."

—《명주옥연기합록(明珠玉緣奇合錄)》 2권

주인공들의 도덕적이고 윤리적인 의식에 맞서 장시중 형제는 솔직하고 평범한 진리로 주인공들을 조롱하는 것이다.

이렇듯 장시중 형제는《현씨양웅쌍린기》 연작에 끊임없이 등장하는 가운데 주인공들의 경직된 윤리 의식을 꼬집음으로써 희극적인 상황을 연출해 낼 뿐만 아니라, 주인공들의 삶을 새로운 시각으로 바라보는 계기를 마련해 준다. 이는 장시중 형제가 범인(凡人)의 입장에서 평범한 진리를 잣대로 비범한 주인공들의 삶을 바라보았기 때문이다. 이들은 시중이나 주사로서 양반에 속하지만 양반으로서 지켜야 할 격식과 규범에 얽매이지 않고 자유롭게 생각하며 진솔하고 융통성 있는 삶의 자세를 견지하고 있다. 이러한 삶의 태도로 경직된 주인공들의 행위를 재조명하면서 또 다른 시각으로 세상을 바라보게 한다.

웃음의 장에서 함께 어우러지기

장시중 형제는 희언(戲言)을 통해 세상을 다르게 볼 수 있는 시각을 마련해 주는 한편, 주변 사람들 모두를 '웃음의 장'으로 들어오게 하여 함께 어우러지는 기회를 마련해 준다는 점에서도 중요한 의미를 지니는 캐릭터이다. 일례를 들어 보면 각기 아내의 행방을 모른 채 슬퍼하고 있는 현수문 형제에게 장시중 형제는 불쑥 나타나 다음과 같이 능청스럽게 놀려댄다.

"너희들이 아내를 잃었다 하기에 조문하러 왔더니 저리 두 눈이 멀쩡하니 그 일이 괴이하구나. 알지 못하겠다. 이제 이십도 안 된 놈들이 청승맞게 상처(喪妻)는 어인 일이냐? 성복(成服)은 어느 날 짓느냐? 제복(祭服)은 또 어찌 짓지 않느냐?"

—《현씨양웅쌍린기》4권

이에 슬퍼하고 있던 현수문 형제도 하도 어이가 없어 농담으로 응수한다.

"형이 갑자기 요사스런 기운이 들렸는지 광언망설을 무수히 뿜어대니 염려스럽습니다. 약이나 지어먹고 조리하십시오."

—《현씨양웅쌍린기》4권

이렇듯 슬픔에 잠겨 있던 현수문 형제는 장시중 형제의 출현과 동시에 웃음을 터뜨리고 만다. 심지어 실없는 농담을 하기까지 한다. 이로 인해 분위기는 순식간에 반전된다. 슬픔의 순간은 갑자기 희극적인 순간으로 바뀐다.

앞서 여자의 외모가 중요하지 않다고 말하는 현수문 형제를 장시중 형제가 조롱하는 대목에서도 이와 유사한 양상을 볼 수 있다. 장시중 형제의 조롱을 받은 현수문 형제는 평소의 엄숙한 태도에서 벗어나 장시중 형제처럼 농 섞인 말을 하게 된다.

"누가 허리 아프고 머리 아픈 꼴을 보라 하였습니까? 형님들 같은 사람은 백 년을 아니 보아도 별 생각이 없습니다. 형님들이 없다고 우리 자손이 성치 못하지 않으리니 다사롭게 굴지 말고 오지 마십시오."

—《명주옥연기합록》 3권

심지어 이들은 현씨 집안과 장씨 집안 사이의 협문을 막아 버리겠다는 장난기 가득한 말로 장시중 형제에게 응수한다. 이에 장시중 형제도 다시 농담으로 맞받아친다.

"옳은 말 하니 듣기 싫을 만도 하지. 그러나 협문을 막지는 못할걸. 부친과 숙모께서 살아 계실 때 이 문을 내어 우리들을 경계하셨는데 이제 삼대도 지나지 않아 그 사이를 막는단 말이냐? 우리는 막지 않을 것이니 너희들은 아무렇게나 하라."

—《명주옥연기합록》 3권

말을 마친 뒤 장시중 형제는 파안대소하고, 현수문 형제 또한 포복절도하게 된다. 이처럼 장시중 형제는 자신들 스스로 희담을 즐길 뿐만 아니라, 격식을 갖추고 엄숙한 태도를 보이던 주인공들까지도 농 섞인 말을 하면서 한바탕 웃고 즐길 수 있는 기회를 마련해 준다. 늘 입에 박힌 희극적 말버릇으로 주인공들을 놀려대는 장시중 형제는 자신은 물론 주변 사람들 모두를 '농(弄)의 공간' 속으로 끌고 들어온 것이다. 이러한 농의 공간은 앞서 진행되던 사건이 일어나는 공간과는 또 다른 차원의 세계를 형성한다. 그곳은 앞서 일어났던 사건들을 관조적인 자세로 재해석하는 가운데 그간의 긴장을 풀고 한바탕 웃을 수 있는 공간으로, 주인공을 중심으로 비밀스럽게 진행되던 사건들이 모두에게 개방되어 함께 어울리는 공동체적인 향연을 가능하게 한다.

그곳은 함께 쉬어가는 곳, 함께 어울리는 장으로서의 의미를 지닌다.

이러한 점들은 장시중 형제의 익살스런 양반군이 방자형 인물과 다른 특성을 지니고 있음을 의미한다. 방자형 인물은 상층을 조롱하면서 상층에 대한 적대적인 입장을 드러낸다. 하층민으로서 삶의 고난을 겪는 이들은 삶을 관조하는 여유를 가지기보다는 냉소적으로 바라보는 성향이 짙다. 이들에게 권위적인 허식에 사로잡혀 있는 상층의 인물은 더욱더 우스꽝스러운 존재로 비춰졌을 것이다. 따라서 이들이 상층을 풍자하는 주목적은 상층의 가식을 벗겨 신분적인 경계를 무너뜨리고 자신들과 동일한 인물로 전락시키려는 데 있었을 것이다. 이는 상층에 대한 '전면적이고 공격적인 풍자'이다. 이곳에서 서로가 함께 어울리기란 쉽지 않다.

이와는 달리 장시중 형제와 같은 '익살스런 양반군'은 주인공을 조롱하면서도 함께 어울리는 인물로, 방자형이 상층에 대해 적대적이었던 것과는 달리 근본적으로는 우호적이다. 우선 이들은 방자형 인물처럼 삶의 고난을 겪는 인물이 아니다. 이들은 상층의 편향됨과 완고함을 풍자하면서도 여유 있는 태도를 견지하고 있어 방자형에서처럼 냉소적이고 적대적인 의식을 드러내지 않는다. 이들의 조롱은 상층의 비범한 면을 인정하면서 부분적인 수정과 보완을 통해 좀 더 완숙한 인간으로 변화시키는 것을 지향한다. 즉, 상층에 대한 '부분적이고 우호적인 풍자'라 할 수 있다. 이곳에서는 조롱하는 인물과 조롱당하는 인물이 하나로 융화되는 '함께 어우러지기'가 이루어진다. 장시중 형제의 농담에 이끌려 현수문 형제가 격식을 벗어던지고 솔직하고 거리낌 없는 태도로 하나가 된 것처럼 말이다.

이러한 장시중 형제는 하회탈 중에서 양반탈을 떠올리게 한다. 한국의 탈 가운데 예술성이 높은 하회탈, 그 하회탈 중에서도 대표 격이라 할 수 있는 탈이 양반탈이다. 눈, 코, 입 등이 대단히 부드러운 선으로 묘사되어 있어 전체적으로 여유가 있어 보이고 아래턱이 크게 벌어져 파안대소하는 듯한 모습의 이 양반탈은 한국인의 여유와 해학을 보여 준다. 이런 양반탈의 이미지에 잘 어울리는 캐릭터가 바로 장시중 형제라 할 수 있다. 〈하회탈춤〉에서의 양반과 《현씨양웅쌍린기》 연작에서의 장시중 형제는 그 역할에서는 상당한 차이가 있지만, 웃음 가득한 능청스런 얼굴을 하고 있다는 점에서는 퍽이나 닮아 있다. 장시중 형제는 마치 양반탈과 같은 희극적인 가면을 쓴 듯, 언제나 웃음 가득한 얼굴로 나타나 주변 사람들까지도 '농의 공간' 속으로 끌어들여 모두들 한바탕 웃고 즐기게 한다. 이들은 하층의 웃음 문화를 대표하는 방자형 인물에 필적할 만한, 상층의 웃음 문화를 대표하는 중요한 캐릭터인 것이다.

웃음 문화의 대안적 캐릭터

장시중 형제는 익살스런 말과 행동으로 웃음을 창조하는 인물이다. 그런데 이들은 소설처럼 허구적으로 창안된 인물이 아니라 실제로 존재했던 인물에 바탕하고 있다. '농담의 천자(天子)'라는 별명을 가진 이항복(李恒福), '익살의 제왕'이라 할 만한 조위한(趙緯韓) 등 조선시대 상층 양반들 가운데는 장난기 넘치는 말과 행동으로 더운 여름 소나기처럼 주변 사람들에게 활력을 주는 인물이 존재했다. 장시중 형제는 이러한 실존 인물들의 모습을 좀 더 극적으로 살려 탄생한 캐릭터라 할 수 있을 것이다.

또한 장시중 형제는 동서양 보편의 인물형과도 상통하는데, 이와 관련하여 프라이(Northrop Frye)가 설정한 희극의 전형적인 인물 유형 가운데 '어릿광대형(bomolochos)'에 대해서도 살펴볼 필요가 있다. 어릿광대형 인물은 글의 구성에 도움을 주는 것보다 축제 분위기를 돋우는 일에 더 큰 영향을 미치는 인물로, 르네상스 희극에 나타나는 각양각색의 인물들, 가령 직업적인 광대나 익살꾼, 시동(侍童), 가수, 그리고 웃음을 자아내는 엉터리 말이나 외국 사투리같이 판에 박힌 희극적인 말버릇을 가진 부수적인 등장 인물이 이에 속한다. 이러한 어릿광대 가운데 가장 오래된 것이 '식객'이라고 한다.

장시중 형제 또한 넓게 보면 어릿광대형 인물에 가깝다고 할 수 있다. 슬프거나 긴장된 상황을 그 특유의 재담을 통해 유쾌하고 여유로운 상황으로 변모시키는 '분위기 메이커'로서의 역할을 담당하고 있기 때문이다. 그런데 이들은 단순히 희극적인 상황을 연출해 내는 인물에서 그치지 않고 자신만의 독특한 시각으로 주인공을 희화화함으로써 새로운 의식의 틀을 제시한다는 점에서 평범한 어릿광대형 인물과 차별성을 지니고 있다. 즉 이들은 웃음이 지닌 지혜와 힘을 보여줌으로써 웃음의 미덕을 잘 실현하고 있다. 이러한 웃음은 한국인의 웃음의 전형으로 승화시켜도 될 만큼 소중한 의미를 지닌다.

현대 소설이나 드라마 등에도 감초 역할을 하는 조연급 인물들은 얼마든지 등장한다. 그런데 그들은 주로 자신들만 희화시켜 웃음을 연출하는 역할에서 그치고 있다. 이들 또한 장시중 형제처럼 자신과 더불어 주요 인물도 함께 희화시키면서 그 속에서 세상을 새롭게 바라볼 수 있는 시각을 제시해 주고 서로가 어울릴 수 있는 장을 열어 주는 인물로의 전환이 필요하지 않을까 생각한다. 스스로를 희화화하는 비굴한 웃음을 통해 단지 한 번 우스운 상황을 연출해 내는 데서 그치지 말고, 웃음 속에서 삶의 지혜를 주고 서로 하나가 된다면 그만큼 즐거운 일은 없을 것이다.

갈수록 각박해져 가는 오늘날의 현실 속에서 장시중 형제와 같은 캐릭터는 더욱 빛을 발할 것이다. 물론 방자형 인물과 같은 캐릭터도 신랄한 풍자적 웃음을 통해 그 나름의 매력을 충분히 발산하고 있다. 그러나 정이 메말라 가고 서로가 소외되어 가는 작금의 현실에서는 더불어 웃을 수 있는 따뜻한 웃음이 필요하다. 장시중 형제와 같은 캐릭터가 많아진다면 세상이 좀 더 밝아지지 않을까? 근심걱정과 스트레스로 찌든 일상에서 탈출하여 모두들 호쾌하게 웃을 수 있는 장이 마련되고, 이로 인해 삶을 관조적으로 바라볼 수 있는 여유가 생기고 서로가 하나임을 확인할 수 있는 기회를 제공할 수 있다면 말이다. 요컨대 장시중 형제는 한국적인 웃음 문화의 대안을 제시해 줄 수 있는 중요한 캐릭터라 할 수 있다. 앞으로 소설이나 영화, 드라마 등 다양한 분야에서 이러한 캐릭터의 전통적인 원형을 재현하는 작업과 더불어 현대적으로 재창조하는 작업이 병행되어야 할 것이다.

한길연 서울대학교 기초교육원 강의교수. 고전소설을 전공하고 있으며 그 중에서도 대하소설을 집중적으로 연구하고 있다. 〈대하소설의 능동적 보조인물 연구〉, 〈대하소설의 의식성향과 향유층위에 관한 연구〉, 〈《유씨삼대록》의 죽음의 형상화 방식과 의미〉, 〈장편고전소설에 나타나는 어머니의 존재방식과 모성〉 등 다수의 논문이 있다.

11

기생첩의 육체적 탐닉과 정실 차지 욕망

조광국

나교란과 여섬요

청루(靑樓)의 기녀로 있다가 상층 벌열가의 첩실로 들어온 미모의 두 여성. 애욕 추구와 정실 차지 욕망을 내보인다. 미모를 앞세워 남성을 유혹하고 자유분방한 성격으로 자신의 욕망에 매우 솔직하다.

〈청백운(淸白雲)〉은 한글본과 한문본으로 전한다. 한문본에는 작가가 쓴 서문이 있다. 작가는 호가 '초료산주인'인 조선인으로 아직은 그가 어떤 인물인지 구체적으로 밝혀지지 않았다. 작품은 중국을 배경으로 하고 있지만 기녀의 형상은 조선 후기의 사회 풍속과 무관하지 않다. 나교란과 여섬요는 청루(靑樓) 출신의 기녀들로서 평상시 요염한 작태를 일삼던 중, 상층 벌열가문의 일원인 두쌍성을 유혹하여 그의 첩실로 들어앉는다. 이는 두쌍성의 정실 부인의 요청에 의한 것이었지만, 이들은 첩실이 된 이후 정실 부인을 모함하여 내쫓는다. 심지어 다른 남자와 사통하고 공모하여 남편인 두쌍성조차 제거하려 하는 등 두쌍성 일가를 분란에 휩싸이게 한다. 그러나 결국에 이들의 악행이 발각되어 징치되기에 이른다.

문에 의지하여 웃음을 드러내는 모습으로 이미 주랑의 풍류를 대하매 (중략) 비린 것을 보매 어찌 삼키지 아니하리오? 이에 서로 더불어 관을 벗기며 옷을 끌러 잠자리에 평안히 눕히고 촛불을 물리치며 향을 사르고 원앙 이불에 함께 나아 앉으니 (중략) 시랑이 밤중이 되어 깨어 보니 두 미인이 좌우로 모셔 그윽한 향이 멎지 아니하니 드디어 취흥을 이기지 못하여

—《청백운(淸白雲)》(장서각 소장 한글본) 권2

우리 소설의 지독한 기녀는?

조선의 가부장제 사회, 그리고 양반 중심의 사회에서 기녀의 삶은 스스로 선택하는 삶이 아니라 타인에 의해 선택되는 삶이었다. 기녀는 여성이자 천민이라는 이중적 차별에 얽매여 있었다. 이러한 이중적인 어려움 속에서도 자신의 운명을 스스로 개척한 기녀를 들라 하면 우리는 쉽게 '춘향'이나 '옥단춘' 등을 꼽는다. 물론 춘향이나 옥단춘은 당대 사회의 차별과 억압에 목숨을 내걸고 저항하여 자신이 원하는 남성과의 사랑을 이룬 긍정적인 기녀이다. 그렇다면 춘향이나 옥단춘과는 정반대로 그려지는 부정적인 기녀는 없었을까?

나교란과 여섬요, 이 두 기녀를 들 수 있다. 이들 기녀의 이야기는 고전소설《청백운(淸白雲)》총 10권 중 권2에서 권9에 걸쳐 8권 정도의 많은 분량을 차지한다. 그만큼 이들 악인형 기녀는 작품에서 매우 큰 비중을 차지하고 있다. 작품 속에서 이들 두 기녀는 털끝만큼의 죄의식도 느끼지 않고 모략과 음행을 일삼는다. 자신들의 욕망을 성취

김홍도의 〈사계풍속도〉 제3폭. 높은 신분의 주인 앞의 기생과 악사의 모습

하기 위해서라면 타인이 어떤 고통을 받든 사회와 국가가 어떤 혼란에 빠지든 전혀 문제가 되지 않는다. 또한 자신들의 욕망을 성취하는 데 방해가 된다면, 대상이 그 누구든지 간에 서슴지 않고 공격한다.

나교란과 여섬요, 두 기녀는 첩실로 들어앉은 후에도 그 가문의 습속과 생활을 배우려고 노력하지 않고, 그 이전의 행태를 버리지 못한 채 술과 노래로 남편 두쌍성을 미혹한다. 그로 인해 두쌍성은 정신이 혼미해져 가정과 가문을 제대로 단속하지 못하게 되고, 나아가 나랏일도 제대로 볼 수 없을 지경에까지 이르게 된다. 이에 주변 사람들이 나서서 두 기녀를 꾸짖자 오히려 두 기녀는 그들을 자신들의 욕망을 가로막는 걸림돌로 여기고 하나씩 제거해 간다.

먼저, 두쌍성의 정실 호강희가 두 기녀의 제거 대상이 된다. 호강희는 두 기녀에게 남편을 잘 모시라고 충고를 하지만, 두 기녀는 불쾌히 여기고 오히려 호강희를 없애고자 한다. 호강희가 자신들을 첩실로 들어오게 주선한 것은 더 이상 고마운 일이 아니었다. 호강희가 옷을 제때 대주지 않는다며 억지를 부리는가 하면, 호강희의 가무 금지 명령으로 남편 앞에서 노래를 부를 수 없다고 모략하기도 한다. 또 여섬요는 잉태한 것처럼 꾸민 후 호강희가 준 독약을 먹고 낙태하였다고 참소하기도 하고, 별원에 불을 지르고 호강희의 소행으로 뒤집어씌우기도 한다. 마침내 이들 두 기녀의 모략으로 정실 호강희는 귀양을 가게 되고, 심지어 귀양가던 호강희가 두 기녀의 사주로 살해당할 위기에 처하기도 한다.

두쌍성의 여동생 부부인 한현진과 두혜화 부부도 제거의 대상이 된다. 두 기녀는 한현진의 곱지 않은 시선에 앙심을 품고, 목평질, 어사 초악 등 악류(惡類)에게 뇌물을 주며 한현진과 간통하게 한 후, 이를 고발하여 한현진을 계주자사로 쫓아낸다.

심지어 남편 두쌍성조차 복수의 대상이 된다. 이들 두 기녀는 그동안의 죄상이 낱낱이 밝혀지자 그 일의 책임을 자신들의 음욕이나 악행 때문이라고 반성하지 않고 적반하장식으로 남편 탓으로 돌린 후 도망가 버린다. 목평질과 함께 오랑캐의 나라 서하로 도망간 나교란은 목평질과는 남매간이라고 속이고 서하왕의 후궁이 되어, 서하왕이 송나라를 침범하도록 충동질한다. 그 과정에서 서하왕의 충신인 모용충이 반대하자, 그를 참소하여 변방으로 내치기까지 한다. 한편, 여섬요는 신분을 속이고 송나라의 궁녀가 되어 두쌍성에게 복수할 기회만 엿본다.

이처럼 두 기녀는 처음부터 끝까지 일관되게 부정적으로 그려진다. 이들에게서 회개(悔改)나 회심(悔心)의 모습은 전연 찾아볼 수 없다. 그렇다면 이들의 부정적 행위의 이면에 자리 잡고 있는 이들의 욕망은 무엇인가?

정실 차지에 대한 첩실의 무한한 욕망

두 기녀는 정욕이 지나쳐서 정조와 지조라는 것은 전혀 고려하지 않는다. 그녀들은 우연히 청루(青樓) 앞을 지나가는 두쌍성을 눈여겨보다가 며칠 동안 눈짓 손짓으로 유혹한다. 마침내 두쌍성이 청루로 들어오자, '어부업은주', '산가옥액주', '동정항감주', '포도주', '낙양춘' 등 여러 가지 이름난 술로 두쌍성을 취하게 한다. 그 후 세 사람이 함께 어울리는 농염한 성관계를 맺음으로써 두쌍성을 침륜(沈淪)의 늪으로 빠져들게 한다.

두쌍성의 첩실이 된 이후, 두 기녀는 여전히 남편 두쌍성을 성적으로 농락하고 미혹하기를 그치지 않는다. 또한 청루에서 여러 남자를 상대하던 지난 시절을 그리워하기조차 한다. 그리하여 두 기녀는 전에 의지했던 창모(娼母) 목건랑의 아들인 목평질을 끌어들여 서로 번갈아 가며 성관계를 맺고 또한 어사 초악을 끌어들여 간음을 일삼는다.

이들의 음행을 두고 서술자는 "음란한 행실을 조금도 꺼리지 않으니 주색에 침혹하는 세상 사람들은 가히 경계하라."라 하여 독자들에게 충고하는 것을 빼놓지 않을 정도였다. 요컨대 이들 두 기녀의 끝없는 욕망은 육체적 애욕이 큰 비중을 차지한다.

다음으로 두 기녀의 욕망은 정실 차지로 이어진다. 두쌍성의 첩실로 들어온 후 이들은 정실을 내쫓고 자신들이 그 자리를 차지하기로 공모한다. 두쌍성을 유혹하고, 정실 호강희를 모해하며, 목평질이나 초악과 불륜의 관계를 맺는 등 정실이 되기 위해서 이런 악행을 일삼는다. 정실 호강희를 내쫓은 뒤에 두 기녀는 두쌍성에게 자신들을 정실로 삼아 달라고 간청했다가 거절당하자 이번에는 두쌍성에게까지 앙심을 품기에 이른다.

남편 두쌍성에 대한 이런 앙심은 나교란이 오랑캐 서하왕의 첩실이 된 이후의 발언에서 좀 더 구체화된다.

"두쌍성은 첩의 큰 원수인지라, 청컨대 이 집을 도륙하십시오. 전어사 초악은 제게 덕과 은혜를 베풀었을 뿐 아니라 지식이 뛰어나고 충성심이 매우 크니 이 사람에게 중임을 맡기시면 대왕이 근심이 없으실 것입니다."

서하왕을 충동질하여 중국을 침범하게 하였지만 나교란은 여전히 자신의 처지를 한탄한다. 그것은 두쌍성의 정실이 되지 못했던 것처럼 이번에도 오랑캐 서하왕에게 의지하여 그의 정실이 되고자 했으나 그것마저도 뜻대로 되지 않았기 때문이다. 자청하여 궁녀로 들어간 여섬요도 결국에는 정실 부인으로 삼아 주지 않는 두쌍성에게 복수하려는 마음이 컸을 것이다.

이렇듯 정실이 되고 싶은 나교란과 여섬요, 두 기녀의 욕망은 매우 강렬했다. 일찍이 어사 초악이 나교란·여섬요와 육체적 관계를 쉽게 맺을 수 있었던 것은, 두 기녀의 정욕을 잘 알고 있었는 데다 정실이 되고 싶은 그녀들의 욕망을 잘 이용했기 때문이다.

정실을 차지하고자 하는 첩실의 욕망은 17세기 후반《사씨남정기(謝氏南征記)》의 '교채란'에서부터 비롯하여 그 이후《일락정기(一樂亭記)》의 '위계선',《쌍선기(雙仙記)》의 부실 '윤씨',《난학몽(鸞鶴夢)》의 '위녀'에게 이르기까지 계속 이어진다. 이들 작품에서 나타나는 주된 갈등은 대체로 정실자리를 차지하려는 욕망을 지닌 부실 또는 첩실에 의해 야기된다. 이들의 정실 차지 욕망은 매우 현실적이며 치열하고 심각한 양상을 보여 준다. 그 욕망의 파장은 개인의 차원을 넘어서서 가문, 그리고 사회와 국가 차원으로까지 확대될 정도로 진지하게 다루어진다.

정실 차지 욕망의 사회적 함의

조선 후기의 작품들은 부실이나 첩실의 정실 차지 욕망을 사회 제도나 사회 구조의 모순에서 비롯된 것으로 그리지는 않는다. 그런 욕망을 지닌 인물을 악한 성품 때문이라고 하여 단순히 개인적 차원의 문제로만 그려내고 있다. 때문에 문제의 해결도 부실이나 첩실을 철저히 응징하는 것으로 마무리된다.

《청백운》의 경우에도 예외는 아니다. 두 기녀의 정실 차지 욕망은 본분을 넘어서는 악(惡)으로 규정하고 이에 대해 철저히 응징한다. 반면에 기녀에게 미혹된 양반에 대해서는 향락적 생활을 경계하고 반성을 촉구하는 정도로 그친다. 작가는 비록 기녀에게 쉽게 미혹되는 양반 풍류에 대해 반성과 경계를 촉구하고 있지만, 그렇다고 양반의 풍류 생활 자체를 근본적으로 부정하지는 않는다. 기녀는 양반의 풍류 생활의 유희적·쾌락적 대상이라는 것, 한편 기녀가 첩으로 들어오게 되면 지난 시절의 행동거지를 벗어 버리고 양반가의 규범대로 그 남편에게 종속되어야 한다는 것, 이것이 이 작품의 시각이다.

이러한 양반 중심의 시각에 따라 나교란과 여섬요가 행동했으면 되는데, 실상은 그렇지 않은 것이 이 작품에 내포된 문제점이다. 두 기녀는 두쌍성을 처음 유혹할 때부터, 첩살이를 할 때, 그리고 가정을 벗어났을 때까지 일관되게 자신들의 정욕과 정실 차지의 욕망을 성취하고자 하는데, 누구의 통제도 받지 않고 독자적으로 계획하고 실천하는 일관된 모습을 보여 준다. 그들의 입장에서 볼 때, 기녀는 더 이상 양반의 향락적 존재가 아니며, 그 반대로 양반이 그녀들의 욕망을 성취하기 위한 수단이 되는 셈이다. 그런 까닭에 기녀들은 자신들의 악행에 대해 결코 회심이나 회개를 보이지 않는 것이다.

두 기녀를 악인으로 규정하는 작가의 태도에는 양반 남성 중심의 풍류 생활, 축첩제, 가부장제 등이 보장받지 못할 수도 있다는 양반의 껄끄러운 생각이 반영된 것이기도 하다. 두쌍성으로 대변되는 양반 남성들은 두 기첩에게 '첩실로 안주하는 정도면 인간적인 삶을 누리는 것이 아니겠느냐?'고 타이르지만, 기녀들은 그런 충고를 정면으로 거절하고 '정실이 되는 것이 인간적인 삶을 누리는 것이다.'라고 단호하게 말한다.

양반의 의도대로 따르지 않는 기첩들의 욕망과 행동, 그로 인한 양반 남성들의 껄끄러움은 양반 중심의 체제가 붕괴될 수도 있다는 일말의 위기감으로 나타나기도 한다. 두 기녀에 의해 가정의 위기가 발생하고, 그것이 사회의 위기로, 다시 국가의 위기로 점차 확대되는 서사 세계가 그러한 위기감을 담아 낸 것이라고 할 수 있다. 정실이 되고자 하는 기녀의 욕망을 그대로 방치한다면 가정과 가문의 질서는 물론이고 사회와 국가의 질서가 무너질 수밖에 없다는 위기감, 이는 단순히 흥미 차원에 그치지 않는다.

이렇듯 한쪽에서는 기녀와 처첩을 통제하면서 풍류 생활을 누리고자 하는 양반의 욕망, 그리고 그 반대쪽에는 그런 양반의 욕망을 거슬러 정실을 차지하려는 기녀의 욕망이 서로 마주치고 있다. 작가는 양반 중심의 세계가 그들의 의도대로 유지되어야 한다는 생각을 견지하고 있지만, 그의 작품 속에서는 이러한 질서를 받아들이려 하지 않는 기녀들의 목소리가 쟁쟁하게 울려나고 있다.

이 지점에서 기녀의 정실 차지 욕망의 근대 지향적 성향을 살펴볼 수 있다. 가부장 사회라는 큰 틀에서 보면 양반 남성이 사회 제도와 구조의 중심에 위치하고 있었으며, 그에 병행하여 양반의 사고나 의식이 여성에게 투영되거나 덧씌워졌다고 할 수 있다. 양반 의식은 다음과 같이 두 가지 경로를 통하여 여성에게 투영·전이되어 나타난다.

하나는 순수 혈통을 보장받으려 했던 남성의 순수 혈통 의식이 여성에게 주입되어 정조 의식으로 전이된 것이고, 다른 하나는 여러 여성들과 육체적 관계를 맺고자 했던 양반의 풍류 의식이 특수 신분 계층인 기녀에게 주입되어 기녀 의식으로 전이된 것이다.

물론 여성들도 일방적인 의무만 지는 것이 아니라 일정 부분 반대급부를 얻기도 했다. 정조 의식을 지녀야 하는 사족녀(士族女) 정실은 사회와 가정에서 사족 신분을 지니고 가정을 다스리는 권익을 누릴 수 있었으며, 양반의 풍류를 담당하였던 기녀의 경우 정조를 지키지 않아도 되는 자유로움이 풍속상 그리 문제가 되지 않았다. 이렇게 조선 중기까지는 양반의 순수 혈통 의식과 풍류 의식 때문에 사족녀의 정조 의식과 기녀의 기녀 의식으로 양분될 수 있었던 것이다.

그런데 조선 후기에 이르러서는 이러한 현상이 어려워지게 된다. 조선 후기에는 사족 정실에게도 애욕이나 정욕에 대한 긍정적인 인식이 일어났기 때문이다. 조선 후기의 문학 작품, 대하소설이나 벌열소설에서도 정실의 애욕이 표면화되고 수용되기에 이르는데, 연암의 〈열녀함양박씨전(烈女咸陽朴氏傳)〉에서 언급된 사족 여성의 정욕도 그러한 차원에서 동떨어져 있지 않다.

이는 《임화정연(林花鄭延)》의 '여미주'의 경우에서 좀 더 단적으로 확인된다. 여미주는 밤중에 지나가는 남성 정연경에게 첫눈에 반하여 잠을 이루지 못하는가 하면, 자신의 그러한 심정을 토로하기도 하고, 정연경이 지나가는 거리에 숨어서 기다리다가 달려들어 품에 안기기도 한다. 훗날 정연경이 언니와 혼인하게 되자 서러워하다 못해 언니를 질투하기도 하고, 마침내 술에 취한 정연경과 동침하여 임신을 하기에 이른다. 당대 사회에서 윤리적으로 수용되기 어려운 이러한 애정 행각은 악행으로 규정되고 여미주는 영원히 징치되어야 할 것인데도 불구하고 그녀는 정씨 가문의 며느리로 받아들여진다. 결국 여미주의 행위가 양반층에 수용되는 것으로 이야기의 결말이 났지만, 여미주의 애정 욕망과 행위는 엄청난 파장을 일으켰고, 그 강도는 사족녀들의 애정 욕망에 충격을 받은 양반 의식의 강도라 할 수 있다.

또 다른 변화의 조짐은 기녀 쪽에서도 나타난다. 기녀는 양반 풍류 의식이 자신들에게 전이한 의식, 즉 기녀는 양반 풍류와 향락의 수단이라는 기녀 의식을 버리고 인간으로서의 자아를 각성하기에 이른다. 이러한 연장선에 나교란과 여섬요 두 기녀의 자의식(自意識)이 놓여 있다.

조선 중기까지는 기녀들이 양반들의 풍류 생활의 수단과 도구였다면, 나교란과 여섬요 두 기녀는 주동적으로 양반의 풍류를 이용하여 자신들의 욕망을 성취하고자 하였다. 이들은 두쌍성에게 예속되지 않고 자유분방한 남성 관계를 맺고자 하였는데, 이러한 자의식은 이제 스스로가 풍류를 주도하겠다는 의식의 일환이기도 하다. 또한 두 기녀는 기녀의 처지와 첩실의 처지를 벗어나 정실이 되고자 했는데, 이러한 자의식은 신분 상승 의식에 해당한다. 이것은 비록 음행과 악행, 그리고 그로 인한 사회와 국가의 혼란 야기 등으로 표출되고 말았지만, 근본적으로는 기녀도 더 이상 천민이자 성적 놀이개감이 아니라 정실이 될 수도 있다는 기녀의 자의식이었다.

조선 후기에 이르러서는 기녀들의 주체적 의식과 행동에 의해 양반의 풍류 생활이 위협을 받고 양반 중심의 질서가 혼란에 빠질 기미가 보인다. 이러한 조선 후기 사회의 한 단면에 대한 양반들의 방어 의식 또는 위기감이 작품 속 기녀들을 부정적으로 형상화한 것이리라.

나교란과 여섬요 캐릭터의 현대적 재창출

나교란과 여섬요 같은 악인형 여성의 캐릭터가 오늘날 재창출될 수는 없는가? 물론 오늘날 이들 두 기녀를 옭아맸던 신분적 질곡은 없어졌지만, 그녀들과 비슷한 욕망을 지닌 캐릭터는 TV 드라마나 영화에서 쉽게 만나볼 수 있다.

자신의 출세욕을 위해 때로는 타인에게 상처를 주는 드라마 〈황금신부〉의 지영도 그렇고, 여주인공의 반대편에 섰던 많은 여성 조연 캐릭터들이 그랬다. 흔히 '악녀'라 불리는 많은 여성 캐릭터들은 자신의 욕망에 충실하고 그를 위해 수단과 방법을 가리지 않는 모습으로 그려졌다. 그리고 이런 여성들의 욕망 그 자체보다 그것을 실현하는 수단으로서 비도덕적인 면만 부각됐다. 그것은 여성의 욕망에 대한 금기를 드러낸 것인지도 모른다. 하지만 이제 TV나 미디어 속 여성들의 욕망이 다르게 그려진다. 원하는 것을 당당히 말하고 또 그를 위해 노력하는 여성상에 여성뿐 아니라 남성들도 공감한다.

이제는 자신의 욕망이 무엇인지 떳떳하게 밝히고 실천하는 현대적 여성 캐릭터가 진정으로 필요하다. 그런 여성 캐릭터는 더 이상 자신의 과오를 숨기지 않을 것이며, 또한 부정적으로 채색되지도 않을 것이다.

* 이 글은 조광국의 〈〈청백운〉에 구현된 기첩 나교란·여섬요의 자의식〉(《정신문화연구》 91, 2003)을 본 체제에 맞게 수정한 것임.

조광국 아주대학교 국어국문전공 교수. 전공 분야는 고전산문이며, 최근에는 고전대하소설을 대상으로 연구하고 있다. 저서로는 《기녀담 기녀등장소설 연구》, 《한국문화와 기녀》 등이 있다. 논문으로는 〈고전소설의 부부 캐릭터 조합과 흥미〉, 〈다중결연구조의 양상과 의미〉, 〈유씨삼대록의 가문창달 재론〉 등이 있다.

12

남자가 되고 싶었던 알파걸

장시광

홍계월

신체적인 면이나 정신적인 면에서 남성을 능가하는 능력을 지닌 여성. 이런 능력을 바탕으로 남장을 하고 전장에 출전해 공을 세우고 천자를 보호한다. 매우 강인하면서도 부모와 헤어질 때 슬피 하소연한다거나, 그런 부모를 다시 만났을 때 통곡하는 등 다정다감한 성격의 소유자이기도 하다. 남편이 자신보다 못한 능력을 지니고 있음을 가소롭게 여기고, 자신이 남자가 되지 못한 것을 한으로 여긴다.

《홍계월전(洪桂月傳)》은 작가와 창작 연대는 알려져 있지 않지만 19세기의 작품으로 추정된다. 여성이 남장을 하고 전쟁터에 나가 공을 세우고, 남성보다 더욱 뛰어난 능력을 보이면서 위기에 처한 천자를 구해내며, 자기 집안의 원수를 갚는다는 내용의 전형적인 여성 영웅 소설이다. 주인공 계월은 남편인 여보국과 같은 스승에게 교육을 받지만 항상 남편보다 능력이 뛰어나게 묘사되어 있다. 이 소설은 이처럼 한 남성과 대비되는 여성의 모습을 세세하게 서술함으로써 한 여성의 우월함을 보여 주고 있다. 그런데 한편으로는 그러한 빼어난 능력을 지녔음에도 불구하고 가정에서는 자신보다 못난 남편을 섬겨야 하는 여성의 울분도 드러나 있다.

이때 원수가 좌우를 돌아보며 말했다.

"중군(中軍)이 어찌 이토록 거만한가? 어서 나오라."

호령이 추상과 같으니 군졸의 대답 소리가 장안(長安)에 울려 퍼졌다. 중군이 그 위엄을 보고 놀라고 겁나 갑옷을 이끌고 몸을 굽혀 들어가니 얼굴에는 땀이 흘러내렸다. 급히 나가 장대(將臺) 앞에 엎드리니 원수가 정색을 하고 꾸짖었다.

"군법이 지중(至重)하니 그대는 중군으로서 즉시 대령했다가 명령이 내려지기를 기다려야 했다. 그렇거늘 명령을 중히 여기지 않고 태만한 마음을 두어 군령을 소홀히 여겼으니 중군의 죄가 참으로 무엄하구나. 곧바로 군법을 시행할 것이되 십분 참작하여 용서하겠다. 그러나 그대로는 못 두겠다."

군사를 호령하여 중군을 빨리 잡아내라 하는 소리가 추상같았다. 무사들이 한꺼번에 고함을 지르고 달려들어 장대 앞에 꿇렸다. 중군이 정신을 잃었다가 겨우 진정하여 아뢰었다.

"소장이 몸에 병이 있어 치료하다가 미처 이르지 못했사오니 태만한 죄는 만 번 죽어도 아깝지 않습니다. 다만 병든 몸이 중상을 당하면 명을 보전치 못할 것이고 만일 죽으면 부모님께 불효가 막심할 것입니다. 엎드려 바라건대 원수는 하해(河海)와 같은 덕을 내려 전날 두터웠던 정을 생각하여 살려 주시면 불효를 면할까 하나이다."

이처럼 무수히 애걸하니 원수가 속으로는 웃으나 겉으로는 호령하며 말했다.

"중군이 몸에 병이 있으면 어찌 영춘각에서 애첩 영춘과 함께 밤낮없이 즐기는가? 그래도 사사로운 정이 없지 않아 용서하지만 이후에는 태만치 말라."

이에 보국이 백 번 절해 사례하고 물러났다.

—《홍계월전》

여권의 신장?

한국은 바야흐로 여성 전성 시대라 이를 만하다. 거리에는 몇십 년 전만 해도 상상도 못했던, 미니스커트에 민소매 차림의 여성들이 넘쳐나고, '찐한' 접촉을 하는 남녀를 어느 장소에서나 어렵지 않게 발견할 수 있다. 가정에서도 아내가 남편에게 거리낌 없이 '할 말'을 하고, 젊었을 때 아내에게 잘 대해 주지 못한 남편은 황혼 이혼을 걱정해야 하는 딱한 처지에 놓이기도 한다. 또한 이혼한 여성에 대한 사회적 시선도 예전에 비해 많이 부드러워졌다.

어디 그뿐인가? 법적으로나 제도적으로도 여성의 지위는 대폭 향상되었다. 남성 중심적이던 가족법은 꾸준히 개정되어 급기야 호주제가 폐지되었다. 이로써 이혼한 여성도 스스로 호주가 될 수 있고, 자식의 성을 자신이나 양부(養父)의 성으로 바꿀 수도 있게 되었다. 직장이나 대학에서는 성추행과 관련된 특별한 제도를 운영하고 있어 남성의 '느끼한' 시선 하나도 여성이 불쾌하게 여기면 성희롱범이라는 낙인이 찍힌다.

비록 다른 지역의 이야기이나, 20세기 중반에는 여성을 '제2의 성'(시몬 드 보부아르)으로 인식했다가, 20세기 후반에는 '제1의 성'(헬렌 피셔)으로 인식하고 있는 것은 이러한 사회 변화와 무관하지 않다.

그런데 겉으로 보이는 이러한 변화를 남성의 모습과 비교해 보면 어떨까? 과연 여성의 권리가 실질적으로 남성과 동등해진 것일까? 그리고 그것이 가부장제의 울타리를 완전히 벗어나거나 무너뜨린 것일까? 이러한 물음에 긍정적으로 답하는 독자는 아마도 드물 것이다. 여성의 권리는 '상대적으로' 예전보다 나아진 것일 뿐이다.

우리가 이야기하려고 하는 홍계월은 바로 이러한 여성의 모습을 상징적으로 보여 주고 있는 인물이다. 그녀는 상당히 강력한 모습으로 등장하지만 남성이 구축해 놓은 틀을 벗어나지 못하는 인물이다. 여성으로 태어난 것 자체를 고민하고, 그래서 남성처럼 살려고 하지만 끝내 남성처럼 되지도 못하는 인물이 바로 홍계월이다.

남장 여성의 삶

홍계월을 좀 더 잘 이해하기 위해 먼저 작품 《홍계월전》을 간략하게 소개하기로 한다.

홍계월은 주위의 시기를 받아 삭탈관직(削奪官職)되어 고향인 형주로 내려온 홍무와 그의 아내 양씨 사이에서 무남독녀로 태어난다. 그녀가 태어날 때 선녀가 내려와 그녀를 씻겨 주었다고 한다. 강호 땅의 곽 도사가 계월의 관상을 보고 다섯 살에 부모를 이별하고 열여덟 살에 재회한다고 하자, 홍무는 걱정이 되어 계월에게 남자 옷을 입힌다.

하지만 계월이 다섯 살이 되었을 때 장사랑의 난이 일어나 계월은 친구를 만나러 갔던 아버지 홍무와 헤어지고, 수적(水賊) 장맹길 일당에게 붙잡혀 어머니를 잃고 강물에 빠진다. 후에 양씨는 먼저 잡혀와 장맹길의 아내가 되어 있던 춘랑의 도움으로 도망쳐 여승이 되고, 계월은 무릉 땅의 여공에게 구조되어 양육되다가 그 아들 보국과 함께 곽 도사 밑에서 수학한다.

홍무는 산중에서 장사랑에게 잡혀 부하가 되어 황성으로 진격하였으나 천군에게 잡혀 외딴 벽파도로 홀로 귀양을 간다. 벽파도에서 짐승처럼 생활하던 홍무는 꿈에 나타난 중의 지시로 벽파도에 온 아내 양씨를 만나 함께 생활하며 계월을 그리워한다.

한편 계월은 곽 도사 밑에서 수학하던 중 스스로 이름을 평국이라 고친다. 평국과 보국은 동갑이지만 평국이 보국보다 배운 내용을 훨씬 빨리 익혔다. 열다섯 살에 과거를 보아 평국이 장원으로, 보국이 2등으로 급제한다. 북방 도적이 강성해 나라가 위태로울 것이라는 곽 도사의 말에, 잠시 말미를 얻어 내려왔던 두 사람이 급히 황성으로 향하고 곽 도사는 평국에게 쓸 때가 있을 것이리며 봉시(封書)를 준다.

과연 서관, 서달이 악대, 철통골과 연합해 반란을 일으키자 평국이 대원수에, 보국이 중군 대장에 임명되어 출전한다. 평국이 죽을 위기에 처했다가 곽 도사가 준 봉서 덕에 위기에서 벗어나고 도망가는 적을 쫓아갔다가 벽파도에서 헤어진 부모를 만난다.

우연히 병이 들어 어의의 진맥을 받는 평국은 자신의 정체가 드러났을 것으로 짐작하고 부모에게 규중(閨中)에 숨어 부모를 모시고 평생을 보내겠다 하며 여자 옷으로 갈아입고 눈물을 흘린다. 계월은 상소를 올려 스스로 여자임을 밝히고 임금을 속인 죄의 벌을 받고자 하나 임금은 오히려 감탄하고 계월의 벼슬을 유지해 준다.

임금은 계월을 보국에게 시집보내려 하고 계월은 눈물을 흘리며 마지못해 혼인하기로 한다. 계월은 혼인 전에 임금의 허락을 받고 마지막으로 행한 군례에서 보국을 조롱하고, 혼인한 후에는 자신을 보고도 순종하지 않는다며 보국의 애첩 영춘을 죽여 버린다. 보국은 화를 내며 아버지 여공에게 고하지만 여공은 오히려 보국을 만류하며 타이른다. 보국은 분을 참지 못해 더 이상 계월의 방에 들지 않았고, 이에 계월은 보국을 비웃으면서도 자신이 남자가 되지 못한 것을 한으로 여긴다.

오왕과 초왕이 반란을 일으키자 다시 대원수로 출전하게 된 계월은 보국을 중군장으로 부른다. 보국은 출전하고 싶지 않았으나 마지못해 나아가 평국 앞에 엎드린다. 평국은 전투 중에 죽을 위기에 처한 보국을 구해 주고 돌아와서는 꾸짖으며 무수히 조롱한다.

그때 적들의 계교로 장맹길 등이 황성에 들어가 불을 지르고 도망간 임금을 쫓아가 항서를 쓰라고 협박한다. 타지에 있던 평국이 천기(天氣)를 살펴보다 임금이 위기에 처한 것을 알고 즉시 달려가 적을 무찌르고 임금을 구해 황성으로 간다. 평국이 차례로 적의 목을 베고 자신의 원수 장맹길은 크게 꾸짖고 살을 서서히 도려내 죽이자 임금이 칭찬을 한다. 보국도 오와 초의 양왕에게 항복을 받고 개선한다. 한편 난리 중에 성에서 사라진 황후와 황태자도 홍무와 양씨의 보살핌을 받다가 무사히 돌아온다.

우리의 전형적인 알파걸

알파걸은 최근에 등장한 용어로 미국의 아동심리학자 댄 킨들런(Dan kindlon)이 사용하여 주목을 받았다. 알파걸(α girl)은 말 그대로 '으뜸가는, 첫째가는 여자'다. 알파(α)가 그리스 어의 첫째 자모라는 점을 감안하여 그렇게 지었다. 구체적으로 알파걸은 남자와 같은 교육을 받고서 남자에 비해 학업과 운동, 리더십 등 모든 면에서 뛰어난 엘리트 소녀를 지칭한다.

이런 정의를 감안해 볼 때 홍계월은 전형적인 알파걸이다. 그 모습을 서사를 따라가면서 훑어 보자. 계월은 보국과의 대비를 통해 강인한 모습이 부각되고 있다. 다섯 살 때 수적(水賊)에 의해 강물에 빠뜨려져 어머니와 헤어진 계월은 여공에게 구조된다. 그 여공의 아들이 바로 훗날 계월의 남편이자 부하가 되는 보국이다. 보국과 동갑인 계월은 이름을 평국으로 고치고 곽 도사에게서 수학한다. 보국(輔國)은 나라를 돕는다는 뜻이고, 평국(平國)은 나라를 고르게 한다는 뜻이다. 평국에는 국가를 통치한다는 의미가 담겨 있으니 보국보다 능력이 뛰어나다는 뜻이 담겨 있다. 계월이 스스로 평국으로 이름을 고친 것은 이와 같이 자신이 보국보다 우월하다는 자신감에서 우러나온 행위이다.

작품 속에서 계월과 보국은 동갑내기로 설정되어 있다. 이는 동일한 출발선을 의미한다. 이들의 스승 역시 곽 도사로 같고 배우는 내용도 같다. 이를 보면 보국은 작가에 의해 의도적으로 설정된 남성임을 알 수 있다. 이제 이들은 이러한 잘 짜인 각본 아래에서 경주를 시작한다.

먼저 곽 도사가 두 사람에게 풍운(風雲)을 변화시키는 술법을 배우라며 책을 한 권씩 주는데 계월은 석 달 만에 통달하나 보국은 일 년을 배워도 익히지 못한다. 이때 도사는 의미심장한 말을 한다. "평국의 재주는 금세(今世)의 제일이로구나." 사실 보국이 능력이 없는 것은 아니다. 훗날 오와 초의 두 왕이 반란을 일으켰을 때 이들을 굴복시키는 이가 바로 보국이다. 그런데 그러한 능력도 계월에 비하면 매우 하찮은 것에 불과하다는 점은 두 사람의 몇 번의 대결을 통해 알 수 있다. 보국도 능력이 출중하나 평국은 그보다 더 뛰어나므로 평국이 세상에서 제일이라는 것이 곽 도사의 논리이다.

다음으로 드러나는 능력의 차이는 과거장에서 나타난다. 계월은 과거장에서 답안을 가장 먼저 내나 보국은 두 번째로 낸다. 또한 계월은 장원을 하나 보국은 2등을 한다. 보국은 남보다는 앞서나 계월에 비해서는 한참 떨어지는 남자로 등장하여 계월의 능력을 돋보이게 하는 것이다.

전쟁터에서 적장과 싸우는 모습이나 두 사람이 맞붙어 싸우는 장면에서도 이들의 능력 차이를 실감할 수 있다. 계월은 첫 번째 전쟁에서 적장 악대와의 싸움에서 우세한 모습을 보이나, 보국은 다음 날 전투에서 적의 꾀에 빠져 죽을 뻔하다가 계월의 도움으로 가까스로 살아남는다. 오와 초의 왕과 겨룬 두 번째 전쟁에서도 보국은 적과 싸워 죽을 뻔하다 계월의 도움으로 살아남는다. 임금의 부추김으로 계월이 적군인 것처럼 변장하여 보국을 골탕 먹이는 장면에서도 계월의 우월성을 엿볼 수 있다.

작가는 다양한 상황을 설정하여 계월이 보국보다 뛰어나다는 점을 설파하고 있다. 계월의 능력이 보국과 대비된 것은 전적으로 작가에 의해 의도적으로 설정된 결과이다. 19세기에 살았으리라 추정되는 작가는 알파걸이라는 용어도 모르고 그 개념도 몰랐지만 이와 같이 전형적인 알파걸을 탄생시켰다.

남자가 되고 싶었던 알파걸

계월은 남자가 되고 싶었다. 남자가 되고 싶은 그녀의 욕구는 남복(男服) 착용에서 상징적으로 드러난다. 비록 부모의 뜻에 따라 액운을 막기 위해 남복을 하게 되었고 혼인한 후에는 입지 않았지만, 그것은 그녀의 운명을 결정짓는 중요하면서도 매우 진지한 행위였다. 남복을 통해 그녀는 여자로서는 도저히 할 수 없는 남자의 역할을 할 수 있었고, 그것은 그녀에게 큰 위안을 주었다.

그녀는 혼인과 함께 남복을 착용하지 않고 대신 조복(朝服)을 착용한다. 남복과 조복은 사실 이 소설에서 동일한 상징적 의미를 담고 있다. 계월이 남복을 통해 바깥세상으로 나간 것처럼 조복을 통해서는 바깥세상으로 나가 조회를 할 수 있게 되었다. 여자가 담당해야만 했던 안〔內〕을 벗어나 남자의 영역인 밖〔外〕으로 진출을 상징하는 것이 바로 남복과 조복이다.

군복(軍服) 역시 조복과 마찬가지로 남복의 대체물인데, 조복보다 남성성을 더욱 높이고 있다. 계월은 혼인 전까지는 평상시에 남복을 착용하다가 전쟁에서는 군복을 착용한다. 이러한 면모는 혼인 후의 전쟁 출전에서도 마찬가지였다. 이 소설에서 조복 착용이 남자의 세계에 '참여'한다는 소극적인 의미를 담고 있다면, 군복 착용은 남자를 '지배'한다는 적극적인 의미를 담고 있다.

> 길일(吉日)을 맞아서 혼례를 치르게 되었다. 계월이 녹의홍상(綠衣紅裳)으로 단장하고 시비 등이 좌우에서 부축하여 나오는 거동이 엄숙하였다. 아름다운 태도와 침착한 모습은 당세에 제일이었다. 또한 장막 밖에는 뭇 장군과 군졸이 갑옷을 입고 깃발과 창칼을 좌우로 갈라 세우고서 지켜 섰으니 그 위의의 엄숙함은 측량하지 못할 정도였다.
>
> —《홍계월전》

계월이 혼례를 치르는 장면이다. 앞부분에서는 여성으로서의 모습을 묘사하였고, 뒷부분에서는 장수로서의 모습을 묘사하였다. 비록 계월이 군복을 착용하지는 않았지만 제장 군졸이 지키고 서 있다는 구절을 통해 그녀의 '남성적' 위엄을 짐작할 수 있다.

계월은 군복을 착용하지 않은 상태에서도 마치 군복을 착용한 것처럼 행동하기도 한다. 혼례를 막 치르고 중문(中門)을 나오는데 보국의 애첩 영춘이 자신을 보고도 예를 차리지 않자 군졸을 시켜 목을 베어 버린다. 이때에는 군복이 아닌 여복을 입은 상태였다. 이는 복장이 가져다 주는 제약을 벗어난 것으로서, 계월이 자신의 정체성을 분명 여자가 아닌 남자로 인식하고 있음을 보여 주는 예라 하겠다.

계월은 이처럼 몸은 여자이지만 정신은 남자로 살아간다. 이러한 면은 이름에서도 알 수 있다. 보국보다 뛰어나다는 자신감을 담고 있는 계월의 또 다른 이름 평국은 또 하나의 중요한 상징적 의미를 내포하고 있다. 즉, 남자로 살아가겠다는 뜻이다. 계월이 여자용 이름이라면 평국은 남자용 이름이라 하겠다.

계월의 남성적 모습은 실로 다양하게 드러나 있다. 남복을 착용하여 과거에 장원 급제하고 후에는 왕위에까지 오른다. 부모는 계월 덕분에 위국공과 정렬부인에 봉해지고 후에는 초왕과 왕비에까지 이른다. "몸을 세워 도를 행하고 후세에 이름을 날려서 부모를 드러내는 것이 효의 마침이다."라고 했던 《효경(孝經)》의 구절을 들지 않더라도 계월의 행위는 실로 유교적 효를 전형적으로 구현한 것이다.

이러한 계월의 남성적 모습은 영웅적 모습으로 바꿔 말할 수 있다. 이 권위 앞에서 천자도 굴복한다.

앞장 선 관리가 소리쳐 말했다.

"천자께서 이곳에 거동하셨으니 진문(陣門)을 어서 열어라."

수문장이 말했다.

"군대 안에서는 장군의 명령을 듣고 천자의 조서는 듣지 않는다고 했으니 장군의 명령 없이 문을 열겠는가?"

이에 천자가 친필을 전하니 원수가 천자가 온 줄을 알고 진문을 크게 열고 천자를 맞았다.

수문장이 아뢰기를,

"진 안에는 말을 들이지 못하나이다."

라고 하여 천자가 홀로 장대(將臺) 아래 이르렀다. 원수가 급히 장대에서 내려와 읍하고 말했다.

"갑옷 입은 군사는 절을 못하나이다."

하고 땅에 엎드리니 임금이 칭찬하였다.

—《홍계월전》

이 장면이 없는 이본도 있지만, 이 이본에 한정해 볼 때 이 부분은 '천자의 굴욕'이라 불러도 무방하다. 물론 군대 안에서는 장군의 명령만 듣고 천자의 명령은 듣지 않는다는 구절은 다른 역사서나 소설에서 종종 나오는 표현이나, 이처럼 천자를 굴복시키는 장면, 즉 천자에게 문을 열어 주지 않고, 말을 타지 않고 혼자 걸어서 들어오게 하고, 절을 하지 않는 장면 등이 이어서 나오는 것은 드물다.

계월의 권위를 돋보이게 하는 데에 천자가 이용된 장면은 이외에도 더 있다. 계월이 첫 번째 전쟁에서 이기고 돌아왔을 때 천자가 30리 길을 걸어가 승전을 축하한다는 설정이나, 두 번째 전쟁에서 승리

했을 때 임금이 스스로 중군장이 되는 장면 등이 이에 해당한다. 보국이 가정 안팎으로 계월의 영웅성을 돋보이게 하는 역할을 하는 남자라면 천자는 바깥에서 계월을 돋보이게 하고 있다.

그러나 남자가 되지 못한 알파걸

계월은 가문을 빛내려는 생각과 공맹(孔孟)의 행실을 배우려는 의지가 있었고 사실 그러한 자신의 생각을 대부분 실행했다. 하지만 작품 속에서는 내내 불만을 표출하는 모습으로 그려져 있다. 그렇게 그려질 수밖에 없었던 것은 바로 그녀가 여자였기 때문이다. 그 조건은 그녀로서는 어찌할 수가 없는 천형과 같은 것이었다.

그녀는 여자였으나 남자처럼 자랐고 남자를 능가하는 능력을 지녔다. 그것은 여자로서의 정체성을 상실한 남자의 모습이었다. 그런 그녀가 '별 수 없는' 여자임을 자각하게 되는 계기는 어의(御衣)의 진맥이었다. 그전까지는 알파걸로서의 면모를 유감없이 발휘하며 과거에 급제하고 전쟁터에서 적을 무찌르는 등 자신의 정체성을 잊고 지냈으나, 어의의 진맥 때문에 계월은 비로소 자신이 여자임을 절감한다. 이때 그녀는 자신이 여자라는 것이 탄로날 것을 두려워하며 눈물을 흘리기까지 한다. 거침없이 남자의 영역에서 영웅적 활약을 보이던 그녀에게 여자라는, 어찌해도 바꿀 수 없는 물리적 조건은 큰 부담으로 다가왔던 것이다.

그녀는 여자이기 때문에 남자를 섬기며 살아야 한다는 말을 하면서 눈물을 흘리고 남자가 못 된 것을 한으로 여긴다. 결혼해서도 자신이 영춘을 죽인 일로 보국이 자신의 방에는 들어오지도 않자 보국을 비웃으면서 자신이 남자가 되지 못한 것을 한으로 여긴다.

계월은 이처럼 혼인을 전후해 심하게 스트레스를 받는다. 계월에게 혼인은 여자가 남자의 아래에 있음을 확인하는 것이고, 구체적으로는 보국의 아래에 있으며 보국을 섬겨야 한다는 것을 의미한다. 남자를 능가하는 능력의 소유자인 계월이 자신보다 못한 남자의 아래에 있어야 한다는 것을 생각하며 분통을 터뜨린 것이다. 게다가 보국이 자신보다 못하다는 것은 동문수학하면서 체험하지 않았던가? 그렇다면 동료가 아닌 남자이자 남편으로서의 보국은 어떤 인물인가? 계월보다 한참 떨어지는 능력을 지니고 있으면서 자신이 남편이라는 권위의식을 은연중에 또는 노골적으로 드러내는 인물이 아니던가? 보국은 두 번에 걸친 전쟁에서 모두 죽을 위기에 처했다가 계월에게 구조되었으면서도 집 안에 들어오면 가장으로서의 위엄을 차리려고 노력한다. 계월이 영춘을 죽였을 때나, 두 번째 전쟁에 중군장으로 나가게 되었을 때 아버지 여공에게 계월에 대한 원망을 표출한 인물이다. 가부장으로서의 위엄을 드러내려 하였으나 그때마다 아버지 여공으로부터 타이름을 받으면서 오히려 자신의 옹졸함을 드러낸 인물이다.

계월이 자신이 여자임을 원망했다는 것은 역으로 말하면 남자로 살고 싶었다는 뜻이다. 그렇다면 그녀는 왜 여자를 버리고 남자로 살고 싶었을까? 그녀가 보기에 세상은 남자들의 것이었기 때문이다. 가문을 빛내고 공맹의 행실을 배우는 사람도 남자고, 전쟁터에 나가 공을 세워 부모의 이름을 드높이는 것도 남자다. 자신이 아무리 능력이 뛰어나도 '밖'에 나가 여자가 할 수 있는 일은 없었다.

비록 계월이 남자와 여자라는 '차이'가 '차별'로 연결되지 않도록 갖은 애를 다 썼지만, 강고한 세계의 질서는 한 자그마한 여자의 소망대로 돌아가지는 않았다. 계월이 보국과 혼인한 후 보국이 전장의 싸움에서 패해 돌아오자 "저러고서 평소에 남자라고 칭하겠는가?"라고 조롱하는 장면이나 임금의 부추김으로 거짓으로 변장하고 싸움을 겨뤄 보국을 이기고서 그의 멱살을 잡고 끌고 다니는 장면에는 그러한 소망이 꺾인 여자 계월의 한과 울분이 고스란히 담겨 있다. 때문에 《홍계월전》은 즐겁기보다는 독자로 하여금 착잡한 마음이 들게 한다.

판타지와 현실의 경계가 없는 세계를 위하여

《홍계월전》은 대개의 고전 소설이 그렇듯이 일종의 판타지다. 현실에서는 결코 일어날 수 없는 일들을 낭만적으로 처리하여 향유층의 꿈을 반영한 소설이다. 여자가 남복을 하고서 전쟁터에 나가고 과거장에 나간다는 설정이나, 천자나 남편의 권위를 넘어서는 행동 등은 늦봄 한낮의 한바탕 꿈과 같이 현실 세계에서는 결코 일어날 수가 없는 것들이다.

이렇듯 능력 있는 여성이 자신의 소망을 이룬다는 한바탕 꿈은 상황이나 정도의 차이는 있지만 현대에 들어와서도 계속되고 있다. 드라마 〈주몽〉의 소서노(한혜진 분)나 〈다모〉의 여자 검객 채옥(하지원 분)과 같은 인물은 홍계월의 계보를 이었다고 할 만한다. 특히 소서노 같은 경우 어렸을 때는 주몽보다 무술도 뛰어났고 다부졌다는 점은 홍계월과 유사하다. 여자 전사의 이미지만으로 본다면 〈툼 레이더〉의 안젤리나 졸리, 〈지 아이 제인〉의 데미 무어, 〈에어리언 2〉의 시고니

위버는 군복 입은 홍계월을 연상케 한다.

홍계월이 남복을 착용한 근본적인 이유는 여성에게는 사회 진출의 기회가 주어지지 않았기 때문이다. 이에 비하면 여복을 하고 능력을 발휘한 소서노나 채옥, 그리고 외국 영화의 주인공들은 한결 나아진 모습이다. 환상적이라는 점은 별반 다를 것이 없으나 자신이 여성임을 한스럽게 여기고 일방적으로 남성을 선망한 홍계월보다는 일단 자신이 여성임을 인정했기 때문이다.

서양의 소설 가운데 만화로도 각색되어 인기를 끌었던, 슈테판 츠바이크의 〈마리 앙투아네트〉, 〈베르사유의 장미〉에 등장하는 남장 여자 '오스칼'은 여러 면에서 홍계월을 떠올리게 한다. 권력의 수호자라는 측면에서 그렇고 남자를 압도하는 능력을 지녔다는 점에서 특히 그렇다. 비록 오스칼은 계월과는 달리 비극적 최후를 맞고, 계월과 같이 남자를 절대적으로 지향하지는 않았지만 남복에 감춰진 그녀의 특출한 능력 자체는 계월에 비견될 만하다.

이와 같이 현대에도 수많은 알파걸, 능력 있는 여성들이 탄생하고 있다. 그러나 아직도 갈 길이 멀게만 느껴지는 것은 필자만의 생각일까? 영화 속, 드라마 속 알파걸은 그야말로 환상 속의 인물일 뿐이다. 홍계월이 그랬듯이 이들은 현실의 고단함을 '대리'로 만족시켜 주는 인물일 뿐 '현실'을 있는 그대로 보여 주는 인물은 아니다.

이제 환상성 등 주변적인 것을 벗겨 내고, 홍계월이 남자가 되고 싶어했던 근본적인 까닭을 짚어 볼 필요가 있다. 그것은 바로 세상에서 남자는 위에 여자는 아래에 위치하고 있는 상황 때문이다. 비록 작품에 이러한 진지한 문제 의식이 표출되지는 않았지만 계월의 남복 착용은 그 점을 전제로 하고 있다. 남자처럼 되기 위해, 남자처럼 위에 자리 잡기 위해 계월은 남복을 착용한 것이다.

남복을 착용했다는 점에서 여성으로서의 주체 의식을 한껏 발현했다고는 할 수 없지만 그 근본 취지는 인정할 만하다. 이런 이유로 현대 여성들 가운데에도 홍계월처럼 남복을 착용하고 싶은 여성이 있을 것이다. 남자처럼 되어 판타지를 경험하고픈 사회가 아직도 계속되고 있기 때문이다.

계월이 살았던 시대보다 지금은 여성이 자유롭게 거리를 활보할 수 있고 여성의 권리가 법적으로나 제도적으로 향상되기는 하였다. 그러나 아직도 직장에서는 여성의 신체적·물리적 특성을 배려하지 않은 고된 노동이 지속되고 있다. 또한 능력이 훨씬 뛰어나지만 여성이라는 이유만으로 남성보다 적은 급여를 받는 일도 허다하다. 여성의 흡연을 곱지 않게 바라보는 남성이 아직도 적지 않고, 여대생의 생리 공결 문제에 대한 뜨거운 토론은 많은 키보드 워리어(keyboard warrior)들을 심심하지 않게 하고 있다.

남자는 되고 여자는 안 되는 사회, 남자가 위고 여자가 아래인 사회, 이는 분명 혁파되어야 할 사회이고, 그런 사회가 홍계월 등을 비롯한 수많은 알파걸들이 꿈꾸어 온 이상향일 것이다.

장시광 경상대학교 국어국문학과 교수. 고전소설 가운데 대하소설을 주로 연구해 왔으며 대하소설의 여성 인물에 특히 관심을 기울여 왔다. 《조선시대 대하소설의 여성반동인물》, 《한국 고전소설과 여성인물》, 《조선시대 동성혼 이야기: 방한림전》 등의 저서, 역서가 있다.

13

이승 차사인가, 저승 차사인가

최원오

강임

이승의 관리였지만 염라대왕에게 발탁되어, 망자의 영혼을 저승으로 데려가기 위해 이승과 저승을 왕래하는 저승 차사가 되는 인물. 열여덟 명의 아내에게는 위엄이 없고 나약하나, 미해결 사건을 해결할 때는 위엄이 있으며 탁월한 지혜를 발휘한다.

'강임'은 무속 신화 〈차사본풀이〉에 등장하는 주인공이다. 이 작품의 전승은 제주도에서만 약 8편이 확인되었고, 다른 지역에서는 아직 확인되지 않았다. 다만 〈장자풀이〉, 〈황천혼시〉 등의 무속 신화에 저승사자를 잘 대접해 죽음을 모면하는 이야기가 있다. 동아시아 지역 내에서도 몽골의 설화 〈염라대왕과 겨루다〉에 빠라건창이 염라대왕과 저승사자들을 속이는 내용이 나오는데, 〈차사본풀이〉와는 그 서사 전개가 다르다. 또 만족(滿族)의 무속 영웅 서사시 〈니샨사만〉에 이승의 뛰어난 무당 니샨이 염라대왕의 시동이 된 아이를 구출해 오는 내용이 보이기는 하나, 이는 〈차사본풀이〉의 서사 전개와는 정반대이다. 서사 전개의 방향이야 각기 다르지만 염라대왕과 관련된 이야기가 동아시아 여러 곳에서 전승되고 있는 것은 흥미로운 공통점이다. 제주도의 〈차사본풀이〉는 심방, 즉 무당에 의해 구비 전승되었으며, 지금도 큰굿에서 불리는 살아 있는 신화이다.

"통인아, 어서 저기를 보아라. 초군문에 붙인 적패지가 어떤 적패지냐?"

"이승 강임이 저승 염라대왕을 잡으러 온 적패지입니다."

"어떤 놈이 나를 잡겠느냐?"

강임이 봉황눈을 부릅뜨고 삼각수를 쓰다듬으며 청동 같은 팔뚝을 걷어 동곳 같은 팔주먹을 내놓고, 우레 같은 소리를 벽력같이 지르면서 한번 펄쩍 뛰어 메어치니 삼만관속이 순식간에 사라지고, 두 번을 메어치니 육방하인이 사라지고, 세 번째는 가마채를 잡아 흔들면서 가마 문을 열어 보니 염라대왕도 두 주먹을 쥐고 앉아 벌벌 떨고 있었다. 강임은 눈 깜짝하는 사이에 염라대왕의 손을 오랏줄로 묶고, 발을 족쇄로 채워 결박하였다.

"강임아, 강임아. 밧줄의 한 고만 늦춰 다오. 인정사정 많이 걸어 주마."

강임은 염라대왕의 인정사정을 많이 받고 한 고를 늦췄다.

이때부터 사람도 죽어 저승에 갈 때 강임 차사가 앞장을 서고 망자는 밧줄로 결박되어 가게 되었다.

— 안사인 구연, 〈염라대왕을 잡으러 저승에 간 강임이〉,
《이승과 저승을 잇는 다리 한국신화》, 105~106쪽

죽어서 처음 만나는 사람

태어난 모든 것은 죽게 마련이다. 그게 모든 존재에게 주어진 운명이다. 그래서인지 우리의 무속 신화에는 죽음뿐만 아니라 죽음을 관장하는 신인 염라대왕, 저승사자들이 빈번하게 등장한다. 여기서 염라대왕과 저승사자와 같은 이름은 불교의 영향이겠지만, 〈차사본풀이〉의 내용이 불교의 영향 아래 형성된 것은 아닐 것이다. 제주도 무속 신화

〈봉은사영산전사자도(俸銀寺靈山殿使者圖)〉. 인왕 2구와 사자 2구를 그린 불화. 아랫줄 가운데 인물이 직부 사자이다. 직부 사자는 염라대왕의 명을 받아 사람에게 수명이 다했음을 알리고, 죽은 이의 영혼을 지옥으로 데려가는 역할을 한다.

〈천지왕본풀이〉최원오(2004), 《이승과 저승을 잇는 다리 한국신화》, 26~36쪽에서 속임수로 형을 이긴 동생 소별왕은 이승을 차지하고, 형 대별왕은 저승을 차지한다는 이야기가 있는데, 이 신화에서 대별왕은 염라대왕과는 전혀 다른 존재다. 즉, 그는 죽음을 관장하는 우리 고유의 신일 뿐이다.

그렇다면 우리가 죽었을 때 누구를 처음 만나게 될까? 동생의 속임수에 넘어간 대별왕인가, 아니면 불교의 저승신인 염라대왕인가? 둘 다 아니다. 이들은 저승을 총체적으로 관장하는 왕일 뿐이다. 실제로는 이들의 명령을 수행하는 관리들이 죽은 사람의 영혼을 저승에 데려가는 역할을 한다. 그들이 바로 사자 또는 차사인데, 이들이야말로 우리가 죽는다면 가장 먼저 대면하게 될 자들이다. 즉, 〈천지왕본풀이〉에서 대별왕과 소별왕의 아버지인 천지왕이 인간 세계의 악인 수명장자를 징치하기 위해 내려보내는 벼락 사자와 우레 사자, 〈장자풀이〉[최원오(2004), 68~79쪽]에서 사마장자를 잡아가기 위해 이승에 오는 저승차사 해원맥이, 이덕춘이, 그리고 〈차사본풀이〉의 강임 차사를 제일 먼저 만나게 될 것이다(일반적으로 망자의 영혼을 잡아가기 위해 이승에 오는 세 사자는 강임 차사, 일직 사자, 월직 사자다).

벼락 사자나 우레 사자와 같은 신들은 자연 현상이 신격화된 경우이다. 신화가 아닌 소설이나 드라마, 영화 등에서 흔히 천벌(天罰)의 상징으로 벼락과 우레가 이용되는 경우를 보았을 것이다. 벼락이 치고, 우레가 울리는 것도 정명(定命)이 다 된 사람들을 잡아가는 한 방법일 뿐이다. 인간의 운명은 오직 죽음을 관장하는 대별왕이나 염라대왕만이 안다. 따라서 인간의 입장에서 보면 갑자기 죽었다거나, 천벌을 받아 죽었다거나, 또는 비명횡사(非命橫死)했다고 생각되지만, 저승신들의 입장에서 보면 모든 죽음은 저승법에 따라 일어나는 정해진 현상일 뿐이다. 그러나 자신에게 다가오는 죽음의 그림자, 다시 말해서 저승사자나 차사들의 그림자를 피할 수 있다면, 더욱이 그 사자나 차사가 한때 우리와 같은 인간이었다면 어떨까? 이들과의 거래가 혹 가능하지는 않을까? 아니면 그들도 인간이었기에 모든 것을 꿰뚫고 대처하지는 않을까? 이러한 궁금증을 〈차사본풀이〉의 주인공인 강임 차사를 통해 이해해 보기로 하자.

신화적 상상력 속의 저승 차사 강임

강임은 원래 김치 원님에 소속된 일개 사령이었다. 그리고 열여덟 각시를 거느린 호색한(好色漢)이었다. 일정하게 하는 일도 있고, 각시도 열여덟이나 되니 사는 맛이 솔솔 났을 것이다. 이렇게 호강을 하며 지내던 그에게 시련이 닥쳤으니, 그것은 바로 그의 상관인 김치 원님이 해결하지 못한 사건 때문이었다. 김치 원님은 과양생의 세 아들(버무왕의 세 아들이 복수하기 위해 과양생의 세 아들로 태어난 것임)이 과거 급제 뒤 급사한 사건을 해결하기 위해 근심하고 있었다.

이때 열여덟 각시와 일상의 재미를 만끽하면서 지내던 강임에게, 김치 원님 부인이 사건 해결을 위해 제시한 계략은 재앙과도 같았을 것이다. 그것은 이레 동안 아침 일찍 사령들을 입참(入參)시키되 늦은 자가 있으면 그자로 하여금 염라대왕을 잡아오도록 하여 사건을 해결하자는 것이었다. 이는 똑똑하고 영리하기로 이름난 강임에게 사건을 맡기기 위한 부인의 절묘한 계책이었다. 강임은 처음 며칠은 아침 일찍 입참하였지만, 이레째 되는 날 그만 열여덟 번째 각시에게 빠져 늦잠을 자고 말았다. 아니나 다를까, 김치 원님은 강임을 형틀에 묶어 놓고 당장 죽이겠다며 주리를 틀었다. 저승에 가서 염라대왕을 잡아올 것인지, 이승에서 목숨을 바칠 것인지 선택의 기로에서 강임은 이것저것 생각할 틈도 없이 저승에 가서 염라대왕을 잡아오겠노라고 대답하고 만다. 그야말로 얼떨결에 벌어진 상황이지만, 나중에 저승 차사가 되는 강임도 당장 죽기는 싫었던 모양이다.

이제 강임은 자신의 인생에서 한번도 생각해 보지 않았던 난제를 해결해야 될 처지가 되었다. 비록 똑똑하고 영리하다는 말을 듣는 강임이지만, 김치 원님과 같은 지극히 평범한 인간에 불과한 그에게 별 뾰족한 방법이 있는 것이 아니었기 때문이다. 왜 자신에게 이런 불행이 닥치게 되었을까를 아무리 생각해 봐도 강임은 이해할 수 없다. 그래서 심각하게 자신의 신세를 생각해 보기 시작한다. 문제 해결의 힘과 지혜는 결국 내면 가장 깊숙이 가라앉아 있던, 그래서 일상의 즐거움에 묻혀 살 때는 인식조차 못하고 있던 것들에서 찾을 수 있기 때문이다. 결국 강임은 큰부인(첫 번째 각시)을 박대했기 때문에 자신이 이런 죗값을 치르는 것이라고 생각한다. 강임이 장가갈 때 본 이후로 한 번도 보지 않은 큰부인을 찾아가는 길은 그렇게 시작된다. 비록 강임은 그 길이 염라대왕을 잡기 위해 나서야 할 자신의 저승 여행의 시작인지 알지 못했지만 말이다.

저승 여행을 가는 이승 차사, 이승 여행을 가는 저승 차사

> "이여 방애 이여 방애, 매정하고 매정한 설운 낭군님아, 오늘은 저 올래의 먼문[遠門]도 열렸습디까? 가시나무도 치웠습디까? 어떤 일로 왔습니까?"
>
> — 안사인 구연, 〈염라대왕 잡으러 저승에 간 강임이〉, 93쪽

큰부인이 강임을 보자마자 쏘아붙인, 원한에 사무쳐 내뱉은 구박의 말이다. 그러나 강임은 아무 대답 없이 사랑방에 들어가 문을 잠그고 이불을 덮어 쓰고서는 눕는다. 똑똑하다는 평과는 달리 심성은 지극히 나약한 인간, 그게 바로 인간 차사 강임이다. 그래서 큰부인이

혹 자신이 쏘아붙인 말 때문에 그러는가 싶어 진짓상을 들고 들어갔을 때, 강임은 눈물이 한강수가 되도록 울고 있었다. 마치 감당할 수 없는 문제를 떠맡아 놓고서는 끙끙대고 있는데 왜 그 모양이냐고 부모에게 야단맞은 아이의 모습과도 같다. 그때서야 상황 파악이 된 듯 큰부인이 달래자, 강임은 이제야 그걸 물어보냐는 듯 자신의 고민을 털어놓는다.

> "아이고, 설운 낭군님아. 그만한 걸 처리 못 해서 걱정을 합니까? 그건 내가 알아서 할 테니 염려 말고 진짓상을 받으십시오."
> 이 말에 강임은 서른여덟 개 이빨을 활짝 드러내고 웃으면서 진짓상을 받았다.
>
> — 안사인 구연, 〈염라대왕 잡으러 저승에 간 강임이〉, 93~94쪽

큰부인이 알아서 하겠다는 말에 강임은 서른여덟 개 이빨이 다 보이도록 활짝 웃는다. 아직 해결한 것도 아니고, 알아서 하겠다는 말만 듣고서도 강임은 이미 일이 다 해결된 것처럼 기뻐한다. 어떻게 보면 천진난만하기 이를 데 없고, 또 어떻게 보면 그 근심 걱정이 얼마나 깊었으면 저런 모습을 보여 줄까 동정하게 되는 대목이다.

> 큰부인이 상자에서 저승 의복을 꺼내 막 세수를 마친 강임에게 주었다.
> "이 의복을 입고 저승으로 어서 가십시오."
> 강임이 저승 복장으로 차려입으니 저승 차림이 완연하였다. 강임이 관장패를 등에 지고, 앞에는 날랠 용 자 뒤에는 임금 왕 자 홍사(紅絲)줄

을 옆에 차고, 적패지는 옷고름에 채워…….

— 안사인 구연, 〈염라대왕 잡으러 저승에 간 강임이〉, 95쪽

이승에서 저승으로 가기 위해서는 저승 복장, 즉 망자의 복장을 갖춰야 한다. 그러나 후에 저승 차사가 되어 이승을 드나들 때 강임의 복장은 이승 세계의 관리들이 입는 차림이다. 〈차사본풀이〉에는 저승 차사의 복장에 대한 설명이 없지만, 무속의 무신도(巫神圖)나 불교의 감로도(甘露圖)에 전해지는 저승사자들의 복장은 울긋불긋한 원색 계통으로 이승의 관리들이 입는 복장과 하등 다를 바가 없다. 이처럼 인간 차사로 저승을 갈 때와 저승 차사로 이승을 올 때의 강임의 복장에는 약간의 차이가 있으나, '홍사줄'을 옆에 차고 다닌 것은 이승 차사일 때나 저승 차사일 때나 똑같다.

복장이 바뀌면 그 복장을 한 인간의 의식도 어느 정도 바뀌게 마련인가? 강임은 감당할 수 없는 문제를 해결해야 한다는 상황 속에서 보이던 나약함에서 벗어나 점차 남자로서의 권위와 영민함을 보인다. 저승으로 가는 중에 길을 몰라 슬피 울다가 청태산 마구할망이 자기 앞을 지나가는 것을 보고 '대장부가 행차하는 길에 여자가 지나다니. 여자는 꿈에만 보여도 사물(邪物)인데, 어찌 나의 앞을 지나가는고?'라 생각하는가 하면, 그 마구할망을 따라 잡으려다 못 잡자 보통 사람이 아니라는 것을 깨닫고 마구할망에게 가 큰절을 하는 영민함을 보이기도 한다. 그러나 이것도 잠시, 강임은 검은 머리가 백발이 되도록 걸어도 다다를 수 없는 곳이 저승길임을 알게 된다. 그렇다면 저승에 가는 방법은 오직 하나, 그것은 인간적 '정성'이다. 강임의 큰부인이 보인 정성에 조왕할망과 일문전이 강임을 도왔고, 강임이 보여 준

정성에 대한 대가로 길나장이 저승으로 가는 입구를 알려 주게 된다.

이승에서 발생한 사건을 해결하기 위해 저승에 갔던 이승의 차사 강임은 이런 과정을 거쳐 인간의 '정성'을 이해하는, 지극히 인간적 성정을 지닌 저승 차사가 된 것은 아닐까? 그러나 이것 때문에 그가 저승 차사로 발탁되었다면, 우리가 저승 차사를 너무 얕잡아 보는 것이 될 터이다. 아귀(餓鬼)들이 들끓는 헹기못을 통해 저승 초군문에 이르러 염라대왕을 향하여 붉은 밧줄을 힘차게 던지며 했던 말, 그리고 염라대왕이 이승에 와 김치 원님에게 함부로 대할 때 강임이 중재하며 했던 다음과 같은 말들이 염라대왕의 마음을 움직였기 때문이다. 만약 강임이 인간의 '정성'에만 근거하여 일을 처리하려 했다면, 그리고 주어진 문제를 해결하지 못해 쩔쩔매는 모습을 보였다면 결코 그는 저승 차사로 발탁되지 못했을 것이다.

> "저승에도 관장, 이승에도 관장, 관장은 일반이라. 아무리 저승 관장이라도 이승 관장의 명령도 들어야 합니다."
>
> 염라대왕이 강임의 용맹을 칭찬하면서 말했다.
>
> "그러면 내가 가겠다."
>
> — 박봉춘 구연, 〈체사본푸리〉, 《조선무속의 연구》(上), 322쪽

> "염라대왕님, 어찌 그리 욕을 하십니까? 저승 왕도 왕이고 이승 왕도 왕인데, 왕과 왕끼리 못 청할 바가 있습니까?"
>
> "강임이 똑똑하고 영리하다. 이승 왕님, 어떤 일로 나를 청하였습니까?"
>
> — 안사인 구연, 〈염라대왕 잡으러 저승에 간 강임이〉, 113쪽

〈시왕탱 5 염라대왕〉. 염라대왕이 면류관을 쓰고 오칠일째의 재판에 임하는 모습. 아래는 대애지옥의 모습

염라대왕은 강임에게서 자신의 상관에게 충성을 다하려는 마음, 그 대상이 누가 되었든 간에 옳다고 생각하는 것을 말하고 실천할 수 있는 용맹, 그리고 똑똑함과 영리함을 읽었다. 이어 '저와 같은 사람이 내 밑에 있다면 얼마나 좋을까?' 하고 생각했을 것이다. 그래서 염라대왕은 강임이 비록 이승 차사이긴 하지만 저승 차사로서의 자격도 충분히 갖추었다고 판단하여 김치 원님에게 다음과 같은 제안을 한다.

"김치 원님, 김치 원님. 강임이를 잠시만 빌려 주십시오. 저승에 가서 일을 시키다가 보내드리겠습니다."

"안 됩니다."

"그러면 우리 반씩 나눠 갖는 것이 어떻습니까?"

"육체를 갖겠습니다. 혼정(魂情)을 갖겠습니까?"

어리석은 김치 원님은 육체를 갖겠다고 말했다. 이에 염라대왕은 강임의 삼혼을 빼내 저승으로 돌아서니, 강임은 동헌 마당을 걷다가 우두커니 섰다.

— 안사인 구연, 〈염라대왕 잡으러 저승에 간 강임이〉, 114~115쪽

이렇게 해서 강임은 저승 차사가 된다. 대개의 우리 무속 신화가 그렇듯 신화의 주인공은 그들이 이룩한 업적과 연관된 신직(神職)을 부여받는다. 바리공주가 저승에 가서 약수(藥水)를 가져와 죽은 부모를 살린 뒤 망자를 저승으로 천도하는 신이 되었듯, 강임도 이승의 사건을 해결하기 위해 염라대왕을 이승에 데려온 것으로 인해 저승 차사가 된 셈이다. 강임에게는 똑똑하고 영리하게 난제를 해결하는 선천적 능력이 있었다. 한때에는 김치 원님에게서 부여받은 문제를 감당하지 못해서 아이처럼 징징거렸지만, 저승 여행을 통해 그는 내재해 있는 능력을 최대한 발휘하는 인물이 될 수 있었다. 강임의 이러한 능력은 그가 저승 차사가 된 후, 그에게 맡겨진 또 하나의 난제를 해결하는 과정에서 잘 드러난다.

동방삭 잡을 묘안을 생각한 강임이 인간 마을에 내려서서 검은 숯을 시내 방천(防川)에서 발강발강 씻고 있었다.

그때 동방삭이 시내를 넘어가다가 물었다.

"넌 어떤 일로 앉아서 숯을 씻고 있느냐?"

"그런 것이 아니라, 검은 숯을 백 일만 씻고 있으면 하얀 숯이 되어 백 가지 약이 된다고 해서 씻고 있습니다."

"이놈아, 저놈아. 내가 삼천 년을 살아도 그런 말 들어 본 바가 없노라."

강임이 방긋 웃으면서 옆에 찼던 홍사줄을 내놓고 동방삭의 몸을 결박하니 동방삭이 한탄을 하였다.

"어떤 차사가 와도 나를 잡을 차사는 없더라마는 동방삭이 삼천 년을 살다 보니 강임의 손에 잡히는구나. 어서 저승엘 가자."

이렇게 해서 강임이 동방삭을 잡아 염라대왕에게 바쳤더니 염라대왕이 말했다.

"강임이 똑똑하고 영리하니 사람 잡는 인간 차사로 들어서라."

그 후로 강임은 사람을 잡아가는 인간 차사가 되었다.

— 안사인 구연, 〈염라대왕 잡으러 저승에 간 강임이〉, 118~119쪽

동방삭을 잡아야 하는 문제를 해결하는 강임의 모습은 김치 원님에게서 난제를 받고 자신의 신세를 한탄하던 때와는 딴판이다. 조금의 난색도 나타내지 않은 채 척척 난제를 해결하는 모습은 역시 저승차사 강임이라는 말이 나올 정도로 완벽하다. 이처럼 강임은 한 번은 이승 차사로서 이승의 난제를, 또 한 번은 저승 차사로서 저승의 난제를 해결함으로써 이승과 저승에서 최고의 해결사가 된다. 물론 그것은 그가 똑똑하고 영리했기 때문이다. 그러나 그것이 온전히 자신의 능력이 되기까지 그는 큰부인, 마구할망, 일문전, 길나장 등과의 관계 속에서 '정성'이라는 인간적 가치를 경험해야 했다. 그런 후에야 비로

소 그는 저승 차사로 발탁될 수 있었다. 그래서 강임은 저승 여행을 하는 이승 차사도 이승 여행을 하는 저승 차사도 아닌, 인간 차사 강임으로 기억되는 것이다. 저승 차사라면 섬뜩한 느낌이 들지만 인간 차사라면 섬뜩한 느낌이 덜 들지 않는가? 하지만 인간적 '정성'을 이해하는 저승 차사 강임, 아니 인간 차사 강임과 함께라면 우리의 저승길이 그리 두렵지만도 않을 듯하다.

강임이라는 캐릭터의 철학적 의의

죽음의 기원과 관련된 신화들을 보면, 인간은 원래 태어나기만 하고 죽지는 않았다고 한다. 때로는 죽는 방법을 몰랐다고도 한다. 그러다 보니 이 세상은 산 사람들로 바글바글, 그야말로 아수라장이 되었다. 누군가 죽음으로 가는 문을 열든지 죽는 방법을 알아내야 할 상황이 된 것이다. 〈차사본풀이〉에서도 강임이 저승 차사가 되어 부여받은 첫 임무는 인간의 수명을 적은 적패지를 이승 세계에 붙이고 오는 것이었다. 그것에 의하면 인간은 태어난 순서대로 죽게 되어 있었다. 그러나 강임을 도와 주겠다고 나선 까마귀가 적패지를 뱀의 아가리에 떨어뜨리는 바람에 뱀은 죽는 법이 없이 아홉 번 죽어도 열 번 환생하게 되고, 인간은 태어난 순서에 상관없이 죽게 되었다고 한다.

이처럼 인간이 태어난 순서와 무관하게 죽게 된 것은 순전히 강임과 까마귀 때문이지만, 그게 신화적 상상력에 근거한 것이니 그들을 탓할 수도 없는 노릇이다. 어찌 되었든 우리는 죽어야 할 운명이라는 것은 불변의 사실이다. 정해진 수명이 끝난 후에도 이승 세계를 배회

하고 있다가 강임 차사에 의해 저승으로 압송된 강태공의 예에서 보듯 죽음은 피할 수 없다. 죽음에 관한 한 우리는 저승의 법도를 따라야 한다. 그것은 이승을 안정되게 하는 것이기도 하다. 위에서 말했듯 사람이 태어나기만 하고 죽지 않는다면 인간 세계는 금세 혼란에 빠지게 될 것이기 때문이다. 그런 점에서 정명(定命)이 다 된 망자의 영혼을 저승으로 압송해 가는 강임 차사는 저승과 이승을 안정되게 하는 자이다. 말하자면 강임 차사는 이승과 저승의 질서를 유지시키기 위한 임무를 수행하는 캐릭터인 셈이다.

이런 점들을 고려해 볼 때 강임은 인간 존재에 대한, 그리고 그 인간 세계에 대한 근원적 성찰을 가능케 하는 캐릭터라고 할 수 있다. 우리는 흔히 이승법만 잘 지키고 살면 그뿐일 것이라고 생각한다. 그러나 우리 눈앞에 드러난 성문법(成文法)만 법이 아니다. 강임이 염라대왕 앞에서 당당히 "저승왕도 왕이고 이승왕도 왕이며, 저승 관장도 관장이고 이승 관장도 관장이니 저승 관장은 이승 관장의 말도 들어야 한다."고 외친 것처럼 신화적으로 보면 이승이나 저승은 이미 하나로 묶인 세계이다. 강임이 살인 사건을 해결하러 저승에 가는 거나 압송 사건을 해결하러 이승에 오는 것에서도 알 수 있듯, 이승과 저승은 전혀 별개의 세계가 아니다. 그런 점에서 강임은 우리가 저승법도 지키며 살아가야 한다는 것을 말해 준다. 그렇다면 저승법을 어떻게 지킨다는 것인가? 정해진 수명을 알려고 노력하는 것, 그래서 수명이 다 되었을 때 강임 차사를 따라 순순히 저승에 가는 것이 저승법을 지키는 것일까?

저승법은 저승에 있는 것이 아니라 바로 우리 내면에 있다. 정해진 수명은 우리가 결정할 수 있다는 말이다. 〈차사본풀이〉에서 버무왕의 세 아들은 15세가 정명이었으나 그걸 벗어나기 위해 지극 정성으로 불도(佛道)를 닦고서 귀가하다가 이들의 재물을 탐낸 과양생의 아내에게 죽음을 당해 강에 버려진다. 그러나 강임에게 잡혀 온 염라대왕이 시비를 가려 결국 버무왕의 세 아들은 환생하고, 과양생과 그의 아내는 죽음을 당한다. 인간의 정명이란 우리가 지극 정성을 보이는 순간이나 탐욕을 부리는 순간 정해진다는 것이다.

현대에 보이는 강임

저승 차사 강임은 바로 그 죽음을, 이승과 저승을 오가며 전문적으로 사건을 해결하는 캐릭터(영혼 압송자)이다. 따라서 이러한 맥락에서 강임이라는 캐릭터의 재창조는 이야기될 수 있을 것이다.

2007년에 개봉한, 니콜라스 케이지 주연의 〈고스트 라이더〉를 예로 들어 보자. 고스트 라이더로 변한 블레이즈가 사악한 귀신들을 제압하기 위해 나설 때, 그의 온몸부터 그가 타고 다니는 오토바이까지 강력한 불에 휩싸인다. 모든 것을 태워 버리기라도 하겠다는 듯이 시원스럽게 질주하는 그의 모습은 귀신이라기보다는 정의감에 불타는 한 인간의 모습이다. 그는 인간적인 매력을 지녔다는 점에서 강임에 견줄 수 있을 듯하다.

그러나 강임이라는 캐릭터는 이보다 더 매력적으로 형상화될 수 있으리라. 강임이 탐욕자의 영혼과 속고 속이는 두뇌 게임을 펼치다 그 탐욕자의 영혼을 어떻게 붙잡는가, 또는 정명이 다 된 순박한 영혼을 붙잡아 가는 과정 속에서 강임은 어떤 인간적 갈등을 겪게 되는가.

이러한 질문들을 드러내 줄 수 있다면 강임은, 인간 차사면서 저승 차사라는 사실에 걸맞게 독특한 캐릭터로 재창조될 수 있을 것이다.

최원오 서울시립대학교 국어국문학과 강사. 한국신화를 중심으로 동아시아 신화를 비교연구하는 데 주력하고 있다. 저서로 《동아시아비교서사시학》, *An Illustrated Guide to Korean Mythology*, 논문으로 〈모성(母性)의 문화에 대한 신화적 담론〉, 〈창세신화의 창세원리에 담긴 인문정신〉 등이 있다.

14

잔인함 뒤에 숨겨진 또 다른 얼굴

김미영

호랑이

오누이의 어머니를 잡아먹은 후, 집에 남아 있는 오누이까지 해치려는 부정적인 호랑이상. 오누이 어머니의 떡과 옷, 신체까지 하나씩 하나씩 빼앗아가는 잔인함과 어머니를 가장하여 오누이에 다가가는 교활함, 동시에 어린 오누이에게 계속해서 속아 넘어가는 어리석음을 모두 갖추고 있는 다면적인 성격이다. 더불어 이 과정을 통해 오누이를 성숙시키는 이중적 역할을 한다.

〈해와 달이 된 오누이〉 이야기는 설명이 필요 없을 정도로 우리에게 친숙하다. '해와 달이 된 오누이'라고 알려진 이 설화는 〈해와 달이 된 오뉘와 호랑이〉, 〈해와 달이 된 남매〉, 〈해님 달님〉 등 다른 제목들로 우리 나라 전역에 전승되고 있는데, 다른 설화들에 비해 변이가 적다. 또한 내용 가운데 호랑이의 잔인함이나 난폭함이 상당 부분 삭제되거나 축소되어 전래 동화로 정착된 것도 전하고 있다.

그린개 그이다 샘에 비치거든. 비친개,

"조리로 건질거나, 바구리로 건질거나?"

시암에 애들이 빈개로. 근개 애들이 얼마나 우습겠어? 근개 애들이 '하하' 하고 웃어 버렸어. 웃은개로, 쳐다봤어. 쳐다 본개로 거가 있거든.

"아이고, 아가, 너들 거기 어트게서 올라갔냐? 아가 너들 어트게서 올라갔냐?"

"뒷집 가 소똥 발르고 올라왔지."

호랭이가 얼른 가서 나무에다 소똥 발르고 올라가는디, 올라가 지겄어?

그런개 또 놀려 먹느라고,

"아가, 너희들 어트게서 올라갔냐?"

근개,

"뒷집 가 참기름 얻어다 발르고 올라왔지."

근개, 참기름 갖다가 바르고 올라간개, 또 미끄러져 안 올라가.

"아가, 너그들 어트게서 올라갔냐?"

근개, 째간한게 말해 버렸네.

"뒷집 가 도치 갖다가 이렇게 찍고 올라왔다."

쾅쾅 이렇게 찍고 올라오믄 올랑온다고. 작은 동생은 뭘 모른개 그러지. 근개 뒷집 가 도치를 갖다가 막 찍고는 그리 올라와. 호랭이가. 큰일났어.

— 최정자 구연, 〈해와 달이 된 오뉘와 호랑이〉, 《한국구비문학대계》 5-3, 314쪽

역시 우리 입맛에는 호랑이야

우리 이야기에는 호랑이가 참 많이도 등장한다. 은혜를 갚는 보은적 성격의 호랑이, 효부나 효자로 등장하여 감동을 주는 호랑이, 힘없고

불쌍한 사람을 잡아먹거나 괴롭히는 흉악한 호랑이, 우둔하고 미련하며 무분별하여 사람보다 나약한 호랑이 등 그 성격도 참으로 다양하다.

또 호랑이는 민화 속에서도 벽화 고분에서도 쉽게 찾아볼 수 있다. 대표적인 호랑이 그림으로는 〈작호도(鵲虎圖)〉를 들 수 있다. 이것은 중국에서는 까치와 표범이었던 것을 우리 나라에서 호랑이로 바꾼 것으로 우리 민화의 독특한 면모라 할 수 있다.

호랑이는 건국 신화에도 등장한다. 잘 알다시피, 단군 신화에서 호랑이는 환웅이 사람이 되는 법을 가르쳐 주었음에도 불구하고 그 기회를 저버리고 끝내 호랑이로 남는다. 또한 후백제 신화에서는 견훤이 예사 인물이 아니라는 것을 입증하는 존재로 등장한다.

> 한번이는 칠월인디 밭을 매느라고 인자 품을 팔로 와서 밭을 미는디, 어린 애기를 데리고 와서 어찌 헐 수 없은게 솔 포기 밑이다 이렇게 뉘워놓고 밭을 민다 그말여. 밭을 민개 호래이가 와서 엎졌어. 그런게 아무개 애기는 호랭이가 물어간다고 소리를 지고 쫓아가본게 호랭이가 물어가는 게 아니라, 호랭이 젖을 멕이고 있어. 호랭이 젖을 멕이고 있는디 기양 막 들입다 세게 좋인게로 호랭이는 젖을 빼고는 엉금엉금 기어가. 기어가는데 애기는 뺑긋뺑긋 웃어. 호랭이 젖을 먹고 호랭이는 산으로 올라가고 애기는 그대로 컸다 그 말여. 그리서 견훤이가 힘이 장사고 천하장사거던. 그래서 나중으는 후백제 왕이 되았어. 견훤이가. 견훤이가 후백제 왕이 되았는디 그 호랭이 젖을 먹고 키워서 그렇게 되았다고 허고 그런 말이 있는디 참 빼먹었고만!
>
> — 임재해, 《민족신화와 건국영웅들》, 361~362쪽

우리 신화에서 호랑이가 중요한 역할을 담당하고 있다는 것은 외국의 다른 이야기들과 비교해 보면 좀 더 선명하게 이해할 수 있다. 예를 들어 로마의 건국 신화에서는 늑대가 중요한 역할을 담당한다. 왕녀와 하늘에서 내려온 군신 마르스 사이에서 로물루스와 레무스라는 쌍둥이 아들이 태어난다. 그러나 곧 쌍둥이 아들은 숙부에 의해 티베르(현재의 테베레) 강에 버려지는데, 이때 두 아이를 구한 것이 바로 늑대였다. 〈해와 달이 된 오누이〉와 비슷한 이야기 구조를 지닌 〈늑대와 일곱 마리 아기양〉, 〈빨간 망토〉에도 늑대가 등장한다. 하지만 우리에게는 늑대나 여우보다, 그리고 다른 어떤 동물보다 호랑이가 친근하다. 이런 의미에서 호랑이는 우리 이야기와 더불어 오랫동안 우리 민족과 함께해 온 무척 소중한 동물임에 틀림없다.

잔인한 호랑이를 보며 웃다니

"할멈, 할멈. 그 메물범벅 한 덩어리 주. 주만 안 잡아 먹지."

그러니깐 한 덩어릴 내던져 주지. 또 한 고개를 넘어오면,

"할멈, 할멈. 나 메물범벅 한 덩어리 주. 그리만 안 잡아 먹지."

그래 이놈의 걸 다 뺏겼거던. 뺏기구, 그랴 나중엔,

"할멈, 할멈. 그 함박 나 주만 안 잡아 먹지."

그러디. 그래 함박까지 줬지. 이놈의 호랭이가 그 인제 그리구 이 할멈 오는 길에 그 메물범벅을 죄다 함박에다 줘 담아 놓구서는 또 쫓아왔단 말이야.

"할멈, 할멈. 그 옷 벗어 주만 안 잡아 먹지."

그래 또 옷을 벗어 줬지. 아 벗어 주니까 이놈의 또 호래이가 한 고개를 그리구 넘으니까,

"할멈, 할멈. 나 그 다리 떼주. 팔뚝 떼어 주면 안 잡아 먹지."

아 팔뚝 떼어 주면 잡아 먹는 거지, 안 잡아 먹는 거야? 아 이렇게 해서 요럭조럭 다 잡아 먹군, 나중엔 그 옷을 입구 그 메물범벅을 이구 그리군 이제 오는 거야.

— 김순이 구연, 〈해와 달이 된 오누이〉, 《한국구비문학대계》 1-7, 272~273쪽

여기에 등장하는 호랑이는 너무도 잔인하다. 호랑이는 어머니를 단번에 잡아먹지 않는다. 메물범벅도 하나씩, 옷도 하나씩, 어머니의 신체도 차례차례 하나씩 먹어 버린다. 호랑이에게서 잔인함이 반복될수록 사람들의 두려움과 공포는 더해 간다. 즉, 반복적인 요소 때문에 사람들은 더욱더 호랑이를 공포스럽게 생각하고 더욱더 잔인하게 여긴다.

호랑이는 잔인한 만큼이나 대상에 대한 집착도 매우 강하다. 그 집착은 꽤나 집요하여 오누이까지 잡아먹으러 집으로 간다. 호랑이는 우선 어린 젖먹이 동생을 잡아먹는다. 그것도 같은 방 안에서 오누이가 보는 가운데 배고픔을 참고 어머니를 기다렸을 어린 동생의 손가락을 '우두둑 우두둑' 소리를 내며 깨물어 먹는다. 이 또한 앞의 상황 못지않게 잔인하다.

호랑이는 어머니 옷으로 위장하고 손에 밀가루도 바르고, 기름을 마셔 목소리를 바꾸며 능청스럽게 거짓말을 해대는 등 음흉하고 무섭다. 그러나 결정적으로 샘에 비친 오누이를 보고 "조리로 건질거나, 바구리로 건질거나?"라고 하며 실물과 그림자를 구별하지 못한다는

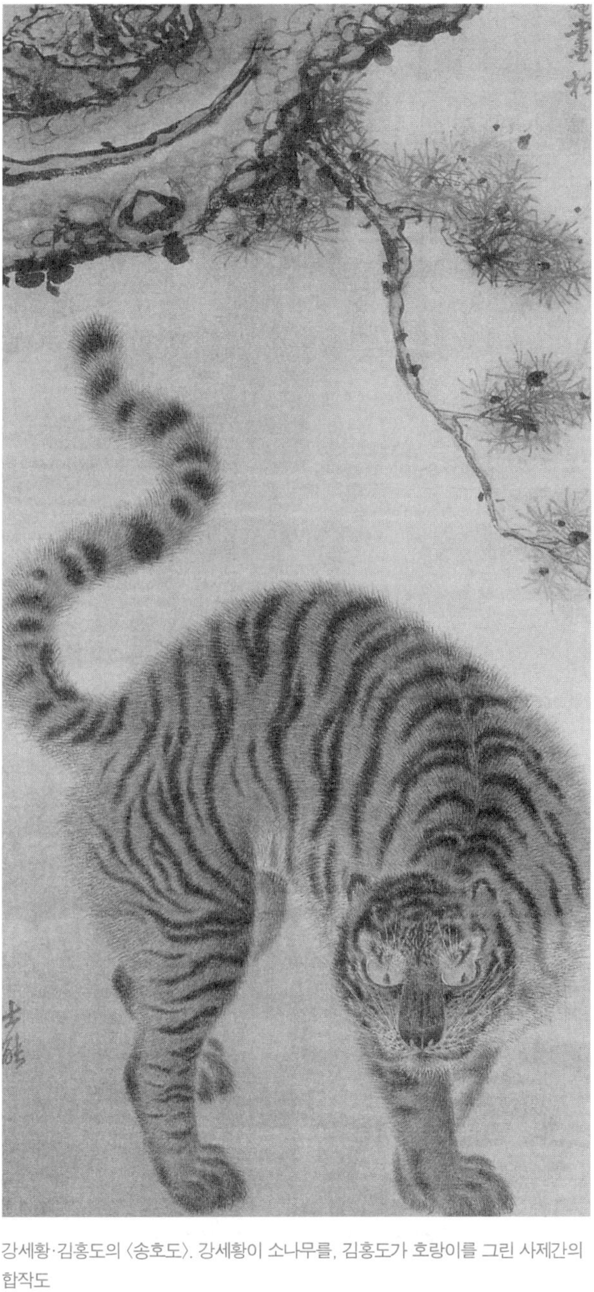

강세황·김홍도의 〈송호도〉. 강세황이 소나무를, 김홍도가 호랑이를 그린 사제간의 합작도

사실을 드러내는 순간, 무섭고 잔인한 동물에서 미련한 동물로 전락한다.

이것이 단순히 한 번의 실수가 아니라는 것은 뒤에 계속해서 보여 주는 어리석은 행동들이 증명을 해 준다. 나무에 소똥을 발랐다는 말을 듣고는 소똥을 바르고, 참기름을 바르고 올라갔다는 말을 믿고 옆집에 가서 얻어 바르고 올라갈 정도로 호랑이는 어리석었다. 다행스럽게도 그 어리석음으로 인해 오누이에게는 살아날 여지가 생기기도 한다.

호랑이는 자신보다 약한 존재에 대해 더할 나위 없이 잔인하다. 하지만 그는 어딘지 모르게 어리석고 무분별하며 미련하다. 이러한 사실 때문에 우리는, 그리고 이야기 속의 오누이는 호랑이를 바라보며 웃음을 터뜨릴 수 있는 것이다.

이렇듯 호랑이는 한 인물 속에 공존하기 어려운 양면성을 가진 트릭스터(trickster)이다. 트릭스터는 사악하다 할 만큼 지능적이지 못하다. 오히려 너무 우둔하고 어리석어 그들의 거짓말과 술책은 순수하기까지 하다. 물론 모든 트릭스터가 다 그렇다고 말할 수는 없지만, 이와 같은 특성이 나타나는 것은 사실이다. 따라서 호랑이는 파괴적이지만 두렵지 않고, 교활하지만 우둔하여 우리에게 웃음을 주는 캐릭터로, 단연 돋보이는 트릭스터의 역할을 수행하고 있다.

넌 우릴 잡아먹을 수 없어!

호랑이는 어머니에게서 빼앗은 옷을 걸쳐 입고 오누이가 사는 집으로 찾아간다.

"애들아, 애들아 언넨아, 언넨아. 문 열어라, 문 열어라."

그러더랴.

"아냐, 목소리 들으니까 우리 엄마가 아닌데, 아닌데."

그러더래유, 애들이. 그래서,

"아니다. 니 어머니다. 겻불을 피우구서 사흘을 미영을 메는데 목소리가 다 변했다. 열어라, 열어라."

그러더래.

"그러며는 어머니 손 좀 들여 보내라구, 문구녕으루."

문구멍으로 손을 들이미니까루, 그러더랴.

"아녀, 아녀. 우리 어머니 아녀. 우리 어머니 왜 이렇게 꺼멓게 털이 났어? 우리 어머니 아녀, 아녀."

그러더래.

"아냐, 느 어머닌데 사흘을 미영을 메는데 그냥 풀 딱쟁이가 앉아서 그렇다."

그러더래.

— 오수영 구연, 〈해와 달이 된 오누이〉, 《한국구비문학대계》 1-9, 210쪽

가뜩이나 욕심 많은 호랑이가 참을성을 발휘해 가며 오누이의 어머니처럼 보이기 위해 갖은 애를 쓴다. 아이들의 의심을 풀기 위해 기름을 마셔 목소리도 바꾸고, 손에 밀가루 칠을 하는 장면들은 이를 더욱 잘 보여 준다.

하지만 호랑이는 오누이를 단번에 잡아먹지 않는다. 굳이 필요하

지도 않은 어머니의 변장을 하고 몇 차례의 시험을 거쳐 겨우 방 안에 들어가고, 아랫목에 숨어 어린 동생을 잡아먹을지언정 옆에 있던 오누이에게는 눈길도 돌리지 않는다. 오히려 오누이의 대결에 순순히 응하면서 오누이를 잡아먹을 시간과 기회를 계속해서 놓친다. 호랑이가 오누이를 잡아먹으러 집으로 간 후로 이런 부조화스런 장면들은 계속된다.

앞서 나온 상황을 다시 살펴보자. 호랑이는 어머니를 아주 잔인하게 잡아먹는다. 이것은 반복적인 상황이 주는 공포의 극대화와 함께 다른 의미를 갖는다. 반복을 통해 호랑이와 어머니는 대립적인 관계를 고수하는 것이 아니다. 호랑이는 어머니의 팔 한짝, 다리 한짝, 몸통을 차례차례 먹어치운다. 하지만 아이러니하게도 머리통만 남아서 데굴데굴 굴러가는 어머니는 호랑이에게 오누이가 사는 오두막의 위치를 알려 준다. 결과적으로 어머니가 호랑이를 오누이에게 인도해 준 셈이다.

이러한 상황에서 과연 어머니의 죽음이 의미하는 것은 무엇일까? 그리고 어머니가 죽어가면서까지 호랑이를 오누이에게 인도한 까닭은 무엇일까?

어머니의 죽음은 종말만 의미하지는 않는다. 신화의 세계가 말해주듯이 그것은 또 다른 탄생과 창조를 의미한다. 어머니의 죽음은 오누이에게는 독립을 의미한다. 어머니의 죽음을 맞닥뜨린 순간부터 오누이는 누군가의 도움 없이 스스로 성장해야 한다. 이 순간부터 희생적 트릭스터로서의 어머니의 역할이 빛을 발하게 된다. 어머니는 호랑이라는 트릭스터 이전, 호랑이를 오누이에게 인도하고 탈출하게 하는 모든 것을 계획한 희생적 트릭스터일 수도 있다. 그래서 오누이는 어린 나이에 스스로 독립해야 한다는 무거운 책임을 어깨에 짊어진 순간, 계획된 것처럼 호랑이를 만난다. 그때부터 오누이는 호랑이의 술책을 알아차려야 하고, 공포를 이겨내야 하며, 지혜로서 호랑이를 물리쳐야 하는 과정들을 거치며 성장해 간다. 즉, 호랑이는 오누이 성장의 매개자 역할을 하는 것이다.

결국 오누이는 호랑이에게 잡아먹히지 않으려는 힘겨운 노력으로 인해 해와 달로 다시 태어나게 된다. 다시 말해, 호랑이는 오누이를 잡아먹을 욕심으로 오두막으로 향했지만, 결국에는 오누이의 성장과 또 다른 탄생을 돕게 된다. 호랑이가 어머니의 또 다른 역할을 톡톡히 해 낸 셈이다.

그래서인지 오누이를 잡아먹으려는 호랑이의 공격은 적극적이지가 않다. 오누이 또한 방문이라는 매개물을 두고 호랑이를 시험하기도 하고, 공간적으로 나무라는 매개물로 분리되어 있기는 하지만 무서운 호랑이에게 장난을 치기도 한다. 그것은 호랑이가 서슬 퍼런 이빨을 드러낸 공포와 잔인함 이면에 세상의 모든 만물을 탄생시키고 성장시키는 어머니로서의 또 다른 얼굴을 하고 있기에 오누이에게는 무섭지만 친근한 존재로 느껴졌던 것이다.

숨어 있는 얼굴을 찾아라

> 새는 알에서 나오려고 투쟁한다. 알은 세계다. 태어나려고 하는 자는 하나의 세계를 깨뜨려야 한다. 새는 신을 향해 날아간다.

《데미안》의 한 구절이다. 파괴가 창조를 낳는 또 하나의 방식이듯이 호랑이는 잔인하게 한 집안을 파괴하지만 그 끝에는 해와 달의 생성이라는 우주 창조를 이끌었다. 기존 세계의 틀을 깨면 그 앞에는 또 다른 세계가 나타난다. 어머니의 죽음과 호랑이의 등장으로 조용하고 평화롭던 오두막의 정적이 깨지면서, 혼란과 파괴를 향해 마구 내달릴 것만 같던 하나의 세계가 예상치 않게 해와 달이라는 밝은 빛과 질서를 지닌 또 다른 세계로 바뀌었다.

그리고 두 개의 세계가 만나는 곳에는 트릭스터가 있었다. 죽음의 순간에서도 머리로 데굴데굴 굴러 호랑이를 아이들에게 인도한 어머니, 그 희생적 트릭스터가 있었고, 잔인하고 공포스럽지만 우둔하고 미련한, 파괴를 목적으로 등장했지만 결국 오누이의 성장과 탄생을 이끌어 낸 호랑이가 그러했다.

사람들은 정체된 삶을 지향하지 않는다. 우리가 살고 있는 이 경계는 언제든지 허물어질 수 있다. 그것이 너무 빈번하고, 지나친 변화에 경종을 울리듯 현대는 우리의 것을 지켜야 한다는 옹골찬 다짐을 하는 사람들이 많아지고 있다. 하지만 그러한 다짐은 세상의 변화를 직접 감지하는 순간 설득력이 없어져 버린다.

현대 사회는 새로운 변화와 다양성으로 그 면모를 과시하고 있다. 그리고, 우리의 것을 지켜야 한다는 다짐으로 그 앞을 막아서는 사람들도 생겨나고 있다. 하지만, 세상의 변화를 직접 감지하는 순간, 그 경계는 언제든지 허물어질 수 있다는 것을 알게 될 것이다. 다만, 우리는 그 경계에서 낙오되지 않고 변화를 더 값진 창조로 승화시킬 수 있는 힘을 지녀야 한다. 그런 의미에서, 이노베이션을 추구하는 이 시대에 우리는 앞서 살펴본 호랑이의 다가치적인 모습을 갖추어야 할 필요가 있다.

눈을 좀 더 크게 뜨고 자신의 모습을 들여다보자. 분명, 그 안에는 내가 모르고 있는 힘이 잠들어 있을 것이다. 그 힘을 깨워 내 안에 숨겨져 있는 또 다른 얼굴을 찾아 내는 것, 그것이 현대를 살아가는 우리들에게 맡겨진 또 하나의 과제가 아닐까 한다.

김미영 호서대학교 박사과정. 구비문학을 전공하고 있으며, 특히 설화에 등장하는 판타지 모티프를 아동문학에 접목시켜 연구하고 있다.

15

슬픈 오라비의 초상

심우장

달래강 오라비

누이에게 욕정을 품었다 스스로 목숨을 끊은 오라비. 비에 젖은 누이의 육체를 보고 본능적으로 욕정을 품은 것을 용납하지 못하고 스스로 자신의 성기를 돌로 내리쳐 죽는다. 갓 사춘기를 지난 앳된 모습이지만 윤리, 도덕에 철두철미한, 그러면서도 내성적이고 고독한 성격을 지녔다.

'오라비'는 전국적으로 전승되어 온 설화 〈달래나 보지〉의 남주인공이다. 이 설화는《한국구비문학대계》를 비롯한 여러 설화 자료집에 20여 편의 각편이 수록되어 있다. 홍수 신화에 나타나는 남매혼 모티프를 갖고 있어서 신화적인 성격이 강한 작품으로 이해되고 있으며, 특히 충주 달래강(達川)의 유래를 알려주는 이야기로 유명하다. 다른 설화들과 마찬가지로 전승 주체는 무명의 일반 사람들이며, 그들이 곧 작가이기도 하다.

강이 넓어여, 달래강이. 거기 충주 단월강인데. 그런데, 그래 먼저 건너가 가고 저 강변에 고만 강변 사장에 올라 가서 강변을 건너 가려면 그 돌을 올라 가야 하는데 돌 모서리가 있거든. 돌 모서리에다가, 바위에다가 고만 낭심(남자의 성기)을 갖다 놓고 찧었어.

'암만 음양지가 죄가 없다고 하지마는 누이 동생간에, 응? 남매간에 이런 행동이. 내가 음양이 동하니 이건 그냥 놓아 두어서는 안 되니까, 이거 찧고 내가 죽을 밖에는 없다.'

찧으니까 절로 고만, 사람 근력은 거게 다 있거든, 낭심에. 무식한 말로 잠지라 하지. 그게 아 낭심인데, 낭심을 찧다가 보니까 고만 남자가 죽을 거 아이라? 고만 죽었지.

— 길용이 구연, 〈충주 달래강 전설〉, 《한국구비문학대계》 7-8, 834쪽

오누이의 사랑

우애가 좋은 오누이가 부모의 사랑을 받으며 착하게 살고 있었습니다. 어느 날 여덟 살 난 아들이 교통 사고로 중상을 입었습니다. 수술을 받았습니다. 피가 급히 필요했습니다. 같은 혈액형을 가진 다섯 살배기 딸을 향해 아버지가 조심스럽게 물어 봤습니다.

"얘야, 오빠가 위험하구나. 오빠에게 피를 줄 수 있겠니?"

아이는 가만히 생각하더니 고개를 끄덕이며 침대에 누웠습니다. 수술을 앞둔 오빠가 불쌍했는지 눈물을 흘리면서 팔을 걷었습니다.

수술이 잘 끝났습니다.

"네 덕분에 오빠가 살게 되었다."

침대에 가만히 누워 있던 아이가 아버지에게 물었습니다.

"그런데 나는 언제 죽어요?"

"네가 죽다니?"

"피를 뽑아도 죽지 않나요?"

"그럼, 넌 죽는 줄 알면서도 오빠에게 피를 주었단 말이냐?"

"예, 오빠를 사랑하거든요."

인터넷에 떠도는 이야기다. 많은 사람들이 인터넷의 이곳저곳으로 실어 나르는 것을 보면 여러 사람들에게 꽤 감동적인 이야기로 받아들여지는 모양이다. 다섯 살배기 딸아이의 순수한 사랑의 마음이, 자꾸 메말라 간다는 질책을 받곤 하는 우리의 마음을 잔잔하게 적셔 주기 때문일 것이다. 오누이의 사랑, 더 나아가 가족의 사랑은 현대 사회를 살아가는 수많은 감성적 불구자들을 치료할 수 있는 원천으로 이해되고는 한다. 철저한 금전적 이기주의에서 벗어나지 못하는 많은 사람들에게, 오빠를 위해 죽음의 길을 스스로 선택한 다섯 살배기의 순진한 마음이 한편으로는 어이없으면서도 한편으로는 더욱 감동적이다.

여기서 좀 짓궂은 상상을 해 보기로 하자. 이 이야기에 나오는 오누이의 나이에 각각 스물을 더하는 것이다. 그러니까 스물여덟 살 오빠와 스물다섯 살 여동생으로 고쳐서 이 이야기를 다시 읽어 보자. 물론 나이가 많아졌다고 해서 이야기가 주는 감동이 사라지는 것은 아니다. 하지만 마냥 감동적인 이야기로만 받아들여지지 않는 무엇인가가 덧보태지는 느낌을 지울 수 없다. 이러다가 이 여동생이 진짜로 오빠를 사랑하게 되는 것은 아닌가 하는, 친남매의 금지된 사랑에 대한 두려움이 그것이다. 여덟 살과 다섯 살 어린아이들의 순수한 오누이의 사랑과 사춘기가 지나고 어엿한 성년이 된 오누이의 사랑은 이 지점에서 결정적으로 다른 느낌을 준다.

오누이의 순수한 사랑은 항상 이렇게 오누이가 사춘기를 넘어서면서부터 이중적인 면을 갖게 된다. 지극히 순수한 사랑이면서도 근친상간이라는 금기의 그림자로 인해 치명적인 사랑일 수도 있다는 것이다. 그래서일까? 참 많은 문학 작품과 영화, 드라마에서 이런 오누이의 사랑을 주소재로 사용하는데, 대부분 비극적인 결말을 보인다. 소설 《남자의 향기》가 그렇고, 드라마 〈가을동화〉가 그렇고, 영화 〈올드보이〉가 그렇다. 여기에서 살피게 될 설화 〈달래나 보지〉도 오누이의 사랑을 소재로 하고 있는 비극적인 이야기 가운데 하나이다. 성년의 길목에서 만난 누이에 대한 욕정이 순수했던 한 청년을 죽음에 이르게 하는 참으로 안타까운 이야기가 펼쳐진다.

스스로 거세한 오라비

> 강을 건널라 하는데 물이 많거든. 물이 많아 가지고 물을 건널 수가 없으니까 서로 인제 옷을 홀딱 벗고 건넜단 말야. 건너니까, 누이는 앞에 건너가고 동생은 뒤에 건너오는데 옷을 벗고, 동생이 그 참말로 낭심이 일어났단 말이라.
>
> — 길용이 구연, 〈충주 달래강 전설〉, 833쪽

이야기의 서두는 대개 이렇다. 강을 건너려고 하는데 물이 많아서 옷을 벗고 건널 수밖에 없었다거나, 아니면 여름철 오누이가 고개를 넘어가는데 갑자기 소나기가 내려 비에 젖은 얇은 옷이 누이의 몸에 달라붙었다고 한다. 어느 경우에나 누이의 알몸을 오라비가 보게 되는 상황이 연출되고 있다는 공통점이 있다. 문제는 여기서부터 시작된다. 누이의 알몸을 본 오라비가 욕정을 품게 된 것이다.

사실 오누이가 함께 옷을 벗고 강을 건너는 일이 이번이 처음은 아니었을 것이다. 쉽게 건너던 징검다리가 물이 불어서 잠기면 언제라도 옷을 벗고 건너야 할 처지였을 것이다. 살아오면서 오누이 앞에 그런 상황이 한 번도 주어지지 않았다고 할 수는 없다. 앞서 가던 누이가 별다른 반응을 보이지 않으면서 자연스럽게 옷을 벗고 물을 건너가는 것을 보면, 지극히 일상적인 일이었다고 추정해 볼 수 있다.

문제는 오라비에게 있었다. 우리가 이 작품에서 특히 오라비에게 주목하는 이유가 여기에 있다. 이제까지 일상적으로 일어나던 일이 갑자기 일상적이지 않게 되어 버린 것이다. 거기에는 오라비의 육체적인 성장이 전제되어 있다. 누이의 알몸이 이제 욕정을 불러일으키는 특별한 기호가 되어 다가올 정도로 오라비는 자신도 모르는 사이에 훌쩍 성장해 있었던 것이다.

여기에서는 오라비가 자신의 변화를 인지하지 못하고 있다는 점이 중요하다. 갑자기 일어난 욕정에 당황해 하는 오라비의 모습이 여러 각편에서 확인된다. 여기가 육체적으로 성장해 버린 자신과 그것에 당황해 하는 또 다른 자신이 분열을 일으키는 지점이다. '낭심'으로 상징되는 육체적으로 성숙한 자아가 대상화되기 시작한 것이다. 오라비가 자신의 낭심을 보고서 "야! 요놈의 새끼, 버릇없이 누이가 앞에 가는데 네가 일어나서 골질(성냄)을 하면 어떻게 하느냐?" 이복진 구연본, 159쪽고 말을 거는 장면이 이를 잘 보여 준다.

문제가 더욱 심각한 것은 육체적으로 성장해 버린 자신의 모습을 또 다른 자아가 용납하지 않고 있다는 데 있다. 오라비는 심각한 자기 분열에 빠지게 된 것이다. 이는 단순히 자신의 육체적인 성장을 인지하지 못하고 있었기 때문만이 아니라, 사회적인 금기의 논리가 그림자처럼 거기에 따라붙었기 때문이다. 혈육을 사랑하거나 육체적으로 탐할 수 없다는, 근친상간 금지의 논리. 이로 볼 때, 오라비는 철저히 도덕적인 자아를 마음속에 품고 사는 인물이라 여겨진다. 실현되지 않은 근친상간에 대해서도 도덕적 잣대를 들이밀 정도로 도덕적 자아의 지배력은 막강했다.

자기 분열을 극복하기 위해서는 육체적으로 변화한 자아와 타협을 하거나, 아니면 스스로 단죄하여 제거함으로써 자기 정체성을 회복해야 한다. 이 부분에서 오라비의 선택은 여지가 없어 보인다. 도덕적 자아가 강력하게 발동하여 '낭심'으로 상징되는 육체적인 자아를 제거하기에 이른 것이다. 이로써 심각한 자기 분열이 사라지고 자기 정체성도 회복할 수 있게 되었지만, 그것은 또한 자아를 파멸로 이끄는 길이었다. 오라비는 이러한 역설을 알고 있었지만, 그 길을 선택하지 않을 수 없었다. 그래서 오라비는 스스로 낭심을 제거하고 죽음의 길을 선택한 것이다.

진실로 누이를 사랑한 오라비

한편으로는 이렇게도 생각해 볼 수 있다. 도덕적 자아가 강렬했던 오라비라면, 그리고 근친상간이 금기라는 것을 누구보다도 잘 알고 있었던 오라비라면, 오히려 누이를 보고 욕정을 품는 것 자체를 사전에 차단하는 조치를 취했을 것이라는 점이다. 그러니까 도덕적 자아가 강렬하다는 것만으로는 실제로 근친상간을 한 것도 아닌데 끔찍한 방법으로 스스로 거세를 감행한 것을 온전히 설명할 수 없다는 것이다. 이 물음에 답하기 위해서는 다시 오라비의 내면으로 들어가 봐야 한다.

오라비는 강이나 고개의 중간 지점에서 누이의 알몸에 반응한다. 반응이 있고 난 직후 오라비는 누이에게 통상 다음과 같은 말을 한다.

> "동상, 이 고개를 넘어서 내려가거라."
> 이런 말이여.
> "나 뒤따라 갈 테니."
>
> — 이복진 구연, 〈말이나 해보지 고개〉, 《한국구비문학대계》 1-6, 159쪽

오라비는 누이와 함께 강을 건너거나 고개를 넘을 수 없었던 것이다. 직접적인 원인은 아무래도 낭심의 반응이었을 것이다. 하지만 이것만으로는 설명이 매끄럽지 못하다. 이러한 육체적인 반응은 대개 일시적인 것이어서 마음을 새롭게 다잡아먹으면 수그러들게 마련이기 때문이다. 문제는 육체적인 반응이 수그러들지 않았다는 데 있다. 아무리 마음을 다잡아먹고 수그러뜨리려고 해도 도무지 수그러뜨릴 수가 없었던 것이다. "산등성일 올라오니까 당체 자지가 달랠 수가 없어. 어떻게 이게 빳빳하게 일어나는지." 이복진 구연본, 159쪽 그렇게 도덕적인 자아가 강렬했던 오라비가 왜 수그러뜨릴 수 없었던 것일까?

여기에서 우리는 오라비가 누이를 이전부터 진실로 사랑하고 있었

음을 짐작할 수 있다. 앞에서 오누이의 사랑을 그린 인터넷 이야기를 제시했지만, 그 이야기에서도 마찬가지다. 다섯 살 꼬마 아이가 스스로 죽음을 선택할 수 있었던 것은 오빠를 지극히 사랑했기 때문이다. 마찬가지로 여기의 오라비도 어렸을 적부터 진실로 누이를 사랑했기 때문에 스스로 죽음을 선택할 수밖에 없었다고 추측해볼 수 있다.

육체적인 성장이 이루어지기 이전, 그러니까 아주 어린 시절에 오라비가 누이를 사랑하는 것은 전혀 문제될 것이 없다. 하지만 육체적으로 성숙한 나이가 되어서도 누이를 사랑하는 것은 엄청난 파장을 가져오는 문제가 된다. 강을 건너거나 고개를 넘는다는 것을 성숙한 인간으로 거듭나는 통과의례를 비유한 것으로 이해한다면, 이 과정에서도 오라비는 누이에 대한 사랑이 멈춰지지 않고 오히려 육체적으로까지 전화(轉化)하는 것을 느꼈던 것이다. 이제는 오라비의 누이에 대한 진실한 사랑이 순수하고 순박한 수준을 넘어서서 금기(강, 고개)의 바로 앞까지 이르렀던 것이다.

오라비는 더 이상 앞으로 나아갈 수 없었다. 이런 상태로 강을 건너거나 고개를 넘으면 실제적인 근친상간이 벌어질 수 있기 때문이다. 그렇게 되면 오라비뿐만 아니라 누이마저도 금기 위반자가 된다. 이 지점에서 오라비는 발길을 멈춘다. 그리고 자신의 순수한 사랑을 지키고 누이를 지키기 위해서 스스로 거세하고 죽음을 맞이한다. 이렇게 보면 거세는 금기 위반에 대한 징벌의 의미라기보다는 자신의 순수한 사랑을 지켜내기 위한 오라비의 처절한 몸부림이라고 볼 수 있다.

오라비는 지극히 도덕적인 인간이면서 또한 누이를 진심으로 사랑하는 순수한 마음을 가진 사람이었다. 이것이 실제적인 근친상간이 이루어지지 않았음에도 불구하고 그렇게 극단적인 방법으로 죽음을 택할 수밖에 없었던 오라비의 이중적인 면모이다.

미워할 수 없어서 더욱 슬픈 오라비

그런데 이야기는 여기에서 끝나지 않는다. 이야기의 출발부터 계속해서 조연의 역할만 하던 누이가 이야기의 마무리 부분에서 회심의 한마디를 던진다.

> "아이고, 오라버니 달래나 보지-. 줄는지 안 줄는지 모르고 죽었나? 달래나 보지-."
>
> — 이복진 구연, 〈말이나 해보지 고개〉, 159쪽

> "에이 천하 몹쓸 놈아, 이놈아, 달래나 보지. 예 이놈아, 달래나 보지 왜 죽었나? 예 이놈아, 달래나 보지 왜 죽었나? 달래나 보지 왜 죽었나 응? 내가 쉽게 안 하드래도, 서로 싸움을 하드래도, 달래나 보지 왜 죽었나? 달래나 보지 왜 죽었나?"
>
> — 길용이 구연, 〈충주 달래강 전설〉, 834쪽

죽은 오라비의 시체를 끌어안고 울부짖듯이 쏟아내는 누이의 말의 핵심은 '달래나 보지'이다. 극단적으로 죽음을 선택하지 말고 혹시 모르니 달라고나 해 봤으면 죽음을 면할 수도 있었을 것이라는 말이다. 그런데 이러한 말을 하기 위해서는 만약 달라고 했으면 줬을 것이

라는 전제가 있어야 한다. 그래야만 오라비의 죽음을 막을 수 있었을 것이기 때문이다. 만약 달라고 했는데 못 주겠다고 했다면 오라비는 더욱 비참하게 죽음을 맞이했을 것이다.

그런데 누이의 말을 꼼꼼히 살펴보면 그런 전제가 깔려 있지 않음을 알 수 있다. 오라비가 달라고 했으면 아마도 이 누이는 심각하게 고민을 했을 것이다. 스스로도 '줄는지 안 줄는지 모르고', 그것 때문에 '서로 싸움을 하드래도' 달래나 보지 왜 그랬냐고 하는 것으로 봐서 그렇게 짐작할 수밖에 없다. 만약 그렇다면 '달래나 보지'라는 말은 그냥 사족일 뿐이다. 이야기의 마무리에서 유희적인 분위기를 자아내기 위해서 던져 본 말일 수 있다는 것이다. 하지만 이 설화가 안타까움이 물씬 풍겨나는 지극히 비극적인 성격을 지닌 전설이라는 점을 고려하면 유희적인 대사로 이야기가 마무리되는 것이 왠지 자연스러워 보이지 않는다.

물론 달라고 했으면 줄 수도 있는 가능성이 완전히 배제된 것은 아니다. 만약 이 부분에 조금의 가능성이라도 남아 있다면, 다시 말하면 누이가 오라비의 욕정을 인정하고 받아들여 줄 수 있는 가능성이 조금이라도 있었다면 이 이야기는 전혀 다른 문맥으로 이해되어야 한다. 이것은 근친상간이 실제적으로 일어날 수도 있었다는 것을 의미하기 때문이다. '달래나 보지'가 묘한 분위기를 연출하는 것은 바로 이러한 점에서이다. 근친상간은 금기이기는 하지만 상황에 따라서는 그 금기가 허물어질 수도 있음을 의미하기 때문이다. 결국 이러한 가능성 때문에 오라비의 죽음은 더욱더 진한 안타까움을 자아낼 수 있게 된다.

그런데 '달래나 보지'를 꼭 이런 식이 아닌 다른 의미로도 해석할 수 있는 여지가 있다는 데 주목하고자 한다. 위 인용문에서 누이는 오라비가 달라고 했을 때 실제로 주느냐 주지 않느냐는 그리 중요하지 않다는 점을 분명히 하고 있다. 자기가 쉽게 주지 않더라도, 또 그것 때문에 서로 싸움을 하드래도 달라는 말을 했어야 한다고 이야기한다. 여기에서 누이가 강조하고자 하는 것은 오라비와 자신과의 '소통의 부재'이다. 오라비가 죽음에 이를 수밖에 없었던 것은 그가 지극히 도덕적인 인간이어서나 또는 누이를 진실로 사랑해서가 아니라, 그것이 무엇이었든 간에 소통하지 않고 혼자서만 고민하고 선택하고 실행했기 때문이라는 것이다.

오라비는 도덕적인 만큼, 그리고 순수한 만큼 무척 고독했을 것이다. 도덕과 금기 사이를 끊임없이 오가면서 죄책감은 늘어만 갔을 것이고, 급기야 극단적인 선택을 할 수밖에 없었을 것이다. 도덕과 금기, 그 양 극단을 제외하고는 다른 여지를 찾지 못했기 때문이다. 만약 누이에게 자신의 속내를 털어놓았다면 꼭 그것이 누이의 승낙으로 이어지지는 않았더라도 최소한 극단적인 선택을 하지 않게 하는 제3의 통로를 찾아갈 수도 있었을 것이다.

오라비는 순수했기 때문에 금기를 넘어서는 사랑도 할 수 있었고, 도덕적이었기 때문에 금기 앞에서 스스로 목숨을 끊을 수밖에 없었다. 소통 없이 혼자서만 고민하는 지극히 고독한 성격이었기 때문에 죽음을 면할 기회마저도 놓쳐 버린 안타까운 오라비다. 이 이야기의 오라비는 바로 이렇게 안타까운 모습으로 우리에게 다가온다. 그래서 우리는 이 오라비를 미워할 수 없다. 금기를 넘나드는 행동을 보이고 지극히 경직된 도덕성을 보여 준다는 점에서 미워해야 마땅하지만, 혼자서 고독하게 그 무거운 짐을 지고 힘들어했을 것을 생각하면 안타까움이 먼저 드는 것이 사실이다. 이렇게 오라비는 슬픈 초상으로 남는다.

오늘날의 오누이 사랑과 오라비

이와 같은 오누이의 이루어질 수 없는 사랑을 다룬 현대 영상물은 꽤 많다. 그 중에서도 〈가을동화〉와 〈올드보이〉는 TV와 영화 부문에서 오누이의 사랑이라는 금기 모티프를 잘 활용하여 성공을 거둔 대표적인 작품이다.

우연한 기회에 은서(송혜교 분)가 친동생이 아니라는 사실이 밝혀져 헤어지기 전까지 준서(송승헌 분)와 은서는 무척이나 다정한 오누이였다. 시간이 한참 흐른 뒤 성인이 된 두 사람은 다시 만나게 되고 서로 사랑하고 있다는 사실을 깨닫고 당황해 한다. 둘의 사랑은 도덕과 금기 사이에서 위태로운 줄타기를 하고, 금기를 위반하려는 찰나에 은서는 병에 걸려 세상을 떠나고 준서도 교통사고로 유명을 달리한다.

영화 〈올드보이〉는 좀 색다르다. 보기 드물게 '친남매'의 사랑을 다루고 있기 때문이다. 우진(유지태 분)은 누이(윤진서 분)와 사랑을 나누게 되는데, 그것이 우연히 오대수(최민식 분)의 눈에 띄게 되고 소문이 나서 결국 누이가 우진이 보는 앞에서 자살을 하게 된다. 오누이의 사랑이라는 모티프는 여기까지이고 이후에는 우진이 소문을 퍼뜨린 오대수에게 오랜 시간에 걸쳐 복수를 하는 과정이 그려진다. 복수의 핵심 역시 근친상간 모티프를 활용하고 있다. 오대수로 하여금 자

TV 드라마 〈가을동화〉의 한 장면. 남매 간의 비극적 사랑을 다루었다.

기도 모르는 사이에 자신의 딸과 잠자리를 하게 한다는 것이다.

〈가을동화〉나 〈올드보이〉 모두 오누이의 사랑이라는 근친상간 모티프가 활용된다는 점에서는 〈달래나 보지〉 이야기의 전통을 이었다고 볼 수 있지만 오라비가 아닌 누이가 죽음을 맞이한다는 점에서는 다르다. 이 때문인지 근친상간이라는 갈등의 상황에서 고뇌하고 자책하는 역할은 주로 누이에게로 옮겨져 있다. 근친상간이라는 금기 위반으로 인해 징벌을 받는 자는 누이가 되었고, 그만큼 오라비의 캐릭터도 〈달래나 보지〉 이야기의 오라비와는 다른 것으로 변해 버렸다.

오라비가 적극적인 역할을 부여받은 경우도 있다. 소설 〈남자의 향기〉가 그렇다. 어렸을 적, 아버지는 노름빚 대신 한 여자 아이를 데리고 와서 오누이처럼 함께 기른다. 이후 둘은 서로 사랑을 하게 되고 오라비는 이 여자 아이를 위해서 한평생을 바친다는 금기를 넘나드는

지고지순한 사랑 이야기다. 마지막에 오라비가 형장의 이슬로 사라지는 장면은 비록 시간이 늦추어지기는 했지만, 누이를 위해 스스로 죽음의 길로 들어서는 모습으로 이해할 수 있어서 〈달래나 보지〉 오라비 캐릭터와 비교적 많이 닮았다고 할 수 있다.

오누이의 사랑을 다루는 방식에도 변화가 있었다. 〈올드보이〉를 제외하고는 대체로 친남매의 사랑을 다루지 않는다. 대중적인 성격을 가진 작품들에서 치명적인 친남매의 근친상간을 다루는 것이 부담스럽기 때문이다. 그래서 나온 것이 의붓남매나 함께 길러진 '의'오누이, 그러니까 오랫동안 함께 남매처럼 살아온 두 남녀의 사랑이다. 혈연적으로는 근친상간이라고 할 수 없지만 정서상 근친상간에 준하는 느낌을 전달할 수 있기 때문에 그런 식으로 변화를 주고 있는 것 같다. 〈가을동화〉나 〈남자의 향기〉도 이런 식의 변화를 담고 있다.

오누이의 치명적인 사랑 이야기는 앞으로도 많은 관심을 가질 만하다. 필연적으로 순수한 사랑과 치명적 사랑의 사이에서 방황할 수밖에 없는 오누이의 사랑이라는 모티프 자체가 서사적 긴장감을 형성할 수 있는 원천이기 때문이다. 뿐만 아니라 순수한 사랑이 치명적이면 치명적일수록 오라비와 누이의 캐릭터는 더욱 강렬하면서도 역동적이어서 그만큼 매력적인 캐릭터로 살아날 수가 있기 때문이다.

심우장 충북대학교 국어교육과 박사후연구원. 구비문학, 그 중에서도 주로 설화에 관심을 갖고 연구해 왔으며, 최근 고전이 갖고 있는 재미와 의미를 현재화하는 작업에 몰두하고 있다. 저서에는 《설화 속 동물 인간을 말하다》, 논문에는 〈구비설화의 미디어적 성격〉, 〈봉이 김선달과 엽기토끼 마시마로〉 등이 있다.

16

함께 있으면 즐거운, 쾌활하고 솔직한 다정남

이지영

윤여옥

지체 높고 부유한 윤씨 집안의 외아들로, 유머 감각 있는 다정하고 쾌활한 미소년이다. 반면 마음을 준 여인과의 사랑을 포기하지 않는 진솔한 감정도 지녔다. 한번 결정한 일은 비록 위험하더라도 밀어붙이는 용기와 대담함이 있다.

'윤여옥'은 《창선감의록(彰善感義錄)》에 등장하는 인물이다. 《창선감의록》은 17세기 말 사대부인 조성기에 의해 창작되었다고 알려져 있다. 조선 시대에 가장 많이 읽혔던 소설 중에 하나로 이본만도 200여 종에 이른다. 여성과 남성들에게 모두 인기가 높았고, 특히 충과 효라는 당대 이념에 충실한 주제를 지니고 있으면서 작품의 서사가 흥미진진하게 전개되고 있어, 교훈과 재미의 두 가지 측면을 모두 충족시킨 작품으로 평가받고 있다.

공자는 오부인에게 무릎을 꿇고

"채경 누이는 저를 외대하여 함께 말하려고 하지 않으니 참으로 한 집안에서 화목하게 지내는 풍습이 아닙니다. 숙모께서 잘 타이르셔서 저한테 차갑게 대하지 않도록 해 주십시오. 또 제가 아까 채경 누이의 바둑 두는 것을 보니 저와 적수가 될 만하니 한번 저와 함께 바둑을 두었으면 합니다. 그런데 제가 부탁하면 들어줄 리가 없으니 숙모께서 권하시기 바랍니다."

오부인이 그 말을 사랑하여 마침내 소저에게 함께 바둑을 두라고 하였다. 소저는 얼굴이 온통 빨개진 채 몸 둘 바를 몰라 했다. 두 소저가 공자를 보니 공자는 좋아서 만면에 웃음을 띠고 두 팔을 높이 걷어붙인 채 비바람 몰아치듯 바둑돌을 어지럽게 놓았다. 그러더니 일부러 엉뚱한 곳에 두고는 바로 물려 달라고 하면서 진소저의 팔을 잡고 옥신각신하였다. 참다 못한 진소저가 바둑판을 밀어 놓고 물러앉으면서

"형이 바르게 하지 않으니 추잡해서 더 이상 못하겠어요."

하였다. 공자는 하하 웃으면서

"스스로 물러났으니 진 거다."

하였다. 이를 본 두 부인은 웃다가 넘어갔고 두 소저도 어이없어 하면서 웃었다. 이날 세 소저가 방으로 돌아온 후에 윤소저가 남소저에게 말하였다.

"여옥이는 정말 풍류를 즐기는 호방한 남자지, 단정한 군자는 아니야."

그러고는 함께 깔깔 웃었다. 진소저는 부끄러워 아무 말도 못했다.

— 조성기, 《창선감의록(彰善感義錄)》

쌍둥이 남매, 윤여옥과 윤옥화

《창선감의록(彰善感義錄)》은 화씨 가문을 중심으로 이야기가 전개된다. 화욱은 심씨, 요씨, 정씨 세 사람을 부인으로 두었는데, 이들은 각

각 화춘, 화빙선, 화진을 낳았다. 화욱은 집안의 적장자이지만 성품이 경박한 화춘을 못마땅하게 생각하고, 똑똑하고 사려깊은 화진을 더 총애한다. 이로 인해 화춘을 낳은 심씨는 늘 화진과 정부인을 경계하고 시기한다.

한편, 시랑 윤혁은 모습이 꼭 닮은 쌍둥이를 두었다. 윤옥화와 윤여옥이 바로 이들이다. 윤혁은 어사 남표와 경사에서 이웃하여 살던 절친한 사이였다. 남표는 엄숭을 탄핵하다 귀양가던 중 해적을 만나 부인과 함께 물에 빠져 죽고 그의 외동딸 남채봉만 살아남아 윤혁의 양녀가 된다. 윤혁은 자신의 친딸인 윤옥화와 수양딸 남채봉을 함께 화진에게 시집보낸다.

심씨는 아들 화춘과 함께 화진과 윤옥화, 남채봉을 구박하기 시작한다. 게다가 화춘의 정실을 몰아내고 그 자리를 차지한 조씨가 합세하면서 이들의 고난은 더욱 심해진다. 급기야 화춘의 친구 범한은 화진이 남소저와 짜고 자객을 보내 심부인을 죽이려는 것처럼 일을 꾸며 화진을 투옥시킨다. 또 다른 친구 장평은 화진의 일이 화춘에게 화를 미칠 것이라고 하며 화춘을 겁주고 선동하여 윤부인(윤옥화)을 엄숭의 아들 세번에게 첩으로 바치게 한다. 이때 마침 윤부인의 쌍둥이 동생 윤여옥이 누이를 만나러 왔다가 화춘과 장평의 음모를 알게 되고 윤옥화의 처소로 잠입하여 누이를 탈출시킨다. 그 뒤 자신이 대신 엄세번의 첩으로 들어가게 된다. 엄세번의 첩으로 들어간 윤여옥은 엄세번을 조정하여 화진을 극형에서 구하고 성도로 유배가게 한다. 그리고 엄세번의 누이 월화를 농락하려다가 차마 욕보이지 못하고 오히려 장래를 약속한 뒤 그녀의 도움으로 무사히 엄세번의 집을 탈출한다.

유배지로 간 화진은 외적이 침입하자 큰 공을 세우고 화진의 너그러운 마음에 화춘과 심씨도 감복하여 지난날을 뉘우치게 되고 직접 일을 꾸민 범한과 장평, 조씨는 비참하게 죽고 만다.

이렇듯이 《창선감의록》의 주인공은 화진과 그의 두 부인이라고 할 수 있으며, 윤여옥은 작품의 주인공은 아니다. 그러나 인물의 개성을 기준으로 본다면 윤여옥은 단연 돋보이는 캐릭터이다. 유가의 이상적인 군자상과는 거리가 멀지만 현실적이고 매력적인 캐릭터가 아닌가 싶다.

아름다운 미소년

윤여옥은 윤옥화와 생긴 모습이 흡사한 쌍둥이다. 누이의 옷을 입혀 놓으면 시녀도 쉽게 구별할 수 없을 정도로 닮았다고 하였다. 또 뒤에 엄세번의 첩이 될 위기에 빠진 윤옥화를 구하기 위해서 누이의 옷을 입었을 때에도 화씨 집안 시녀들은 이를 눈치 채지 못하였다. 누이로 분장한 후 윤여옥이 시녀에게 "내 모습이 이전과 달라지지 않았느냐?" 하고 물었을 때도 시녀는 "얼굴에 살이 좀 붙은 것 같고 눈썹이 많이 길어졌습니다." 하고 답할 뿐 윤여옥임을 전혀 알아채지 못했다. 이로 보아 윤여옥이 선이 고운 미소년임을 짐작할 수 있다.

여성적인 외모로 인해 남자인 엄세번에게 구애를 받기도 한다. 즉 누이 윤옥화가 엄세번의 첩으로 갈 위기에 처하자 스스로 누이의 옷을 입고 엄세번의 집으로 가는데, 엄세번은 여장남자인 줄도 모르고 그 모습에 반해 넋을 잃는다.

사랑에 빠진 다정다감한 남자

여성적인 것은 외모뿐이 아니다. 윤여옥은 성품도 다정다감하며 자신의 감정을 잘 감추지 못한다. 사랑하는 진채경이 아버지의 투옥으로 인해 멀리 떠나게 되자 얼굴빛이 사색이 되어 당황하고 슬퍼하며, 후에 진채경의 행방을 알 수 없게 되었을 때는 그리움과 걱정으로 마음을 잡지 못한다.

윤여옥과는 달리 당차고 다부진 성격의 소유자인 약혼녀 진채경은 그런 윤여옥의 성품을 잘 알고 있었다. 진채경은 조문화가 강제로 자신의 아들과 혼인시키려 하자 혼인을 수락하는 척하여 옥에 갇힌 부친을 구한 후에 남장을 하고 도망친다. 이때 진채경은 윤여옥과의 혼인을 이룰 수 없을 것이라고 판단한다. 그러나 윤여옥의 여린 심성을 잘 아는 진채경은 자신이 행방을 감추게 되면 그가 마음을 잡지 못하고 방황할 것이라 걱정한다. 윤씨 집안의 외아들로서 부인 없이 평생을 혼자 살 수도 없는데, 혹 평범한 여성과 혼인하게 되면 윤여옥은 더욱더 자신만 그리워하며 지낼 것이라 생각한 진채경은 백련교에서 우연히 만난 아름다운 백소저를 자기 대신 윤씨 집안의 며느리로 들이도록 일을 꾸민다. 남장한 자신을 윤여옥이라 하여 백소저의 오라비 백경과 친분을 맺은 후, 그의 재모에 반한 백경이 윤여옥의 집안에 청혼을 하도록 한 것이다.

그러나 그런 진채경의 배려는 윤여옥을 더욱 좌절하게 한다. 백소저를 대신 윤여옥과 맺어 주고 윤씨 집안과의 인연을 끊으려던 진채경의 생각은 오히려 윤여옥을 상심하게 만든 것이다. 이렇듯 윤여옥은 진채경과의 인연을 쉽게 저버리지 못한다.

윤여옥은 이처럼 사랑을 중시하는 감성적인 인간이다. 이런 점에서 윤여옥은 김시습의 〈이생규장전(李生窺墻傳)〉이나 〈만복사저포기(萬福寺樗蒲記)〉에 등장하는 이생, 양생과 유사하다. 이들 작품에 등장하는 남성들은 사랑을 무엇보다 중시한다. 사랑하는 사람이 이 세상을 떠나자 절망한 나머지 산속으로 들어가 평생을 마치기도 한다. 이생이나 양생이 사랑 때문에 세상을 버릴 수밖에 없었던 이유는 현실에서 소외된 사람들이기 때문이다. 그런데 윤여옥은 이들과는 처지가 다르다. 윤여옥은 모든 것을 갖추었으면서도 끝까지 사랑을 추구한다. 그는 사랑밖에 선택할 것이 없었기 때문이 아니라 천성적으로 여리고 감성적이어서 쉽게 사랑을 포기하지 않은 것이다. 또 다른 일을 신경쓰지 않아도 될 만큼 여유가 있었기 때문에 사랑이 가능하기도 했다. 사실 윤여옥이 사랑을 포기해야 하는 절실한 상황이 없었기에 굳이 사랑을 포기할 필요도 없었던 것이다.

귀한 집 도련님의 자신감

윤여옥의 감성적인 면은 넉넉하고 지체 높은 집안의 귀한 아들로 태어나고 자란 그의 환경과 관련이 깊다. 윤여옥은 살면서 별다른 고난이나 역경을 겪지 않는다. 진채경의 행방불명으로 마음고생을 하고 누이 대신 엄세번의 집에 갔다가 탈출하는 모험을 하기도 하지만, 그 밖에 살면서 어려운 일을 겪지는 않는다. 슬픔이나 기쁨, 노여움 등의 감정에 휩쓸리지 않는 강인함은 타고났다기보다는 환경에 의해 만들어졌다고 할 수 있다. 감정을 억눌러야만 하는 처지, 또는 그렇게 교육받은 사람은 자신의 마음을 쉽게 내보이지 않는다. 그러나 윤여옥은 굳이 마음을 억눌러야 하는 상황을 접한 적이 없다. 자신의 감정에 솔직한 그의 천진한 성품은 바로 유복하고 편안한 상황과 분위기에서 비롯되었다고 할 수 있다.

이는 이 작품의 주인공인 화진이 일찍 부모를 잃고 못된 심부인 밑에서 고난을 겪으며 자란 것과는 대조적이다. 화진은《창선감의록》의 주인공이다. 그는 윤여옥과는 정반대의 성품을 지닌 인물이다. 진지하고 진중하며 묵묵히 고난을 참고 견딘다. 그의 배다른 형인 화춘은 화진보다 모든 면에서 열등했기 때문에 늘 화진을 미워하고 경계하였다. 화춘과 그의 생모인 심씨는 혹시 화진이 장자의 자리를 넘보는 것이 아닌가 늘 염려하였다. 화진은 그런 집안 분위기에서 자라면서 자신의 감정을 감출 수밖에 없었다. 자신의 뛰어난 능력을 마음껏 과시할 수도 없었고, 좋아하는 것에 욕심을 부릴 수도 없었다. 또 어린 나이에 부모를 잃은 아픔은 그를 잘 참고 감정을 쉽게 드러내지 않는 인물로 자라게 하였다.

그러나 윤여옥에게는 화진의 경우처럼 힘든 일들이 닥치지도 않았고, 노력하지 않아도 많은 것을 얻을 수 있었다. 힘든 일을 겪지 않고 구김살 없이 자랐기 때문에 늘 자신감으로 가득 차 있다. 그의 자신감에 대해서 그의 누이 윤옥화가 조롱하는 장면을 보자.

> 공자는 남소저가 이처럼 기이하게 바둑 두는 것을 처음으로 보고 바둑판을 끌어당기면서,
> "내가 조금 바둑을 배우기는 했지만, 잘하지는 못하니 한번 배우고 싶구나."

라고 하였다. 남소저가 한두 번 사양하다가 마침내 함께 바둑을 두었다. 공자는 미처 손쓸 겨를도 없이 내리 세 판을 지고 말았다. 두 소저가 남소저의 신기한 재주에 감탄하였다. 윤소저는 낭랑히 웃으면서 공자를 놀렸다.

"네가 항상 잘난 척하면서 세상에 어려운 일이 없다고 자부하더니만 이제 한 여자로 인해 곤경에 처하였으니 앞으로 또 큰소리를 칠 테냐?"

공자가 크게 웃으면서

"채봉 누이는 매사에 신기하니 진실로 세상 사람이 아니지요. 그렇지만 누나와 채경 누이는 겁나지 않아요."

윤소저가 찬연하게 웃으면서 말하였다.

"전쟁에 패한 장수가 오히려 용감하다고 큰소리치는 거냐?"

—《창선감의록》

물론 이 장면은 윤옥화가 윤여옥을 놀리는 대목이지만, 이 말에서 오히려 평소 늘 당당했던 윤여옥의 자신감을 엿볼 수 있다.

여장하고 호랑이 굴로

누이가 곤경에 처했을 때 여장을 하고 엄세번의 집으로 들어갈 수 있는 용기와 배짱도 이런 자신감에서 나온 것이다. 윤여옥이 여장을 하고 엄세번의 집으로 가는 장면은《창선감의록》에서 가장 재미있는 대목 가운데 하나이다. 어느 날 누이를 보러 소흥으로 간 윤여옥은 길을 잘못 들어 화진의 유모 계화의 집으로 가게 된다. 그때 화씨 집안의 상황은 범한과 장평의 농간으로 갈수록 악화되어 장평은 화춘을 꼬드겨서 윤옥화를 엄세번의 첩으로 보내게 한다. 화진의 유모인 계화가 수선루 시비 양운으로부터 장평의 계획을 전해 듣고는 어쩔 줄 몰라 발을 동동 구르고 있었다. 바로 그때 윤여옥이 계화의 집으로 들어오자 계화는 윤옥화가 탈출한 것으로 알고 붙잡고 묻는다. 이로써 윤여옥은 누이가 처한 위기를 알고 분개한다. 윤여옥은 계화의 만류에도 불구하고 누이를 구하려 화씨 집에 잠입한다. 후원에 갇힌 누이를 찾아간 윤여옥은 누이를 탈출시키고 자신이 대신 남겠다고 자청한다. 윤옥화가 동생을 걱정하여 말리지만, 윤여옥은 자신의 말을 듣지 않으면 당장 조씨를 죽여 그 고기를 씹어 먹고 낯가죽을 벗기고 눈을 뽑아낼 것이라고 위협하면서 끝내 고집을 꺾지 않는다.

누이의 옷을 입고 윤옥화가 된 윤여옥에게 다음 날 조씨가 찾아온다. 조씨는 윤부인이 엄세번의 첩이 되면 자신에게 복수할 것을 두려웠다. 그래서 엄세번의 첩으로 보내려는 장평의 계획을 미리 알려 주어 윤부인이 스스로 목숨을 끊도록 할 생각으로 찾아온 것이다. 그러자 윤여옥이 조씨를 후련하게 혼내 준다.

> 조씨가 비아냥거렸다.
>
> "부인이 이제 엄태상의 애첩이 된다고 벌써부터 거만하게 구는 거요?"
>
> 윤여옥은 거짓으로 놀라 화내는 척하면서 그 손을 꽉 잡고 말하였다.
>
> "네가 감히 필부의 천한 첩으로 감히 재상의 정실을 욕하는 거냐?"
>
> 조씨가 손을 빼려고 발악하였지만, 공자가 그 목덜미를 낚아채어 앞으로 돌려 세운 다음 손바닥으로 뺨을 후려치니 꼭 대나무 쪼개지는 듯한 소리가 났다. 조씨는 마치 복어가 독을 품어 배가 한껏 부풀려진 것

같이 켁켁거리며 말을 못하였다.

공자는 터지려는 웃음을 꾹 참고 말하였다.

"이건 작은 일이 아니니 존고에게 알려야겠다."

그리고는 그 목을 잡고 심부인이 있는 정당 북쪽 계단 위로 끌고 갔다. 조씨는 식겁하여 공자에게 애걸하였다. 그러자 공자가 바닥에 내팽개쳐서 조씨는 개구리같이 바닥에 쫙 뻗었다. 공자는 허허 웃으면서 침당으로 돌아갔다.

—《창선감의록》

조씨는 윤옥화가 윤여옥으로 바뀐 것도 모르고 윤옥화를 모욕하려다 오히려 윤여옥에게 당하고 말았다. 정숙한 윤옥화였다면 그런 행동은 하지 않았겠지만, 윤여옥은 조씨를 보는 순간 혼내 주고 만다. 조씨는 갑자기 돌변한 모습에 정신을 잃지만, 그가 윤옥화가 아닌 윤여옥이란 사실은 꿈에도 생각지 못한다.

이후 윤여옥은 누이인 척하고 엄세번의 집까지 간다. 그곳에서도 윤여옥은 정숙한 처자로 행동하지는 않는다. 엄세번과 거리낌 없이 술 마시고 이야기하며 또 지아비 화진을 구해 주면 첩이 되어 그 은혜를 갚겠노라고 당당하게 요구한다. 아리따운 모습에다가 화통하면서 의리도 있는 그 모습에 엄세번은 점차 빠져든다. 어쩌면 정숙하기만 하였을 실제 윤옥화보다 적극적이면서 당당한 윤여옥이 더 매력적인 여성으로 보였을지도 모르겠다. 엄세번은 윤여옥의 계략에 넘어가서 아버지 엄숭을 통해 옥에 갇혀 있던 화진의 목숨을 구해 준다. 윤여옥의 담대한 행동으로 화진은 목숨을 건진 것이다.

게다가 윤여옥은 세번의 여동생인 월화를 농락하려고 한다. 지체 높은 윤씨 집안의 딸이자 화씨 집안의 며느리인 누이를 첩으로 삼으려던 엄세번을 용서할 수 없었던 것이다. 이를 위해 윤여옥은 자신을 여성으로 알고 있는 월화에게 다정하게 군다. 남편 있는 여자의 몸으로 다른 남자의 첩이 되려는 그녀를 더럽게 여기고 있던 월화는 친근하게 굴면서 지나치게 몸을 밀착시키는 그 행동이 못마땅하였지만 오라버니의 청으로 어쩔 수 없이 함께 밤을 지낸다.

> 밤이 깊었을 때 월화는 이상한 느낌에 놀라서 잠에서 깨었다. 웬 남자가 자신의 목을 안고 누워 있는 것이 아닌가? 월화는 가슴이 떨리고 땀이 흘러서 제대로 말을 할 수가 없었다. 공자가 웃으며 말하였다.
> "나는 화한림 부인의 남동생 산동의 윤여옥이오. 그대의 형이 고약한 마음으로 내 누이를 욕보이려다가 도리어 자기 누이가 남에게 욕보이게 되었으니 하늘이 무심하지는 않은가 보오. 그러나 그대는 자태가 세상에서 빼어나게 아름답고 천하에 나처럼 아름다운 낭군을 만나기도 쉽지 않을 것이니 오늘밤 함께 살을 섞는 것이 하늘의 인연이 아니겠소?"
> 월화는 흐느끼며 말하였다.
> "제가 몸가짐을 신중이 못한 탓에 공자의 손에 떨어졌으니 죽어도 이 수치는 지울 수 없을 것입니다. 그러나 저는 규중의 처자로서 노류장화처럼 대하시는 것을 참을 수 없습니다. 바라건대 공자께서는 후일에 화촉으로 맞이하신다 약속하시고 저를 더럽히지 말아 주세요."
> 이 말을 들은 공자는 일어나 앉으며 탄식하였다.
> "내가 이렇게 한 것은 즐겨하는 것은 아니오. 아, 우러러 처마에 부끄럽고 굽어 베갯머리에 부끄럽소이다. 오늘밤 나의 행동은 죽을 때까지

후회스럽소."

드디어 물러나 다른 침상에 누웠다. 월화는 감탄하였다.

"이 사람은 진짜 남자이다."

—《창선감의록》

월화와 함께 밤을 보내게 된 윤여옥은 월화의 몸을 더듬으면서 남성의 본색을 드러낸다. 잠을 자던 월화는 놀라서 자신의 정조를 욕보이지 말아 달라며 애원한다. 윤여옥은 월화의 가련한 모습을 보고 복수심은 어느새 잊어버리고 한 여성을 강제로 욕보이려던 자신의 행동을 부끄럽게 생각한다. 흐트러진 옷매무새를 단정히 한 후에 윤여옥은 월화에게 자신이 누구이고 왜 여기에 있는지 설명한다. 이야기를 들은 월화는 윤여옥의 심성에 반한다. 바로 전까지 추한 행동을 보이던 호색한은 이제 누이를 위하여 위험을 무릅쓰고 호랑이 굴에 뛰어든 의리 있고 용감한 인물일 뿐이다. 그리고 윤여옥에게 자신의 일생을 맡기리라 결심하며 윤여옥의 탈출을 돕는다.

윤여옥의 매력, 《창선감의록》의 재미

윤여옥은 진중하고 단정한 군자와는 거리가 멀다. 좋아하는 여성 앞에서 자신의 감정을 굳이 숨기려고 하지 않는다. 바둑을 두면서 약혼녀 진채경의 손목을 한번 잡아 보려고 일부러 한 수 물러 달라고 말하는 뻔뻔스러운 남자이다. 농담도 곧잘 한다. 여장을 한 그에게 유모가 몸가짐을 얌전하고 공손하게 하라고 하자, 윤여옥은 "그 정도면 됐지. 그럼 이보다 더 공손하게 하라고? 그럼 꽁무니는 하늘을 보게 하고 이마를 땅에 붙인 채 갓난아기처럼 기어다니란 말이냐?" 하며 익살스럽게 농담을 한다. 예의를 중시하는 사람이 보면 경망스럽다고 비난하겠지만, 그의 행동은 그리 밉지가 않다. 하고 싶은 말을 마음대로 하는 그의 거침없는 말솜씨와 행동은 시원스럽고 호쾌하다. 좋아하는 여성 앞에서 적극적인 애정 공세를 펴는 모습은 이 작품을 읽었을 당대의 수많은 여성들의 가슴을 설레게 하였을 법하다. 또 못된 짓을 하는 무리를 괴롭히는 것도 즐긴다. 화진 같은 단정한 군자가 아니기에 윤여옥은 조씨를 후련하게 패 주기도 하고, 여장을 한 채 엄세번을 농락하기도 한다. 이런 장면에서 독자들은 유쾌하였을 것이다.

또 윤여옥은 깊이 생각하고 행동하는 신중한 인물이 아니다. 느낀 대로 행동하고 감정대로 움직이는 경향이 있다. 그가 이리저리 따져보고 행동하는 신중한 인물이었다면 누이를 대신하여 엄세번의 집으로 가지 않았을 것이다. 그에게는 그를 애지중지 키워 낸 부모가 있고, 집안의 외아들로서 막중한 책임이 있기 때문이다. 또 월화를 농락하지도 않았을 것이다. 그런 행동으로 인해 결국 엄세번의 동생을 첩으로 맞이해야 했기 때문이다. 윤여옥은 월화를 농락한 후에 곧 자신의 행동이 어떤 결과를 초래했는지 생각하고 후회하였다. 좀 더 신중한 사람이었다면 그런 후회할 만한 일은 아예 하지 않았을 것이다.

《창선감의록》은 가벼운 작품이 아니다. 작품의 서두에서 작가는 충효와 보은의 원칙을 강조하였지만, 실제 작품에서는 착한 일을 한 사람이 과연 그 보상을 받을 수 있는가 하는 문제를 제기하고 있다. 작가는 현실에서는 충효와 선악에 대한 보상이 이루어지지 않는다는 것을 너무나 잘 알고 있다. 이러한 작가의 문제 의식은 충효를 실천하

신윤복의 〈손목〉. 봄날 양반가의 젊은 서방이 후원에서 종의 손목을 끌고 희롱하는 모습

면서도 고난을 겪는 화진을 통해서 드러난다. 《창선감의록》의 주인공 화진은 너무나 규범적인 인물이다. 그런데 규범을 지키려고 하면 할수록 그의 일생은 너무나 괴롭고 힘들어진다. 현실에서는 유가의 원칙보다는 범한의 권모술수가 더 강한 힘을 발휘하기 때문이다. 화진의 행동은 옳지만, 독자에게 즐거움과 재미를 주지는 않는다. 그러나 윤여옥은 다르다. 윤여옥이 등장하는 장면은 밝고 유쾌하다. 그가 바둑을 핑계로 진채경의 손을 잡는 장면이나, 여장을 하고 조씨를 패 주거나 엄세번을 농락하는 장면은 재미있고 우스꽝스럽다. 그렇기 때문에 윤여옥은 주인공은 아니지만, 이 작품의 재미를 위해서는 빠질

수 없는 인물인 것이다.

완벽해서 부족한 그대

윤여옥은 매력적인 캐릭터이지만, 주인공이 아닌 조연이다. 오늘날의 트렌디 드라마에서는 윤여옥 같은 남성이 주인공이 되는 예를 간혹 찾을 수 있지만, 그보다 무게감 있는 드라마나 영화에서 윤여옥 같은 캐릭터는 여전히 조연인 경우가 많다. 서사적인 갈등을 창출하기에는 약하기 때문이다. 부유한 귀공자이면서 솔직대담한 그의 캐릭터는 분명 현대의 여성들에게도 매력적인 남성상임에는 틀림없다. 그러나 나무랄 데 없이 멋진 인물이기에 주인공이 되기에는 부족하다.

이야기의 주인공은 강한 인격의 소유자이거나 뒤틀린 인생을 사는 경우가 많다. 그래야만 갈등이 전면에 부각되고 강렬한 인상을 불러일으킨다. 윤여옥처럼 부족함 없고 솔직하고 밝은 사람은 주인공과는 거리가 있다.

그러나 주인공을 빛내는 것은 조연들이라는 사실은 식상할 만큼 많이 이야기되어 온 상식이다. 구김살 없는 윤여옥 같은 인물 옆에 있는 뒤틀린 인생의 주인공은 강조될 수밖에 없다. 《창선감의록》이 윤여옥으로 인해 교훈적인 '교과서'가 아닌 재미있는 '소설'이 될 수 있었던 것처럼, 무게감 있는 주제 의식을 전달할 수 있는 주인공 옆에는 윤여옥 같은 조연이 있어야 한다. 개성 있고 다양한 조연들을 어떻게 입체적인 인물로 그려 낼 수 있는가 하는 점이 이야기의 성공 여부를 판가름한다. 이런 점에서 윤여옥처럼 주인공이 되기에는 부족하지만 이야기의 흥미를 위해 빠져서는 안 되는 인물에 대해 앞으로 더 많은 발굴과 연구가 필요하지 않을까 한다.

이지영 서울대학교 기초교육원 강의교수. 고전소설 전공, 독자의 교육수준과 취향에 따라 즐겨 읽는 소설의 주제 및 서술방식이 달라지는 점에 관심을 지니고 있다. 논문에는 〈창선감의록의 이본변이 양상과 독자층의 상관관계〉, 〈지문의 종결형태를 통해 본 고전소설의 서술방식〉 등이 있다.

17

사랑하지 않을 수 없는 남자

이유진

이몽룡

조선 숙종 시절 서울 삼청동에서 세대명가인 이씨 집안의 외아들로 태어났다. 16세 되던 해에 부친이 남원부사에 제수되자 부친을 따라 남원으로 내려왔다가 도도한 절세가인(絶世佳人) 춘향과 치명적인 사랑에 빠진다. 풍류를 좋아하며 충동적이나, 의외로 성실하고 순박한 면이 있다.

'이몽룡' 은 판소리 《춘향가》 또는 소설 《춘향전》의 남자 주인공이다. 소설 《춘향전》은 판소리 《춘향가》로부터 나왔기 때문에 《춘향전》 텍스트들은 판소리 문학의 특성을 지니고 있다. 판소리 《춘향가》를 누가 언제 지었는지는 확인되지 않았다. 다만 만화(晩華) 유진한이 호남 지방을 여행하고 돌아와 지었다는 《가사춘향가이백구(歌詞春香歌二百句)》(1754)가 남아 있는 것으로 보아, 17세기 말부터 18세기 초 사이에 호남 지방에서 판소리 《춘향가》가 형성되었다고 추정할 뿐이다. 《춘향가》, 《춘향전》의 이본은 매우 많으며, 이본에 따라 조금씩 다르게 나타나는 부분들이 있다. 예를 들어, 춘향의 신분이 기생으로 설정된 경우도 있고, 대구속신면천(代口贖身免賤)한 양인 또는 참판의 서녀로 설정된 경우도 있다. 또 작품의 결말에서 춘향이 이몽룡의 정실부인이 되는 경우가 있는가 하면, 첩이 되는 경우도 있다. 그러나 작품의 줄거리와 주요 인물의 성격은 대체로 유사하다.

앵무배 술 가득 부어 도련님께 드리니 도령 잔 받아 손에 들고 탄식하여 하는 말이,
"내 마음대로 할진대는 육례를 행할 터나 그러질 못하고 개구멍서방으로 들고 보니 이 아니 원통하랴. 얘, 춘향아. 그러나 우리 둘이 이 술을 대례 술로 알고 먹자."
일배주 부어 들고,
"너, 내 말 들어라. 첫째 잔은 인사주요, 둘째 잔은 합환주(合歡酒)라. 이 술이 다른 술 아니라 근원근본 삼으리라. 대순(大舜)의 아황(娥皇) 여영(女英) 귀히 귀히 만난 연분 지중타 하였으되, 월로(月老)의 우리 연분, 삼생가약(三生佳約) 맺은 연분, 천만 년이라도 변치 아니할 연분, 대대로 삼태육경(三台六卿) 자손이 많이 번성하여 자손 증손 고손이며 무릎 위에 앉혀놓고 죄암죄암 달강달강 백세상수(百世上壽) 하다가 한날한시 마주 누워 선후 없이 죽거든 천하에 제일가는 연분이지."

— 김진영 외 편, 〈열녀춘향수절가〉(완판84장본), 《춘향전 전집》 4, 321쪽

남자 이몽룡

《춘향가》, 《춘향전》의 남자 주인공 '이몽룡'은 흔히 영웅적 구원자로 이해된다. 그는 신분을 초월한 사랑을 이루고자 하는 춘향의 소원을 충족시켜 주는 인물이면서, 탐관오리의 횡포로부터 남원 백성들을 구해 주는 인물이다. 그리고 그는 판소리 《춘향가》가 불리고 소설 《춘향전》이 읽히던 그 시대 청중과 독자들이 꿈꾸며 기다린 영웅이다. 조선 후기 민중은 신분의 멍에에서 벗어나고픈 소망, 탐관오리의 학정에서 벗어나고픈 소망을 가지고 있었다. 그래서 19세기에는 크고 작은 민란이 끊이지 않았고, 천주교나 동학처럼 인간 평등을 주장하

는 종교들이 호응을 얻었다. 이몽룡을 영웅적 구원자로 이해하는 관점은《춘향가》,《춘향전》이라는 작품의 의미를 시대 정신의 반영에서 찾으려는 접근 태도와 맞물려 있다.

그런데 시대가 변하고 사람들의 처지가 바뀐 뒤에도《춘향가》,《춘향전》을 즐겨 듣고 읽는 이유는, 이 작품에 조선 후기 민중의 꿈뿐 아니라 보편적인 인간의 꿈이 투영되어 있기 때문이다. 이루어지기 어려운 사랑, 해서는 안 되는 사랑. 안타깝게도 인간은 종종 그런 사랑을 꿈꾼다. 그리고 그 꿈이 이야기 속에서나마 이루어지는 것을 보고 싶어한다. 현대의 독자들에게《춘향가》,《춘향전》은 현실의 장애를 뛰어넘는 사랑에 대한 이야기이다.

《춘향가》,《춘향전》을 순수한 사랑 이야기로 대할 때, 우리는 영웅적 구원자의 페르소나 뒤에 있는 한 남자의 얼굴을 보게 된다. 도도하기 이를 데 없는 절세가인 춘향의 마음을 단 한 번에 얻은 남자. 춘향이 목숨을 걸고 사랑한 남자. 자신을 버리고 떠났어도, 거지가 되어 돌아왔어도, 춘향이 차마 미워할 수 없었던 이 남자는 누구인가? 도대체 이 남자의 무엇이 춘향을 사로잡은 것일까?

이몽룡의 특별한 매력

춘향은 뛰어난 미모와 재능을 겸비한 인물이다. 이몽룡은 멀리서 한 번 춘향의 모습을 보더니 그 아름다운 자태에 정신을 잃고, 가까이 불러 몇 마디 나누고는 그 총명함에 반한다. 그러나 이몽룡은 사실 춘향보다 한층 더 뛰어난 인물이다. 얼굴, 풍채, 문장, 글씨 등 모든 면에서 최고이며, 신분상으로도 남원부사의 아들일 뿐 아니라 장래가 촉망되는 명가의 후손이다. 이 정도면 춘향의 마음에도 들지 않을 리가 없다. 실제로 춘향은 이몽룡을 한 번 만나 보고 곧 흠모하게 된다.

> 이때 춘향이 추파를 잠깐 들어 이 도령을 살펴보니 금세(今世)의 호걸이요 진세간(塵世間) 기남자(奇男子)라. 천정(天庭)이 높았으니 소년공명(少年功名)할 것이요, 오악(五嶽)이 조귀(朝歸)하니 보국충신(輔國忠臣)될 것이매, 마음에 흠모하여 아미(蛾眉)를 숙이고 염슬단좌(斂膝端坐)뿐이로다.
>
> —〈열녀춘향수절가〉(완판84장본), 309쪽

그러나 출중한 외모와 재능, 고귀한 신분, 장래성 등이 이몽룡이라

전라북도 남원에 있는 광한루. 《춘향전》의 무대로 유명한 곳이다.

는 인물을 특별히 매력적으로 보이게 하는 요소들은 아니다. 조선 시대 애정 소설에 등장하는 남자 주인공들은 대개 준수한 용모에 비범한 능력을 지녔으며 좋은 가문 출신이고 장차 공명을 떨칠 훌륭한 청년들이었다.

그러면 이몽룡의 특별한 매력은 어디에 있을까? 그는 무엇보다 양반의 체면과 권위를 벗어 버리고 한 여자의 남자가 될 줄 아는 인물이다.

"너도 남의 집 귀한 딸이로다. 천정(天定)하신 연분으로 우리 둘이 만났으니 만년락(萬年樂)을 이뤄 보자."
춘향이 거동 보소. 팔자청산(八字靑山) 찡그리며 주순(朱脣)을 반개(半開)하여 가는 목 겨우 열어 옥성(玉聲)으로 여쭈되,
"충신(忠臣)은 불사이군(不事二君)이요, 열녀불경이부절(烈女不更二夫節)은 옛글에 일렀으니, 도련님은 귀공자요, 소녀는 천첩이라. 한 번 탁정(託情)한 연후에 인하여 버리시면 일편단심 이 내 마음 독숙공방(獨宿空房) 홀로 누워 우는 한은 이 내 신세 내 아니면 뉘가 길꼬? 그런 분부 마옵소서."
이 도령 이른 말이,
"네 말을 들어 보니 어이 아니 기특하랴. 우리 둘이 인연 맺을 적에 금석뇌약(金石牢約) 맺으리라. 네 집이 어드메냐?"

—〈열녀춘향수절가〉(완판84장본), 309~310쪽

이몽룡은 춘향과 처음 만난 자리에서 자신의 감정을 숨김없이 드러내 보이며 인연을 맺자고 조른다. 양반의 체면을 생각했다면 자신

의 감정을 솔직하게 표현하지 못했을 것이며, 고을 수령의 아들로서 권위 의식을 가지고 있었다면 그 고을의 기생(또는 기생의 딸)인 춘향 앞에서 애걸하는 모습을 보이지 않았을 것이다.

뒤에 등장하는 변학도는 이와 대조적인 모습을 보여 준다.

> 사또 대희하여 춘향더러 분부하되,
>
> "오늘부터 몸단장 정히 하고 수청으로 거행하라."
>
> "사또 분부 황송하나 일부종사 바라오니 분부 시행 못하겠소."
>
> 사또 웃어 왈,
>
> "아름답도다. 아름답도다. 네가 진정 열녀로다. 네 정절 굳은 마음 어찌 그리 어여쁘냐? 당연한 말이로다. 그러나 이(李) 수재(秀才)는 경성 사대부의 자제로서 명문 귀족 사위가 되었으니 일시 사랑으로 잠깐 노류장화(路柳墻花) 하던 너를 일분 생각하겠느냐? 너는 근본 절행 있어 전수일절(全守一節) 하였다가 홍안(紅顔)이 낙조(落照)되고 백발이 난수(亂垂)하면 무정세월약류파(無情歲月若流波)를 탄식할 제 불쌍하고 가련한 게 너 아니면 뉘가 기랴? 네 아무리 수절한들 열녀 포양(褒揚) 뉘가 하랴? 그는 다 버려두고 네 고을 관장에게 매임이 옳으냐, 동자 놈에게 매임이 옳으냐? 네가 말을 좀 하여라."
>
> —〈열녀춘향수절가〉(완판84장본), 347쪽

변학도는 고을 수령으로서 권위를 내세우며 춘향에게 수청을 강요한다. 그리고 춘향이 자신의 요구를 거절하자 그녀의 천한 신분을 들먹이면서 모욕한다.

춘향을 만나기 전에 '기생(또는 기생의 딸)이면 데려다 구경해도 되겠다'고 생각한 것은 이몽룡이나 변학도나 매한가지였다. 그들은 둘 다 양반의 지위를 이용해 춘향을 불러들였다. 그러나 춘향을 만난 후 이몽룡이 양반의 자리에서 내려와 한 남자가 된 데 비해, 변학도는 그 자리를 단단히 지켰다. 남자 이몽룡은 춘향을 여자로 대했지만, 양반 변학도는 춘향을 천기로 대한 것이다.

이몽룡이 특별한 인물이 될 수 있는 것은 바로 이런 차이 때문이다. 그는 양반의 체면과 권위를 버리고 비천한 신분의 춘향과 동등해졌다. 그래서 춘향을 '남의 집 귀한 딸'로 여기고, 하늘이 정해 준 배필로까지 받아들일 수 있었다. 이처럼 체면과 권위를 쉽게 버리고 기생(또는 기생의 딸)과 동등해질 만큼 자신을 낮출 수 있는 양반은 흔치 않았을 것이다. 또한 이몽룡은 탁월한 유머 감각을 지닌 인물이다.

춘향이 팔자춘산(八字春山) 찡그리고 단순호치(丹脣皓齒) 잠깐 열어 나직이 여쭈되,

"소녀의 성은 김이요, 이름은 춘향이요, 나이는 이팔이로소이다."

이 도령 이른 말이,

"신통하다. 네 나이 이팔이라 하니 나의 사사 십육과 정동갑이로구나."

또 묻되,

"생월생시는 어느 때니?"

춘향이 대답하되,

"하사월 초팔일 축시로소이다."

"어허 공교하다! 눈 무섭다! 방자야, 네가 아까 수군수군하더니 내 나이와 생일을 다 일러바쳤나 보구나? 그렇지 않으면 이럴 일이 있나? 대저 신통기이하다. 다 맞아 오다가 똑 시만 틀렸으니 나 해산할 제 불

수산(佛手散)을 급히 달여 거꾸로 먹었더라면 사주동갑될 뻔했다. 어찌 반갑지 않으며, 어찌 기쁘지 않으리?"

— 김진영 외 편, 〈남원고사〉(파리 동양어학교 소장본), 《춘향전 전집》 5, 20쪽

열여섯 남녀가 처음 대면한 자리는 아무래도 불편하고 어색하다. 춘향은 부끄러운 마음에 고개를 들지 못하고 묻는 말에나 겨우 대답할 뿐이다. 그러자 이몽룡은 몇 마디의 농담으로 분위기를 전환시킨다. 춘향은 곧 긴장을 풀고 고개를 들어 이몽룡을 찬찬히 살펴보며, 어느 정도 편안한 태도로 대화하기 시작한다.

이몽룡의 유머 감각은 위기 상황에서 더욱 빛을 발한다.

"여기 앉아 말 좀 듣소. 춘향을 데려간대도 가마 쌍교 말을 태워 가자 하니 필경에 이 말이 날 것인즉 달리는 변통할 수 없고, 내 이 기가 막히는 중에 꾀 하나를 생각하고 있네마는 이 말이 입 밖에 나서는 양반 망신만 하는 게 아니라 우리 선조 양반이 모두 망신을 할 말이로세."

"무슨 말이 그리 그른 말이 있단 말인가?"

"내일 내행이 나오실 제 내행 뒤에 사당(祠堂)이 나올 테니 배행은 내가 하겠네."

"그래서요?"

"그만하면 알지."

"나는 그 말 모르겠소."

"신주는 모셔내어 내 창옷 소매에다 모시고 춘향은 요여(腰輿)에다 태워 갈밖에 수가 없네. 걱정 말고 염려 마소."

— 〈열녀춘향수절가〉(완판84장본), 335쪽

부친이 내직으로 승차하여 서울로 다시 올라가게 되자 이몽룡은 춘향과 헤어질 생각에 눈앞이 캄캄해진다. 부모 앞에 나아가 눈물을 흘리며 춘향을 데려가게 해 달라고 청해 보지만 꾸중만 들을 뿐이다. 더없이 참담한 심정으로 춘향의 집에 가 이별을 고하는데, 춘향 모녀는 '왜 맹세를 지키지 않느냐?' 발악을 하며 이몽룡을 원망한다.

어떤 말로도 이들을 진정시킬 수 없게 되자 이몽룡은 갑자기 엉뚱한 소리를 한다. 춘향을 몰래 데려가려고 이미 계책을 세워 놓았다는 것이다. 신주 모시고 갈 가마에 춘향을 앉히고 신주는 자기 옷소매에 모셔 간다는 계책이다. 이 어이없는 말에 춘향 모녀의 격한 감정이 누그러진다. 그리고 이몽룡과 춘향은 후일을 기약하며 이별한다.

이몽룡의 매력이 어디 이것뿐이겠는가? 그는 호방함과 섬세함을 겸비했으며, 때로는 아버지처럼 자상하고 때로는 모성애를 불러일으킬 만큼 연약하다. 여자라면 그를 동경하며, 그와 공감하고, 그에게 의지하면서 동시에 그를 감싸 주고 싶은 마음이 들 것이다. 또 그에게는 청년다운 순수와 정의감이 있으며, 능란한 언변과 거침없는 행동으로 상대를 굴복시키는 카리스마까지 있다. 그러나 무엇보다 한 여자의 남자가 되기 위해 양반의 체면과 권위를 벗어 버리는 용기, 그리고 인간 관계를 부드럽게 만드는 유머 감각이야말로 이몽룡이 지닌 특별한 매력이며, 춘향의 마음을 연 비결이라고 본다.

이몽룡이 지닌 인간적 한계

이몽룡은 완전무결한 신이 아니라 한낱 인간이다. 보통의 인간이 그렇듯이 그에게도 뛰어넘지 못하는 한계가 있다. 그는 명가의 자손으로서 입신양명하여 가문을 빛내려는 소망을 가지고 있다. 이것은 그 자신의 소망이자 부모의 소망이다. 그런데 이 소망은 춘향과의 결연과 양립할 수 없다.

> "사정이 그렇기로 네 말을 사또께는 못 여쭈고 대부인전 여쭈니 꾸중이 대단하시며 양반의 자식이 부형 따라 하향에 왔다 화방작첩(花房作妾)하여 데려간단 말이 전정에도 괴이하고 조정에 들어 벼슬도 못 한다더구나. 불가불 이별이 될밖에 수 없다."
>
> —〈열녀춘향수절가〉(완판84장본), 332쪽

열여섯 소년으로서 기생과 결연한 사실이 세상에 알려지면 가문의 수치가 되며 벼슬길에도 오를 수 없게 된다. 처음부터 이런 현실을 몰랐을 리 없건만 그는 앞뒤 가리지 않고 춘향과 인연을 맺었다. 가문을 떠날 생각도, 벼슬을 포기할 생각도 없으면서 춘향과 평생을 함께하겠다고 맹세했다. 남원에 있는 동안에는 세상의 눈을 피해 몰래 춘향을 만날 수 있으니 이것이 별 문제가 되지 않았다. 그러나 갑작스럽게 부친이 내직으로 승차하여 서울로 올라가게 되자 그는 선택의 기로에 놓인다. 지금 춘향과 헤어질 것인가, 아니면 춘향과의 약속을 지키기 위해 다른 모든 것을 포기할 것인가? 그는 전자를 택한다. 그리고 그의 선택은 춘향에게 깊은 상처를 준다.

> "여보 도련님, 이제 막 하신 말씀 참말이요, 농말이요? 우리 둘이 처음 만나 백년언약 맺을 적에 대부인 사또께옵서 시키시던 일이오니까?

빙자가 웬일이오? 광한루서 잠깐 보고 내 집에 찾아와서 침침무인 야삼경에 도련님은 저기 앉고 춘향 나는 여기 앉아 나더러 하신 말씀 구맹불여천맹(丘盟不如天盟)이요, 산맹불여천맹(山盟不如天盟)이라고, 전년 오월 단오야에 내 손길 부여잡고 우둥퉁퉁 밖에 나와 당중(堂中)에 우뚝 서서 경경(耿耿)히 맑은 하늘 천 번이나 가리키며 만 번이나 맹세키로 내 정녕 믿었더니 말경에 가실 때는 톡 떼어 버리시니 이팔청춘 젊은 것이 낭군 없이 어찌 살고 침침공방 추야장에 시름 상사 어이할꼬? 애고애고 내 신세야. 모질도다 모질도다 도련님이 모질도다. 독하도다 독하도다 서울 양반 독하도다. 원수로다 원수로다 존비귀천 원수로다. 천하에 다정한 게 부부정 유별컨만 이렇듯 독한 양반 이 세상에 또 있을까? 애고애고 내 일이야. 여보 도련님 춘향 몸이 천타고 함부로 버리셔도 그만인 줄 알지 마오."

—〈열녀춘향수절가〉(완판84장본), 332~333쪽

춘향의 말이 모두 옳다. 지키지도 못할 약속을 함부로 해서 철석같이 믿게 한 것은 분명 이몽룡의 잘못이다. 자신이 가진 것을 하나도 포기할 수 없다면, 혼자서 열병을 앓더라도 사랑을 시작하지 말았어야 했을 것이다. 그리고 자신의 감정을 이기지 못해 사랑을 시작했다면, 부모에게 실망을 안겨 주고 가문에서 쫓겨나 일생을 촌부로 살더라도 끝까지 사랑을 지켰어야 했을 것이다.

그러나 사랑 앞에 나약한 것이 인간이며, 현실을 초월하여 살 수 없는 것이 또한 인간이다. 운명 같은 사랑을 어떻게 거부할 수 있으며, 발을 땅에 딛지 않고서 어떻게 살 수 있겠는가? 춘향도 그것을 알고 있다. '도련님이 모질고 독하다.'고 말하지만, 그로서도 어쩔 수 없는 일임을 이해한다. 춘향은 그가 방금 자기 집 문전에 이르러 슬피 우는 것을 보았다. 그 역시 이별을 아파하고 있음을, 그리고 평생을 함께하자던 맹세를 비록 지키지 못할지라도 그의 마음에 거짓이 없었음을 너무나 잘 안다. 그래서 춘향은 그를 미워하지 못한다.

이몽룡은 춘향과 이별하면서 새로운 약속을 한다. 서울로 올라가 장원급제한 후에 꼭 데리러 온다는 약속을. 과연 그는 이 약속을 지키기 위해 주야로 공부에 전념하고, 당당히 장원급제하여 남원으로 내려온다. 춘향이 오랜 세월 동안 한 장 소식도 없는 이몽룡을 변함없이 그리는 것은, 이 약속이 꼭 이루어지리라 믿기 때문이 아니라 그의 진심을 알기 때문이다.

이몽룡 캐릭터의 의의와 재창조

우리는 문학 작품의 주인공에게서 이상적인 인간상을 발견하며 현실에서 충족하지 못한 타인과 자기 자신에 대한 기대를 보상받고자 한다. 다른 한편으로는 각자가 살아오면서 실제 경험한 인간의 모습을 문학 작품의 주인공에게서 발견하고 공감하려는 욕구도 가지고 있다.

《춘향가》, 《춘향전》에 등장하는 이몽룡은 이런 두 가지 욕구를 모두 만족시키는 인물이다. 그는 '백마 탄 왕자님'의 조건을 갖추었으면서도 지극히 인간적인 매력과 한계를 지니고 있다. 우리는 이몽룡에게서 언젠가 만나고 싶은, 또는 되고 싶은 어떤 남자의 모습을 보며, 동시에 우리가 만났던 또는 우리 자신인 그 남자의 모습을 본다. 그래서 이몽룡은 춘향뿐 아니라 수많은 청중과 독자들의 사랑을 받을 만한 인물이다.

《춘향가》, 《춘향전》은 여러 차례 영화와 TV 드라마로 재창조되었다. 그런데 이몽룡의 성격을 부각시킨 예는 드물다. TV 드라마 〈쾌걸 춘향〉처럼 원작의 일부 요소들을 차용하면서 완전히 새로운 각본을 쓴 작품은 그렇지 않지만, 원작에 충실한 작품일수록 원작에 나타난 이몽룡의 다양한 면모는 무시한 채, 귀공자의 이미지와 선량한 양반의 이미지만 단편적으로 드러내는 경우가 많다. 《춘향가》, 《춘향전》의 주인공은 역시 춘향이라는 생각 때문에 이몽룡의 비중을 축소시킨 것일까? 아니면 이몽룡은 단지 구원자의 역할을 맡은 기능적 인물이라는 선입견이 작용한 것일까? 어쨌든 남자 주인공의 성격이 이렇게 밋밋해서는 관객의 마음을 움직이는 사랑 이야기가 되기 어렵다. 다시 《춘향가》, 《춘향전》을 영화나 TV 드라마로 제작한다면, 이몽룡의 성격 탐구와 형상화에 더 공을 들여야 할 것이다.

신분의 차이를 극복하고 사랑을 이루는 남녀의 이야기는 현대에도 계속 생산되고 있다. 〈파리의 연인〉, 〈내 이름은 김삼순〉, 〈굳세어라 금순아〉, 〈하늘이시여〉, 〈열아홉 순정〉과 같은 TV 드라마들이 거의 다 신분이 높은 남자와 신분이 낮은 여자의 사랑을 다루었다. 여기 등장하는 남자 주인공들 역시 이몽룡 못지않은 '백마 탄 왕자님'들인데, 그 중에서도 〈파리의 연인〉의 한기주(박신양 분)가 가장 눈부신 인물이다. 한기주는 재벌 2세면서 그 자신이 뛰어난 능력을 지닌 사업가이고, 준수한 외모에 적당한 유머 감각, 세련된 매너로 무장한, 더없이 완벽하고 매력적인 남자다. 더욱이 그는 이몽룡과 달리, 절대로 여자의 기대를 저버리지 않는 믿음직한 남자이다.

"미안하다 수혁아. 네 말대로 나 가진 거 많다. 근데 다른 거 다 포기하고 하나만 가지라면, 나 태영이 가진다. 난 강태영 하나 가질 거다."

"날 잃어도?"

"너 잃어도."

— 〈파리의 연인〉 12회

한기주는 평범한 여자 강태영을 세상 무엇보다 더 사랑한다. 그녀를 얻기 위해서라면 모든 걸 다 버릴 수 있다. 돈도 지위도 명예도 권력도 가족도 친구도 다 필요 없다. 끔찍이 걱정하고 아끼던 수혁이 "날 잃어도?"라고 묻는데, 두 번 생각하지 않고 단호히 "너 잃어도." 라고 대답한다. 그는 어떤 장애에도 굴하지 않고 끝까지 사랑을 지키는 남자, 진정한 로맨티시스트이다.

이것이 한기주가 지닌 최대의 장점이지만, 동시에 단점일 수도 있다. 사랑과 현실 사이에서 고민하지 않는 남자, 맹목적으로 사랑만 좇는 남자, 한 여자를 얻기 위해 모든 것을 버리는 남자. 이런 남자가 과연 있을까? 있다면 정상인일까? 지나치게 비현실적인 캐릭터는 공감을 불러일으키지 못한다. 우리의 꿈속에는 그런 남자가 있지만, 꿈보다 절실한 현실 속에는 없다.

이유진 서울대 박사과정 수료. 한국 고전시가와 구비문학 분야의 연구를 하고 있다. 〈민요 차용의 관점에서 본 판소리사의 몇 가지 문제〉, 〈판소리 청관중의 가창참여 방법에 대한 고찰〉, 〈판소리 〈심청가〉의 형성에 대한 재론〉, 〈19세기 시조창 대중화에 대한 재론〉 등의 논문을 썼다.

18

병 주고 약 주는 존재

김종대

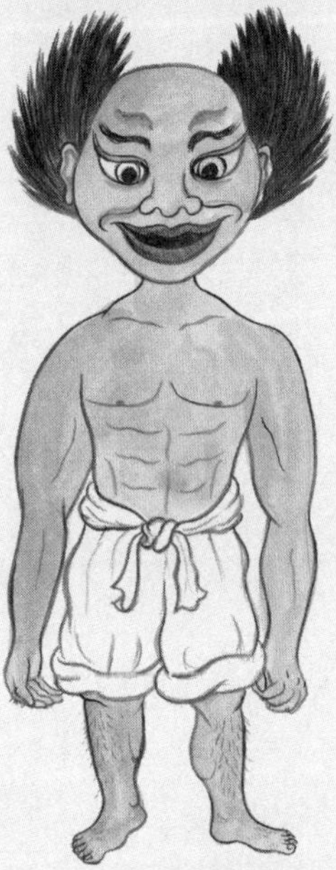

도깨비

부와 재물을 생산할 수 있는 능력을 지닌 존재이면서 동시에 병과 화재의 요인을 제공하는 역귀적인 존재라는 점에서 선신과 악신의 양면성을 보여 준다. 어촌에서는 풍어를 이룰 수 있게 해 주는 능력을 지녔다고 하나, 일반적으로 심술이 많고 장난이 심한 특징을 보인다.

'도깨비'는 민담에 자주 등장하는 주인공 가운데 하나로, 도깨비 이야기는 우리 나라 전역에서 전승되어 왔다. 도깨비 설화에 대한 여러 가지 이해는 《한국구비문학대계》에서뿐만 아니라, 다양한 조사 보고서에서 발표되었다. 특히 도깨비가 주인공인 동화책도 수십 권에 이를 정도로 도깨비는 흥미로운 대상이다.

그 돈을 어떻게 쓰냐 하면 무슨 부동산을 그걸 장만해야지 그냥 동산을 장만허면은 그냥 움직이는 뭘 장만하면 가령에 소를 산데던가, 뭐 산데던지 허면 그 도깨비가 잡아간데. 그래서 이제 논이나 밭을 산대요. 그런데 이런데 도깨비들이 그냥 거기 와서 네 구탱이에다 말뚝을 박고, "에이씨, 에이씨." 아 그래 써줘, 안 써주지. 그래서 도깨비전령은 어디든지 가서 돈, 인자 도깨비하고 인자 잘 친절해서 얻은 것은 꼭 부동산을 사야 된대요.

— 장재순 구연, 〈도깨비이야기〉, 《한국구비문학대계》 1-8, 504~505쪽

처음에는 괴기를 좀 주랑께 안 준께 씨름했거든. 그라먼 괴기짐을 시방 같으먼 인자 배로 싣고 오고, 인자 리아카로 싣고 오지만, 그때에는 지게로 싣는다 그러데, 주구에다 담아갖고, 바구리에다 담아갖고 들고 오면은 괴기 하나 주면은 그냥 가불고, 괴기 안 주면 씨름하자 그거라. 씨름해갖고 지먼은 괴기 다 뺏게뿔고 즈그들이 빼서가불고 이게불먼은(이겨 버리면) 그냥 없어지고 그래불어.

— 이삼례 구연, 〈고기 달라는 도깨비불〉, 《한국구비문학대계》 6-12, 561쪽

도깨비는 요괴인가

일본은 요괴 문화가 발달했다. 하지만 한국에서는 요괴에 필적할 만한 존재를 쉽게 찾아보기 어렵다. 요괴에 대응할 만한 존재는 도깨비 정도이다. 물론 도깨비는 요괴적인 속성도 지니고 있지만, 동시에 신적 능력도 겸비하고 있다는 점에서 큰 차이를 보인다. 하지만 도깨비를 요괴의 한 유형으로 바라보려는 시도가 지속적으로 전개되어 왔다. 이러한 사정은 특히 일제 강점기부터 비롯되었다고 해도 과언이 아니다.

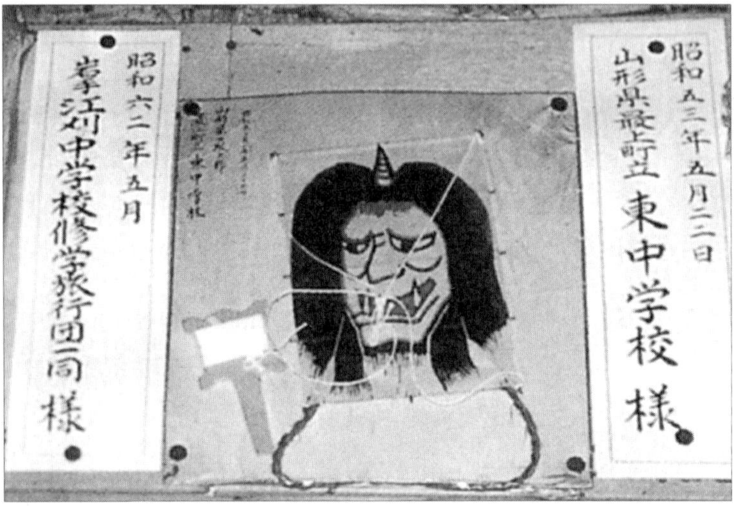

일본의 도깨비 오니의 모습. 뿔이 하나인 것이 일본 도깨비의 특징이다.

도깨비가 뿔이 나고 원시인 복장을 한 상태로 등장하게 된 것은 1923년 《조선어독본(朝鮮語讀本)》에 실린 〈혹잇는 노인(老人)〉부터이다. 그 이전까지만 해도 도깨비의 모습이 구체적으로 형상화된 적은 없었다. 그런데 〈혹잇는 노인〉에 실린 삽화의 모습은 일본 〈고부도리지이〉의 '오니(おに)'를 그대로 본떠 만든 것이다. 그 이후부터 도깨비는 일본의 오니와 닮은꼴로 알려지게 되었다. 현재도 동화책에 실린 도깨비의 모습은 대부분 이런 영향을 받은 것이다.

도깨비의 본질은 재물을 창출할 수 있다는 것이다. 방망이로 상징되는 이런 요술적인 장치는 〈도깨비방망이 얻기〉에서 그 근거를 찾을 수 있다. 하지만 도깨비는 방망이가 없어도 재물을 생산해 낼 수 있는 능력을 지녔다. 모래나 나뭇잎을 이용해 엽전을 만들어 냈다고 하는 이야기가 전승되는 이유도 바로 이런 능력과 관련이 있다. 때문에 이것은 도깨비방망이의 능력이기보다는 도깨비가 지닌 능력이라고 하는 것이 적절하다. 그렇기에 도깨비가 준 돈으로는 물건을 사면 안 되고, 떼어 갈 수 없는 땅으로 바꿔야 한다.

하지만 후대로 내려오면서 도깨비는 다른 능력을 부여받는다. 돌림병의 원인 가운데 하나가 도깨비의 짓이라는 것, 산간 지방에서 일어나는 화재의 원인이 도깨비 때문이라는 것 등이 그 예이다. 이처럼 후대에 만들어진 도깨비의 속성들은 요괴와 유사한 면이 있기는 하나, 그것이 요괴와의 연관성을 의미하지는 않는다. 도깨비는 한반도의 문화적 배경을 바탕으로 만들어진 존재이기 때문이다.

도깨비, 과연 어떤 존재인가

도깨비를 과연 어떤 존재로 볼 것인가 하는 문제를 풀기는 쉽지 않다. 그것은 도깨비가 매우 다양한 성격을 보여 주고 있어 하나의 독립된 캐릭터로 설정하는 것은 힘들기 때문이다. 예컨대 〈도깨비방망이 얻기〉의 이야기에서 도깨비는 무리를 지어 다니는데, 다른 유형의 이야기들에서는 혼자 행동하는 것이 일반적이다. 사실 여기에서도 밤에 모여서 술과 음식을 먹고 논다는 내용이라는 점에서 낮에는 개별적인 행동을 한다고 해석할 수 있다. 이와 같은 큰 차이를 어떻게 설명할 것인가도 쉽지 않은 문제이다.

도깨비는 남성들과 만나면 씨름을 하자고 덤비는 경우와 자신과 친한 사람을 부자로 만들어 주는 경우가 가장 두드러진 자기 표현이다. 즉, 도깨비는 제주도의 덕수리처럼 부신적인 속성을 가장 큰 능력으로 평가할 수 있다.

도깨비가 씨름을 하자는 의도는 힘자랑과 밀접한 관련이 있다. 실상 우리 나라에서 씨름의 역사는 고구려 고분벽화에서도 나타나는 것처럼 매우 오래되었다. 각저총에 그려진 모습을 보면 씨름이 단순한 민속놀이는 아니었던 것으로 보인다. 우주목(宇宙木) 옆에서 장사로 보이는 두 사람이 씨름을 하고 있다. 왜 신목(神木) 밑에서 씨름을 하고 있는가 흥미롭지 않을 수 없다. 신목 밑에서 씨름을 한다는 것은 신을 즐겁게 해 주기 위한 신성한 놀이로서 이해할 필요가 있다. 이런 점에서 도깨비는 전통적으로 씨름과 관련이 있는 신격이었을 가능성이 높다.

하지만 조선 시대에 와서는 그런 기능보다는 힘자랑을 비롯한 세속적인 역할을 부여받게 된다. 당시 씨름이 민중적인 인기를 받았기 때문에 씨름판을 장악한 인물은 단지 힘만 센 것이 아니라, 일도 잘하고 밤일도 잘하는 인물로 자리 잡았다. 이런 인물은 바로 여성들이 선망하는 대상이라는 점에서 도깨비의 지향점을 잘 보여 준다.

민간 신앙적인 측면에서 도깨비는 사람을 도와 주는 경우와 사람을 괴롭히는 경우로 표현된다. 사람을 도와 줄 때는 금전적인 지원이라는 점에서 물질적인 부의 창출과 관련이 있다. 주로 개인 신앙적인 속성으로 전승되어 왔는데, 특히 서해안 지역의 갯벌을 생업 터전으로 삼은 어민들에게는 도깨비 고사를 통해 풍어를 기원하는 제의가 행해졌다.

반대로 괴롭힐 경우에는 역신(疫神)으로 나타나 돌림병을 가져다 준다. 전남 진도와 전북 순창의 탑리에서 전승되는 〈도깨비제〉, 제주도의 〈영감놀이〉처럼 도깨비는 사람을 괴롭히는 역신으로 등장한다.

이것은 도깨비의 본질적인 속성과는 차이가 있는데, 왜 이런 기능을 부여받았는가에 대해서는 명확히 밝혀진 바 없다. 이들 제의에서 도깨비는 마치 〈처용 설화〉에 표현된 역신과 유사한 기능을 수행하고 있다는 점에서 지역적인 특징으로 보는 것이 적절한 듯하다.

이러한 관점에서 볼 때 도깨비를 하나의 정체성으로 묘사하기가 어렵다는 점을 알 수 있다. 즉, 도깨비는 하나의 일관된 성격으로 표현되지 않고 복합적인 속성을 갖고 있는 존재로 우리 민족은 이해하여 왔다는 것이다. 하지만 도깨비의 초기 능력과 〈도깨비방망이 얻기〉의 이야기 내용으로 볼 때 신으로서의 기능을 수행했던 것은 명확한 사실로 보인다. 특히 《석보상절(釋譜詳節)》의 기록은 조선 초기까지만 해도 민중들이 부와 장수를 기원하던 신으로 도깨비를 모셨다는 점을 분명히 한다. 하지만 점차 시대가 흐르면서 도깨비는 역신으로 전환하기 시작하며, 신에서 귀신으로 전락하게 된다. 따라서 도깨비는 개인적으로 모시는 대상신이면서 동시에 병을 가져다주는 역신이라는 이중적인 속성을 지니게 되었다.

이렇듯 도깨비는 그 이야기의 다양성에 의해서 하나의 일관된 속성을 보여 주지 못한다. 즉 각 이야기마다 다른 성격을 보여 주고 있는데, 이러한 다양한 유형들을 모아서 도깨비라는 존재를 이해하는 것이 바람직하다.

도깨비의 성격과 그 행동

도깨비의 속성은 크게 음식과 행동으로 구분해 볼 수 있다. 먼저 도깨비가 좋아하는 대표적인 음식은 메밀묵이다. 메밀묵은 도깨비를 위한 고사에서 빠지지 않는 음식이다. 이러한 특성은 도깨비가 오랫동안 우리 민족과 관계를 맺어 왔음을 알려 준다. 한반도에 메밀이 유입된 것은 신라 시대로 추정되는데, 그 역사가 오래됨을 알 수 있다. 하지만 쌀과 보리가 농경 문화의 주도권을 장악하면서 메밀은 구황작물로 전락한다. 구황작물은 가뭄 등에 잘 견디는 곡식을 말하는 것인데, 메밀은 주로 하층민들의 식사 대용으로 활용되었다.

따라서 도깨비가 메밀묵을 좋아한다는 것은 바로 하층민들의 문화와 밀접하게 대응하고 있다는 사실을 증거한다. 전라남도 신안 지방에서는 메밀이 풍기는 냄새를 도깨비가 좋아한다고 알려지기도 했다. 이것은 내장이 없어 소화 능력이 없는 도깨비가 좋아하는 음식을 냄새로 선별하기 때문이다. 돼지고기나 개고기를 좋아하는 이유도 바로 이런 점에서 이해될 만하다. 또한 제주도의 〈영감놀이〉에서처럼 술을 좋아하기도 한다. 술을 얼마나 좋아하는지 코는 언제나 빨갛고 수전증까지 갖고 있다. 이와 같이 선호하는 음식을 보면 대략 남성들의 기호식과 거의 유사함을 알 수 있다.

도깨비가 좋아하는 행동으로는 먼저 씨름하기를 들 수 있다.

> 괴기 하나 주면은 그냥 가불고, 괴기 안 주면 씨름하자 그거라. 씨름해 갖고 지면은 괴기 다 뺏게뿔고 즈그들이 빼서가불고 이게불면은(이겨버리면) 그냥 없어지고 그래불어. 그라면 인자 속아부렀어. 그래갖고 인자,
>
> "아자씨 어째 재미 좋소?"
>
> 그라고 인사하면은,

"오냐, 재미좋다."

그래불먼은,

"괴기 하나 주시오."

그라먼 괴기를 많이 주먼 인자 몰라도 쬐감 주먼 씨름하자 그거라. 그라먼 씨름하먼은 거그서 씨름해갖고 이겨불면은,

"아따 기운도 시네."

그라고 글고 인자 들고 도망가불고. 저물먼 괴기만 다 뺏어가불고, 집에도 못 가불고, 아츰에 집에 와서 보먼 괴기가 하나도 없고. 그런 노인이 여그가 하나 그전에 인자 살았는디 지금은 고인이 되갖고 돌아가셔부렀지.

아이 그라고 잡어 매놓으면, 아츰에 가보면 사람이 쓰는 비찌럭, 비찌럭에 피가 묻어 있잖아? 사람 피가 그가 묻어 있으먼, 그것이 도채비가 되어 그라고.

— 이삼례 구연, 〈고기 달라는 도깨비불〉, 561쪽

여기에서 도깨비와 씨름한 것은 어획한 물고기를 집으로 가져가는 어민이다. 고기를 주면 그냥 통과시키고, 주지 않거나 적게 주면 도깨비는 씨름을 하자고 시비를 건다. 이와 같은 씨름 방식은 일종의 통행료를 징수하는 방식과 유사하다는 점에서 흥미롭다. 또한 도깨비의 정체가 빗자루 몽둥이로 드러나는 유일한 이야기라는 점에서 주목될 만하다. 이들 이야기를 보면 도깨비는 사람의 피가 묻은 생활 도구가 둔갑했다고 추정할 수 있다.

하지만 일반적으로 도깨비는 밤에 산길을 지나는 사람에게 시비를 걸어 씨름을 하자고 한다. 그 사람의 손에는 대개 돼지고기 등이 들려

있는데, 도깨비는 이긴 사람이 그 고기를 갖자고 한다. 이런 씨름하기나 그 승부의 결과에 대한 보상 등은 도깨비에 의해서 자의적으로 결정된 것이기에 사람은 따를 수밖에 없다. 하지만 승자는 항상 사람이다. 이것은 매우 아이러니한 이야기다.

도깨비는 또한 사람을 부자로 만들어 주기도 하는데, 그 방식은 크게 두 가지로 제시된다. 첫째 과부와 부부 관계를 맺는 경우, 둘째 남자와 친구 관계를 맺는 경우이다. 도깨비는 사람에게 정을 주었다는 점에서 서로 친근감을 형성한 것으로 이해하고 사람에게 재물을 가져다준다. 하지만 사람들은 부자가 된 후 도깨비와 관계를 단절한다. 사람의 입장에서는 도깨비를 이용해서 재물만 탐한 꼴이다. 즉, 도깨비는 순박하고 사람은 영악하다는 대립적인 성격을 보여 준다는 점에서 흥미롭다.

이와는 달리 도깨비는 사람을 홀리기도 한다. 대개 홀린 사람은 큰 고통을 당하거나 죽음에 이르는 경우도 있다. 사실 홀린다는 것은 혼이나 기(氣)를 빼앗는다는 것을 말하는데, 이것은 귀신과 도깨비를 혼동한 결과라 할 수 있다.

또한 도깨비가 불의 형상으로 나타나는 경우도 있다. 이때의 도깨비는 무엇인가를 암시한다는 점에서 그 속성을 점세속으로 볼 수 있다. 이러한 특성은 주로 어촌에서 찾아볼 수 있는데, 섣달 그믐날 〈도깨비불보기〉가 바로 그것이다.

우리 동네에도 많이 나타나는 데가 있어. 바다 여에 날이 궂을라고 그러면 불이, 빨건 불도 아니고 퍼러스름한 불이. 막 어떨 때는 보면 똑 비행기메로 요로 갔다 조로 갔다 이럴 때가 있고, 또 어떤 때는 보면

또로시한 불이 몇 개가 보일 때도 있고. 그런 데가 있는디. 요 산 바로 밑에, 날이 궂고 그러면 도깨비불이. 가생은 바위가 있고 그 밑에 자갈이 있고 뻘이 있거든. 여 자 여쪽에 날이 궂으면 저런 디가 도채비불이 많이 써. 그것이 어찌 써느냐 하면 덤장자리 마도, 선달그믐 하고 정월 보름날에는 도채비불이 써, 딴 때는 안 써도. 불이 써는 자리가, 도채비불이 쓴 자리에 반드시 어장을 쳐놓으면 그놈이 대풍으로 괴기를 많이 잡게 되.

— 정말언 구연, 〈도깨비불보기〉, 《한국의 도깨비연구》, 328쪽

도깨비불은 일반적인 도깨비의 성격과는 다른 모습을 보여 준다. 특히 갯벌이 발달한 서해안에서는 도깨비불이 나타났다가 꺼진 자리에 어장을 설치하면 풍어를 이룬다고 하는 속설이 있다. 이런 속성은 풍어를 기원하는 도깨비 고사와 결부되어 오랫동안 활발하게 전승되어 왔으나, 최근 연근해 어업의 쇠퇴로 인해 단절되고 있다.

어촌에서 나타나는 도깨비불은 고기가 많이 잡히는 장소를 알려 주지만, 전북 산촌에서는 화재의 원인으로 인식되기도 한다. 따라서 불이 나지 않기를 기원하는 '도깨비제'가 임실이나 진안 지역에서 전승되었으나, 어촌과 마찬가지로 현재는 거의 전승되지 않고 있다.

이처럼 도깨비의 성격이나 행동은 인간적인 모습이 강하다. 술 마시고 노는 것이나 여성을 좋아한다는 것, 그리고 여성에게 속아 넘어가는 순진한 모습 등은 신으로서의 모습이라고 상상하기 어렵다. 또한 도깨비가 씨름하기를 좋아하는 것도 인간적인 면을 잘 보여 주는 대목이다. 설사 도깨비가 사람을 홀려서 괴롭히거나, 도깨비불로 화재를 내는 행위 등 신으로서의 모습을 보여 준다고 하더라도 그것은

신이기보다는 오히려 귀신에 가까운 행동이라고 할 수 있다.

도깨비는 가장 이상적 남성형이었다

신앙적인 속성을 뺀다면 도깨비의 모습은 분명 남성들이 갖춰야 할 인격체임을 알 수 있다. 술도 잘 먹고 일도 잘 하고, 특히 여성과 밤일도 잘 하는 남성으로 표현된 것이 좋은 예다. 게다가 도깨비는 재물을 만들 수 있는 능력도 지니고 있다. 부자가 되고자 하는 욕심은 누구나 다 갖고 있는데, 그런 욕구를 충족시켜 줄 수 있는 존재로 도깨비를 내세운 것은 매우 유의미하다. 이러한 존재는 궁핍한 현실 생활에서 벗어나기 위한 위안이었을 것이다.

도깨비는 능력만 뛰어난 것이 아니라, 힘도 세다. 이것은 남성들이 지향하는 가장 이상적인 존재다. 그런 남성이라고 해도 약점이 있으니 어리석을 정도로 순진하다는 것이다. 이 점은 이를 간파한 여성들에 의해 이용당하는 계기를 만들기도 한다. 하지만 역으로 도깨비는 여성을 너무나 좋아하기 때문에 몸속으로 들어가 병을 일으키는 역신으로 자리 잡기도 한다. 이 때문에 도깨비는 다른 신들과 달리 사람들과 매우 밀접한 관계를 맺고 있는 존재로 알려져 왔다. 이와 같은 인식은 도깨비를 무섭기도 하고 무섭지 않기도 한 존재라는 이중적 속성을 갖게 만들었다.

이러한 도깨비를 새롭게 창조한다면 일상적인 인간의 모습으로 재조명하기는 어렵다. 오히려 현대 사회의 갇힌 공간에서 벗어나려고 하는 자유인(自由人)으로서의 의미를 부여하는 것이 바람직하다. 도깨비는 한곳에 정착하거나 하나의 대상에게 집착하지 않는다. 다양한 배경 속에서 살고 있으며, 그곳에서 자신의 생각대로 살아간다. 자신이 선택한 인간에게 배신을 당하기도 하지만 이러한 배신 때문에 인간에게 앙갚음하려고 병을 옮기는 것은 아니다. 이러한 행위들은 하나의 연속성을 갖고 있지 않고, 다양한 대상에게 다양한 행위를 보여 준다는 점에서 개별성을 띤다.

그런 점에서 도깨비는 자유로운 생명을 지닌 존재로 표현하는 것이 적절하다. 현재 도깨비는 신적인 능력이나 속성을 점차 상실하고 있지만, 그렇다고 해서 완전하게 인간이 된 것은 아니다. 신과 인간의 중간 지대에 있는 어정쩡한 존재로서 도깨비는 자리한다. 특히 현대에 들어와 도깨비에 대한 믿음은 거의 소멸되고 있는 실정이다. 따라서 도깨비가 현실 세계와 괴리된 존재이며, 실재하지도 않는 이야기 속의 주인공 정도로 이해하는 결과를 낳았다. 앞으로 이런 경향은 더욱 심화될 것으로 보이는데, 그런 점에서 도깨비는 조선 시대의 꿈으로 남겨 두는 것이 바람직할 것이다.

김종대 중앙대학교 민속학과 교수. 민간신앙과 구비문학, 도깨비를 주제로 한 〈한국 도깨비담 연구〉를 박사 학위 논문으로 제출하였으며, 최근에는 '빨간 마스크' 등 학교 괴담을 중심으로 한 논문을 작성하고 있다. 이밖에도 동물의 민속 상징을 풀어 설명한 《우리문학의 상징세계》, 《한국민간신앙의 실체와 전승》 등 다수의 저서가 있다.

19

여성 거인의 서글픈 창조의 몸짓

권태효

마고할미

태초에 이 세상의 지형을 창조한 여성 거인으로 대지모신(大地母神)의 성격을 지닌다. 비루한 행색에 몸집이 아주 크고 힘이 센 거인 여성이다. 바다나 산과 같은 자연물에 빗대어 자신의 거대함을 보여 주며, 태초에 산과 강 등 우리가 살고 있는 이 세상의 지형을 형성시키는 행위를 한다.

'마고할미'는 전국적으로 전승되는 여성 거인 설화의 주인공이다. 그 명칭은 마고할미가 일반적이지만 제주도에서는 '설문대할망'이라고 불리며, 육지에서는 지역에 따라 '노고할미', '개양할미', '안가닥할미', '서구할미' 등으로 불리기도 한다. 각기 명칭은 다르지만 기본적으로 이 세상의 산천을 형성시키거나 특정 지역의 지형을 창조하는 여성 거인의 성격은 다르지 않다. 마고할미 설화는 《한국구비문학대계》, 《임석재전집—한국구전설화》, 각 시군의 《시지》나 《군지》 등에 다양하게 전승되고 있음을 볼 수 있다. 이 설화의 전승 주체는 일반 민중이지만, 마고할미와 같은 여성 거인이 많은 양의 배설물로 지형을 창조하는 모습의 화소와 같은 것은 상층의 문헌 설화에 차용되어 왕이 될 조짐을 보이는 성격의 '선류몽'담과 같은 형태로 변이 유형을 파생시키기도 한다. 전승자의 성별은 남성과 여성 모두에게 나타나기는 하지만, 여성 거인에 대한 이야기임에도 불구하고 태초의 지형 창조라는 주제의 성격상 남성에 의해서 전승되는 비율이 훨씬 높은 편이다.

노인의 말씀에 옛날에 옛날에 노고가 있는데, 이 노고가 산천을 전부 만들었대. 만드는데, 손이 얼마나 크고 힘이 좋은지 그저 평평한 데 가서 줄을 쭉쭉 그으면 산이 되고, 골이 돼서 인물이 나고 이러는데, 그리고 나서 거기에 할미바우가 있고 그러는데, 거 와서 할미바우가 산천을 만드려고 전부 손으로 긋느려고 긋다보니, 그곳에 크은 암석이 나고, 그러니까 보기 좋거군. 우이(위가) 평평하니 보기가 좋으니까, 예이, 그냥 놔 둬서는 안 되겠다 해 가지구선 거기다 옛날 아주 긴 담뱃대도 손바닥에게(에다) 바쳐 가지고는, 그래 가지고 그 왼손으로 그 큰 바위를 덜렁 들어서 그 바위 위에 갖다가 얹어 놓았단 말이야. 그런데 바위 밑은 궁글어서(구멍이 있어서) 그 손바닥과 담뱃대가 고냥 그 자리가 그냥 있다.

— 최종철 구연, 〈노고 할미바우 이야기〉, 《한국구비문학대계》 2-1, 568~569쪽

우리의 창조 여신은 어떤 모습일까

'세상의 창조'라면 태초의 신비롭고 때묻지 않은 순수함을 흔히 연상할 것이다. 더욱이 그 창조의 주체가 여신이라면 대지의 포근하고 따뜻한 품을 한 고운 여신의 형상을 떠올리기 십상이다. 하지만 우리의 창조 여신인 마고할미는 비루하기 짝이 없다. 치마에 흙을 담아 옮기다가 그만 옷이 찢어져 그 틈으로 흘러내린 흙이 산을 이루었다고 하거나, 심지어 배설물로 산이나 섬과 같은 지형을 만들었다고 한다. 창조 행위를 하기는 하지만 창조신으로서의 권능이나 권위를 보이는 면모는 사라져 버리고 창조 여신의 신비로움과는 거리가 먼 우스꽝스러운 모습으로 다가오는 여성 거인이 바로 우리의 마고할미다.

고대 신화를 구전하는 무녀의 모습

이 세상이 처음 어떻게 생겨났을까 하는 생각은 인간이라면 누구나 한번쯤 해 보는 아주 기본적인 의문이다. 우리 나라 신화 자료 중에도 이 세상을 창조하는 모습을 비교적 잘 보여 주고 있는 자료가 있다. 무당의 입을 통해 전승되는 무가에서 쉽게 찾아볼 수 있는데, 대표적인 것으로는 함경도에서 채록된 김쌍돌이 구송의 〈창세가〉를 들 수 있다. 태초에 미륵이라는 거인은 솥뚜껑을 맞붙여 놓은 것처럼 되어 있던 하늘과 땅을 분리시키고, 해 두 개, 달 두 개가 떠 있어 혼돈스럽던 하늘을 해 하나 따고 달 하나 따서 별로 만들어 오늘날같이 천체를 정리하였다. 이 거인은 인간을 창조하기도 하고 물과 불의 근원을 찾아 인간에게 문화를 갖도록 하기도 한다. 또한, 선과 악의 유래까지 담고 있어 창조 신화에서 일반적으로 담길 만한 궁금한 사항은 대부분 설명하고 있다. 그런데 이처럼 우주 창생 작업을 하는 거인신 미륵이 있는가 하면, 일반인들의 입을 통해 전승되는 이야기 속에는 우리가 살아가는 이 세상의 땅덩어리를 형성시킨 여성 거인도 존재하고 있으니 그 주인공이 바로 마고할미다. 제주도에서 전승되는 〈설문대할망〉에는 설문대할망이 태초에 하늘과 땅을 분리시키는 작업을 하는 것으로 나타나지만, 마고할미의 가장 일반적인 행위는 지형을 만드는 작업이다. 마고할미는 키가 크고 힘이 세서 이 세상의 산과 강, 그리고 들을 만드는 존재라고 한다. 또한 마을 인근의 산이라든가 섬 등 우리 주변의 특정 지형을 형성시켜 놓은 존재이기도 하다. 이는 마고할미의 창조 여신적 면모를 잘 보여 주는 것이다. 하지만 이런 마고할미의 창조 행위를 바라보는 시선은 그다지 곱지만은 않다. 마고할미가 산을 옮기다 말아서 또는 잘못 옮겨 놓아서 그들이 사는 동네가 서울이 되지 못했다고 한다든가, 그곳에 넓은 들이 생기지 못했다고 하는 원망이 설화에는 담겨 있다. 심지어는 발음이 유사한 마귀할멈으로까지 불리면서 그 창조 행위와는 상관없이 악행을 저지르는 퇴치의 대상으로 여겨지기도 한다. 그렇기에 강진옥은 '슬픈 마고할미'라고 지칭하기도 했다. 강진옥(2006), 〈슬픈 마고할미의 전설〉 창조 여신의 본질적인 의미와 기능이 약화되면서 겪게 된 서글픈 변모인 셈이다.

이야기 속의 여성 거인, 마고할미

마고할미는 여성 거인이다. 거인이라고 했으니 도대체 얼마나 큰 사람일까 궁금하다. 마고할미의 크기를 구체적으로 말할 수는 없어서 흔히 막연하게 자연물에 빗대어 설명하고 있다. 바닷물이 마고할미의 발등밖에 차지 않았다고 한다거나, 바닷물의 제일 깊은 데가 마고할미 넓적다리까지밖에 안 왔다고도 한다.

> 〔조사자 : 마귀할멈 얘기도 있죠? 할머니〕 마귀할멈 얘긴 마귀할멈이, 뭐 온 바(바다)를 다 돌아다녀도 발등물도 안 됐는데, 여기 정포. 저 외포리 정포라는데 거기 가니깐 〔조사자 : 정포리를 외포리라고 그래요?〕 음, 외포리 거기 오니깐두루 그 못에 오니깐두루 정강이까지 쑥 들어 가드래지. 그러니깐 아이쿠 여기가 정통이구만. 그래서 거기가 정포가 됐데지.
>
> — 박옥순 구연, 〈마귀할멈과 정포 손자국 바위〉, 《한국구비문학대계》 1-7, 757쪽

그 깊은 바닷물이 발등밖에 차지 않을 정도라고 했으니 마고할미

가 얼마나 큰지를 미루어 짐작하게 한다. 그런가 하면 제주도의 설문대할망은 한라산을 베개 삼고 누워 서귀포 앞바다에 발로 물장난을 쳤다고 하니 제주 섬의 크기에 빗대어 여성 거인의 거대함을 가늠하게 한다.

이처럼 엄청나게 거대한 체구를 지닌 거인 여성이기에 힘 또한 아주 세다. 그래서 그 힘을 이용해 이 세상의 산이나 강 등 지형을 만드는 창조 행위를 한다. "이 노고가 산천을 전부 만들었대. 만드는데, 손이 얼마나 크고 힘이 좋은지 그저 평평한 데 가서 줄을 쭉쭉 그으면 산이 되고, 골이 돼서 인물이 나고 이러는데……."최종철 구연본, 568쪽라고 하여 이 세상이 처음 생겨났을 때 노고할미가 거대한 체구에 걸맞은 엄청난 힘으로 산천을 형성시키는 존재였음을 이야기하고 있다. 한 걸음 더 나아가 제주도를 만들어 내는 설문대할망의 경우는 자료에 따라서 태초에 천지를 분리시키는 역할까지 수행하는 모습을 보여 주기도 한다.

> (태초에) 하늘과 땅이 붙었는데 천지개벽을 할 때에 아무래도 생겨나 있는 사람이 있을 것이라 말입니다. 그 생겨나 있던 사람이 누군가 하면 아주 키가 크고 힘이 센 사람으로 하늘과 땅을 딱 떼어서 하늘은 위로 가게 하고 땅은 밑으로 가게 하였는데, 그렇게 하고 보니깐 여기가 물바다여서 사람들이 살 수가 없어 주위로 돌아가면서 흙을 파올려 제주도를 만들었답니다.
>
> — 송기조 구연, 〈설문대 할망〉, 《한국구비문학대계》 9-2, 711쪽

위의 글은 설문대할망이 나타나 천지를 분리시키는 과정을 설명하는 한편 제주도라는 지형을 창조하는 창조 여신의 모습도 잘 보여 주

고 있다. 천지가 개벽할 때에 하늘과 땅이 서로 붙어 있었는데, 설문대할망이 천지를 분리시켜 하늘을 위로 가도록 하고 땅은 아래로 가도록 한 뒤, 사람들이 살 수 있도록 물속에서 흙을 파올려 제주도를 만들어 놓았다는 것이다.

하지만 마고할미와 같은 여성 거인이 이처럼 세상이 처음 생겨날 적에 지형을 창조하는 작업을 수행하는 경우는 그다지 많지 않다. 마고할미의 좀 더 흔하고 일상적인 행위는 마을 인근에 있는 특정 지형을 형성하는 것이다. 다른 곳에서 산을 옮겨다 놓거나 섬을 만들어 놓기도 한다. 그런데 이런 창조 작업은 의도하지 않은 결과를 가져오는 경우가 대부분이다. 마고할미가 흙을 치마에 담아 가다가 그 치마가 찢어져서 떨어진 흙이 ○○산이 되었다고 한다거나 산을 메고 가다가 멜빵끈이 끊어져서 그곳에 떨어진 흙이 ○○산이 되었다고 한다. 그렇지 않으면 원래 목적했던 곳으로 산을 옮기는 도중에 그곳의 지형이 완성되었다는 소식을 듣고 그 자리에 내버려 두어 ○○산이 생기게 되었다고 한다. 어떤 형태이든 의도한 지형 창조라기보다는 우연히 지형을 만드는 모습을 보여 준다. 이 때문에 창조 여신으로서의 마고할미 행위는 이제 더 이상 신성하거나 위대한 모습으로 비춰지지 않으며, 단지 여성 거인에 의해 지형 창조가 이루어졌다고 하는 잔상만을 남기고 증거물 위주로 이야기가 변모되어 버린 것이다.

한편 이처럼 창조신으로서의 본질을 잃어가기 시작한 마고할미의 창조 행위는 한 걸음 더 나아가 오히려 피해를 끼쳤다고 해서 마을 사람들의 원망을 듣기까지 한다. 즉, 마고할미가 산을 제대로 옮겨 놓지 못해 그 마을이 서울이 되지 못했다거나 넓은 들이 생기지 못했다고 원망한다. 그런가 하면 지형을 창조하는 행위가 배설과 연계되면서 아주 희화화된 모습으로 그려지는 경우도 흔하다. 〈궂질의 지명 유래〉와 같은 자료에서 마고할미는 두 바위를 딛고 앉아 배설을 하는데, 마고할미가 눈 오줌으로 인해 산이 무너지고 동네가 생겼으며, 똥이 떨어진 곳은 궂다고 하여 '궂질'이라는 지명이 생겨나게 되었다고 한다. 그런가 하면 마고할미가 바다에서 똥이 마려워 똥을 눈 것이 오리섬이 되었으며, 대변을 볼 때 밟았던 두 개의 바위가 아직 남아 있다고 전해지기도 한다. 마고할미는 몸집이 큰 만큼 배설의 양이 아주 많아서 그 배설물이 지형을 만들어 냈다는 것이다. 이 정도면 여성 거인의 지형 창조 행위는 사람들에게 흥미를 제공하기 위한 웃음거리로 전락되고 말았다고 할 수 있다. 창조 여신 마고할미는 본래의 성격이나 기능을 잃어버린 채 우스갯소리의 주인공이 된 것이다.

마고할미 이야기 가운데 그나마 이처럼 창조 행위 때문에 원망을 받는다거나 희화화된 형태지만 지형을 창조하는 경우는 마고할미에 대한 전승자들의 애정이 다소 남아 있는 경우이다. 마고할미를 부정적인 존재로 형상화하고 인식하는 경향은 한층 더 나아가 마을 사람들을 괴롭히는 악독한 마녀의 모습으로까지 변모시킨다. 자료에 따라서는 마고할미가 악행을 일삼으면서 지고 다니던 자루가 남아 산이 되었다고 하여 지형 창조의 행위는 그대로 남긴 채 악신으로 변모된 형태를 보이는 자료가 있는가 하면, 마고할미의 창조신적 면모는 완전히 사라지고 단순히 사람을 괴롭히고 악행을 저지르는 데에만 초점을 맞추는 형태의 이야기로 전승되기도 한다. 삼척에 전해지는 서구암 마고할미 이야기를 비롯해 화성 등지에서 전해지는 마고할미 이야기에서 마고할미는 선량한 사람들을 해치고 악행을 일삼는 퇴치 대상으로 그려지고 있다.

그런데 반드시 그 길을 지나갈 때에는 그 마고할미에다 그 무슨 선물을 해 좌야(주어야) 가야 한답니다. 선물을 해 주지 않고 지내가다 보면 큰 코 다치지요 큰 코 다치고, 심지어는 그런 얘기가 있지요. 색시라도 그 앞을 처녀라도 그대로 지나가고, 뭐, 이렇고 하면 뭐, 마고할미가 뭔 조화를 부려 가지고 막 임신까지 시키고 뭐 이런 아주 상서롭지 못한 그런 그 애기가 되는데,

— 김일기 구연, 〈마고 할미 전설〉(2), 《한국구비문학대계》 2-3, 243쪽

마고할미는 사람들을 괴롭히면서 악행을 일삼고 심지어는 처녀를 임신시키기까지 했다고 믿어진다. 이런 마고할미라면 위대한 창조 여신으로 숭앙의 대상이 되었던 것과는 너무도 거리가 멀다. 더 이상 인간에게 이로움을 주거나 긍정적인 역할을 하는 존재는 아니며, 세상에서 없어져야 마땅한 악신으로 변모되고 만 서글픈 운명을 맞이한 것이다. 창조 여신의 모습은 잃어버린 채 전혀 엉뚱한 모습으로 소멸의 길을 걷고 있는 것이다.

마고할미 이야기의 변이

이처럼 창조 여신 마고할미의 성격은 설화에서 아주 다양하게 형상화되어 나타난다. 태초의 창조 작업을 수행하는 창조신적 존재인가 하면 지역에 따라서는 여산신으로 형상화되면서 지역민의 삶의 풍요를 관장하는 생산신의 면모를 지니기도 한다. 강진옥(1993), 〈마고할미설화에 나타난 여성신 관념〉 곧 거인 여성인 마고할미의 창조신적 성격이 변모되면서 생

산신의 성격을 지닌 존재로 나타난 것이다. 그런가 하면 산을 잘못 옮겨 놓았다고 하여 원망을 듣기도 하고, 배설물로 지형을 형성시켰다 하여 희화화의 대상이 되기도 한다. 심지어는 사람들을 괴롭히고 악행을 일삼는 퇴치의 대상으로 그려지기도 한다. 그렇다면 마고할미는 왜 이처럼 서로 상충되기까지 할 정도로 다양한 성격을 지닌 채 전승되고 있는 것일까? 이러한 현상을 전혀 별개의 존재가 단지 이름만 공유하고 있기 때문이라고 이해해도 될 것인가? 그렇지는 않다. 다양하게 전승되는 마고할미 설화 자료들을 전체적으로 모아 살펴볼 때 그것들이 동일한 여성 거인에 대한 이야기임이 분명하다. 그렇다면 이렇게 차이가 나타나는 까닭을 마고할미라는 존재의 변이라는 측면에 초점을 맞추어 살피는 것이 마땅할 것이다.

지형 창조라는 태초의 사건을 주제로 삼은 마고할미 이야기는 그 성격상 오랜 시간 동안 전승되면서 많은 변이를 겪어 왔던 것으로 보인다. 그런데 원래부터 희화화되거나 원망의 대상이었던 존재에게 창조신으로서의 기능이 나중에 덧붙여지면서 지형을 창조하는 여성 거인의 이야기가 형성되었다고 보기에는 무리가 있다. 그렇다면 거인 여성의 창조신으로서의 본질이 점차 그 의미가 잃어가면서 마고할미에 대한 부정적인 시각을 갖는 형태의 이야기로 변이되었을 것이라고 보는 것이 타당하다.

마고할미는 하늘과 땅을 분리시키고 이 세상의 산과 강을 형성시킨 지형 창조의 거인 여신이다. 하지만 인간의 인지가 발달하고 점차 현실적이며 합리적인 사고를 하게 되면서 거인의 존재나 그 행위에 대해 사람들이 더 이상 믿으려 하지 않게 되었다. 여성 거인의 지형 창조 행위를 두고 과연 거인이 존재했는지, 그리고 아무리 거인일지라도 산을 옮기는 행위가 과연 가능한 것인지에 대해 강하게 의문을 제기했을 것이다.

> 문산 뒷사(뒷산)이 어양사인데, 옛날에 〔청중 : 아, 어양산 그래〕 그 사(산)이 떠내려와가주고 여(여기) 와가주고 앉았는데, 이 집바 테가 있다. 그 시방 집, 집바 테가 사 사실로 보머 있거던. 〔웃으면서〕 집바해 가지고 온테(터)가, 그래가주고 거 문산 뒷사이라고 그래 있는데. 〔청중 1 : 산도 쪼맨은 그트만 하지만은 누가 그 집바 지고〕 〔일동 웃음〕
>
> — 김봉조 구연, 〈떠내려 온 어양산〉, 《한국구비문학대계》 7-2, 57쪽

이 자료는 전승자들이 거인의 지형 창조 행위에 대해 어떻게 인식하고 있는지를 단적으로 보여 주고 있다. 산이 작기는 하지만 그것을 어떻게 지고 왔겠는가 하면서 의문을 제기한다. 거인이 산을 옮겨 왔다고 하는 사실을 못 믿겠다는 것이다. 지형을 형성시키는 거인의 행위가 태초의 신성한 창조 작업이라는 인식은 이미 사라졌으며, 단지 거인 존재의 설정이나 산을 옮기는 행위 자체를 비현실적이라 여기고 그 진실성 여부를 따지는 데 초점을 모으고 있다. 권태효(2002), 《한국의 거인 설화》, 131쪽

전승 상황이 이렇게 변했기에 거인에 의한 지형 창조 이야기는 그 나름의 생존을 위한 새로운 방향을 모색할 수밖에 없었다. 그래서 마고할미가 산을 옮겨 왔다고 하는 행위 부분을 축소 또는 약화시키고, 다만 그렇게 해서 만들어진 지형물 자체에만 중심을 두면서 이야기를 전개시켜 증거물 위주로 이야기를 형상화시켜 놓은 것이다. 또한 거인이 배설물을 통해 지형을 형성시켰다고 하는 식으로 희화화시킴으

로써 웃음거리를 제공하는 이야기로 변이시킨다. 이처럼 웃음을 줌으로써 비현실성을 무마시키는 형태로 변모의 길을 걷게 되었다고 할 수 있다.

그런가 하면 마고할미 존재에 대한 의심과 희화화, 그리고 창조 행위가 잘못되었다는 원망 등이 한층 더 깊어지고 그 성격을 왜곡시키면서, 아예 마고할미를 퇴치의 대상인 부정적 신격으로 형상화시키기도 한다. 즉 마고할미가 선량한 마을 사람들을 괴롭히고 악행을 일삼는 악신으로 나타나는 이야기로 발전한 것이다. 삼척의 서구암 마고할미 이야기에서는 마고할미가 여우가 둔갑한 할미로 나타난다. 신이한 예지력과 엄청난 힘, 임신이나 아이들의 질병 및 곡물의 생산성을 조절하는 능력 등 초자연적인 위력을 지닌 존재이지만 그 능력을 마을 주민들을 괴롭히는 데 사용하는 악신이다. 강진옥(2006), 20쪽 경기도 화성 지역에서 전해지는 〈쌍봉산〉이라는 설화에서는 마귀할멈이 착한 사람을 괴롭히고 아이들에게 병을 주는 악행을 하다가 하늘의 징치를 당했으며, 그 마귀할멈이 지고 있던 두 개의 쌀자루가 변해서 쌍봉산이 되었다고 한다. 화성군(1990), 《화성군사》, 901쪽 지형을 창조하는 마고할미의 모습은 남겨 둔 채로 그 성격을 부정적으로 변형시킨 전형적인 사례라고 할 수 있다.

이처럼 마고할미는 호칭상의 유사성 때문인지 '마귀할멈'으로 부르는 경향도 흔히 찾아볼 수 있다. 그리고 마고할미의 호칭이 마귀할멈으로 잘못 와전되면서 마고할미가 사람들에게 해악을 끼치는 악신이라는 인식을 갖는 것으로 나타나기도 한다. 화자가 이야기를 구연하면서 '아니 마구할머니가 마귀라 허만 나쁜 그 인제 그런 얘긴데' 남사천 구연본, 213쪽라고 하는 데서 볼 수 있듯이, 마고할미를 그 행위와는 상관없이 잘못 전승된 호칭에 따라 악귀인 마귀와 동일시하여 부정적으로 인식하는 양상을 찾아볼 수 있다.

이렇듯 태초에 지형을 창조하던 여성 거인 마고할미는 사람들이 점차 합리적이고 현실적인 사고를 하게 되면서 그 존재에 대해 의심을 받게 되었다. 거인 여성의 존재나 창조 행위에 대해 의문을 제기하는가 하면 부정적인 신격으로까지 인식하게 되었다.

마고할미의 행위가 태초의 지형 창조라는 데 대한 신화적 관념이 희미해지면서 창조 여신 마고할미는 더 이상 신성하고 신비로운 존재가 아닌 지역민들의 원망을 받는 대상, 웃음거리로 희화화킨 대상이 되고 만 채 우리에게 다가오고 있는 것이다.

현대에 다시 살아난 창조 여신

마고할미는 오늘날에 와서 새롭게 주목받는 대표적인 캐릭터 가운데 하나이다. 태초에 이 세상을 창조하는 여신 또는 엄청난 힘과 능력을 지닌 여성 거인 신으로서의 본래 면모를 찾고자 하는 측면에서의 접근이 영화를 비롯해 아이들의 동화 등에서 나타나고 있다.

마고할미는 이야기로 전승되면서 창조 여신으로서의 본질을 많은 부분 잃어버린 채 부정적 존재로까지 인식되었다. 하지만 현대에서는 신비로운 창조 여신, 뛰어난 능력을 지닌 거인 여성의 모습을 되찾아 주려는 시도가 이루어지고 있다.

이와 같은 시도의 대표적인 작품으로 2000년에 개봉되었던 강현일 감독의 〈마고〉라는 영화를 들 수 있다. 인간의 욕망과 현대의 이기적인 문명 속에 세상은 오염되고 자연이 죽어 가는 오늘의 세태를 고발한 실험적 성격이 강한 영화이다. 태초에 세상이 창조되던 마고성 율려시대에는 마고의 분신인 물의 정령, 불의 정령, 바람의 정령, 달의 정령 등 열두 정령이 아름다운 세상을 평화롭게 이끌었으나, 인간들이 마고성 낙원의 붉은 포도라는 금단의 열매를 먹고 난 후부터는 포악해지고 악행을 일삼아 세상을 잔혹하고 피폐하게 만들었다고 한다. 마고의 창조 여신으로서의 성격을 찾고 그 의미를 부여했다는 점에서는 일단 긍정적이지만, 태초의 신비로운 창조 과정을 설정하고자 마고를 열두 정령의 분신으로 형상화시킨 것이라든지 인간 악행의 기원을 금단의 열매를 먹은 데 따른 것이라는 설정 등은 아무래도 우리의 마고할미 이야기와는 거리가 멀다. 태초의 신비롭고 아름다운 낙원의 주인으로 묘사된 마고의 모습은 우리의 신화적 발상이라기보다는 서양적 사고를 가져와 우리 것인 양 표현해 놓은 것이 아닌가 싶어 우려되는 측면도 없지 않다. 곧 마고할미 전승에 대한 충분한 이해와 검토가 부족했던 탓이라고 생각된다.

그런가 하면 마고할미는 이미 현대의 동화책에도 다양한 모습으로 그려지고 있는데, 영화보다는 자료에 대한 이해가 충실하다. 유아용 그림책이나 아동용 동화책에는 마고할미가 세상을 창조한 여성 거인이라는 관점에서 주인공으로 등장하고 있다. 《마고할미》, 《우리 집에 온 마고할미》, 《마고할미는 어디로 갔을까》 등이 그 예다. 모두 같은 마고할미를 주인공으로 삼은 작품이지만 그 성격에는 다소 차이가 있다. 전자가 전래되는 마고할미 이야기를 모아 창조 행위에 초점을 맞추면서 아이들에게 태초의 마고할미 존재를 알려 주는 성격을 띤 작품이라면, 후자의 두 작품은 마고할미를 현대로 끌어와서 일상적인 인물로 살게 하면서 거인적 능력을 발휘하게 만들고, 그런 모습을 통해 마침내 마고할미의 본래 존재를 더듬어 찾게 하는 형태로 거듭나고 있다.

마고할미는 여성 거인이라는 점에서 아이들의 풍부한 상상력을 자극할 수 있고, 따라서 기본적으로 아이들을 대상으로 하는 동화나 애니메이션의 중요한 인물 캐릭터가 될 수 있다. 하늘만큼 키가 크고 힘이 좋은 거인이 되고픈 욕망, 그래서 그 큰 키와 힘을 이용해 하고 싶은 것을 마음껏 할 수 있을 것이라는 아이들의 소박한 소망에 잘 부합하는 인물 캐릭터라고 할 수 있다. 그렇기에 마고할미 이야기는 특히 유아들을 대상으로 하는 그림책이나 동화, 애니메이션 등으로 만들어졌을 때 공감을 많이 얻을 수 있는 것이다.

마고할미가 거대한 몸집과 엄청난 힘으로 이 세상을 창조해 나가는 모습은 아이들에게 태초의 창세 과정에 대한 상상력을 심어 주는 계기가 될 수 있을 것이다. 그런가 하면 특히 배설물로 지형을 형성시키는 마고할미의 소박한 모습은 아이들에게 우리 창조 여신의 존재를 친근하게 다가가게 할 것이며, 아이들에게 한껏 웃음을 안겨 줄 것이다.

그런데 아직은 마고할미 이야기에 대한 다양한 면모가 온전히 소개되지는 못했다고 생각한다. 마고할미를 현대에 되살려 내기 위해서는 다양하게 전승되는 이야기를 모으고 정리하는 작업부터 선행되어야 한다. 이를 토대로 외모나 행위 중심으로 단편적으로 존재하는 이야기들을 어떻게 결합시키면서 그 인물 성격을 살려 나갈지에 대한 고민이 있어야 할 것이다. 특히 마고할미의 행위에 대해서는 단지 태초에 세상을 창조하는 창조 여신 또는 여성 거인의 측면에서만 초점을 맞추고 있는데, 배설물로 지형을 창조하는 우스꽝스러운 모습이라든가 본래 성격을 잃어버리고 마귀할멈과 동일시되어 부정적 존재로 인식되어 가는 모습 역시 마고할미에 대한 중요한 구상거리가 될 수 있을 것이다. 막연하고 단편적인 인식을 토대로 마고할미 이야기를 현대에 되살려 내는 것이 아닌, 마고할미 이야기의 다양한 자료들을 충분히 모아 자료화시킴으로써 필요에 따라 그 인물의 성격이나 특징을 잘 살려 낼 필요가 있다.

권태효 국립민속박물관 학예연구사. 구비문학, 민속학 등을 전공하며, 특히 우리 설화 가운데 신화적 성격이 잔존하는 전설과 민담 등에 관심을 기울이고 있다. 중국 소수민족의 제의와 신화에도 관심을 갖고 현지 조사한 경험을 토대로 영역을 확장하고 있다. 저서로는 《한국의 거인설화》, 《중국 운남소수민족의 제의와 신화》, 《한국 구전신화의 세계》 등이 있다.

20

노장 스님, 인간 세상에 왜 내려오셨던고

손태도

탈춤의 노장

신성한 세계에서 오랫동안 살았던 존재인데 세속적 놀음 놀이란 인간 세계의 한 마당에 놓인다. 일생을 불도에 정진하여 그것을 완성할 정도의 초인적 존재이지만 인간 세상의 욕망을 대번에 긍정하는 단순한 면도 지니고 있다.

'탈춤의 노장'은 중부 지방 탈놀이인 〈양주별산대〉와 〈송파산대〉, 해서 지방의 탈춤인 〈봉산탈춤〉, 〈강령탈춤〉, 〈은율탈춤〉에 등장하는데, 불도의 높은 경지에 이른 늙은 승려로 나온다. 그런데 기생 계통의 젊은 여자인 소무의 유혹에 빠져 파계승이 되어 그녀와 살다 취발이란 젊고 힘센 남자에게 그녀를 빼앗기고 도망가는 신세가 되고 만다. 불교권 나라에서 거룩한 존재인 고승이 세속의 오락 공간인 탈춤에서 다뤄지며 일반인들의 세속적 욕망을 긍정해 버리는 우스운 존재가 되고 만 것이다. 이 작품의 작가는 굳이 말한다면 탈춤을 즐긴 전통 사회의 일반 서민들이다.

노장 〔도드리곡에 맞추어 일어나려고 애를 쓰다가 겨우 일어난다. 육환장을 짚고 슬며시 일어나서 부채로 얼굴을 가리고 허리는 구부린 채 사람이 있나 없나 한쪽에서부터 서서히 몸을 돌리며 주위를 살펴본다. 천만뜻밖에도 화려하고 아름답게 치장을 한 소무가 나와 춤을 추는 것을 보고 깜짝 놀라며 부채로 얼굴을 가리고 부채를 부르르 떨면서 땅에 엎드린다. 다시 일어나 부채살 너머로 소무를 한참 물끄러미 바라보고 소무의 아름다움에 감탄하며 선녀(仙女)인가 하고 의심하는 것 같다. 그러나 속인(俗人)인 것을 알고 속세(俗世)에 저렇게 아름다운 미색(美色)이 있나 하고 매우 감탄하는 듯하다. 지금까지 불도에 자기 일생을 바친 것을 후회나 하는 듯 소무를 물끄러미 보면서 속세에 내려와 저런 미색을 데리고 일생을 보낼 것을 생각하였는지 이윽고 결심한 듯이 고개를 끄덕끄덕한다. 소무의 아름다움에 완전히 유혹된 것 같다. 얼굴은 여전히 부채로 가리고 있다.〕

— 이두현 교주, 〈봉산탈춤〉, 《한국가면극 선(選)》, 162~163쪽

인간 세계 너머에 있던 존재

말뚝이 1 : 야, 야.

일동 : 웨야아.

말뚝이 1 : 저 서쪽이 비가 올라는지 껌껌하니 웬일이냐?

일동 : 났다 났다, 짐승났다. (타령으로 춤춘다.)

목중 1 : 야, 야~

일동 : 그럼 가서 자세히들 보자. (일동은 노승이 엎드린 곳으로 엉금엉금 가서 들여다보고 깜짝 놀란다.)

일동 : 야아, 이게 뭐냐?

말뚝이 1 : 자아 뭔지 한번 물어보자. 네가 사람이냐 짐승이냐?

노승 : (대답이 없다.)

말뚝이 1 : 그러면 산중호걸 사자냐?

노승 : (대답이 없다.)

말뚝이 1 : 독수리냐?

노승 : (대답이 없다.)

말뚝이 1 : 고라니냐?

노승 : (대답이 없다.)

말뚝이 1 : 원숭이냐?

노승 : (대답이 없다.)

말뚝이 1 : 그럼 네가 도대체 뭐란 말이냐?

노승 : (대답이 없다.)

말뚝이 1 : 아무리 생각해도 장삼을 입은 것을 보니 네가 중놈이 아니냐?

노승 : (엎드린 채로 고개만 끄덕인다.)

— 〈강령탈춤〉, 《한국가면극 선(選)》, 249쪽

산에서 불도를 닦다가 속세로 내려온 노장은 얼른 보면 도대체 사람으로 보이지 않는다. 그래서 다음처럼 〈봉산탈춤〉에서는 아예 대망(큰 구렁이)이 분명하다고 한다.

둘째 목중 : 노장님을 찾으랴고 동편을 갔더니 비가 오실려는지 날이 흐렸더라.

셋째 목중 : 아나야아.

목중들 : 그래애이.

셋째 목중 : 내가 가서 자세히 보고 오마. 〈옥동도화 만수춘……〉 (노장 있는 곳에 춤추면서 갔다가 온다.)

셋째 목중 : 쉬이. (장단과 춤 멎는다.) 아나야.

목중들 : 그래애이.

셋째 목중 : 내가 이제 가 보니 날이 흐린 것이 아니라 옹기장사가 옹기짐을 벗어 놓았더라.

(중략)

다섯째 목중 : 내가 자세히 보고 왔는데 날이 흐려서 대망(大蟒, 큰 구렁이)이 나왔더라.

(중략)

여섯째 목중 : 이자가 자세히 보니 대망이 분명하더라.

일곱째 목중 : 아나야.

목중들 : 그래애이.

일곱째 목중 : 사람이 이렇게 많이 모였는데 대망(이무기)이란 웬 말이냐. 내가 가서 자세히 보고 오마. (중략)

일곱째 목중 : 쉬이, 아나야.

목중들 : 그래애이.

일곱째 목중 : 내가 자세히 보고 온즉 대망이니 옹기짐이니 숯짐이니 하더니, 그런 것이 아니라 우리가 모시고 나오던 노장님이 분명하더라.

목중들 : 그래애이.

—〈봉산탈춤〉, 156~157쪽

이렇게 탈춤 속의 노장은 얼른 보면 흐린 날, 짐승, 사자, 독수리,

고라니, 원숭이, 옹기짐, 숯짐, 대망이로 보인다. 모두 인간이 아닌 것이다. 그처럼 노장은 인간 세상과는 다른 세상에서 불도를 오랫동안 닦아 인간 밖의 존재, 곧 초인적인 존재가 된 것이다. 그런데 이렇게 초인적인 존재에 이를 정도로 거룩하고 신성한 존재, 곧 '생불'이라 칭송을 받던 노장을 속세 탈춤판의 인간들은 신성한 존재로 떠받들 것인가, 아니면 그 신성함을 깨뜨려 웃음거리로 삼을 것인가?

인간의 두 얼굴

인간에게는 흔히 성스런 면도 있고 동물적인 면도 있다고 한다. 이 두 가지 측면을 아주 극명하게 설명한 사람이 독일의 철학자 쇼펜하우어일 것이다. 그는 우리에게 흔히 염세주의 철학자로 알려져 있는데, 주저《의지와 표상으로서의 세계》를 통해 인간에 대한 자신의 견해를 밝히고 있다. 그에 따르면 인간은 육체를 가진 이상 동물적인 면이 있다고 한다. 그러나 인간이 다른 동물들과 다른 것은 문화를 추구하는 면이 있다는 것이다. 이러한 인간의 동물적인 면이 가장 적나라하게 드러나는 것이 결혼, 즉 남녀의 결합인 것이다. 그래서 그는 자신만이라도 좀 더 인간답게 살기 위해 일생 동안 결혼하지 않았다고 한다.

또한 이러한 인간의 두 모습이 잘 드러나고 있는 것이 중세의 고등 종교들에서이다. 신부와 수녀, 승려와 같은 성직자들은 대부분 결혼을 하지 않는다. 사실상 그들의 신성성은 세속적 시각에서 보면 그러한 인간의 기본적인 욕망들을 거부한 데서 발생한 것이라고도 할 수 있다. 그러면 인간의 기본적인 욕망들을 충족시키며 살아가는 일반 사람들은 그들에 대해 어떤 시각을 가지게 될까? 첫째는 그들을 존경하는 것이다. 일반 사람들은 신성을 지향하는 그들을 자신들을 성스러운 방향으로 이끌어 가는 정신적 지도자로 여기는 것이다. 둘째는 그들을 부정하는 것이다. 일반 사람들은 자신들을 오히려 세상의 중심에 놓고 싶어하는 것이다. 그럴 경우 신성한 인물들을 동물적인 인간의 일차적 욕망에 빠지게 하여 그들을 조롱거리로 삼고자 한다. 그래서 성당의 주교가 집시 여인을 사랑하는 대목이 등장하는 소설 《노트르담 드 파리(빅토르 위고 작, 1831년)》, 수녀와 병사의 이야기를 연극화한 〈병사와 수녀(찰스 쇼 원작, 1991년 초연)〉, 중국의 민속극 〈대두화상과 유취의 이야기〉, 우리 나라 가면극의 한 과장인 〈노장과장〉과 같은 작품들이 생겨난 것이다.

인간을 초월한 존재로의 노장

우리 나라의 가면극 〈노장과장〉의 유래에 대해서는 분명히 이야기할 수 없다. 지금으로서는 대체적인 추론만 가능할 뿐이다. 전래되어 오는 기록들에는 조선 시대 황진이가 지족선사(知足禪師)를 파계시킨 것에서 나왔다고도 하고, 또는 고려 말 승려였던 신돈을 풍자한 것에서 나왔다고도 한다. 그런데 이런 것들은 〈노장과장〉의 내용과 대체로 일치하기에 오히려 전래되어 오던 〈노장과장〉에 이러한 이야기들을 결부시켰을 가능성이 많다. 그래도 좀 더 객관적인 근거를 찾아본다면 불교의 교훈극인 기악(伎樂)을 들 수 있다.

기악은 백제인 미마지(味摩之)가 중국 오(吳)나라에서 배워 일본에 전해 주었다는 것이다. 이러한 기악이 일본에는 상당 기간 전승되어 현재 일본에서는 13세기에 기록된 기악 대본《교훈초(敎訓抄)》를 포함하여 기악 가면들도 상당수 남아 있다. 이러한 기악 계통의 불교 가면극이 우리 나라에도 남아 있었다면 이러한 기악 계통의 한 과장이 〈노장과장〉을 성립시켰을 가능성이 높다. 불교의 교훈극인 기악에는 여자로 인한 승려의 파계를 경계하는 극이 있을 수 있음을 고려해 볼 때 승려의 파계를 다룬 극이 오늘날의 〈노장과장〉으로 발전되었을 가능성이 높다. 실제로 기악에서 노장에 해당하는 인물은 곤륜(崑崙)이란 서역 계통의 검은 얼굴을 한 승려인데, 두 명의 여자와 놀다 역사(力士)에게 혼쭐이 난다. 이것은 〈양주별산대〉나 〈송파산대〉에서 노장이 두 명의 소무를 데리고 놀다 힘이 센 취발이에게 항복하고 쫓겨나는 것과 일치한다. 그래서 학계에서는 삼국 시대에 있었던 기악이 오늘날의 탈춤과 관련성이 있으리라 보고 있다.

문제는《교훈초》에 곤륜이 나이가 들었다는 언급이 없다는 것이다. 또 역사가 곤륜의 성기를 새끼로 잡아매어 때리는 행위에서 보건대 곤륜은 젊은 승려일 가능성이 높다. 사실 여색에 유혹되기 쉬운 것은 젊은 승려이기 때문이다. 이러한 사실은 현재 전승되는 인형극 〈박첨지놀이〉에 모두 뒷절의 상좌중, 곧 젊은 승려 두 명이 두 명의 여자와 놀아나는 것으로 나와 있다. 이들은 홍동지라는 힘센 남자에 의해 쫓겨난다.

그러므로 우리 나라 가면극의 파계승 과장의 승려는 원래 젊은 승려였을 가능성이 높다. 그러면 이 젊은 승려가 왜 늙은 노장으로 바뀌게 되었는가?

"노장스님 어디서 오셨는지?/석장을 짚고 장삼을 걸치고/구부정 몸을 가누지 못하고/수염도 눈썹도 도통 하얀데/사미승 뒤를 따라오며/연방 합장하고 배례하고/이 노장 힘이 쇠약해/넘어지기 몇 번이던고?/한 젊은 계집이 등장하니/이 만남에 깜짝 반기며/흥을 스스로 억제치 못해/파계하고 청혼하더라."

— 강이천, 〈남성관희자(男城觀戱子)〉

노장은 자기 몸도 가누지 못할 정도로 늙었으며, 실제로 성적 욕망도 가질 수 있는 존재가 아닌 것이다. 그러면 〈노장과장〉의 노장은 무엇인가?

노장은 색욕으로 인해 파계할 수 있는 실제의 승려가 아니라 인간의 신성한 면과 동물적인 면 양면 가운데 동물적인 면을 부정한 존재로 설정된 것으로 보는 것이 좀 더 적절할 것이다. 실제 파계를 하는 승려가 아닌 인간의 동물적인 면을 초월한 인간의 신성한 모습을 나타내는 하나의 원형으로서의 존재를 구체화한 것들 중의 하나가 노장이 아닌가 하는 것이다. 그래서 현존 탈춤들에는 노장에 대해 '조기·독수리·구렁이(〈양주별산대〉), 생선(비린내)(〈송파산대〉), 흐린 날·옹기짐·숯짐·대망이(〈봉산탈춤〉), 껌껌한 하늘·짐승·사자·독수리·고라니·원숭이·범·노루(〈강령탈춤〉)' 등 인간이 아닌 것으로 처음에 소개되고 있다. 노장은 인간의 욕망이 제거된 세계에 오랫동안 살아 인간이 아닌 존재에 더 가까운 것이다.

오늘날 노장의 캐릭터를 어떻게 잡을 것인가

사실 노장은 자신의 몸도 제대로 가누지 못할 정도로 늙었기에 여색 때문에 파계할 만한 승려가 아니다. 그런데도 탈춤에서 〈노장과장〉을 성립시킨 것은 일반 사람들이 단지 그렇게 한 것뿐이다. 일반 사람들은 신성한 면과 동물적인 면 두 가지를 모두 갖고 있기에, 그들의 신성한 면의 한 원형으로 이 노장을 설정하면서도 이 노장이 탈춤의 마당에서만이라도 자신들처럼 동물적인 면을 취하도록 한다. 그래야 일반 사람들은 동물적인 면도 갖고 있는 자신들을 긍정하며 살아갈 수 있을 것이 아니겠는가? 이것은 동물적인 면을 유지해야 영속적인 가정과 사회를 이룰 수 있는 일반 사람들의 자연스런 일 처리 방식이다. 그런 면에서 〈노장과장〉의 노장 캐릭터는 사실 인간의 신성한 면과 동물적인 면 가운데 신성한 면을 대변하는 캐릭터가 되는 것이 적절하다. 그리고 그의 파계는 크게 보면 동물적인 면을 유지하며 살아갈 수밖에 없는 일반 사람들을 위한 탈춤 마당에서의 하나의 정례적인 희생 제의에 가깝다고 할 수 있다.

우리 나라의 경우 불교로 형상화된 신성한 면도 결국은 신성한 면과 동물적인 면 두 가지를 모두 지니고 있는 인간을 선도하기 위한 것이다. 그래서 평소에는 신성한 존재로 여기는 그 노장을 일반 서민들이 중심이 되는 탈춤판에서는 조롱거리로 삼은 것이다. 이것은 인간의 동물적인 면을 초월하여 신성한 생활을 하는 승려들과 같은 세상을 살아가는 보통 사람들의 일종의 균형 잡기 행위이다. 그러므로 노장의 파계는 사실상 노장에 의해 이루어진 것이라기보다는 일반 사람들의 탈춤판에서의 놀음 놀이에 의해 이뤄진 것이므로 노장의 캐릭터에 주요한 것이 아니다. 노장의 캐릭터는 원래 노장이 지니고 있던

'생불'로서의 존재, 이와는 대조적으로 '흐린 날, 옹기짐, 숯짐, 대망, 사자, 독수리, 고라니' 등과 같은 비하된 존재들로 설정되는 것이 적절하다.

그런데 중세 종교에서의 신성함이 인간에 의해 굴복하는 것은 불교권에서만 가능한 것 같다. 그러기에 중국에서는 상좌도 거느린 고명한 노승인 대두화상이 유취라는 젊은 여자에 빠져 파계하는 민속극이 상당히 일반화되어 있고, 우리 나라에서도 오랫동안 불도를 닦은 승려가 파계하는 〈노장과장〉과 같은 탈춤이 있는 것이다. 결국 승려들의 신성함도 동물적인 욕망을 지니고 살아가는 일반 사람들의 삶을 위한 것이기 때문이다. 반면 기독교권에서는 사정이 다르다. 이쪽의 신성함은 인간을 넘어 신과 관계되는 것이기에 그 신성함을 버리면 《노트르담 드 파리》의 주교처럼 죽음을 당하거나 〈병사와 수녀〉의 수녀처럼 끝내 그 신성함을 지키게 된다. 〈양주별산대〉와 〈송파산대〉에서는 노장이 두 명의 소무와 살다가 한 명은 취발이에게 빼앗기고 한 명만 데리고 떠나게 된다. 이 정도면 노장은 이미 노장이 아니고 세속 속의 한 사람이 된 것이다.

손태도 경원대 국어국문학과 강사. 구비문학을 전공하였고, 그 중 판소리, 탈춤 등 연희 분야를 주로 연구했다. 문화재청의 무속 분야 문화재 전문위원으로 위촉되어 활동하며 무속의 현장에 대해서도 남다른 식견을 지니고 있다. 문헌 조사와 현장 조사를 병행하여 좋은 연구 성과들을 내는 것으로 정평이 나 있다. 저서로는 《광대의 가창문화》, 《우리 무형문화재의 현장에 서서》, 《전통 구비문학과 근대 공연예술 Ⅰ, Ⅱ, Ⅲ》(공저) 등이 있다.

21

재치 있거나 건방지거나

류수열

정욱

순발력 있는 재치로 골계적 분위기를 창출하는 인물. 승상 조조가 패주할 때 그의 용렬한 행위와 태도를 비웃고 조롱하여 위엄을 파괴한다. 재치와 기지를 갖춘 방자형 인물로 상전마저 풍자하는 삐딱한 성품을 지녔다.

판소리 〈적벽가〉와 그 소설본에 해당하는 〈화용도〉는 창본, 필사본, 완판본, 구활자본 등 다양한 형태로 전승되고 있다. 판소리 〈적벽가〉의 형성 과정에 대한 논란은 미종결 상태로 남아 있긴 하지만, 중국 소설 《삼국지연의》를 저본으로 삼았다는 점, 이야기꾼들의 낭송이나 구연, 판소리 광대의 연창 등이 반복적·지속적으로 이루어지면서 여러 가지 사설과 가요가 첨가되며 판소리 사설로 정착되었다는 점은 대체로 분명해 보인다. 이 과정에서 가장 두드러진 변화는 두 가지이다. 하나는 영웅 위주의 군담에서 군사들의 서민적 생활 감정을 전면에 내세운 이야기로 변화했다는 점, 다른 하나는 정욱이라는 인물이 지체 높은 모사에서 상전에게 말대꾸도 일삼고 희롱도 하는 '방자형 인물'로 바뀌었다는 점이다.

〈아니리〉

조조 가다 목을 움쑥움쑥하니 정욱이 여짜오되,

"승상님 무게 많은 중에 말허리 넣오리다. 목은 어찌 그리 움치시나이까?"

"야야 철환(鐵丸)이 귀에서 앵하며 칼날이 눈에서 번뜻번뜻하는구나."

"이제야 아무것도 없사오니 목을 늘여 사면을 더러 살펴보옵소서."

"야야 진정으로 조용허냐?"

조조가 목을 막 늘여 좌우 산천을 살펴보랴 헐 제, 의외에 말굽통머리서 맷초리 표루루루 하고 날아나니 조조 깜짝 놀래,

"아이고 정욱아 내 목 떨어졌다. 목 있나 봐라."

"눈치 밝소. 그 조그마한 맷초리를 보고 놀랠진댄 큰 장비닥을 보았으면 잠을 쓸 뻔하였소그려."

조조 속없이,

"야 그게 맷초리냐. 그놈 비록 자그마헌 놈이지만 냄비에다 물 붓고 갖은 양념하야 보글보글 볶아 놓으면 술 안주 몇 점 참 맛있느니라만."

"입맛은 이 통에라도 안 변하였소그려."

— 박봉술 창본 〈적벽가〉, 김현주·김기형 편, 《적벽가》, 339쪽

스스로 빛나는 별은 없다

스스로 빛나는 별은 없다. 모든 별은 주변의 빛을 받아 반사함으로써 자신의 존재를 드러낸다. 이 말은 명백한 과학적 이론이지만, 영화 〈라디오 스타〉에서 한물간 올드 스타를 달래는 대사로 삽입되어 새삼스럽게 생기를 얻었다. 다소 식상하긴 하지만, 분명히 인간사의 한 진

영화 〈라디오 스타〉의 한 장면

실을 드러내고 있다. 하지만 우리는 이 말의 진실에 지속적으로 귀를 기울이지는 않는다. 특별히 어떤 목적을 염두에 둘 때에만 그 진실의 울림을 상기할 뿐이다.

이러저러한 인간사를 응축시켜 표현한 서사나 극예술을 접할 때도 마찬가지다. 소설이나 드라마, 영화 한 편을 접하면서 가장 큰 비중으로 다가오는 것은 거기에 등장했던 주인공의 삶이다. 그의 운명이 어떻게 귀결되느냐에 따라 박수를 보내기도 하고 함께 안타까워하기도 한다. 그러면서 우리는 곧잘 그 주인공의 존재를 빛나게 했던 주변부적인 존재들을 망각하고는 한다.

경우에 따라서는 주인공보다 더 선명한 이미지를 지닌 채 오래도록 기억의 한 꼭짓점을 차지하는 주변적인 인물도 있다. 단지 그 역할

비중이 크기 때문만은 아니다. 역할의 비중과 무관하게, 뚜렷한 개성을 지닌 인물들은 주인공 못지않은 선명성으로 기억 속에 살아남는다. 그것이 바로 캐릭터의 힘일 것이다. 우리 고전 캐릭터 중에 여기에 가장 잘 어울리는 인물은 역시 '방자형 인물'이다. 그리고 그들 중에 또 하나의 독특한 자리를 차지하고 있는 인물이 바로 〈적벽가〉 또는 〈화용도〉의 '정욱'이다. 정욱은 어떻게 방자형의 캐릭터로 만들어졌는가, 그리고 또 다른 방자형 인물과 구별되는 그만의 개성은 무엇인가? 이것이 우리 관심의 초점이다.

'정욱' 캐릭터의 구심력과 원심력

널리 알려진 대로 〈적벽가〉의 저본은 나관중의 《삼국지연의(三國志演義)》이다. 이 소설은 난세를 배경으로 펼쳐지는 영웅들의 무용담이다. 진지하고 장엄한 분위기가 지배적일 수밖에 없다. 《삼국지연의》에서 정욱(程昱)은 조조의 최측근 모사(謀士)로 등장한다. 정욱은 과연 어떠한 인물이었던가? '방자형 인물'이 되기 전 그의 행적을 먼저 확인해 두기로 하자.

황건적의 난이 일어났을 때 자신이 살던 마을 사람들이 도적 떼에 쫓겨 성을 비우고 숲으로 도망쳤을 때, 정욱은 민중들의 공포심을 역이용해서 그들이 살던 성을 지켜내는 데 결정적인 역할을 했다. 조조와 여포가 싸울 때에는 군량미를 약탈해 조조 진영에 보내면서 인육(人肉)을 다른 육류로 위장해서 함께 보냄으로써 여포를 격파하는 데 기여했다. 그리고 원소가 십만의 대군을 이끌고 조조를 공격할 당시,

칠백 명의 부하들을 데리고 전방의 한 성을 외롭게 지키고 있던 정욱은, 수천 명의 원군을 보내겠다는 조조의 제의를 거절함으로써 오히려 싸움을 피한 적도 있다. 조조의 심복으로부터 모함을 받았다가 조조의 호의로 더 큰 대접을 받고서는 자신이 갖고 있는 병권을 모두 반납하고 두문불출했다. 이 때문에 조조가 말년에 여러 부하와 모사들을 의심하여 잡아 죽일 때도, 정욱만은 그 칼날을 피할 수 있었다. 그의 이러저러한 방책들이 교활한 것인지 지혜로운 것인지, 그의 성품이 냉철한 것인지 무자비한 것인지는 판단하기 어렵다. 그러나 살아서는 안향후(安鄕侯)에, 죽어서는 숙후(肅侯)에 봉해졌던 인물로 기록하고 있는 진수(陳壽)의 《삼국지》에 따른다면, 제후(諸侯)의 반열에 오른 그는 개인적 생애의 이력으로 볼 때 가히 최고의 성취를 이룬 인물이라 할 만하다.

그러던 그가 〈적벽가〉에서는 측량할 수 없을 정도로 급격하게 추락하여 '방자'급으로 변신한다. 《삼국지연의》에 등장하는 모사 정욱의 아우라는 〈적벽가〉에서 전면적으로 멸실된 것이나 다름없다. 모사로서의 면모를 보여 주는 유일한 대목이 있다면, 적벽대전을 앞두고 화공에 대비해야 한다고 진언하는 장면이다. 그러나 그것뿐이다. 그것도 적극적으로 설득하고 제안하는 모사로서의 면모는 발견되지 않는다. 가히 환골탈태라 할 만하다.

이러한 환골탈태는 왜 일어났을까? 《삼국지연의》는 중국 소설에서 한국의 판소리로 정착되면서 두 가지 측면의 변화를 겪었다. 하나는 향유 지역이라는 공간의 변화, 다른 하나는 향유 문법이라는 장르의 변화이다. 이 두 가지 측면을 정욱이라는 캐릭터가 변화하게 된 요인으로 추정해 볼 만하다.

먼저 중국 문학과 한국 문학의 차이라는 지역성 변인을 보자. 문화란 국경을 넘는 순간부터 질적 변화가 수반될 수밖에 없다. 《삼국지연의》도 그러했을 개연성이 높다. 그러나 전기 소설이나 영웅 소설에서 확인해 볼 수 있듯이, 중국 문학에 뿌리를 둔 장르들이 한국에 들어온다고 해서 언제나 환골탈태하는 것은 아니다. 한국적 사상과 한국적 미감이 강화되는 변화가 일어나는 것은 사실이지만, 아예 새로운 장르를 만들어 내지는 않는다. 그러므로 지역적 차이는 환골탈태의 요인으로서 결정적인 것은 아니라고 본다.

이러한 추정이 타당하다면, 판소리의 장르적 구심력을 그 주요 변인으로 생각해 볼 수 있다. 판소리는 과연 전대(前代)의 설화나 동시

김준근의 〈소리하는 모양〉. 옛 판소리 장면을 담은 그림

대의 서사 문학과도 다른 특성을 보여 준다. 판소리의 고유한 특징은 골계성을 바탕으로 한 미적 지향과 평민성을 기본으로 삼는 계층적 취향이라 할 것이다. 단순화의 위험을 무릅쓰고 대비해 본다면, 소설 《삼국지연의》가 웅장하고 비장한 영웅 서사였다면 판소리 〈적벽가〉는 골계적인 범인(凡人)의 서사라 할 수 있다. 물론 〈적벽가〉에도 영웅은 어디까지나 영웅으로 살아 움직이고, 범인들에 의해서 창출되는 비장미가 작품을 지배하기도 한다. 그렇지만 영웅들은 산발적으로 또는 지속적으로 희화화되고, 범인들의 비장은 순정한 비장이 아니라 골계와 혼융되면서 미적인 변주를 이루어 낸다. 또한 영웅들의 이야기와는 별도로 무수히 많은 군졸들이 제각각의 이름을 달고 나름대로의 개인 서사를 안은 채 작품의 전면에 나타나기도 한다.

정욱의 환골탈태는 골계성이라는 미적 지향과 평민성이라는 계층적 지향이 만나는 지점에 위치해 있다. 말하자면 정욱은 간웅(奸雄) 조조의 희화화에 결정적으로 기여할 최측근 인물로 선택된 것이다. 동시에 그는 평민적 색채의 강화를 위해 요구되었던 방자형 인물로 선택되면서, 제후라는 성취를 이룬 역사적 사실은 은폐되고 방자급으로 추락당한 것이다.

정욱, 모사에서 방자 되기

〈적벽가〉 및 〈화용도〉에서 주인공이 누구인지를 확정하기란 쉬운 일이 아니다. 중국 소설 《삼국지연의》에서는 유비, 관우, 장비, 그리고 공명이 주인공 노릇을 하는 것이 분명하지만, 그 판소리화의 결실인

〈적벽가〉에서는 온갖 사연을 안고 있는 무수한 장졸들이 만만치 않은 비중을 차지하고 있기 때문이다. 여기에 더하여 결코 간과할 수 없는 인물이 적벽대전에서 패하여 도망치는 위나라 승상 조조와 꼬박꼬박 대꾸를 하는 정욱이다.

조조는 유비를 비롯한 한나라 군장들의 반동 인물로 설정되었기에 큰 역할 비중을 차지한다. 한나라 군장들이 어질고 지혜로우며 자비로운 인물로 그려졌다면, 조조는 무자비하고 옹졸하며 경우에 따라서는 한없이 비굴한 인물로 형상화되어 있다. 정욱은 위나라 인물 중에서 조조를 제외하면 유일하게 살아 있는 캐릭터로 등장한다. 하지만 어디까지나 무자비하고 옹졸하며 비굴한 조조의 위상을 고정시키기 위해 배치된 역할이다. 정욱 스스로 어떤 사건을 만들어 내거나 반전을 초래하지는 않는다. 이것이 정욱이라는 캐릭터의 독자성을 부각시키기 어려운 이유이다.

그러나 이러한 한계에도 불구하고 여전히 빛을 발하는 인물임은 분명하다. 정욱이라는 인물과 상호 작용하는 과정이 없었다면 조조라는 캐릭터는 평면성과 단조로움을 피하기 어려웠을 것이기 때문이다. 말하자면 조조라는 간웅의 캐릭터에 입체성을 부여하는 것이 바로 정욱인 것이다.

〈중모리〉

이때 인마(人馬) 기진(氣盡)하고, 데인 노약(老弱) 막대 짚고, 눈비 섞어 오는 날에 산고곡심(山高谷深) 험한 길에, 휘어진 장송 뒤얼크러진 총림(叢林) 휘청휘청 검쳐 잡고, "후유, 촉도지난(蜀道之難)이 험타 한들 이에서 더할쏘냐?" 허저, 장요, 서황 등은 후군을 방어하고, 정욱이 눈물지며 탄식하는 말이, "평생 소약지심(所約之心)하여 운주결승(運籌決勝)하잤더니 제부종시불여의(諸復終始不如意)라. 초행노숙(草行露宿) 어인 일고? 망측한 우리 승상, 일빈일소(一嚬一笑) 탓이로다." 애고 애고 울고 나니, 전별장(全別將)이 울고 난다. "적벽 오전(鏖戰) 무삼 일고? 승상은 망상(妄想)하여 주색 보면 한사(限死)하고, 임전하면 꾀병터니, 삼부육사(三傅六師) 간 데 없고, 백만 군사 몰사를 하니, 모사(謀事)도 허사 되고, 장수 또한 공수(空手)로구나. 전복병(前伏兵)에 놀랜 군사 후복병(後伏兵)이 다시 나면, 이를 어쩔거나? 아이고, 아이고, 내 일이야."

— 정응민 바디 〈적벽가〉, 최동현·최혜진 역주, 《교주본 적벽가》, 249~251쪽

패주하는 승상 조조에게서 위엄을 갖춘 영웅의 모습을 기대하기란 불가능하다. 군사들은 심지어 온갖 복병을 비롯한 패주 과정에서 돌출하는 모든 난관이 조조의 난데없는 웃음 때문이라 믿는다. 군사들의 충심도 이미 떠난 것이다. 이를 가장 극명하게 보여 주는 것이 정욱의 탄식이다. 주색을 즐기는 군주가 신중하지 못하게 패배가 예정된 싸움에 뛰어들었다가 군사도 몰사하고 신하와 참모들이 모두 떠났다는 상황 판단 아래, 실패한 모사로서 자신의 신세를 한탄하는 대목은 조조의 무능과 무기력을 최대로 부각시킨다.

〈잦은몰이〉

황개가 쫓아오며,

"저기 수염 진 게 조조니라."

조조가 황겁하야 진 수염을 걷어잡아 와드득 와드득 쥐여뜯고 꾀탈장

탈 도망헐 제 장요 활을 급히 쏘아 황개 맞아 물에 가 풍 꺼꾸러져 낙수허니,

"공의(公義)야 날 살려라."

한당(韓當)이 급히 건져 살을 빼어 본진으로 보내랼 제, 좌우편 호통소리 조조 정욱 기겁하야 말을 거꾸로 잡어타고,

"가자 가자 어서 가자. 까닥하면 나 죽겄다. 여봐라 정욱아. 주유 노숙이 축전 축지법을 못하는 줄 알았더니마는 오늘 보니 축지법을 허나부다. 이 말이 왜 퇴불여전(退不如前)이 되야 앞으로는 아니 가고 적벽강으로만 그저 뿌두득뿌두득 들어가니 이것이 웬일이냐?"

"어따 승상이 말을 거꾸로 탔소."

조조 듣고,

"급한 대로 언제 옳게 타겄느냐? 말 모가지만 쑥 빼다가 얼른 돌려다 뒤에다 꽂아라. 나 죽겄다. 어서 가자. 아이고 아이고!"

— 박봉술 창본 〈적벽가〉, 338~339쪽

이 대목 또한 패주하는 승상의 형상을 극대화시키고 있다. 군주 조조의 추락이 필요 이상으로 과장되어 있는 것이다. 방정맞다 할 정도로 가벼운 행위와 상황에 어울리지 않는 대사는 현대의 시트콤의 한 장면을 방불케 한다. 물론 이는 그 장면의 분위기나 인물됨을 최대치로 끌어올리는 판소리의 판짜기 전략, 즉 '장면 극대화의 원리'가 실현된 결과이다. 적어도 이 대목에서 조조는 최대한 경솔하고 방정맞은 인물로 희화화되어야 하고, 분위기도 최대한 발랄하고 해학적이어야 하는 것이다.

정욱의 역할은 여기에 있다. 정욱이 없었다면 위 장면은 조조의 일

인 슬랩스틱 코미디였을 테지만, 정욱이 등장함으로써 재담 또는 희담이 곁들여진 언어적 재미를 갖추게 된 것이다. 그리고 이 과정에서 조조는 한층 더 경솔하고 방정맞은 성품의 소유자로 드러나게 된다. 정욱의 독백보다 이 대목이 방자형 인물로서 정욱의 캐릭터를 아주 극명하게 드러낸 부분이라 할 것이다.

이쯤에서 정욱을 비롯한 방자형 인물의 요건을 정리해 두기로 하자. 그들의 상대는 그들보다 신분적으로 또는 제도적으로 높은 위치에 있기에 그들은 권력관계상 열등하다. 그러니 대등한 위치에서 대화를 주고받기 위해서는 열세에 놓인 권력 관계를 상쇄할 만한 다른 자질을 갖추어야 했다. 이를 위해 요청되었던 것이 바로 재치와 정보가 아닌가 한다. 재치가 선천적인 요소라면, 정보는 현재적 역할을 수행하는 과정에서 얻은 후천적인 요소이다. 〈춘향가〉에서 방자는 오랫동안 남원에 거주했기에 춘향에 관한 정보로는 이도령을 압도한다. 그래서 의도적으로 의뭉을 떨 수도 있었고, 능청맞게 대응할 수도 있었으며, 심지어 형제 다툼을 벌이는 등 이도령과 대적도 할 수 있었다. 심봉사를 이리저리 속이며 희화화시킨 뺑덕어미 또한 원천적으로 정보에 어두울 수밖에 없었던 심봉사에 비해 정보에 관한 한 압도적 우위에 있었다. 그러면서 동시에 그들은 상전이나 남편의 의심을 일거에 해소시켜 주는 재치도 지니고 있었다. 이 과정에서 이도령과 심봉사의 어리석음 또는 어리숙함이 드러나면서 웃음도 빚어지는 것이다.

정욱은 또 어떤가? 도주에 경황이 없는 조조의 맞상대가 될 수 있었던 것도 조조에 비해 훨씬 더 현명하게 사리 판별을 할 수 있었기 때문이다. 그리고 재치를 통해 조조를 희화화시켰고, 전체적으로는 그 장면에서 골계적인 분위기를 최대한으로 활성화시킬 수 있었던 것이다.

정욱이라는 캐릭터의 의의와 재창조

판소리가 웃음과 오락을 지향하는 장르라는 점은 널리 알려진 사실이다. 방자형 인물은 이러한 장르적 특성을 명백하게 확인시켜 주는 장치다. 이들은 진지하고 근엄한 인물들을 비하시키면서, 동시에 웃음이라는 연행적 효과를 낳는 장본인들이다. 〈춘향가〉의 이사또와 목낭청, 이도령과 방자, 〈심청가〉의 심봉사와 뺑덕어미, 〈적벽가〉의 조조와 정욱의 대화에서, 목낭청·방자·뺑덕어미·정욱이 맡은 역할이 바로 이에 해당된다. 이도령에 맞서는 방자를 대표형으로 삼아 방자형 인물이라 일컬었지만, 사실 정욱형 인물로 치환해도 무방하다.

목낭청은 아들에 대한 기대에 부풀어 있는 사또에게 "그 애가 정승을 못하면 장승을 하여도 하기는 꼭 하오리다."라고 말했다가, 사또가 화를 내며 "이 사람, 자네 뉘 말로 알고 대답을 그 따위로 하나."라고 하자, "내 여태 대답은 하였으나, 뉘 말인 줄은 몰랐소."라며 능청을 떤다. 여기에서 목낭청의 답변은 양반 사대부인 이사또가 당연히 가질 법한 아들의 입신양명에 대한 기대를 희화화시키면서, 권력의 상하 관계에 대한 상식적인 기대를 희석시키는 과정에서 웃음을 창출하고 있다. 방자 또한 이도령을 순간적으로 추락시키는 역할을 맡고 있다. 〈심청가〉의 뺑덕어미는 또 어떤가? 〈심청가〉 전반부에서 양반 행세를 하던 심봉사가 딸을 잃은 뒤 후반부에서 급격하게 희화화된 인물로 묘사되는 데는 빵덕어미라는 인물의 역할이 결정적이었다.

같은 맥락에서 정욱은 조조라는 한나라의 승상을 아주 비루하고 졸렬한 인물로 비하시키고 있다. 정욱이라는 인물이 《삼국지연의》가 판소리 〈적벽가〉로 변화해 가는 과정에서 그 변화의 표지를 대표한다는 점에서, 방자형 인물의 설정은 웃음의 창출을 목적으로 하는 판소리의 연행 전략이 필수적으로 요청한 극적 장치로 볼 수 있다.

방자, 목낭청, 빵덕어미, 그리고 정욱은 사건에 능동적이고 적극적으로 개입하지는 않은 채 주요 인물들의 주변에서 움직이는 부차적인 인물에 불과하지만, 판소리의 장르적 특질을 떠받치는 독자적인 개성을 지니고 있다.

정욱은 이른바 '빛나는 조연'의 보편적 정의에 가감 없이 부합하는 인물이다. 자신의 빛을 다른 존재에 투사함으로써 더 밝게 빛나는 인물인 셈이다. 낮아짐으로써 더욱 부상하는 인물, 이것이 정욱이라는 캐릭터의 핵심이다. 여기에서는 제후 반열에 오른 핵심 모사에서 방자형으로 내려앉은 신분상의 추락은 물론, 그에 맞추어 조각된 역할상의 추락도 주목되어야 마땅하다.

그런데 정욱의 경우 다른 방자형 인물과 구별되는 다소 특이한 면이 있다. 전체 서사에서는 비록 조연에 머무른다 하겠지만, 적어도 그가 등장하는 대목만 국한해 보면 주연과 조연의 역할 구별이 쉽지 않다는 것이다. 앞에서 인용한 대목을 보더라도, 누가 주연이고 조연인지, 누가 태양이고 별인지, 누가 광원(光源)이고 반사체인지 분간이 쉽지 않다. 이것이 정욱이 방자형 인물이면서도 동시에 다른 방자형 인물과 구별되는 특징이다.

그렇다면 정욱형 인물이 현대적 캐릭터로서 살아난다면 어떤 형상일까? 그러나 이것은 불필요한 고민일 수 있다. 만일 그의 구체적 캐릭터를 '살짝 비꼬기', '대놓고 빈정대기', '은근히 무시하기' 등으로 규정한다면, 우리는 오늘 하루만 해도 드라마에서, 영화에서, 개그 프로그램에서, 또는 토크 쇼에서도 무수히 많은 정욱을 만나 볼 수 있기 때문이다.

다만 다소 진지한 장르에서라면 그의 캐릭터가 '시건방'으로 고착될 수 있음을 간과할 수 없다. 판소리가 아닌 영웅 소설에서 이런 인물이 등장했을 경우를 생각해 보라. 영웅 소설에서 어떤 인물이 상전에게 그런 식의 언행을 일삼았다면 그는 목숨을 부지하기도 쉽지 않았을 것이다. 현대의 여러 가지 이야기에서도 그것은 마찬가지다. 그럴 때 정욱의 정욱다움은 활성화되기 어렵고, 부조화로 치달으면서 독자나 관객, 시청자들의 불편함만 초래할 것이다. 그러므로 정욱의 캐릭터는 어디까지나 가볍고 경쾌한 분위기의 이야기에서만 안전하게, 그리고 조화롭게 정착할 수 있으리라 생각된다.

류수열 전주대학교 국어교육과 교수. 고전시가와 구비문학을 중심으로 문학교육을 연구해 왔으며, 고전문학의 현대화와 대중화에 많은 관심을 기울이고 있다. 저서에는 《춤추는 소매 바람을 따라 휘날리니》, 《꽃 보고 우는 까닭》, 《스토리텔링의 이해》(공저) 등이 있다.

22

참 대책 없는 이 친구, 하지만……

정충권

장끼

엄동설한에 굶주림을 참다 못해 아내의 만류를 뿌리치고 콩을 먹으려다 덫에 걸려 죽는 동물 캐릭터. 고집불통이면서 자기 중심적인 성격에 문제 해결에 있어 무모하다고 할 만큼의 적극성을 보인다. 빈민 가장의 형상이 투영된 동물 캐릭터라 볼 수 있다.

'장끼'가 주인공으로 등장하는 〈장끼전〉은 애초에 판소리로 불리던 작품이다. 지금은 창이 전승되지 않지만 많은 이본들이 있는 것으로 보아 널리 읽히던 작품이었으리라 생각된다. 이본들 간에는 '까투리'의 개가 여부를 놓고 논란이 벌어지는 것이 특징이다. 판소리로부터 출발했으므로 근원적으로는 광대들이 만든 이야기이나, 이본들 가운데 〈자치가〉 계열의 것들은 가사체로 되어 있어 여성 향유자와 관계가 있을 것으로 여겨지기도 한다. '장끼'의 죽음과 '까투리'의 개가 여부가 작품의 주 사건이며, 여기에는 조선 후기 빈민 가정의 실상이 반영되어 있다.

장끼란 놈 하는 말이 "콩 먹고 다 죽을까. 고서(古書)를 볼작시면 콩태가 든 이마다 오래 살고 귀히 되니라. 태고(太古)적 천황씨(天皇氏)는 일만팔천세(一萬八千歲)를 살아 있고 태호복희씨(太昊伏羲氏)는 풍성(風姓)이 상승(相承)하여 십오대(十五代)를 전해 있고 한태조(漢太祖) 당태종(唐太宗)은 풍경세계(風慶世界) 창업지주(創業之主) 되었으니 오곡백곡(五穀百穀) 잡곡 중에 콩태가 제일이라. 궁팔십(窮八十) 강태공(姜太公)은 달팔십(達八十) 살아 있고 시중천자(詩中天子) 이태백(李太白)은 기경상천(騎鯨上天)하여 있고, 북방(北方)의 태을성(太乙星)은 별 중의 으뜸이라. 나도 이 콩 달게 먹고 태공같이 오래 살고 태백같이 상천(上天)하여 태을선관(太乙仙官) 되오리라."

까투리 홀로 경황없이 물러서니 장끼란 놈 거동 보소. 콩 먹으러 들어갈 제 열두 장목 펼쳐 들고 구벅구벅 고개 조아 조츰조츰 들어가서 반달 같은 혀뿌리로 들입다 꽉 찍으니 두고패 둥그러지며 머리 위에 치는 소리 박랑사중(博浪沙中)에 조격시황(狙擊始皇)하다가 버금 수레 맞추는 듯 와지끈뚝딱 푸드득푸드득 변통(變通) 없이 치였구나.

—〈장끼전〉(경성서적업조합본), 《구활자본 고소설전집》, 62~63쪽
* 현대역은 인용자

고전 애니메이션 캐릭터, '장끼'

고전 소설들을 읽다 보면 여러 인물들이 저마다의 개성을 드러내며 우리 앞에 다가선다. 그 중에는 잊으려고 해도 잊을 수 없는 인상 깊은 인물들이 적지 않다. 신분제에 맞서 인간 평등을 부르짖은 의지의 인물 춘향, 하늘이 내린 효녀 심청, 욕심 때문에 급기야 파멸의 길로

접어들게 되는 심술꾸러기 구두쇠 놀부……. 그런데 인간이 아닌 동물로서 이들 못지않게 강한 인상을 남긴 개성파 캐릭터를 들라고 한다면 누가 있을까? 아마 토끼와 자라를 거론하는 이들이 꽤 많을 것이다. 그렇다면 그 다음은? 바로 장끼와 까투리가 아닌가 한다.

소설이란 등장 인물의 구체적인 형상 속에 당시 특정 계층이나 특정 부류의 전형이 내포되는 장르이다. 그렇다면 왜 하필 그러한 인물 형상으로 동물을, 그것도 꿩을 택한 것일까? 인간 형상으로 그릴 수 없을 만큼의 못난 인물 전형이라 생각했기 때문일까, 아니면 인간을 동물에다 빗대는 것이 흥미로웠기 때문일까? 〈장끼전〉의 작가는 오늘날의 애니메이션 같은 것을 시도한 건 아닐까 하는 생각도 든다. 동물 캐릭터를 통해 인간과 동물 간의 유비 관계를 활용하여, 쉽게 드러내기 어려운 한 시대의 어두운 구석을 우회적으로 조명해 보려 하지 않았나 하는 생각 말이다. 이때 〈장끼전〉의 작가는 캐릭터를 깊이 고려했을 것이다.

〈장끼전〉의 사건 자체는 간략하면서 단순하다. 장끼가 콩의 유혹에 넘어가 죽고 까투리는 뭇 새의 청혼을 거절하고 수절하거나 다른 장끼에게 개가한다는 내용이다. 하지만 이러한 사건의 주인공들이 장끼와 까투리로 설정되어 있음으로써 사건이 새롭고 흥미 있게 다가온다는 점을 부정할 수 없다. 이 가운데 까투리와 유사한 인물은 다른 서사 작품들에서도 발견된다. 그러나 장끼처럼 강한 집착의 소유자이면서 온몸을 던져 자신의 존재를 드러낸 이는 그리 흔치 않다. 애니메이션이 없던 시절의 애니메이션 캐릭터 장끼, 이제 그 정체를 드러내 보기로 한다.

고집불통 장끼

〈장끼전〉의 핵심 인물인 장끼는 까투리와는 여러 가지 측면에서 대조적이다. 매사에 조심스럽고 사려가 깊은 까투리와는 달리, 장끼는 주변 사람들의 조언에 전혀 귀를 기울이지 않는 '대책 없는' 캐릭터이다. 작가의 부정적인 시각을 감안하더라도 당시 독자들 중에 장끼에게 호감을 느낀 사람은 거의 없었을 것이다.

우선 장끼는 무모한 행동형 캐릭터이다. 엄동설한에 주린 배를 끌고 들로 나온 장끼가 본 것은 먹음직한 콩 한 낱알이었다. 장끼는 어떠한 일이 있어도 그 콩을 먹고야 말리라고 작정한다. 일단 먹기로 작정한 이상 반드시 행동으로 옮겨야 직성이 풀리는 그이다. 장끼라고 해서 그 주변을 유의해서 보지 않은 것은 아닐 터이다. 하지만 그때의 그에게는 그 콩이 모든 것이었다. 그래서 장끼는 기어코 콩을 향해 돌진하고야 만다. 장끼는 이것저것 앞뒤를 가늠하기에 앞서 먼저 행동해 버리는 캐릭터인 것이다.

또한 장끼는 '고집불통' 캐릭터이다. 장끼는 어떤 사태에 대해 자신이 판단을 내린 후에는 그 누구의 말에도 귀 기울이지 않는다. 콩 주변에 비로 싹싹 쓴 자취가 있으니 먹지 말라는 까투리의 말에 대해 그는 동지섣달 깊은 산속에 그것도 곳곳에 눈 쌓인 곳에 인적이 있을 리 없다고 하며 어깃장을 놓는다. 낙관적 전망에 빠져 객관적인 근거를 무시한 것이다. 가족의 생존 문제가 남편 장끼에게 달려 있던 까투리로서는 혼신을 다하여 만류했을 것이다. 하지만 까투리의 만류는 오히려 장끼의 결심만 더욱 굳힐 뿐이었다. 고집스럽게 자신의 옳음을 내세우는 일은 그것 자체가 그의 삶의 방식이기도 했지만, 그렇게 해서 상대를 좌절시키면서 한편으로는 쾌감을 느꼈을 것이다.

고집불통형 캐릭터는 자기 중심형 캐릭터와 병행되는 것이 일반적이다. 장끼 역시 마찬가지다. 물론 지구상에 생존하는 대부분의 개체는 자기 중심적이다. 하지만 장끼는 자신을 과대평가할 뿐 아니라 그렇게 하여 설정한 거짓된 자아상에 사로잡혀 있다는 점이 문제이다.

장끼는 들에 덩그렇게 놓인 콩을 보고 하늘이 자신에게 내린 복이라고 생각한다. 일종의 횡재라고 생각한 것이다. 그리고 그러한 횡재란 아무에게나 주어지는 것이 아니라고 보았다. 또한 까투리가 흉몽을 거론하며 콩을 먹다 죽을 것이라고 경고하지만 그때마다 장끼는 까투리에게 자신이 장원급제할 꿈이라는 둥 압록강을 건너 승전대장(勝戰大將)이 될 꿈이라는 둥 자기에게 유리하게만 둘러댄다. 이런 장끼가 덫에 걸려 죽게 된 것은 결국 필연적 귀결이었던 셈이다.

덫에 치인 뒤에도 그러한 성격은 바뀌지 않았다. 이번에는 철저한 자기 합리화를 시도한다. 애초에 자기 말을 듣지 않았기 때문이라고 핀잔을 주는 까투리에게 장끼는 호환(虎患)을 미리 안다면 산에 갈 사람이 어디 있겠냐고 한다. 더 가관인 것은 자신이 죽게 된 것은 상부(喪夫) 잦은 가문에 장가를 갔기 때문이라고 말하고 있다는 점이다. 자신은 잘못이 없으며 이렇게 된 사태의 책임이 오히려 까투리에게 있다는 것이다.

장끼는 죽어 가면서까지 까투리에게 상처를 준다. 사자(死者)는 불가부생(不可復生)이므로 자신을 보려면 김천장이나 전주장 또는 관청의 창고, 사또의 밥상이나 혼인집 폐백 잔치로 오라고 한다. 살아남은 자의 입장을 전혀 생각하지 않는 이러한 자기 중심적 처신에는 최소한의 자기애마저 버린 냉소주의가 묻어난다. 살아남은 아내의 앞날을 걱정하지는 못할망정 수절하여 정렬부인이 되라는 말도 이러한 장끼의 입에서 충분히 나올 만한 발언이었다.

이처럼 〈장끼전〉의 장끼는 좋게 말하면 개성이 강한 캐릭터이지만 전체적으로는 부정적인 캐릭터에 해당한다. 인성의 측면에서 볼 때는 더욱 그러하다. 아닌 게 아니라 〈장끼전〉의 작가 역시 그러한 시각을 독자에게 강요하고 있다. 그러나 만약 작가의 그러한 시각을 걷어내고, 앞서 언급한 캐릭터 속성들을 그 배경 조건과 함께 분석해 본다면, 우리는 장끼로부터 또 다른 면모를 발견할 수 있을지도 모른다.

알고 보면 동정이 가는 장끼

장끼가 콩을 먹으려던 상황을 다시 떠올려 보자. 장끼에게는 엄동설한에 닥친 굶주림을 해결하는 것이 급선무였다. 굶주림을 해결하기 위해서는 수단과 방법을 가리지 말아야 했다. 하지만 산에는 보라매, 몰이꾼, 사냥개가 자신들을 노리고 있었고, 다른 길로 간다 하더라도 그곳에는 포수가 둘러 서 있을 것이었다. 이러지도 저러지도 못하는 상황에 처한 것이다. 그러나 그렇다고 해서 장끼는 자신의 처지를 한탄하거나 결코 자포자기하지 않았다. 장끼는 들로 나서기로 했고, 그것은 그들 가족을 먹여 살릴 수 있는 최후의 방안이었다. 그러한 상황에 처한 장끼가 콩을 발견했으니, 그것을 하늘이 내린 복이라 생각하는 것도 무리는 아니다. 어차피 어디로 가나 죽을 목숨인 것은 마찬가지였다. 그렇다면 콩을 향한 장끼의 무모할 만큼 저돌적인 집착은, 다른 시각에서 보면 생존 본능에서 연유한 것이면서 동시에 삶의 곤경을 헤쳐 나가려는 적극성의 다른 모습이기도 하다.

상황이 절박했다는 것을 염두에 둔다면 장끼가 부린 고집은 절망감을 표현하는 한 가지 방식이었을 수 있다. 콩 한 낱알로 가족을 먹여 살릴 수는 없다는 것, 그곳에는 덫이 있을 수도 있다는 것, 결국에는 까투리의 말이 옳으리라는 것들을 장끼가 몰랐을 리는 없다. 그렇다면 까투리의 말에 어깃장을 놓으며 그때마다 정반대의 견해를 제시하는 것은, 자기 확신 때문만이라고 보기보다는 그 외의 다른 선택의 여지가 없다는 그 나름대로의 판단에 따른 일종의 정신 무장 행위라고 보는 것이 타당할 듯하다. 더 이상 물러설 수 없는 상황에서 최소한의 자존심만은 잃지 않으려는 행위라는 것이다. 따라서 장끼가 고집스럽고 자기 중심적인 것은 분명하나 그것은 반드시 한 빈민 가장이 처한 절망적 상황과 연관시켜 이해되어야 할 것이다. 폭력적이고 자기 파괴적인 성격도 가족 부양의 압박감과 절대적 빈곤을 이겨 보려는 사회적 대응 방식일 수 있다. 이런 이유로 장끼를 성격적 결함으로 인해 그저 콩 하나의 유혹에 넘어가 죽은 못난 존재라 볼 수만은 없다.

따지고 보면 까투리에 대한 장끼의 말들이 모두 다 문제가 있는 것은 아니다. 다음 장면을 보자.

까투리 하는 말이 "홍명수국(鴻鳴水國)에 비필함로(飛必含蘆)는 장부지근신(丈夫之謹愼)이요 봉비천인(鳳飛千仞)에 기불탁속(飢不啄粟)은 군자지염치(君子之廉恥)로다. 자네 비록 미물(微物)이나 군자(君子)의 본을 받아 염치(廉恥)를 알 것이오 닷소를 낙을 삼소. 백이숙제(伯夷叔齊) 충열염치(忠烈廉恥) 주속(周粟)을 아니 먹고 장자방(張子房)의 지혜염치(智慧廉恥) 사병벽곡(辭病辟穀) 하였으니 자네도 이런 것을 본을 바다 근신(謹愼)을 하려 하면 부디 그 콩 먹지 마소."

장끼란 놈 이른 말 듣고, "네 말이 무식하다. 이 예절(禮節)을 모르거든 염치(廉恥)를 내 알소냐. 안자(顔子)님 도학염치(道學廉恥)로도 삼십밖에 더 못 살고 백이숙제(伯夷叔齊)의 충절염치(忠節廉恥)로도 수양산(首陽山)에 굶어 죽어 있고 장량(張良)의 사병벽곡(辭病辟穀)으로도 적송자(赤松子)를 따라갔으니 염치도 부질없고 먹는 것이 으뜸이라. 호타하(滹沱河) 보리밥을 문숙(文叔)이 달게 먹고 중흥천자(中興天子) 되어 있고, 표모(漂母)의 식은 밥을 한신(韓信)이 달게 먹고 한국대장(漢國大將) 되었으니 나도 이 콩 먹고 크게 될 줄 뉘 알소냐."

—〈장끼전〉(경성서적업조합본), 60~61쪽

꿈 이야기를 하고 난 후, 까투리가 군자의 본을 받아 염치를 알아 근신해야 한다고 하자, 장끼는 자신은 예절도 모르는데 어찌 염치를 알겠느냐고 한다. 그리고 안회(顔回)와 백이(伯夷)·숙제(叔齊) 등이 죽은 일을 거론하면서 염치는 부질없고 먹는 것이 으뜸이라고 말하고 있다. 아마 이는 장끼에게 있어서는 살아가면서 체득한 일종의 진리일 것이다. 그의 고집과 어깃장도 아주 근거가 없지는 않다. 그것은 우둔함이나 오만함에 기인하는 것이 아니라 그를 그렇게 몰고 간 사회적 상황에 궁극적인 원인이 있을 것이다.

장끼가 차라리 세태에 적절히 영합하여 이해타산이 빨랐다면 콩 한 낱알에 이토록 비극적인 죽음을 당하지 않았을 것이다. 그런 점에서 장끼는 오만함보다는 어수룩함에 더 가깝다. 고집불통이면서도 한편으로는 어수룩했던 장끼였기에, 그토록 부정적으로 그려지고 있음에도 불구하고 오히려 우리는 그의 죽음에서 연민의 정을 느끼는 것이다. 죽어 가는 장끼의 말대로 까투리가 장끼를 만나기 위해서는 장(場)이나 감영 또는 혼인집으로 가야 했다. 죽고 난 뒤까지 착취를 당하리라는 것, 장끼는 이미 그것을 알고 있었다.

장끼의 생태와의 관련성

그렇다면 〈장끼전〉의 작가는 이러한 인물 유형으로 왜 하필 장끼를 끌어들였을까? 여기에는 꿩의 생태와 관련한 그 나름대로의 이유와 근거가 있다.

꿩은 우리 나라의 대표적인 텃새이므로 사시사철 산과 들 어느 곳에서나 볼 수 있다. 날개에 비해 몸집이 커 주로 지상 생활을 하며 땅 위에서 먹이를 찾는다. 쉽게 사냥에 노출되는 것도 그 때문이라고 한다. 꿩은 고기 맛도 좋은데다 깃털을 장식용으로 쓸 수 있어 보편적으로 포획의 주 대상이 되었다고 한다.

수컷인 장끼는 암컷 까투리와는 다른 특성을 지니고 있는데 이 점이 중요하다. 우선 장끼의 외모가 까투리에 비해 화려하다는 것은 잘 알려져 있다. 〈장끼전〉에 따르면 장끼는 다음과 같이 묘사된다.

> 장끼 치레 볼작시면 대홍단(大紅緞) 긴 치마에 초록궁초(草綠宮綃) 깃을 달아 주먹 벼슬 옥관자(玉冠子)에 황홀난측(恍惚難測) 좋은 태도 초국대장(楚國大將) 위엄(威嚴)이라.
>
> —〈자치기라〉(김광순본), 《한국고소설전집》 20, 292쪽

실제로 장끼는 강한 인상의 부리와 붉은 벼슬, 관자인 듯 댕기인 듯한 머리 뒤통수, 목의 하얀 띠, 앞가슴의 붉은 깃털, 꽁지의 붉은 구릿빛이 화려한 배색을 이룬다. 햇빛을 받으면 몸통이 전체적으로 붉은 듯한 금속성 윤이 나고, 마치 털의 깃마다 수를 놓은 듯 섬세하다.

외모가 화려한 만큼 장끼는 뽐내기를 좋아하며 자존심도 강하다. 거기에다 성질도 급해서 툭하면 싸움을 벌인다. 일부일처제를 원칙으로 삼고 있어 발정기의 까투리가 소리를 내면 장끼들이 모여들어 서로 차지하기 위해 치열한 쟁투를 벌이는데, 가끔 이에 열중하다 사람이 접근하는 것도 모르고 있다가 함께 잡혀 버리는 수도 있다. 또한 야산에서 살던 장끼를 집에 가져와 가두어서 기르다 보면 벽이나 그물망에 부딪혀 뇌진탕을 일으켜 죽기도 한다.

그렇다면 장끼야말로 이러한 부류의 인물을 대표하기에 적절하지 않은가? 당시 꿩이 쉽게 잡을 수 있는 사냥감이었다는 점을 덧붙여 생각할 때, 〈장끼전〉의 작가가 이러한 실제 장끼의 생태로부터 인간의 행태를 연상한 것은 적절한 착안이었다. 작가가 의도한 것이 아닐 수도 있지만, 앞서 언급한 특정 부류의 인간을 표상하기 위해 장끼를 택한 것은 절묘한 선택이었던 것이다.

만약 〈장끼전〉의 장끼로부터 인간으로서의 속성만 읽어 내거나 동물로서의 속성만 읽어 낸다면 적절한 독해라 할 수 없다. 급한 성격에 무모하게 벽으로 돌진하는 장끼는 곧 생계를 유지하기 위해서는 목숨을 걸어야 했던 사람, 더 이상 물러설 수 없는 상황에서 최소한의 자존심만은 버리지 않으려는 사람과 각각 대응시킬 때 캐릭터로서의 특성이 더 뚜렷해진다. 장끼는 뭔가 넘치거나 모자라 풍자의 대상이 되면서도 다른 한편으로는 연민의 정을 불러일으키는 특정 부류의 사람이나 집단을 연상케 하는 강한 개성을 지닌 캐릭터로 각인될 소지가 있다. 이러한 사람들이나 집단을 동물에 견줌으로써 새로운 캐릭터를 창조하는 한편 결과적으로 근대 이행기의 한 계층을 표상해 낸 것은 오늘날의 관점에서 볼 때에도 중요한 의미를 지닌다.

장끼의 현대 캐릭터화

장끼는 동물 캐릭터이기도 하고 인간 캐릭터이기도 하다. 겉은 화려하나 실속은 없고, 무모할 만큼 적극적이어서 그렇게 될 수밖에 없는 사연을 떠올리게 하는 캐릭터이기도 하다. 생태상으로도 장끼는 무모한 행동형, 고집불통형의 캐릭터이면서 그 누군가로부터의 위협이 항상 도사리고 있어 연민의 정을 불러일으키기도 하는 캐릭터이다. 따라서 만약 화려한 외모와 무모한 행동형, 고집불통형 성격을 결합시키면 장끼는 풍자적 캐릭터가 되고, 끊임없이 외부 현실에 시달림을 당한다는 점을 강조하면 사실적 캐릭터가 된다. 다만 그 어느 쪽을 취하든, 장끼는 완벽하기보다는 뭔가 부족해 보이는 듯한 캐릭터이며, 풍자의 시각과 연민의 시각을 함께 느끼게 하는 캐릭터이다. 이러한 캐릭터라면 얼마든지 시대나 상황에 어울리는 캐릭터로 재수용하거나 재창조할 여지가 충분하다고 본다.

장끼 캐릭터의 수용으로 범위를 한정해 보면 〈장끼전〉을 원전으로 하여 주로 하층 부녀자들이 불렀던 〈꿩요〉에서 한 차례 시도된 바 있다. 여기에서 장끼는 권위만 내세우는 용렬한 남편으로 그려졌다. 죽어 가면서까지 시종일관 억지를 부리고 아내 위에 군림하려는 장끼는, 하층 부녀자들에게 있어 현실 속 남편에 대한 원망을 담아 비판하고 조롱할 만한 매개물이 될 수 있었다. 그녀들은 〈장끼전〉의 장끼로부터, 비난 받아 마땅한 권위적인 남편 상을 특화하여 집중적으로 부각시킨 셈이다. 근래에 창극으로 공연되었던 〈장끼전〉에 대해 전통 페미니즘 창극이라는 평가가 있는 것으로 보아 창극의 장끼 캐릭터도 〈꿩요〉의 캐릭터와 유사하다고 볼 수 있다.

장끼 캐릭터는 오늘날 애니메이션이나 게임과 같은 대중 문화 캐릭터로서도 썩 잘 어울린다. 물론 애니메이션이나 게임 캐릭터의 경우 수용자가 생각하기에 스스로 부족하다고 여겨지는 점들을 보완해 주는 성장형 캐릭터가 더 주효할지도 모른다. 하지만 장끼처럼 겉으로는 잘난 척하나 실은 부족한 점이 많아 오히려 감싸 주고 싶은 생각이 들게 하는 캐릭터도 필요하다. 어찌 보면 후자 쪽이 더 호감을 줄 수도 있다. 좀 괴팍한 성격의 발명가나 박사, 주인공의 심복, 돌격대장 등이 이에 해당한다. 혹은 캐릭터의 이중적 특성에 주목하여 풍자적 애니메이션의 주인공으로 재창조할 여지도 얼마든지 있다. 불투명한 미래를 걱정하며 주식이나 복권에 올인하는 현대의 서민 가장이야말로 장끼와 가장 근접해 있는 캐릭터이지는 않을까.

정충권 충북대학교 국어교육과 교수. 판소리 문학을 중심으로 하여 구비문학과 고소설을 함께 연구하고 있다. 저서로 《판소리 사설의 연원과 변모》, 《흥부전 연구》, 《전통 구비문학과 근대 공연예술》(공저) 등이 있다.

참고문헌

1/ 옹녀

기본 텍스트

강한영 교주(1971), 〈변강쇠가〉(신재효본), 《신재효 판소리 사설집》(전), 민중서관.

참고문헌

강진옥(1993), 〈변강쇠가 연구〉(1), 《동리연구》 창간호, 동리연구회.

김종철(1986), 〈19세기 판소리사와 변강쇠가〉, 《고전문학연구》 3집, 한국고전문학연구회.

박일용(1991), 〈변강쇠가의 사회적 성격〉, 《고전문학연구》 6집, 한국고전문학연구회.

서종문(1976), 〈변강쇠가 연구〉상·하, 《창작과비평》 39~40호, 창작과비평사.

전신재(1989), 〈변강쇠가와 비극성〉, 《선청어문》 18호, 서울대 국어교육과.

정병헌(1986), 〈변강쇠가에 나타난 신재효의 현실 인식〉, 《한국언어문학》 24호, 한국언어문학회.

2/ 바리공주

기본 텍스트

김진영·홍태한 편(1997), 《서사무가 바리공주 전집》 1, 민속원.

김진영·홍태한 편(1997), 《서사무가 바리공주 전집》 2, 민속원.

홍태한·이경엽 편(2001), 《서사무가 바리공주 전집》 3, 민속원.

홍태한 편(2004), 《서사무가 바리공주 전집》 4, 민속원.

참고문헌

신동흔(2004), 《살아있는 우리 신화》, 한겨레신문사.

황석영(2007), 《바리데기》, 창비.

3/ 강감찬

기본 텍스트

최자, 《보한집(補閑集)》

〈강감찬전〉, 《고려사》 열전

홍만종, 《해동이적》

박성래 구연(1984), 〈강감찬 이야기〉, 《한국구비문학대계》 1-2, 한국정신문화연구원.

김문현 구연(1981), 〈강감찬과 호랑이〉, 《한국구비문학대계》 2-3, 한국정신문화연구원.
김남수 구연(1983), 〈강감찬의 신통술〉(1), 《한국구비문학대계》 2-5, 한국정신문화연구원.
서보익 구연(1987), 〈유기장수의 한을 풀어준 강감찬〉, 《한국구비문학대계》 5-6, 한국정신문화연구원.
김두상 구연(1981), 〈망경대와 불칼 꺾은 강감찬〉, 《한국구비문학대계》 8-3, 한국정신문화연구원.

참고문헌

《강시중전》, 《구활자본고소설전집》 1권, 1983.
강진철(1980), 〈강감찬〉, 《한국의 인간상》 2, 신구문화사.
온창일(2001), 《한민족전쟁사》, 집문당.
이기훈(1997), 《전쟁으로 보는 한국역사》, 지성사.
조태영(1991), 〈고려사 열전의 인물형상과 서술양상 연구〉, 서울대 박사 논문.
황원갑(1998), 《역사인물기행》, 한국문원.

4/ 웅녀

기본 텍스트

《삼국유사》

참고문헌

강학철 구연(1983), 〈천심에 의한 보은〉, 《한국구비문학대계》 2-4, 한국정신문화연구원.
이지영(2000), 《한국 건국신화의 실상과 이해》, 월인.
전영숙(2004), 〈단군이야기와 문학치료〉, 《문학치료연구》 제1집, 한국문학치료학회.
정운채(2005), 〈질투에 대한 고전문학의 특별한 시각〉, 《고전문학과 교육》 제9집, 한국고전문학교육학회.
정운채(2006), 〈우울증에 대한 문학치료적 이해와 지네각시〉, 《문학치료연구》 제5집, 한국학치료학회.
정운채(2007), 〈질투에 대한 영화창작치료의 실제〉, 《고전문학과 교육》 제13집, 한국고전문학교육학회.
조현설(1999), 〈웅녀·유화 신화의 행방과 사회적 차별의 체계〉, 《구비문학연구》 제9집, 한국구비문학회.
조현설(2006), 〈근대계몽기 단군신화의 탈신화화와 재신화화〉, 《민족문학사연구》 제33집, 민족문학사학회.
홍대식(2002), 《연애와 결혼 심리학》, 청암미디어.
황경호(1980), 〈백인재의 범눈썹〉, 《한국구비문학대계》 7-2, 한국정신문화연구원.

5/ 유화

기본 텍스트

이규보 지음, 〈동명왕편〉, 《동국이상국전집》 제3집, 민족문화추진회, 1997.
김재용·이종주(1999), 〈천궁대전〉, 《왜 우리 신화인가》, 동아시아.

〈후비(后妃)〉, 《고려사》 열전.

참고문헌

《삼국사기》

《삼국유사》

김철준(1971), 〈동명왕편에 보이는 신모의 성격에 대하여〉, 《혜암 유홍렬박사 화갑기념논총》, 탐구당.

6 / 손병사 어머니

기본 텍스트

김영숙 구연(1981), 〈밀양 손씨 집안 며느리〉, 《한국구비문학대계》 8-4, 한국정신문화연구원.

홍분임 구연(1987), 〈무당 귀신 물리친 손병사 모친〉, 《한국구비문학대계》 7-15, 한국정신문화연구원.

류영수 구연(1983), 〈손병사 어머니 일화〉, 《한국구비문학대계》 8-8, 한국정신문화연구원.

참고문헌

강진옥(1995), 〈한국 민속에 나타난 여성상의 변모 양상〉, 《한국민속학》 27, 민속학회.

정상박(2000), 《전설의 사회사》, 민속원.

현용준(1977), 《제주도 신화》, 서문당.

7/ 최랑

기본 텍스트

김시습 지음, 심경호 옮김(2000), 《금오신화》, 홍익출판사.

참고문헌

박희병(1997), 《한국 전기소설의 미학》, 돌베개.

8/ 박문수

기본 텍스트

이수일 구연(1984), 〈박문수 어사와 아이들의 지혜〉, 《한국구비문학대계》 7-18, 한국정신문화연구원.

이순동 구연(1984), 〈일곱 살 먹은 사신의 지혜〉, 《한국구비문학대계》 6-7, 한국정신문화연구원.

윤선식 구연(1980), 〈박문수 일화〉(3), 《한국구비문학대계》 1-4, 한국정신문화연구원.

참고문헌

김경섭(2003), 〈수수께끼담에 대한 기호학적 연구〉, 서강대 박사 논문.

신동흔(2002), 《역사인물이야기 연구》, 집문당.

이성희(1995), 〈아이 지혜담 연구〉, 경희대 석사 논문.

정윤숙(2000), 〈약자가 강자를 이기는 지혜대결담 연구〉, 전북대 석사 논문.

9/ 한음의 처

기본 텍스트

박재갑 구연(1980), 〈거짓말 하고 똥 먹은 오성〉, 《한국구비문학대계》 4-2, 한국정신문화연구원.

김영두 구연(1980), 〈오성과 한음의 익살〉, 《한국구비문학대계》 5-1, 한국정신문화연구원.

나○○ 구연(1991), 〈오성이 똥 먹다〉, 임석재, 《한국구전설화: 전라북도편 Ⅱ》, 평민사.

곽성용 구연(1982), 〈오성과 한음〉, 《한국구비문학대계》 4-3, 한국정신문화연구원.

송영백 구연(1984), 〈지략이 비상한 오성〉, 《한국구비문학대계》 4-5, 한국정신문화연구원.

이병열 구연(1991), 〈거짓말 하면 똥 먹는다〉, 임석재, 《한국구전설화: 전라북도편 Ⅱ》, 평민사.

참고문헌

국사편찬위원회 편(1998), 《묵재일기》 상·하, 국사편찬위원회.

김경미 외(2005), 《한국의 규방문화》, 박이정.

유희춘 지음, 담양향토문화연구회 옮김(1992-1996), 《미암일기》 전5집, 담양향토문화연구회.

10/ 장시중 형제

기본 텍스트

《현씨양웅쌍린기》 10권 10책, 한국학중앙연구원 장서각본.(영인본 : 사단법인국학자료보존회, 《현씨양웅쌍린기》 상·하, 1979)

《명주기봉》 24권 24책, 한국학중앙구원 장서각본.(영인본 : 문화재관리국장서각, 《명주기봉》 상·하, 1978)

《명주옥연기합록》 25권 25책, 영남대학교 소장본.

참고문헌

권두환·서종문(1978), 〈방자형 인물고〉, 《한국소설문학의 탐구》, 일조각.

김열규(2003), 《왜 사냐면, 웃지요-한국인의 웃음, 그 내력과 미학》, 궁리.

노드롭 프라이 지음, 임철규 옮김(1982), 《비평의 해부》, 한길사.

류정월(2006), 《오래된 웃음의 숲을 노닐다-조선시대 우스개와 한국인의 유머》, 샘터.

소재영(1976), 〈한국풍자문학의 양상〉, 《고전문학을 찾아서》, 문학과 지성사.

이석래(1992), 《조선후기소설연구-풍자와 관련하여》, 경인문화사.

이윤석·이다원(2006), 《현씨양웅쌍린기》 1·2, 경인문화사.

이지하(1992), 〈현씨양웅쌍린기 연작 연구〉, 서울대 석사 논문.
조남현(1982), 《소설원론》, 고려원.
한길연(1997), 〈대하소설의 능동적 보조인물 연구-〈임화정연〉·〈화정선행록〉·〈현씨양웅쌍린기〉 연작을 중심으로〉, 서울대 석사 논문.
허춘(1986), 〈고소설의 인물연구-중재자를 중심으로〉, 연세대 박사 논문.

11/ 나교란과 여섬요

기본 텍스트

《청백운》, 10권10책(장서각 소장 한글본)

참고문헌

《청백운》(한국정신문화연구원 소장), 김기동 편(1983), 《필사본 고전소설전집》 24, 아세아출판사 영인.
김기동(1983), 《한국고전소설연구》, 교학연구사.
남상득(1996), 〈청백운의 고소설사적 위상〉, 공주대 석사 논문.
유병환(1984), 〈청백운 연구〉, 《한국문학연구》 6·7 합집, 동국대학교 한국문학연구소.
이승복(2000), 《고전소설과 가문의식》, 월인.
장기정(1987), 〈청백운 연구〉, 서울대 석사 논문.
정병욱(1981), 《한국고전의 재인식》, 홍익사.
조동일(1986), 《한국문학통사》 3, 지식산업사.
조희웅(1973), 〈낙선재본 번역소설 연구〉, 《국어국문학》 62·63 합집, 국어국문학회.

12/ 홍계월

기본 텍스트

《홍계월전》(한국학중앙연구원 소장 국한문 혼용본)

참고문헌

댄 킨들론, 최정숙 옮김(2007), 《알파걸》, 미래의 창.
박혜숙(2006), 〈여성영웅소설과 평등, 차이, 정체성의 문제〉, 《민족문학사연구》 31, 민족문학사학회.
이인경(1992), 〈홍계월전 연구 - 갈등양상을 중심으로〉, 《관악어문연구》 17, 서울대학교 국어국문학과.
장시광(2006), 〈여성영웅소설의 여주인공과 여화위남〉, 《한국 고전소설과 여성인물》, 보고사.

13/ 강임

기본 텍스트

안사인 구연(번역본), 최원오(2004), 〈염라대왕을 잡으러 저승에 간 강임이〉, 《이승과 저승을 잇는 다리 한국신화》, 여름언덕.

안사인 구연(원본), 현용준(1980), 〈체ᄉᆞ본풀이〉, 《제주도무속자료사전》, 신구문화사.

박봉춘 구연, 심우성 옮김(1991), 〈체사본푸리〉, 赤松智城 · 秋葉隆, 《조선무속의 연구》(上), 동문선.

참고문헌

권태효(2005), 《한국 구전신화의 세계》, 지식산업사.

서대석(2001), 《한국신화의 연구》, 집문당.

신동흔(2004), 《살아있는 우리신화》, 한겨레신문사.

이수자(2004), 《제주도 무속을 통해서 본 큰굿 열두거리의 구조적 원형과 신화》, 집문당.

조현설(2006), 《우리신화의 수수께끼》, 한겨레출판.

주채혁 옮겨엮음(1984), 《몽고 민담》, 정음사.

최원오(2001), 《동아시아 비교서사시학》, 월인.

최원오(2002), 《한국 고전산문의 탐구》, 월인.

현용준(2005), 《제주도신화의 수수께끼》, 집문당.

14/ 호랑이

기본 텍스트

최정자 구연(1983), 〈해와 달이 된 오뉘와 호랑이〉, 《한국구비문학대계》 5-3, 한국정신문화연구원.

김순이 구연(1982), 〈해와 달이 된 오누이〉, 《한국구비문학대계》 1-7, 한국정신문화연구원.

오수영 구연(1984), 〈해와 달이 된 오누이〉, 《한국구비문학대계》 1-9, 한국정신문화연구원.

참고문헌

고혜경(2007), 《선녀는 왜 나무꾼을 떠났을까》, 한겨레출판.

김기호(2004), 〈트릭스터 그리고 성장의 매개자: 해와 달이 된 오누이의 호랑이〉, 《한민족어문학》 42, 한민족어문학회.

김영재(1997), 《귀신먹는 까치호랑이》, 들녘.

염희경(2003), 〈해와 달이 된 오누이에 나타난 호랑이상〉, 《동화와 번역》 제5집, 건국대학교 동화와번역연구소.

임재해(2006), 《민족신화와 건국영웅들》, 민속원.

장병호(1999), 〈한국 호랑이 설화의 유형과 성격〉, 《한국어문교육》, 제8권, 한국교원대학교 한국어문교육연구소.

최운식(2006), 《한국 서사의 전통과 설화문학》, 민속원.

15/ 달래강 오라비

기본 텍스트

길용이 구연(1983), 〈충주 달래강 전설〉, 《한국구비문학대계》 7-8, 한국정신문화연구원.
이복진 구연(1982), 〈말이나 해보지 고개〉, 《한국구비문학대계》 1-6, 한국정신문화연구원.
정판주 구연(1987), 〈달래나 보지〉, 《한국구비문학대계》 6-9, 한국정신문화연구원.
박광호 구연(1988), 〈욕정 못 이겨 죽은 남매바위〉, 《한국구비문학대계》 6-12, 한국정신문화연구원.
이병원 구연(1980), 〈고이산재와 울음의재〉, 《한국구비문학대계》 8-1, 한국정신문화연구원.

참고문헌

나경수(1988), 〈남매혼설화의 신화론적 검토〉, 《한국언어문학》 26집, 한국언어문학회.
이홍우(1993), 〈'달래나 보지' 전설의 구조와 의미〉, 《계명어문학》 8집, 계명어문학회.
조현설(2000), 〈동아시아 창세신화 연구〉(1), 《구비문학연구》 11집, 한국구비문학회.
천혜숙(1988), 〈남매혼신화와 반신화〉, 《계명어문학》 4집, 계명어문학회.
천혜숙(1989), 〈홍수설화의 신화학적 조명〉, 《민속학연구》 1집, 안동대학교 민속학회.

16/ 윤여옥

기본 텍스트

조성기, 《창선감의록》(국립중앙도서관 소장본)

참고문헌

이지영(2002), 〈창선감의록의 이본변이 양상과 독자층의 상관관계〉, 서울대 박사 논문.
임형택(1988), 〈17세기 규방소설의 성립과 창선감의록〉, 《동방학지》 57, 연세대학교 국학연구원.
진경환(1993), 〈창선감의록의 작품구조와 소설사적 위상〉, 고려대 박사 논문.

17/ 이몽룡

기본 텍스트

김진영 외 편(1997), 〈열녀춘향수절가〉(완판84장본), 《춘향전 전집》 4, 박이정.
김진영 외 편(1997), 〈남원고사〉(파리 동양어학교 소장본), 《춘향전 전집》 5, 박이정.

참고문헌

김수남(2003), 〈'춘향영화' 의 제작사와 양식적 특징에 대한 고찰〉, 《고전희곡연구》 6, 한국고전희곡학회.
김종식(2000), 〈영화 및 TV 드라마 '춘향전' 비교 연구〉, 중앙대 석사 논문.
박희병(1985), 〈춘향전의 역사적 성격 분석-봉건사회 해체기적 특징을 중심으로〉, 《전환기의 동아시아 문학》,

창작과비평사.
정연식(2004), 〈춘향전-가공의 현실에 투영된 꿈〉, 《역사비평》 67, 역사문제연구소.
정출헌(1993), 〈춘향전의 인물형상과 작중역할의 현실주의적 성격〉, 《판소리연구》 4, 판소리학회.
한규섭(1996), 〈춘향전 인물의 기능과 성격 연구〉, 《어문논총》 12, 청주대학교.

18/ 도깨비

기본 텍스트

장재순 구연(1984), 〈도깨비이야기〉, 《한국구비문학대계》 1-8, 한국정신문화연구원.
이삼례 구연(1988), 〈고기 달라는 도깨비불〉, 《한국구비문학대계》 6-12, 한국정신문화연구원.
정말언 구연, 〈도깨비불보기〉, 김종대(1994), 《한국의 도깨비연구》, 국학자료원.
이봉득 구연, 〈도깨비이야기〉, 김종대(1994), 《한국의 도깨비연구》, 국학자료원.

참고문헌

김종대(2000), 《저기 도깨비가 간다》, 다른세상.
김종대(2004), 《도깨비를 둘러싼 민간신앙과 설화》, 인디북.

19/ 마고할미

기본 텍스트

최종철 구연(1980), 〈노고 할미바우 이야기〉, 《한국구비문학대계》 2-1, 한국정신문화연구원.
박옥순 구연(1982), 〈마귀할멈과 정포 손자국 바위〉, 《한국구비문학대계》 1-7, 한국정신문화연구원.
송기조 구연(1981), 〈설문대 할망〉, 《한국구비문학대계》 9-2, 한국정신문화연구원.
김일기 구연(1981), 〈마고 할미 전설〉(2), 《한국구비문학대계》 2-3, 한국정신문화연구원.
김봉조 구연(1980), 〈떠내려 온 어양산〉, 《한국구비문학대계》 7-2, 한국정신문화연구원.
남사천 외 구연(1982), 〈마귀할멈 손자국 바위〉, 《한국구비문학대계》 1-7, 한국정신문화연구원.
설삼출 구연(1981), 〈긋질의 지명 유래〉, 《한국구비문학대계》 7-1, 한국정신문화연돈원.

참고문헌

강진옥(1993), 〈마고할미설화에 나타난 여성신 관념〉, 《한국민속학》 25호, 한국민속학회.
강진옥(2006), 〈슬픈 마고할미의 전설〉, 《문화와 나》 통권78호, 삼성문화재단.
권태효(2002), 《한국의 거인설화》, 역락.
유은실(2005), 《우리집에 온 마고할미》, 바람의 아이들.
장주근(1998), 〈구전산문신화 - 천지창조의 거신설화〉, 《풀어쓴 한국의 신화》, 집문당.
정근(1995), 《마고할미》, 보림.

진은진(2003), 《마고할미는 어디로 갔을까》, 해토.
화성군사편찬위원회(1990), 《화성군사》, 화성군.

20/ 탈춤의 노장

기본 텍스트

이두현 교주(1997), 〈경기지방의 탈춤〉, 〈해서지방의 탈춤〉, 《한국가면극 선(選)》, 교문사.

참고문헌

김순희(2007), 《중국의 탈놀이 대두화상》, 한국학술정보.
심우성(1989), 《남사당패 연구》, 동문선.
이혜구(1957), 《한국음악연구》, 국민음악연구회.
이혜구(1982), 〈기악과 산대가면극〉, 《한국민속연구논문선 Ⅱ》, 일조각.
임형택 편역(1992), 《이조시대 서사시》(하), 창작과비평사.

21/ 정욱

기본 텍스트

김현주·김기형 편(1998), 《적벽가》, 박이정.(완판 83장본 〈화용도〉, 국립도서관 소장 40장본 〈화용도〉, 박봉술 창본 〈적벽가〉)
김진영·김현주 역주(1999), 《화용도》, 박이정.(박순호 소장 〈화용도〉)
최동현·최혜진 역주(2005), 《교주본 적벽가》, 민속원. (조학진 바디, 정응민 바디, 김연수 바디, 박봉술 바디 〈적벽가〉)
윤영옥 외 역주(2005), 《현대어역본 수궁가·적벽가》, 민속원.
장미영 외 역주(2005), 《현대화사설본 수궁가·적벽가》, 민속원.

참고문헌

권두환 · 서종문(1978), 〈방자형 인물고〉, 한국고전문학연구회, 《한국소설문학의 탐구》, 일조각.
서대석(1991), 〈적벽가의 재검토〉, 《도곡 정기호 박사 화갑기념 논총》, 대제각.
정병헌(1997), 〈적벽가의 형성과 판소리사〉, 《판소리연구》 8집, 판소리학회.

22/ 장끼

기본 텍스트

〈쟝끼젼〉(경성서적업조합본), 인천대학 민족문화연구소 편(1983), 《구활자본 고소설전집》 12, 동서문화원.

〈자치기라〉(김광순본), 《한국고소설전집》 20, 경인문화사, 1994.

〈자치가전〉(정신문화연구원본 19장본)

참고문헌

권영호(1990), 〈장끼전의 민요화와 그 의미〉, 《문학과언어》 11, 문학과언어학회.

김성원(1991), 〈꿩〉, 《과학동아》, 동아사이언스.

김종철(1996), 《판소리의 정서와 미학》, 역사비평사.

민찬(1994), 〈조선후기 우화소설의 다층적 의미구현양상〉, 서울대 박사 논문.

박일용(1993), 〈장끼전의 문학적 의미 재론〉, 《동리연구》 창간호, 동리연구회.

정출헌(1992), 〈조선후기 우화소설의 사회적 성격〉, 고려대 박사 논문.

정학성(1972), 〈우화소설연구〉, 서울대 석사 논문.

우리 고전 캐릭터의 모든 것 2

엮은이 | 서대석

1판 1쇄 발행일 2008년 3월 31일
1판 2쇄 발행일 2009년 9월 28일

발행인 | 김학원
편집인 | 선완규
경영인 | 이상용
기획 | 정미영 최세정 홍승호 황서현 유소영 유은경 박태근
디자인 | 송법성
마케팅 | 하석진 김창규
저자 · 독자 서비스 | 조다영(humanist@humanistbooks.com)
스캔 · 출력 | 이희수 com.
조판 | 새일기획
용지 | 화인페이퍼
인쇄 | 청아문화사
제본 | 정민제본

발행처 | (주)휴머니스트 출판그룹
출판등록 제313-2007-000007호(2007년 1월 5일)
주소 | (121-869) 서울시 마포구 연남동 564-40
전화 | 02-335-4422 팩스 | 02-334-3427
홈페이지 | www.humanistbooks.com

ISBN 978-89-5862-233-8 03810
ISBN 978-89-5862-236-9 (세트)

만든 사람들

기획 | 유은경(yek2001@humanistbooks.com) 황서현
편집 | 임미영 조희경 양은경
디자인 | AGI 황일선 신경숙
일러스트 | 김언희